A
ESCOLHA
PERFEITA

TIA WILLIAMS

A ESCOLHA PERFEITA

Tradução
Roberta Clapp

1ª edição
Rio de Janeiro-RJ / São Paulo-SP, 2023

VERUS
EDITORA

Capa
Adaptada do design original
de Sarah Congdon

Imagens de capa
Chelsea Victoria / Stocksy (Manhattan)

Guille Faingold / Stocksy (mulher)

Título original
The Perfect Find

ISBN: 978-65-5924-161-3

Copyright © Tia Williams, 2016
Edição publicada mediante acordo com Grand Central Publishing, Nova York, NY, EUA.
Todos os direitos reservados.

Capa © Hachette Book Group, Inc., 2021
Foto da autora © Pauline St. Dennis

Tradução © Verus Editora, 2023
Direitos reservados em língua portuguesa, no Brasil, por Verus Editora. Nenhuma parte desta obra pode ser reproduzida ou transmitida por qualquer forma e/ou quaisquer meios (eletrônico ou mecânico, incluindo fotocópia e gravação) ou arquivada em qualquer sistema ou banco de dados sem permissão escrita da editora.

Verus Editora Ltda.
Rua Argentina, 171, São Cristóvão, Rio de Janeiro/RJ, 20921-380
www.veruseditora.com.br

CIP-BRASIL. CATALOGAÇÃO NA PUBLICAÇÃO
SINDICATO NACIONAL DOS EDITORES DE LIVROS, RJ

W693e

Williams, Tia
    A escolha perfeita / Tia Williams ; tradução Roberta Clapp. – 1. ed.
– Rio de Janeiro : Verus, 2023.

    Tradução de: The Perfect Find
    ISBN 978-65-5924-161-3

    1. Ficção americana. I. Clapp, Roberta. II. Título.

23-82248
                 CDD: 813
                 CDU: 82-3(73)

Gabriela Faray Ferreira Lopes – Bibliotecária – CRB-7/6643

Revisado conforme o novo acordo ortográfico.

Seja um leitor preferencial Record.
Cadastre-se no site www.record.com.br e receba
informações sobre nossos lançamentos e nossas promoções.

Atendimento e venda direta ao leitor:
sac@record.com.br

1

www.stylezine.com
Just Jenna: Segredos de estilo da nossa intrépida embaixadora do glamour!

P: Eu tive uma série de namorados horríveis, mas acabei de conhecer um cara incrível que eu amo pra cacete. O problema? Eu tenho um metro e oitenta e cinco, e ele, um e setenta e sete. Quando estou de salto alto, ele parece o Kevin Hart e eu me sinto o Tropeço da Família Addams. Kitten heels são muito péssimos? — @SallyPernalta1981

R: Sim, amiga, kitten heels são muito péssimos. Só ficam bons se você for a Michelle Obama ou a Carla Bruni, um tiquinho mais alta que o seu marido presidente e não puder de forma alguma diminuí-lo diante do resto do mundo. A cláusula Obama-Bruni. Só um minutinho que eu preciso patentear isso...

O negócio é o seguinte. Você parece encantada com esse novo cara. Concentre-se na emoção de um novo amor. Quase nunca ele vem na embalagem que imaginamos. Em vez de esconder um defeito imaginário, acentue-o. Ele sabe que você é alta e ama isso. Você também deveria amar. Use o salto mais obsceno que você tiver e observe enquanto ele olha para você como se estivesse morrendo de vontade de escalar a sua montanha. Sugiro a sandália de ilhós e salto fino presa no tornozelo da Giuseppe Zanotti. Tem uma vibe dominatrix. Parece que saiu diretamente do quarto vermelho da dor. Grrraurr.

Jenna Jones clicou no botão "publicar", se recostou em sua cadeira nova diante de sua mesa igualmente nova na StyleZine.com e abriu um sorriso.

Tirou o pó compacto da bolsinha de maquiagem e retocou o brilho labial. Era a sexta-feira de sua primeira semana no trabalho, e ela deveria estar na sala de sua chefe em cinco minutos. Enquanto afofava seus cachos no estilo *Flashdance*, se sentiu aliviada. O estômago dava um nó, mas pelo menos ela parecia animada.

Ela cruzou o loft em estilo industrial, um espaço com pouca coisa além das baias de trabalho. Uma das paredes era listrada como a pelagem de um tigre, o chão era feito de aço e os únicos itens de decoração eram algumas espreguiçadeiras de um amarelo-vivo e uma gravura grande de Marc Jacobs vestido de drag queen. O look de Jenna naquele dia era "Pantera Intelectual" (desde o ensino fundamental, ela tinha uma necessidade que beirava o TOC de dar nomes a todas as roupas ao seu redor): saia transpassada jeans vintage dos anos 70, camisa social com as mangas dobradas e sapatos altíssimos com saltos de cortiça. Ao se vestir naquela manhã, ela quase se sentiu confiante — como a mulher que costumava ser antes de sua vida desmoronar. Antes de fugir para a casa onde havia passado a infância no interior da Virgínia.

Jenna estava tentando ao máximo se encaixar na *StyleZine*, uma revista online dedicada à moda urbana, mas tinha saudade do mundo impresso, onde se sentia segura. Ela sofreu ao deixar para trás sua vida reluzente na revista *Darling*, onde trabalhara como diretora de moda por muito tempo até seu quase colapso nervoso. Lamentava a perda da ajuda de custo que recebia para roupas, dos orçamentos enormes para as sessões de fotos e do tapete de couro com pelos em sua sala (*Meu Deus, aquele tapete era incrível*). As jovens sexy da *Cosmopolitan*, as megeras arrogantes da *Vogue*, as garotas tonificadas da *Fitness* — era com isso que estava acostumada.

Mas aquele universo, com suas socialites exibindo diplomas da Faculdade de Jornalismo de Columbia e sua estética hiperglamourosa, era antiquado e já estava nas últimas. Para ser uma especialista em moda nos dias atuais, tudo o que você precisava fazer era *decidir* que era. Qualquer menina esperta de vinte anos com uma aparência desejável, uma conta no Instagram e seguidores suficientes podia ser influente no mundo da moda. Elas conseguiram tirar os principais editores da área da primeira fila no desfile da Gucci!

Jenna chegou à sala de sua chefe, e Terry, uma das editoras, veio correndo interceptá-la.

A escolha perfeita

— Jenna, era pra eu ter te avisado que a Darcy vai se atrasar. Foi totalmente minha culpa — ela se justificou.

Terry era os olhos e os ouvidos do escritório, uma fofoqueira animada que se dedicava a saber da vida de todo mundo e sempre dizia exatamente o que estava pensando, sem constrangimento nem filtro. A combinação a tornava um ímã social e a pessoa certa para ter como aliada. Jenna precisava de uma amiga no escritório, mas até aquele momento todos a olhavam com desconfiança educada e ligeiramente condescendente.

Jenna estava determinada a fazer amizade com a moça, mesmo que isso representasse o seu fim.

— Sem problemas — disse Jenna.

Terry usava um body vermelho-cereja com decote nas costas, um par de tênis Reebok retrô roxo de cano alto e batom preto. A parte de seu cabelo loiro platinado que não era raspada estava presa em um coque samurai apertado. Jenna rotulou mentalmente o visual como "Lolita Esportiva".

— Que lindo o seu body — ela continuou. — É Kenzo? Sempre fui fã da Kenzo.

Pare de ser tão efusiva, pensou Jenna. *Meninas de vinte e poucos anos do mundo da moda farejam o medo de longe. Eu deveria saber disso, já fui uma delas.*

— Sim. A Kenzo é legal, mas muito cara. — Terry era multitarefa e rolava a tela do celular enquanto conversava. — Tipo, tanto faz, é um collant. Mas saiu de graça. Só tive que postar uma selfie no Instagram com a hashtag #OOTD. Você sabe como funciona.

— Com certeza — disse Jenna. Ela não sabia como funcionava e nunca tinha ouvido falar em #OOTD.

— Falando em #OOTD, você tirou uma foto do seu look de hoje? Deveria. É um visual totalmente novo pra uma funcionária da *StyleZine*. Você traz um quê de "adulta bem resolvida". Parece tão alinhada.

Terry disse aquilo com um discreto ar de condescendência. Não passou despercebido por Jenna que, em uma empresa de millennials calculadamente desconjuntados fazendo um trabalho moderno/rebelde/urbano, ela se destacava como ligeiramente… sofisticada demais.

— Carolina Herrera?

— Que olho, hein! — Sua roupa não era da Carolina Herrera. Não era nem mesmo da Zara. Mas, antes que Terry fizesse mais perguntas, Jenna decidiu mudar de assunto. — Eu queria te dizer que o seu Instagram é de tirar o fôlego.

Jenna havia feito o dever de casa antes de começar no novo trabalho, percorrendo os perfis de todos os editores da *StyleZine* no Insta, cada um com um zilhão de seguidores.

— Jura? Obrigada.

— Tem uma foto sua com um colete branco felpudo que… uau! — Jenna pôs a mão no coração. — Com o seu cabelo platinado e a legging de animal print? Me lembrou uma capa sobre o Alasca que eu fiz com a Karolina Kurkova no ano 2000. Tinha uns iglus artificiais e tigres brancos. Deslumbrante! Vocês são idênticas.

— Nunca ouvi falar dela.

— Da Karolina? Ela era uma supermodelo tcheca.

— Ahhh, sim, eu meio que lembro dessa época do Bloco Oriental. Séculos atrás, tipo, na segunda série, eu recortava as revistas de moda da minha mãe pra fazer colagens. As modelos eram todas pálidas, estavam sempre meio jogadas e pareciam totalmente deprimidas. — Ela deu uma risadinha. — Chernobyl chic.

— Chernobyl chic, que engraçado — disse Jenna. As revistas da mãe dela? Segunda série?

O telefone de Terry tocou, ela olhou para a tela e suspirou.

— Aff, é o Kevin. *Que saco*. Ele é tão clichê, com aquele esmalte preto e a polissexualidade genérica. Cara, você é um ex-jogador de lacrosse do ensino médio de Myrtle Beach, você não assusta ninguém. Enfim, vou terminar com ele depois do show do Watch the Throne.

Jenna pigarreou e tentou outra abordagem.

— Então, eu fiquei bem impressionada com a qualidade das suas fotos. Parecem profissionais.

— Eu sou a rainha dos filtros — disse Terry. — Qual é o seu Instagram?

— Eu não tenho. Quer dizer, ainda não.

O queixo de Terry caiu.

— A gente tá em 2012! Você não tem Insta? Não sei se isso é revolucionário ou bizarro.

— Na verdade eu sou só uma péssima fotógrafa. — A verdade? Durante o período sabático regado a lágrimas de Jenna, ela havia ignorado o avanço da tecnologia e perdido completamente a revolução das redes sociais. — Eu nunca tirei uma selfie!

— Bom, é uma arte. Não deixe ninguém te convencer do contrário.

— Uma pergunta. Se outra pessoa ajuda você a tirar a foto, a gente chama de helpie? Tipo, selfie, helpie...?

Assim que a tentativa de piada saiu de sua boca, ela se deu conta de quão idiota era aquilo.

— Ééé... não — disse Terry lentamente, como se estivesse falando com uma criança.

— Claro, eu sei — disse Jenna. — Dã.

Por que sua personalidade parecia tão estranha naquele lugar? Ao longo de toda a semana, ela tinha usado seu passado como armadura, rezando para que ninguém fosse capaz de perceber que ela era uma farsa bem-vestida. Até mesmo sua roupa era falsificada — o que, para alguém que deveria ser uma árbitra de estilo, era impensável. Carolina Herrera? Por favor.

Eu sou uma mulher de quarenta anos vestindo uma camisa de 4,99 de fast-fashion porque vendi todas as minhas roupas de grife para poder voltar para cá e tenho no banco a quantia exata para pagar o aluguel deste mês, e neste momento até comprar na American Eagle seria considerado uma extravagância. Eu sou uma ex-glamour girl torcendo para ninguém perceber a leve mancha na minha saia — uma mancha que eu nem sei de onde veio, já que comprei a peça em um bazar de garagem no meu novo bairro, um quarteirão meio esquisito do Brooklyn, onde compartilho um imóvel com um KFC e um salão de beleza chamado Corta Essa. Sou uma mulher adulta usando sapatos de salto de 1974 que roubei do armário da minha mãe.

Terry olhou para Jenna com dó, então sussurrou:

— Só pra ficar claro... você estava brincando naquela história de *helpie*, né?

— Foi uma piada idiota.

— Cara! Você é, tipo, careta de um jeito estranho! — disse ela, reluzente, sem nenhum traço de maldade. — É sempre difícil ser nova em um lugar. Só relaxa.

— Obrigada — disse Jenna, dando um sorriso sincero. — Ainda não tomei café. Eu não deveria nunca tentar ser engraçada antes do meio-dia.

Terry baixou a voz:

— Você tá nervosa de trabalhar pra Darcy? Não fica. Quer dizer, todos nós temos medo dela, mas vocês são, tipo, contemporâneas, então ela provavelmente vai pegar leve com você.

Darcy era a CEO da Belladonna Mídia, a empresa de mídia digital proprietária da *StyleZine* e de outras oito bem-sucedidas revistas online para mulheres. Ela era amplamente conhecida por ser uma megera sem escrúpulos.

— Ela mete muito medo — prosseguiu Terry, sussurrando. — Mês passado ela me suspendeu por uma semana, sem remuneração, porque eu comi um sushi estragado no Chuko e o meu rosto ficou cheio de pereba. Ela disse que sentia ânsia de vômito de olhar pra minha pele.

— É a cara da Darcy fazer isso — disse Jenna, revirando os olhos. — Mas eu não tenho medo dela. A gente se conhece desde que éramos assistentes editoriais. Quando eu olho pra ela, vejo uma garota de vinte e cinco anos vestida feito a vocalista de uma banda de ska e hip-hop.

— Eu era muito mais estilosa que a Gwen Stefani — disse uma voz rouca e fulminante atrás de Jenna.

O rosto de Terry empalideceu. Jenna se virou e viu Darcy, parada com as mãos na cintura.

— Oi, Darcy! — disse ela.

— Olha, se não é a padroeira das aspirantes a fashionistas do interior — disse a CEO com seu feitio élfico. Ela media apenas um metro e meio, mas sua presença era marcante. Com os olhos enormes cor de avelã, sempre julgadores (e dificilmente impressionados), o corpo perfeito em miniatura e a voz rouca que sempre soava como se ela tivesse acabado de acordar, Darcy era uma daquelas mulheres hipnotizantes, do tipo que os homens vivem correndo atrás sem nem saber por quê.

Ela voltou a atenção para Terry.

— Precisamos conversar, amor. Seu post sobre a loira com a blusa de babados e estampa étnica da Giambattista Valli? O estilo é incrível, mas ela parece o Michael Bloomberg. Nada de garotas feias aqui. A gente precisa que as nossas leitoras queiram se parecer com essas garotas, caso contrário a gente

A escolha perfeita

perde tráfego, os nossos anunciantes e o nosso emprego. Acorda pra vida! — Ela bateu palmas na cara de Terry. — O Mitchell é um editor de imagens tão antenado, o que estava passando pela cabeça dele? Aquela princesinha parruda precisa passar menos tempo se fotografando na frente de gelaterias — disse ela, fazendo referência ao incipiente blog de comida mantido pelo funcionário — e se concentrar no trabalho que paga a porcaria das contas dele. Merda de gelato. É por isso que ele está daquele tamanho.

— É... Desculpa, Darcy. Eu vou deletar o post.

— Acho bom. Agora pode ir.

Terry saiu de fininho e Darcy lançou a Jenna um olhar exasperado.

— Crianças.

Jenna deu um sorriso falso e assentiu, quase impressionada com aquela diatribe — mas, no fundo, não. Ela estava acostumada com a personalidade amarga de Darcy. Na verdade, dado seu histórico com a CEO, era bizarro que elas estivessem no mesmo ambiente interagindo uma com a outra, que dirá trabalhando juntas.

Tudo havia começado com um homem. Quando tinha vinte e três anos, Jenna namorava um executivo da Arista Records chamado Marcus. Para uma garota nova na cidade grande, namorar um figurão da indústria da música era incrível! Durante meses ela ignorou o fato de que o telefone de Marcus tocava em horários estranhos e que ele só estava disponível nas ocasiões mais aleatórias (jantar às cinco ou às onze?). Mas ele beijava muito bem e conhecia o Method Man, então ela estava totalmente na dele.

No Dia dos Namorados, Jenna decidiu aparecer de surpresa no apartamento dele no Brooklyn com um bolo caseiro. Mas não foi ele quem atendeu a porta — foi uma garota baixinha e furiosa com cabelo pixie estiloso. Era a verdadeira namorada de Marcus. A noiva, na verdade: uma assistente editorial da revista *Mademoiselle*, de vinte e quatro anos, chamada Darcy Vale.

Ela pegou o bolo e enfiou na cara de Jenna. Com força. Jenna não ficou apenas coberta de glacê — foi nocauteada e ganhou um corte no lábio que exigiu três pontos.

As duas estavam destinadas a se tornar mulheres poderosas na mídia (e mulheres *negras* poderosas na mídia), então seus círculos sociais se cruzaram de mil maneiras diferentes. Ambas estiveram nos mesmos desfiles de moda, casamentos e festas. Era impossível evitar uma à outra conforme elas ascendiam no mercado, e Darcy torturava Jenna sempre que podia.

— E aí, como foi a primeira semana? — perguntou Darcy, entrando em sua sala, com Jenna logo atrás.

— Divertida — disse Jenna, ajeitando o cabelo novamente. Os cachos, como tudo nela, eram novos. Na Virgínia, ela vivia chapada demais de Xanax para encarar um relaxamento, então deixou os fios naturais. — Mais uma vez, obrigada pela oportunidade.

— Não foi um favor. Eu sou uma mulher de negócios e, no fundo, preciso de você. A *StyleZine* tem alguns dos cérebros mais afiados do mundo da moda, mas são todos crianças. Não têm conexões, acesso de verdade. Eu precisava de uma editora experiente e autêntica para atrair anunciantes de peso e a atenção da mídia. Diretora de moda da *Darling* e a juíza boazinha no programa mais cafona e bem-sucedido da ABC, o *America's Modeling Competition*? Você é perfeita. — Ela despenteou o cabelo curto no estilo Halle Berry com mechas cor de mel. — Mesmo sem saber por que eu confio em você, depois de você ter me roubado aquela vaga na *Harper's Bazaar* quinze anos atrás.

— Eu não roubei — disse Jenna, paciente. — Você foi demitida e eu fui contratada.

— Fazia meses que você estava tentando conseguir a vaga. Mas tudo bem. Isso já tem séculos, né? — Darcy sorriu de um jeito ligeiramente ameaçador. — Onde você está morando agora? Com certeza não é na casa em West Village; eu li em algum lugar que o Brian ainda está lá.

Jenna se encolheu ao ouvir o nome dele.

— Eu me mudei para um apartamento em Reade.

— Reade em Tribeca? Os aluguéis lá são astronômicos. Imagino que o Brian tenha resolvido isso pra você. Você não teria como pagar com o seu salário. Caramba, estou tão feliz por ter conseguido uma editora de respeito basicamente de graça.

Ela nunca vai me deixar esquecer que eu estava desesperada o suficiente para aceitar uma redução humilhante no salário. Qualquer coisa por uma segunda chance.

— Não, Reade no Brooklyn — disse Jenna, tentando controlar a irritação. — É um bairro promissor.

— Fascinante. — Darcy franziu seu lindo nariz. — Então, como foi na Virgínia?

Jenna abriu um sorriso contente.

— Catártico. Adorei tirar um tempo para desconectar.

— Sei. Isso é o que toda editora desempregada diz quando passa o dia fazendo exercícios de pompoarismo e atualizando obsessivamente o perfil do LinkedIn.

Jenna ignorou o que ela disse, voltando ao seu discurso ensaiado.

— Além disso, o curso de teoria de estilo que eu dava na faculdade comunitária me trouxe uma nova perspectiva para...

— Tanto faz. Só quero que você saiba que eu me solidarizei com a sua situação — interrompeu Darcy. — Você está bem melhor sem o Brian. Aquele monte de viagens pelo mundo sem você. Aqueles rumores! Não dá mesmo para confiar em milionários self-made. Estão sempre com o pau duro demais pelo estilo de vida que levam. Da próxima vez, arranje um herdeiro. — Ela piscou. — Dinheiro é algo menos atraente pra eles.

Jenna a encarou por um instante, absolutamente chocada com a audácia.

— Darcy, eu respeito você. E estou animada por estar aqui. Mas eu adoraria que você parasse de mencionar o meu ex-noivo.

Darcy ergueu as sobrancelhas.

— Você ficou combativa depois de velha. Gostei.

— Combativa, não. Direta.

— Tudo bem. — A CEO olhou para sua antiga rival. — Vamos elucidar uma coisa. Eu não vou esquecer que você deixou de lado cada grama de profissionalismo e sumiu da cidade por causa de um drama pessoal. Você tem um contrato de oito meses. Espero que o número de leitoras da *StyleZine* triplique ao longo desse período. Se você fracassar, vai pro olho da rua. Porque, se você me foder, saiba que eu vou te foder muito pior.

Jenna olhou para ela, furiosa. Aquela era a garota que, em uma festa na casa de um assistente da Def Jam em 1997, virou melhor amiga de uma víbora famosa do mercado audiovisual — e depois convenceu o namorado rapper da víbora a pagar seu aluguel por um ano. Era a mulher que, em 2003, namorou de maneira calculada um fotógrafo que havia tirado fotos nuas de sua editora na *Seventeen* e, em seguida, vendeu secretamente as imagens para blogs de fofocas, o que resultou na demissão da chefe de Darcy e em sua promoção para o cargo. Uma cobra que, depois de prever em 2007 que as revistas estavam condenadas ao fim, roubou o magnata Luca Belladonna da esposa, saqueou a conta bancária dele para lançar a Belladonna Mídia, transformou dois blogs de estilo em um conglomerado de moda e beleza com nove sites... e depois se divorciou dele.

Jenna conhecia todos os truques de Darcy. E jamais permitiria que ela a ameaçasse.

— Você já deixou claro o que eu preciso fazer. Estou aqui para escrever a minha coluna de dicas "Just Jenna" e desenvolver uma websérie de moda. Deixe eu fazer o meu trabalho, Darcy. Nós duas sabemos que eu vou tornar esse site mais bem-sucedido do que nunca.

— Eu estou *amando* essa sua nova versão — disse Darcy. — Queria que você tivesse sido sempre assim. Confrontar você teria sido muito mais divertido.

— Me confrontar? — Jenna riu. — Em 99 você se fez passar por assessora de imprensa do Karl Lagerfeld e me mandou um e-mail com o itinerário falso de uma viagem de divulgação da Chanel! Dez editores de moda pegaram um avião para Ibiza no fim de semana e eu fui parar numa fábrica em Gowanus.

— O que inspirou a sua sessão de fotos para a *Darling* sobre "beleza estranha" no Canal Gowanus, com bailarinas vestindo aqueles trapos da Vivienne Westwood. De nada.

— Bons tempos aqueles — disse Jenna.

— Bons tempos estes agora — disse Darcy, olhando para seu relógio Cartier. — Estou atrasada para um almoço no Brasserie.

Ela se dirigiu até a porta, gritando instruções para Jenna enquanto saía.

— Preciso de mais três posts da "Just Jenna" até as cinco. E me traga ideias para a sua série; o cinegrafista novo começa na segunda-feira. E faça alguma coisa em relação às suas pegadas digitais. As nossas editoras são estrelas das redes sociais, você também precisa ser. Dá seu jeito.

Foi então que Jenna realmente começou a entrar em pânico. Pegadas digitais? O que seria isso?

2

Jenna havia se fechado para o mundo na Virgínia. Era apenas ela, escondida na casa dos pais, vestindo uma camisa de flanela esburacada e a samba-canção do Bart Simpson de mais ou menos 1990 ("Desilusão no Estacionamento de Trailers"), desenvolvendo o hábito de fumar e maratonando *Game of Thrones*. Passou o tempo todo embriagada por conta do isolamento, definhando em seu quarto de infância, que transbordava de sacos cheios com suas roupas, bolsas e sapatos de grife — artefatos de uma vida passada. Nada de depilação, manicure e pedicure nem sexo, e a internet só era utilizada para verificar a previsão do tempo. A última coisa que tinha em mente eram as redes sociais. Mas agora ela precisava dar um jeito nisso.

Jenna abriu o laptop empoleirado na mesa de sua sala minúscula. (Por ser a funcionária mais velha da *StyleZine*, havia ganhado um ex-almoxarifado em vez de uma baia; animada por ter uma porta, ela aceitou.) Já que a ideia de navegar pelo Twitter fazia seu cérebro pegar fogo, ela abriu o Facebook. De 2010 a 2012, a rede havia deixado de ser uma reunião de família barulhenta e se transformado em uma orgia de compartilhamentos em excesso.

Ela tinha tantas perguntas. GIFs: ninguém os achava perturbadores, como alucinações de uma viagem errada de ácido? Quem havia criado aqueles epítetos espirituais escritos em fontes arrojadas sobre imagens do pôr do sol? Havia uma lista de hashtags aprovadas em algum lugar? Parar para fotografar sua rabanada incrustada de nozes-pecã antes de comê-la era a versão digital de rezar antes das refeições? Alguma coisa importava além de Kanye e Kim? Jenna se sentia como se tivesse acabado de sair do Paleolítico em um DeLorean.

Já esgotada, ela girou a cadeira para olhar para a parede atrás da mesa. Ainda não a havia decorado, exceto por uma coisa importante: seu amado pôster vintage do musical *Aleluia*, de 1929, com uma foto de Nina Mae

McKinney. Esquecida atualmente, Nina tinha sido a mulher negra mais bonita de Hollywood antes de Halle, Dorothy ou Lena nascerem. Apenas uma garota de uma cidadezinha do sul dos Estados Unidos, foi de corista a estrela do primeiro musical negro de todos os tempos — e depois trilhou em passos de charleston seu caminho por toda a Europa, flertando com jovens da realeza e bebendo gim adulterado. Ela era a guia espiritual de Jenna. O pôster tinha sido pendurado em todos os escritórios que ela já ocupara.

Quem ela seria hoje?, pensou Jenna. *Provavelmente a Beyoncé, já que Nina também era uma mulher de muitos talentos. Mas a Beyoncé é uma boa atriz? Ela estava fantástica em* Dreamgirls, *mas parecia que tinha uma úlcera fazendo a Etta James em* Cadillac Records...

Naquele momento, seu iPhone vibrou em cima da mesa. Ela girou de volta e o agarrou — e, quando viu quem era, ficou sem ar.

Brian Stein. Seu ex-Adônis judeu. Por que ele estaria ligando? O que eles tinham para falar?

Paralisada, Jenna observou o celular vibrar cinco vezes. E então, um milissegundo antes de a chamada cair na caixa postal, ela atendeu.

— Jenna?

— É da Pizzaria Stromboli de novo? Eu não pedi nada, você ligou para o número errado.

— Engraçadinha.

— Oi. — Ela prendeu a respiração.

— Oi. Não acredito que estou realmente ouvindo a sua voz.

— É. Esquisito. Posso te ajudar?

— Presumo que um "bem-vinda de volta" faça sentido neste momento. Fiquei surpreso de saber que você estava de volta à cidade. Achei que iria me ligar.

— Honestamente, não pensei que isso afetaria a sua vida de algum jeito.

— Eu sei que a gente viveu um pesadelo, JJ, mas você não pode fingir que não estamos ligados. Nós passamos vinte anos juntos. Não podemos ser amigos?

— *Você* me largou.

— Não, eu te expliquei que não concordava com a sua visão do nosso futuro.

— Você me explicou? Eu não era sua secretária, Brian. Nós éramos duas pessoas em um relacionamento!

A escolha perfeita

— Você também não estava feliz.

— Eu não estava feliz porque o amor da minha vida, meu primeiro e único amor desde que eu era caloura em Georgetown, desperdiçou meus melhores anos, fingiu que queria se casar comigo e depois mudou de ideia quanto a ser marido e pai. Foi uma notícia emocionante para uma mulher com óvulos de trinta e oito anos.

— Olha, eu só quero que a gente fique numa boa. Você está disposta a tomar um café? Eu mando um carro pro seu escritório.

— Brian, eu te desejo tudo de bom. Mas não estou interessada em bebericar um latte com você e fingir que você não arruinou a minha vida.

— Tudo bem, JJ. — Ele suspirou. — Eu te liguei por outro motivo. Eu... acho que queria que você soubesse por mim. Eu estou saindo com uma pessoa, e é sério.

— Oi? — Jenna pôs a mão na barriga e fechou os olhos. Ela sabia que aquele momento chegaria, mas não estava pronta. E queria ter arrumado um namorado primeiro.

— Você deve conhecer. Lily. Ela trabalha na *Salon*.

— *Lily L'Amour?* Você está saindo com a colunista de relacionamentos da *Salon*? Você não podia encontrar alguém de uma área diferente? A propósito, o nome dela não é Lily. É Celeste Wexler.

— Eu sei.

— A Anna deve estar amando você ter arranjado uma namorada judia.

— Você sabe que a minha mãe te adora. Ela nem olha nos olhos da Lily, de tão leal que é a você. A primeira e única vez que levei a Lily na casa dela, ela estava assistindo a um episódio de *America's Modeling Competition*.

Isso fez Jenna sentir uma onda de satisfação típica das ex-namoradas.

— Bom, estou feliz que você esteja feliz.

— Você foi embora. Não deu nem chance pra gente resolver as coisas.

— Resolver o quê? Você se jogou no trabalho, tentando ser um incorporador imobiliário famoso, o homem que eu ajudei a construir. Você não encostava em mim fazia mais de um ano. — Ela engoliu em seco. — Ainda me pergunto em quem você estava encostando.

— Deus do céu. Não vou nem me dar o trabalho de responder.

— Você nunca se dá. — Ela desabou na cadeira, atingida por uma onda de tristeza. — Nós planejamos uma vida inteira juntos. Você deu pra trás.

— Eu não queria a mesma coisa que você. Mas não queria te perder.

— E o prêmio para a declaração de egoísmo mais tipicamente masculina vai para...

— Você surtou — disse Brian. — Vendeu o meu Warhol e os meus Koons por cinco dólares. Brigou comigo no meio da rua, me acusando de te trair com todo mundo, desde a filha do dono da lavanderia ao cara que instala sistemas de esgoto nos meus condomínios. Eu sou gay agora?

— Ué, você se tornou tão reservado! E estava obcecado por esfoliantes caros. Além disso, você sempre teve uma queda pelo George Clooney...

— Eu sou um cara rico que vive de terno. O Clooney é o homem mais bem-vestido do mundo. Pode ter certeza que eu tenho uma queda por ele. — Ele fez uma pausa. — Você foi embora sem se despedir. Foi muito difícil.

— Difícil? *Zumba* é difícil!

— Eu te liguei, mandei e-mail... e nada. Fiquei esperando você — disse ele. — Mas eu não podia ficar sozinho para sempre.

— Claro que não. Olha, eu desejo o melhor para você e a Celeste. Vou dar uma olhadinha na *Salon* todo mês para ver se ela menciona o seu pênis torto pra esquerda na coluna dela. — Jenna respirou fundo. — Eu finalmente superei você, Brian. E só quero que você seja feliz.

— Obrigado. Mesmo você insultando o meu pênis. — Ele fez uma pausa. — Vou desligar agora, estou pegando um voo para o interior.

Ele está se referindo à casa em East Hampton que eu decorei. Eu fiz a direção de arte da nossa vida juntos e ele financiou. É claro que iríamos desmoronar sob o peso de toda aquela beleza.

— Só... parabéns pelo novo trabalho. E, JJ? Se a Darcy Vale te perturbar, eu compro a empresa dela e vendo para o grupo da Oprah.

— Eu consigo lidar com a Darcy.

— Humm. Eu lembro de você anos atrás chorando no meu ombro depois que ela enfiou o bolo na sua cara — disse Brian, dando uma risadinha. — A gente terminou uma vez e você acabou ficando com o noivo dela. Entre todos os homens de Manhattan.

— É, mas faz muito tempo.

A escolha perfeita

— Espero que você mude de ideia em relação ao café.

— Espero que você mude de ideia em relação a esperar que eu mude de ideia.

Jenna desligou e ficou olhando para o nada. Desde que havia chegado ao trabalho naquela manhã, tinha ido da intensa empolgação por estar de volta, passando pela sensação de ser uma dinossaura desatualizada, até uma dor de revirar o estômago. Ela odiava que Brian ainda fosse capaz de afetá-la. Levantou-se, fechou a porta da sala e se sentou em cima da mesa. E deu um grito.

———

— *Lily L'Amour?* Com aquela coluna boba e pedante, uma Carrie Bradshaw de baixa categoria, que mais parece uma fanfic de *Crepúsculo?* Essa é a mulher pela qual o meu noivo está apaixonado? Ele foi de mim para isso? Vão sem mim, eu vou ficar aqui. Morta.

Já era tarde e Jenna estava deitada em uma cama enorme toda branca em uma suíte toda branca no Highline Hotel, na 20th Street. A diretora de criação do hotel, Elodie Franklin, era a melhor amiga de Jenna desde Georgetown — e, naquela noite, estava trabalhando no lançamento de um livro no restaurante do Highline. A festa começaria em quinze minutos e as meninas já estavam no aquecimento, tomando champanhe.

— Se você morrer por causa de Brian Stein, eu te mato.

Elodie estava empoleirada na penteadeira, aplicando meticulosamente uma dramática camada de delineador preto em uma tacada só. Ela havia sido criada em uma comunidade hippie em Berkeley pela mãe coreana e o pai negro (se parecia tanto com a ex-mulher de um magnata da música que ficou conhecida por dar autógrafos em nome de Kimora). Durante a infância, quando alguém na comunidade tinha algum problema, todos se sentavam em círculo, gritavam para aliviar suas angústias e seguiam a vida. Ela abominava mergulhar profundamente em suas emoções. Ia sempre direto ao ponto, sem freios, fosse durante uma discussão ou enquanto seduzia uma de suas muitas e sempre agradecidas conquistas. Uma mulher estonteante, media pelo menos um metro e oitenta em seu look de sempre, "O Encontro entre a Prostituta Medieval e a Motoqueira": um maxivestido transparente com decote profundo, uma trança longa jogada sobre o ombro e botas de motociclista.

— Você não tem coração — disse Billie Burke-Lane, a outra amiga mais próxima de Jenna. Ela estava no chão fazendo ioga, na postura do cachorro olhando para baixo. Na condição de esposa e mãe sobrecarregada, ioga era a única coisa que a acalmava, mesmo quando praticada no meio de uma conversa.

— Eu tenho coração. Eu amo meus chihuahuas — rebateu Elodie.

— Não tem, não. A Jenna acabou de descobrir que o Brian está namorando a gênia que tem ideias brilhantes como "Dez maneiras de se relacionar com a personalidade do pênis dele". Tenha um pouco de compaixão — disse Billie.

Uma gracinha peituda de cabelos castanhos escovados e esvoaçantes, ela conhecera Jenna na cafeteria da Condé Nast em 2001, e as duas criaram um vínculo por serem editoras negras em revistas convencionais. Na época, Billie era a diretora da seção de beleza da *Du Jour*, mas, quando a revista acabou, ela se juntou à M. Cosméticos como vice-presidente de comunicação global. Billie era a mãe ursa carinhosa que venerava a sinceridade e o amor verdadeiro. Tentava arranjar tempo para as amigas solteiras e suas estripulias, mas seu verdadeiro foco era permanecer sã para poder voltar para casa, para a filha de cinco anos, May, e o marido, Jay, um poeta premiado que dava o curso Vozes da Diáspora na Universidade Fordham.

Billie e Elodie eram próximas porque ambas amavam Jenna, mas as duas brigavam como um casal no primeiro terço de uma comédia romântica.

— Billie, eu me recuso a te levar a sério com você de cabeça pra baixo — disse Elodie. — Além disso, estou ofendida por você não ficar para a minha festa.

— Eu só estou aqui para apoiar a Jenna neste momento de angústia. Estou com jet lag por causa da convenção de vendas em Hong Kong. Não tenho energia para comemorar o lançamento de um livro de fotografia dedicado a cachorros vestindo lingerie. Eu só quero ir pra casa e assistir *Veep* de calcinha.

No Highline Hotel, Elodie supervisionava jantares de caridade do mundo da arte ou eventos da indústria da moda — mas o que dava dinheiro mesmo eram as festas que promoviam projetos de estimação de celebridades classe A que queriam ser famosas por alguma outra coisa. A festa daquela noite era para uma ex-modelo-agora-fotógrafa — e o marido dela, um chef famoso, havia pagado a Elodie uma quantia obscena para fazer seu livro conceitual, que só servia para enfeitar mesas de centro, parecer algo legítimo.

A escolha perfeita

Elodie girou em seu banco acolchoado e encarou Jenna.

— Você disse que o Brian morreu pra você. O que importa com quem ele está transando?

— Eu só estou... escandalizada com o gosto dele para mulheres. — Seu estômago estava revirado. — O Brian tem um gosto impecável. Ele tem decantadores de vinho mais bonitos do que ela! Eu sentia que precisava ser perfeita pra esse homem, e agora ele está com uma mulher que parece a Chelsea Handler?

— Sinceramente — prosseguiu Elodie com uma risada —, não consigo nem imaginar o Brian com uma mulher branca. Lembra que ele se achava o preto na época da faculdade? Eu adoro quando ele tenta vir com aquele papo de Trump pra cima de mim. É tipo, "por favor, não me obrigue a contar pro *Wall Street Journal* que você ensinou meu dormitório inteiro a dançar o Roger Rabbit".

— Quando ele virou um sociopata? — perguntou Jenna.

— Ele não é um sociopata — disse Billie, agora sentada de pernas cruzadas no tapete felpudo. — Só o típico cara de Nova York, do pior tipo.

Elodie assentiu.

— Do tipo que ganha tanto dinheiro que acha que você deveria ignorar as suas próprias e incômodas necessidades e ficar satisfeita pra caralho por orbitar ao redor dele.

— Mas o Brian amava você de verdade — disse Billie, que sempre torcera para que o casal superasse a fase difícil. — Ele esteve tão comprometido, por tanto tempo. E aí de repente... não estava mais.

— E eu enlouqueci — disse Jenna. — Vocês têm noção de que este é o meu primeiro evento social desde *Le Petit Scandale*? Eu basicamente tive um colapso na frente de Manhattan inteira. Todas aquelas brigas públicas que o Brian e eu tivemos. Depois ainda teve aquele poema sombrio da Dorothy Parker que eu postei no Facebook...

Elodie fez uma careta.

— Não foi à toa que você abandonou as redes sociais.

Billie olhou feio para ela.

— Aí a *Darling* me mandou sair em licença psiquiátrica e no dia seguinte promoveu a garota que estava abaixo de mim. Eu nem sei se isso é permitido.

Saí chorando do prédio da Condé Nast, cruzei o saguão na hora do almoço, quando está mais cheio de gente. Tenho certeza que vi a Anna Wintour de queixo caído.

Ninguém é mais importante do que a Darling, dissera sua editora-chefe. *Você foi embora e a Bertie cresceu. Sendo bem honesta, de todo modo nós estávamos precisando de uma energia nova.*

— Os blogs de fofocas foram terríveis — lamentou Jenna. — *Gawker, Page Six*, as notinhas cifradas. Uma desgraça. Sério, eu passei os últimos dois dias me preparando psicologicamente para mostrar a cara nessa festa.

— Você está falando como se fosse a Amanda Bynes — disse Elodie. — Foi só uma fofoquinha boba. Se dissipou em cinco minutos. Além disso, você saiu por cima.

— Concordo — completou Billie. — Se for para afundar, que seja com categoria. Olha só a Elizabeth Taylor. — Billie adorava Liz Taylor. — Quando a vida dela implodiu, ela se empanturrou de frango frito, virou uma alcoólatra desgrenhada, passou a vestir tamanho plus size da Halston e se casou com um republicano. Divina.

Jenna de repente se sentou na cama, pegando sua taça de champanhe na mesa de cabeceira.

— Querem saber de uma coisa? Chega de falar do Brian. Eu estou de volta, arranjei um trabalho fabuloso e não estou mais deprimida enchendo a cara de Zoloft! Preciso ficar megabêbada e esquecer todo aquele papo.

— Um brinde ao seu retorno — exclamou Elodie, levantando a taça. — Mesmo você tendo que dar dicas de moda pra Abby Lee Miller.

— Um brinde — disse Billie, tilintando sua taça com as outras. — Além disso, você não pode desperdiçar um vestido desses chorando num quarto de hotel.

Pela primeira vez em muito tempo, Jenna estava até se sentindo bonitinha. Usava um vestido branco justo na altura dos joelhos com detalhes de renda, que havia roubado do closet do trabalho ("Pistoleira de South Beach"), e sapatos de salto altíssimo cor de laranja, que tinha pegado emprestado com Billie.

— Sabe o que eu adoraria agora? — perguntou Jenna.

— Umas mechas ombré? — perguntou Billie, a especialista em beleza no recinto. — Ia ficar *tudo* no seu cabelo novo.

A escolha perfeita

— Fofo! Mas não. Sexo. Faz *anos*. Hoje de manhã eu tentei me masturbar e juro que a minha vulva riu de mim.

— Ah, amiga — lamentou Billie.

— Mas eu acabei de fazer a minha primeira depilação total em séculos e estou sentindo que esse é o primeiro passo em direção a um destino mais luxurioso.

— Uma vulva pelada é item essencial para uma noite reparadora de sexo casual, que é o que você precisa — concordou Elodie.

— Será que eu estou pronta? Tenho dúvida até se eu ainda sei como fazer um boquete direito.

— Por favor, é igual a andar de bicicleta. — Elodie puxou o vestido, expondo mais de seu decote tamanho 46. — Vou correr para o evento agora. Vejo você lá embaixo, Jenna. Hoje eu vou te arranjar alguém.

— Tenta encontrar um cara com quem você não transou — Billie gritou para Elodie enquanto ela saía pela porta.

— Nessa galera isso pode ser mesmo um desafio! — devolveu Elodie.

Então Billie subiu na cama e entregou a Jenna, que parecia um pouco preocupada, um batom vermelho intenso.

— Como disse Elizabeth Taylor: "Pegue alguma coisa para beber, passe um batom e se recomponha". Agora vai. Você não pode se atrasar para sua festa de debutante.

3

Em algum momento, o restaurante do hotel havia sido o dormitório de um mosteiro, e era exatamente isso que parecia. Elodie tinha aproveitado o espaço gótico, com aspecto de catedral, e optado por uma decoração com uma vibe *De olhos bem fechados*. Cortinas brancas de tecido transparente e fluido dividiam o local em seis setores — cada um com seu próprio bar. Velas carmim pingavam em todas as superfícies, lustres dourados enormes pendiam dos tetos arqueados e chaises de veludo roxo estavam dispostas em cantos escuros e sensuais. Como era costume em qualquer evento onde modelos eram a atração principal, havia homens por toda parte.

Entre os presentes havia de tudo um pouco, em uma perfeita representação da vida noturna de Nova York. The Weeknd e Drake retumbavam nos alto--falantes — mas ninguém dançava, exceto as modelos da Victoria's Secret, colegas da homenageada. Por toda parte modelos homens posavam em grupo, vestidos com camisa de flanela xadrez e fedendo a cigarro e à chatice de Bushwick, o bairro da moda no Brooklyn. No centro das atenções junto ao bar, estavam os sempre tão importantes engravatados, que em regra faziam a festa acontecer, financiando a maioria dos projetos de estimação das celebridades de Elodie. Pairando sobre a multidão havia um punhado de belíssimas estrelas da NBA e da NFL, obrigatórias em eventos como aquele, porque agradavam tanto às modelos quanto aos engravatados. E havia também algumas prostitutas extremamente chiques e caras (essas eram para os engravatados destituídos demais de charme para conseguir fisgar uma modelo). Circulando por todos os cantos estavam jornalistas indie e fofos, sempre de óculos, falando de arte e estilo de vida, e garotas da moda, que eram tão sexy quanto as modelos, mas pobres e baixinhas.

Fazia apenas dois segundos que Jenna havia entrado no salão quando sua melhor amiga agarrou seu braço.

A escolha perfeita

— Encontrei um cara para você — disse Elodie, que havia passado os últimos vinte minutos se esquivando de suas obrigações relativas ao planejamento do evento para bancar o cupido. — Só sei que ele estudou em Yale e é radiologista. Ele está vindo na nossa direção neste segundo.

— Espera! Eu não estou pronta...

— Você não trepa desde o governo Bush. Você está pronta. — Ela enfiou uma taça de champanhe na mão de Jenna. — Dialo Banin! Essa aqui é a Jenna Jones. Jenna, esse homem maravilhoso está morrendo de vontade de te conhecer. Conversem aí enquanto eu vou ali expulsar umas piranhas saídas do reality da VH1.

Depois da apresentação afobada, Elodie sumiu na multidão. Dialo ficou parado na frente de Jenna, encarando-a com um sorriso branco e brilhante. Ele vestia um terno absurdamente caro, um lenço tangerina amarrado com capricho ao redor do pescoço e óculos de sol modelo aviador. Em um ambiente fechado. À noite.

— Então... quais foram seus outros dois pedidos?

— Como?

— Cadê o seu senso de humor, querida? — perguntou ele, sorrindo. — Estou tentando quebrar o gelo.

— Ah! Bom, gelo quebrado então.

Vindo daquele homem, com seu sotaque carregado, naquele traje, a frase soou como uma cantada que Truman Capote teria passado em um cara em uma discoteca de Las Vegas.

— Você gostaria de se sentar?

— Adoraria — respondeu ela, fazendo uma anotação mental para acabar com Elodie mais tarde.

Dialo tocou seu cotovelo e a conduziu até uma mesinha reservada, flanqueada por duas cadeiras de ferro forjado de espaldar alto. Ele se recostou na cadeira, esticando as pernas. Não havia então mais nenhum espaço para Jenna embaixo da mesa, e ela enroscou os tornozelos nas pernas da cadeira, como uma colegial. Nervosa, cruzou as mãos no colo e, acidentalmente, cravou os olhos nos slippers de veludo YSL de Dialo.

Jenna entendeu exatamente quem era Dialo. Ele era um daqueles falsos neodândis europeus que penduravam placas de "WC" na porta dos banheiros em sua casa alugada em um bairro residencial.

— Tenho que admitir, não sou um entusiasta de livros. Mas estou feliz por ter vindo — disse ele, acariciando o próprio queixo. — Você tem sorte de estar aqui.

— Eu sei, a festa está ótima.

— Não, quero dizer que você tem sorte de estar aqui, comigo. Normalmente eu não saio com mulheres negras. Mas, quando pesquisei você no Google no celular, tive que abrir uma exceção.

— Ué. Mas você é negro. Por que não…? — Ela parou de falar, pois percebeu que Dialo nem sequer estava olhando para ela. Ele espiava por cima do ombro dela. Jenna se virou e viu um grupo de jovens de vinte anos em vestidos minúsculos, uma versão falsificada do dela.

Uma hora antes, Jenna tinha ficado minimamente animada enquanto se vestia para sua primeira noitada desde que voltara a Nova York. Ela se sentiu praticamente como uma universitária ingênua prestes a encarar uma noite de aventuras em alguma boate e, com sorte, ser apalpada por um garotão estilo Leo DiCaprio na área VIP. Mas suas opções não eram mais ilimitadas. Tinha décadas a mais e estava sendo ignorada por um babaca pretensioso por quem ela nem mesmo se sentia atraída.

— Eu sou negro — prosseguiu ele —, mas não um negro americano como você. Eu venho de Gana, via Londres. E relaxa, eu só acho que as mulheres brancas são mais descontraídas.

— Ahhh, você é um desses. — Jenna bebericou seu drinque, tentando descobrir como dar um perdido naquele boçal. — Mas obviamente eu sou negra, então o que você está fazendo aqui?

— Eu gosto de algumas mulheres birraciais, que é o que eu imaginei que você fosse depois que olhei suas fotos. Então você ganhou uma oportunidade, meu amor. — Ele gargalhou.

— Não, eu não sou birracial. Sou cem por cento negra norte-americana. Tão preta que o meu nome do meio é Keisha.

Dialo fez uma careta.

— De qualquer forma, quando eu descobri que você era uma editora de moda famosa, fiquei impressionado. Tenho um assessor de imprensa excelente, caso você precise. Ele é tão estiloso. Ele que amarrou este lenço Matthew Williamson em mim.

A escolha perfeita

— Essa peça é feminina, você sabe, né?

— Mas funciona com um blazer bem cortado.

— É verdade. — Jenna jurou matar Elodie. — Então, por que um radiologista precisa ter um assessor de imprensa? Isso não seria quebrar o juramento de Hipócrates ou algo do tipo?

— A maioria dos meus clientes é classe A, então... — Ele parou de falar. — Devo dizer que você se parece muito com uma garota com quem eu estudei em Yale. Mas com certeza você é uns bons dez anos mais nova que eu, mocinha.

Jenna sorriu, decidindo sacaneá-lo um pouco.

— Duvido. Eu tenho quarenta e cinco. — Ela acrescentou cinco anos, só para ver a cabeça dele explodir. — Quantos anos você tem?

— Quarenta e cinco? Eu tenho quarenta e três!

— Então nós somos contemporâneos.

— Mas eu achei... Nossa, quarenta e cinco? Eu não imaginava.

Toda a sua linguagem corporal mudou. Ele balançava a cabeça, como se rejeitasse completamente a ideia. Depois, por fim, olhou para o relógio. Ela fez sinal para uma garçonete.

— Querida, você traz uns guardanapos?

— Por que você precisa de guardanapos? — Então Dialo baixou a voz e perguntou a Jenna: — Eu estou te deixando molhadinha?

Jenna bebeu o que restava de seu champanhe e se levantou, arrumando lentamente o vestido. Ao fazê-lo, deixou que sua bolsa derramasse o restante do drinque dele em seus slippers de veludo.

Enquanto Dialo gritava como o porquinho Babe, ela saiu correndo, pegando duas taças de champanhe na bandeja de um garçom. Ele era desprezível. Mas a pior parte? Ele não era único. Era o típico cara influente de Nova York. Um médico com um assessor de imprensa. Hétero, mas tão cheio de frescuras que dava para sentir o cheiro do creme para olhos da Kiehl's.

Jenna saiu enfurecida pela festa, procurando Elodie. Como não a encontrou em lugar nenhum, plantou-se ao lado de um bar e entornou as duas taças. Só então um grupo de homens passou por ela, todos engravatados. Ela os conhecia de vista havia anos, e naquela noite eles estavam cercados por seis gatas na casa dos vinte anos (em roupas que Jenna mais tarde descreveria como um cruzamento entre "Formatura em Atlanta" e "Quem

Se Importa"). Os caras mandaram beijinhos no ar para Jenna, e o grupo seguiu caminho.

— O que é isso? — murmurou ela em voz alta para ninguém, balançando a cabeça em frustração. O salão girou um pouco. Agarrando-se à beirada do balcão para se firmar, ela perguntou à bartender esbelta: — Se você acabou de fazer uma depilação mas ninguém vê o resultado, ela existe ou não? Tô meio sem saber...

A garota deu uma risadinha.

— O que houve, meu bem?

— Você me arruma outra taça de prosecco? — A jovem deslizou uma taça para ela, a quarta de Jenna, que a mandou para dentro. Estava no caminho certo para ficar bêbada. — Qual o problema dessas garotas de vinte anos? Esses caras têm a *minha* idade. Eles ficam mais velhos, as meninas ficam mais jovens, e eu fico onde? Eu passei a vida inteira com o mesmo cara. Tenho quarenta anos e basicamente estou solteira pela primeira vez na vida. Não faço a menor ideia de como nafegar... navecar... navegar nesse mundo.

Terminando sua bebida, ela cruzou o olhar com um de seus amigos engravatados. Ele apontou para a bunda de sua modelo sem que a garota visse e riu. Jenna lhe mostrou o dedo do meio.

— Querida — disse a garçonete —, por que você não senta um pouquinho?

— Excelente ideia — respondeu ela, enrolando a língua.

Jenna viu uma chaise vazia em um canto escuro, meio escondida por uma das cortinas esvoaçantes. Conseguiu abrir caminho em meio à multidão e se jogou ali. Ela deve ter cochilado, porque a próxima coisa de que conseguia se lembrar era alguém batendo em seu ombro.

— Você tá bem?

Jenna se endireitou, levantando a cabeça tão rápido que seu cabelo ficou grudado no gloss. Um homem se sentou ao lado dela. Um garoto, na verdade — ele mal parecia ter saído da adolescência, vestia um jeans rasgado, uma camiseta preta que gritava "Blame Society" em letras vermelhas e tênis de basquete. Um turbilhão de tatuagens irrompia da manga da camiseta e cobria o braço dele, parando no pulso. O look do cara tinha personalidade, embora ele não parecesse ter se esforçado para isso, num encontro entre o hipster e o

A escolha perfeita

hip-hop. Esguio e alto, com bíceps de eu-jogo-basquete-todo-fim-de-semana, ele parecia o tipo de pessoa que sabia muito bem que era, de longe, o veterano mais descolado da universidade.

Ele olhava para ela com a testa franzida, como se estivesse concentrado.

— Você tá bem? — repetiu.

— Sim! Tô bem. Tô ótima, ótima.

— É, tá parecendo. — O garoto sorriu. — Quantos drinques você tomou?

— Quatro. Não, cinco. Você tá tão bêbado quanto eu?

Ele assentiu, levantando o copo.

— E chapado. De várias coisas.

— Mas você tem o que, dezoito anos? Isso não é ilegal? O que você está fazendo aqui?

— Tenho vinte e dois! Eu tenho um diploma de elite da Faculdade de Cinema da Universidade do Sul da Califórnia.

— Cinema? Uau! Se eu não estivesse na moda, estaria no cinema. No ensino médio eu pensava em estudar história do cinema, mas a minha mãe ficava, tipo, que porra é essa de historiadora do cinema, então eu nunca... — Ciente de que estava divagando, ela se conteve. — Ela tem uma personalidade muito forte. Enfim, que incrível!

— Nem um pouco. Nenhum de nós consegue arrumar emprego. É mais difícil estudar cinema na USC do que passar em direito em Harvard. A gente ralou pra cacete sem motivo. Vim aqui buscar um amigo, um dos garçons. O cara é um dos cineastas mais bombados da minha geração e tá servindo moscatel pra uma ex-participante do Basketball Wives.

— Nossa, a Elodie vai ficar furiosa. Ela não queria ninguém de reality show aqui.

— Tem várias. Eu acabei de sair da seção da bunda falsa. — Ele simulou um calafrio. — Eu deteeeesto cirurgia plástica. Peitos duros, redondos feito uma bola. Como é o nome daquela coisa que as mulheres fazem que suga a gordura das coxas?

— Lipoaspiração.

— Horrível. Eu gosto de mulher que... — Ele fez uma pausa, fazendo gestos agarradores no ar. — Tem onde pegar.

Jenna se recostou na poltrona para se sentir mais confortável.

— Eu sempre quis ser assim, mas sou muito magra. Passei a vida inteira sentindo inveja das curvas alheias.

— Você tem onde pegar. Além disso, você não é magra, é... esbelta. Esguia, estonteante.

— Você gosta de palavras com "es".

— Sim, eu tinha língua presa quando era criança, então agora gosto de esbanjar.

— Humm...

— Melhor eu parar de dizer essas coisas. — Ele colocou o copo na mesinha, balançando a cabeça. — Esse é o tipo de coisa que a gente não conta quando conhece uma garota linda como você.

— Você me acha linda?

Ele assentiu.

— Demais. Você tá, tipo, num outro nível de sofisticação. Não consigo imaginar você sendo cafona. Eu estava em uma festa com garotas fazendo twerk e gravando uns vídeos no Vine, então posso dizer isso com propriedade.

— Vídeos fazendo twerk no Vine? — Jenna fez uma pausa e depois franziu a testa. — Não faço ideia do que seja ou de onde fica o Vine.

— Você nunca ouviu falar do Vine?

Ela encolheu os ombros, se desculpando.

— Eu estive viajando.

— Tá vendo? Eu sinto que você é um tipo diferente de mulher. Como se fosse de um planeta de deusas angelicais que são, tipo, feitas de fondant e falam recitando Ezra Pound. E vivem em minúsculas casas dentro de arco-íris.

A boca de Jenna se abriu, então ela caiu na gargalhada.

— Eu sou o quê? Você é muito esquisito!

— Eu sei — disse ele, parecendo tímido. — Eu leio ficção científica demais.

— Eu também. E esquisito é bom. Eu adoro.

— Contanto que você goste — disse ele.

O cara sorriu para Jenna. O coração dela quase parou. O sorriso dele a atravessou como um raio, chegando até suas coxas.

Jesus, que boca é essa? Esses lábios carnudos, implorando por uma mordida...

— Tem mais uma coisa que eu acho.

A escolha perfeita

— Me conta — disse ela.

Ele cruzou os braços sobre o peito e a analisou de cima a baixo por um bom tempo. O estômago de Jenna embrulhou — ela estava hipnotizada. Os olhos dele eram atraentes, amendoados e extremamente pretos, como uma gota de tinta na água. *Meu Deus, ele é lindo.* Por fim, a boca dele se curvou em um sorriso misterioso e Jenna sorriu de volta, e então eles eram dois estranhos sorrindo sem graça um para o outro, sem motivo nenhum.

— Acho que você precisa de um beijo. Um beijo com vontade.

— Muito mais do que você imagina. Como você sabe?

— Porque você tá olhando pra minha boca como se seus olhos fossem um laser.

— Convencido.

— Realista.

— Bom, é verdade. A sua boca é realmente... maravilhosa.

Seria o álcool falando ou ele era a pessoa mais trepável que ela já tinha visto na vida? Jenna mordeu o lábio inferior, sua mente a mil por hora. Ela podia sentir as bochechas ficando quentes. Queria arrancar a roupa daquele garoto.

Ela estava bêbada o suficiente para fazer aquilo?

— Você quer me beijar? — perguntou ela.

— É uma pergunta retórica?

Ela balançou a cabeça, chegando um pouco mais perto dele.

— Se você soubesse o que eu quero fazer — disse ele —, ia chamar o segurança.

— Então me beija. Estamos os dois bêbados mesmo. Não vamos lembrar de nada disso amanhã.

— Ah, eu vou lembrar.

Os dois olharam por cima do encosto da chaise para ver quão expostos se encontravam. Estavam de frente para um canto, e o painel quase transparente ondulando do teto meio que os protegia. Todo mundo estava ocupado fazendo o que as pessoas fazem em festas de lançamento de livros sobre cães. Além disso, estava muito escuro.

— Não tem ninguém olhando — disse ela. — Me dá o melhor beijo que você tem aí. O seu beijo nota dez.

— Vou dar o oito e meio. Porque eu sou um cavalheiro.

— Lana Turner dizia que um cavalheiro é um lobo paciente — sussurrou ela, erguendo o rosto na direção dele.

— Lana Turner estava certa. — Ele se inclinou, seus lábios quase tocando os dela. — Então... agora?

— Agora.

Ele roçou muito levemente os lábios nos dela, mal a tocando. Mil arrepios percorreram o corpo de Jenna. Ele a beijou novamente, seus lábios suaves, mas firmes. Depois disso as coisas ficaram sérias. Ele deslizou a mão em meio ao cabelo dela, inclinou o rosto para o lado e a beijou profunda e lentamente.

Um gemido escapou dos lábios dela, que foi pega totalmente desprevenida pela química entre os dois. Ele a segurou contra a chaise, lambendo sua boca com uma crueza tão erótica que foi como se ele estivesse dentro dela — e tão dolorosamente bom que ela se esqueceu de onde estava, subindo a perna em volta da cintura dele, a bainha de seu vestido deslizando todo o caminho até os quadris. Ainda a segurando pelo cabelo, ele continuou, desvendando-a, dando sem receber nada em troca, de modo que tudo que ela podia fazer era se agarrar a ele e se afogar — até que um garçom distraído esbarrou em Jenna enquanto recolhia os copos vazios. Com o tranco, eles se separaram e apenas olharam um para o outro. Atordoados.

— *Caralho* — choramingou Jenna. Seus olhos estavam semicerrados.

— Sua vez — disse ele, seu punho ainda emaranhado no cabelo dela. — Eu quero o seu oito e meio.

— Eu vou te dar o meu oito — murmurou ela. — Não quero acabar com você.

— Convencida.

— Realista.

Jenna o empurrou para trás e subiu em seu colo, montando nele. Segurando o topo da chaise para se equilibrar, ela o beijou com voracidade, liberando toda a luxúria e a frustração sexual que sentira por anos. Ele acompanhou a intensidade dela, fazendo pressão com os lábios e agarrando o lugar onde a bunda e as coxas se encontravam.

— Eu disse — grunhiu ele. — Você tem onde pegar.

— Eu... Eu não acredito que tô na pegação no meio de uma festa — disse Jenna, interrompendo o beijo. — Estou muito velha pra isso, a gente precisa parar!

— Áhá, com certeza — disse ele, beijando ardentemente o pescoço de Jenna com a boca aberta.

— Juro por Deus — disse ela, ofegante. — Acho que eu amo você.

— Tenho certeza que eu te amo — murmurou ele contra o pescoço de Jenna. Então olhou para ela. — Peraí, qual é o seu nome?

— *Jenna Jones!*

Os dois olharam surpresos para Elodie e sua estagiária, Misty, que lutava para não rir.

Eles se separaram, caindo em lados opostos da chaise.

— Kimora Lee Simmons? — Ele parecia confuso.

Elodie revirou os olhos.

— Jenna, que porra é essa? O que você está fazendo?

— Você disse que eu precisava fazer sexo casual!

— Sim, mas eu nunca disse que deveria ser no meu evento. Em uma chaise que eu aluguei por seis mil dólares! Você poderia ter pegado um quarto. A gente tá num hotel, piranha, tem vários quartos aqui!

— Mas... parecia urgente. Eu tô careca! Eu não podia desperdiçar!

— Careca? Você não... — Ele se conteve, rindo. — Ah.

Elodie olhou dele para Jenna, sua longa trança balançando.

— Quem é esse garoto? O que aconteceu com o Dialo?

— Ele estava usando slippers de veludo YSL, Elodie. Era o pior cara do planeta. Eu odeio ele.

Movido pela bebedeira, o cara se levantou bruscamente, cambaleante.

— Slippers de veludo? Ele fez alguma coisa com você? Escroto de merda.

— Baixa o tom, garoto — disse Elodie, agarrando o braço dele. Ela fez uma pausa, apertou seu bíceps e o olhou de cima a baixo. — Olha, eu entendo. Você é bonitão e tal. Mas isso não é lugar pra criança. Eu posso ir presa pelo simples fato de você estar aqui.

— Por que todo mundo acha que eu sou um adolescente? Eu sou um homem feito.

— Querido, se você precisa ficar dizendo...

— Não fala assim com o meu namorado — gritou Jenna, que se levantou rápido demais. Então se deixou cair de volta na chaise.

— Namorado? — Ele sorriu para ela, feliz. — Eu sou o Eric, aliás.

— *Errique. Mon chéri.* — Ela fez um coração com os dedos.

— Olha, *isso* vai ser hilário amanhã — disse Elodie, abafando o riso. — Misty, acompanhe o namorado da Jenna até a seção dos modelos. Jenna, meu amor, você vem pra minha suíte. Você precisa de água e cama. Eu devia ter ficado de olho em você.

Nesse segundo, os olhos de Jenna se fecharam e ela caiu dura.

— Caaara, olha isso. Ela apagou antes de eu pegar o telefone dela — disse Eric, completamente decepcionado. Ele fez um gesto em direção a Elodie. — Tenho a impressão de que você está no comando. Pode me dar o número dela?

Elodie, que agora estava de joelhos na frente da chaise, não tinha tempo para aquilo.

— Tenho certeza de que a Jenna teve um momento intenso com você esta noite. Mas ela está inconsciente, então o momento passou. Tchauzinho, garanhão.

Eric foi embora, desanimado. Então Elodie levou Jenna para seu quarto no hotel, onde ela passou a noite com a cabeça dentro da privada. Seu vestido estava arruinado e ela tinha se comportado feito uma adolescente, mas na manhã seguinte Jenna se sentiu triunfante.

Brian não era o único capaz de seguir em frente.

4

Rodarte, Helmut Lang,. Peter Som, Marchesa, Diane von Furstenberg. Jenna estava em sua mesa, tentando esmiuçar a imensa pilha de convites da Semana de Moda de Nova York (e sentindo saudade dos tempos em que tinha uma assistente). Os desfiles começariam em menos de uma semana, e aquela seria sua primeira aparição nas coleções de Nova York em quatro temporadas. Ela sentia falta daquilo! Muitos dos principais editores de moda reclamavam dos cronogramas frenéticos dos desfiles, dos lanches superfaturados, da dificuldade de conseguir um táxi e das condições climáticas extremas (sempre havia uma tempestade, uma onda de calor ou neve), mas Jenna ainda apreciava demais aquele espetáculo para se cansar dele. Para ela, os desfiles semestrais de Nova York eram a época mais mágica do ano.

Mas as confirmações de presença estavam demorando demais, porque toda hora ela parava para passar corretivo no chupão. Era segunda-feira e a marca ainda não havia desaparecido. Catando o pó compacto na bolsa, a memória do beijo a invadiu. Ela parou, sorrindo consigo mesma.

Que delícia.

Aquela pegação tinha sido, sem sombra de dúvida, o momento mais idiota de sua vida adulta. Ela nunca havia ficado com um desconhecido — muito menos com um garoto —, e definitivamente não em público. Uma piranha de carteirinha diria que não era nada de mais (afinal, dezenas de jovens de dezesseis anos estavam se esfregando em alguém em festas por toda Manhattan naquela noite), mas, para Jenna, fora empoderador. A carga erótica havia sido restauradora.

Graças a Deus ele era um completo desconhecido. Eu morreria se esbarrasse com ele de novo.

De repente, Terry apareceu correndo em sua porta.

— Jenna, a Darcy pediu pra eu te avisar que vai passar aqui já, já pra falar sobre os seus vídeos.

Jenna nunca conseguia entender por que Darcy fazia Terry vir na frente, tocando a sirene, antes que ela fizesse sua entrada. A mulher era irremediavelmente egocêntrica.

— Obrigada, Terry. Estou vendo a Darcy vir atrás de você.

Terry fez uma cara de ansiedade.

— Show. Tô indo então. — E saiu correndo.

Jenna olhou para sua mesa, reunindo os convites para torná-los mais apresentáveis. Quando olhou para cima, ficou congelada. Piscou duas vezes, achando que estava tendo alucinações. Efeitos colaterais ópticos decorrentes dos vômitos violentos durante a noite de sexta-feira? Mas não. Era real.

Era Darcy. E ele. Ele. O ninfeto gostosão.

Em menos de dois segundos, mil perguntas passaram pela cabeça dela. *Como Darcy descobriu? Vou me dar mal por agir de forma tão lasciva em público? Vou ser demitida da StyleZine e depois cair em desgraça? Quando sai o próximo trem para o condado de Fauquier, na Virgínia?*

Seu rosto era uma máscara de puro choque, sua boca formando um minúsculo "O". Foi possível ouvir um ruído agudo quando Jenna inspirou o ar. Mas, em segundos, os dois já haviam se recuperado. Jenna abriu seu mais brilhante sorriso de personalidade da TV. Eric enfiou as mãos nos bolsos e se encostou na porta, tentando parecer tranquilo. Tudo que ele fez foi dar um assobio.

— O que tem de errado com vocês dois? — disse Darcy, olhando de Eric para Jenna.

— Nada. Nada mesmo. — Jenna falava rápido demais.

— Este é o nosso novo cinegrafista, o Eric. Ele vai gravar todos os vídeos do nosso canal no YouTube. A prioridade dele vai ser a sua série. Espero que vocês dois façam mágica juntos.

Darcy olhou para Eric, cuja serenidade havia se dissolvido e que agora olhava para o chão, mordendo o lábio, mal contendo uma risada de nervoso.

— O que é tão engraçado? — perguntou Darcy. — Ah, entendi. Você reconheceu a Jenna.

— Não! Se eu conhecesse essa mulher, com certeza lembraria.

Darcy sorriu, o que sempre causava pânico em todos os envolvidos. Normalmente significava que ela estava prestes a lançar uma bomba.

— Bom, vocês já se conhecem.

Jenna começou a suar.

— Não, não nos conhecemos! Ele é um completo desconhecido.

— Jenna. Você não se lembra do meu filho?

— Seu... filho? — ela repetiu em um tom agudo. Seu cérebro estava sobrecarregado demais para produzir uma resposta inteligente. Com a voz fraca, ela olhou para Eric. — A Darcy é sua...

— Minha mãe — disse ele, se desculpando.

— Vocês se conheceram no casamento do Raymond e da Joanne Chase, uns doze anos atrás — disse Darcy. — O Eric era pequeno, usava aparelho ainda...

— E tinha a língua presa. — Ele olhou para Jenna. Ela quase engasgou com a bala que tinha na boca.

— E o único motivo pelo qual eu levei o Eric para aquela reunião bizarra de pretos ricos foi que a seção de estilo do *New York Times* ia fotografar a gente logo depois. Uma matéria de página dupla sobre o Dia das Mães, com mães famosas e seus filhos. Lembra disso, Eric? Toda hora você passava correndo pela mesa da Jenna, sempre uma criança arteira. E derramou vinho tinto no vestido dela inteirinho. Ficou até mais bonito, preciso dizer. A DKNY já tinha acabado em 2000.

— Era você? — Eric balançou a cabeça. — Isso é muito constrangedor.

— Era eu — respondeu Jenna, balançando a cabeça em câmera lenta. Ela se lembrava daquele casamento, do vestido arruinado e do menino travesso. Ele era adorável, uma gotinha de chocolate ao leite com uma câmera portátil, entrevistando mulheres bonitas sobre suas escolhas para o Oscar. Ele havia anunciado para a mesa dela: "O James Cameron é péssimo. Querem ver o filme que eu fiz sobre a vida do Busta Rhymes? Todos os meus amigos curtiram!" Ela e Billie haviam rido disso durante semanas.

— É claro — continuou Darcy —, todo mundo sabia sobre como eu me sentia em relação a você, então ficaram achando que eu tinha mandado meu filho destruir o seu vestido.

— Peraí, vocês se conhecem fora do trabalho? — Eric estava começando a perceber que sua mãe e Jenna tinham uma história. — Vocês são amigas?

— Bom...

— Nós definitivamente não somos amigas — interrompeu Darcy. — Crescemos juntas na indústria da moda. Lembra do meu noivo, o Marcus? Você já se perguntou por que eu dei um pé nele? Bom, foi essa jezabel com cara de boazinha que arruinou o nosso relacionamento.

— Eu não fazia ideia de que eles estavam juntos — Jenna deixou escapar, as palavras se atropelando. Ela estava mortificada até os ossos. Agora Eric sabia que Jenna e a mãe dele tinham transado com o mesmo cara.

Eric olhou de soslaio para a mãe e então para Jenna, que abriu um sorriso forçado maníaco.

— Vocês duas dividiram o mesmo cara. Tipo, nos anos 80. — Ele massageou uma das têmporas. — Tô meio enjoado.

— Ah, vê se cresce. — Darcy levantou uma sobrancelha e olhou para Jenna. — Meu filho não consegue lidar com o fato de que eu sou uma mulher com várias camadas. A propósito, isto aqui não tem nada de nepotismo. Eu dei o verão para o Eric ir atrás dessa palhaçada de Scorsese e, se ele não conseguisse nada que pagasse um salário de verdade, teria que arrumar um emprego de verdade. O único lugar que estava contratando era aqui. Eu fiz o garoto passar por oito sessões de teste. — Ela colocou as mãos na cintura. — Todos nós sabemos que não há estabilidade no mundo das artes atualmente. Fala para ele, Jenna. Ele precisa deixar pra lá essas fantasias cinematográficas.

— Eu acho — começou Jenna, hesitante — que não sou capaz de desencorajar alguém com talento de seguir seus sonhos.

A boca de Eric se curvou em um meio sorriso torto. Jenna engoliu em seco.

Seria possível que ele fosse ainda mais bonito à luz do dia? Parado ali, alto e descolado, vestindo uma calça cargo levemente amarrotada e uma camiseta perfeitamente cortada (braços perfeitamente delineados também), parecendo que tinha acabado de voltar do Iraque, mas deu uma passadinha na Alexander Wang? Por que ele precisava ter estilo também?

— Você não quer desencorajá-lo? — Darcy riu com condescendência. — É exatamente o que uma mulher sem filhos diria.

Jenna se encolheu.

— Preciso ir. Pessoal, estou dando carta branca para vocês fazerem a série do jeito que quiserem. Só precisa ser uma ideia vencedora. E acho bom que viralize. Quero uma versão preliminar do primeiro vídeo até quarta-feira no fim do dia.

Em seguida, Darcy desapareceu. E então Eric e Jenna ficaram sozinhos para lidar um com o outro. Mais uma vez.

———

Eric se sentou na frente da mesa dela, batendo os dedos nos braços da cadeira. Jenna olhou para as próprias mãos — de tão apertadas, os dedos começaram a ficar brancos. Ela não conseguia olhar para ele.

— Então — ele disse, animado. — Sentiu minha falta?

— Escuta. — Ela levantou a cabeça, seus cachos caindo para todos os lados. Então baixou a voz para um sussurro: — Quero que você saiba que eu mal me lembro do que aconteceu. Eu estava bêbada. É um borrão completo. — Sentindo as bochechas pegarem fogo, Jenna colocou as mãos no rosto. — Jesus, eu tô morrendo de vergonha.

— Se você não lembra de nada, por que tá com vergonha?

— Isso não é engraçado. É terrível.

— Eu não estou rindo. Mas preciso saber de uma coisa.

— O quê?

— Você ainda me ama ou não? — Ele sorriu.

— Por favor, não piore a situação. O que aconteceu… Ninguém pode saber. Esse trabalho é muito importante para a minha carreira. — Jenna respirou fundo. — Você é filho da minha chefe. A Darcy adora me odiar e me mataria se ficasse sabendo. Além disso, fora ela, nós somos as únicas pessoas negras na Belladonna Mídia. Este é o seu primeiro emprego, então você ainda não sabe, mas, no mundo corporativo branco, nós somos observados mais de perto que qualquer outra pessoa. Principalmente na moda. A gente não pode dar mole.

— Você acha que essa é a minha primeira experiência sendo o único preto no recinto?

— O que eu quero dizer é que a gente não pode dar nenhum motivo para acharem que a gente se conhece fora do trabalho. Ninguém nunca mais me levaria a sério. Principalmente depois…

— Depois do quê?

— Nada. — Jenna balançou a cabeça, incapaz de acreditar naquela situação. — Aliás, que tipo de cara se aproveita de uma mulher bêbada numa festa?

— Em primeiro lugar, eu estava mais bêbado que você. Acordei com uma ressaca pior do que *Se beber, não case!*. Em segundo lugar, você mandou eu te beijar. E depois subiu em cima de mim...

— Por favor — choramingou ela. — Não fala mais nada.

— Você queria me pegar e foi o que fez. Você é tão safada quanto eu.

— Se você tivesse me contado quem era a sua mãe, isso poderia ter sido evitado.

— Sim. Porque é normal falar da mãe no meio de um beijo — disse ele. — Além disso, você conhece ela muito bem, correto?

— Correto.

— Se Darcy Vale fosse a sua mãe, você puxaria esse assunto?

— Tem razão.

— Eu não tô acreditando que você é... colega de trabalho dela.

— Eu não tô acreditando que você é filho dela. — Ela se recostou na cadeira, chocada. — Estou aqui me perguntando como deve ter sido a sua infância. Essa mulher como mãe?

— A minha mãe é... Humm, como eu posso descrever? — Ele mastigou o interior da boca. — Na escala de mães de merda, entre a mãe do Hamlet e a De'Londa de *The Wire*, eu diria que ela está no meio. Pra manter minha sanidade, é melhor não me envolver muito. Principalmente aqui. No dia que eu fizer isso, posso acabar perdendo o controle e matando a mulher. Um "mamãecídio".

— E ela cometeria um "Jennacídio" se soubesse disso.

— "Jennacídio." Gostei.

— Isso é péssimo. A minha história com ela não é nada boa.

— Tô sabendo — disse ele, fazendo uma careta. — Você e ela ficaram com o mesmo cara, de quem eu não lembro porque tinha "tios" demais pra me importar com isso. E aí eu beijei você, o que significa que basicamente eu beijei a minha mãe. Cara, isso é muito perturbador. Tô arrasado.

— *Você* está arrasado?

— De maneira irreversível.

A escolha perfeita

Ele afundou na cadeira. Olhou ao redor da sala dela, observando. Parou no pôster vintage do filme de Nina Mae McKinney acima da cabeça dela. Então olhou de volta para Jenna.

— Mas eu consigo superar. *Ma chérie.*

Ele piscou de um jeito inocente para Jenna, que estava distraída por seus cílios obscenamente longos. A sombra de um sorriso passou pela expressão dele, e, Deus do céu, ela notou uma covinha sob uma das maçãs de seu rosto. Sério? Era quase ofensivo. Eric sabia exatamente como era lindo — e, pior ainda, o efeito que estava causando nela. Jenna desviou o olhar, fingindo tirar fiapos de sua saia.

Como eu vou conseguir me sentar a meio metro desse sujeito? Não consigo nem olhar na cara dele.

— Por que você está tão nervosa? — Eric perguntou. — Se isso não puder ser engraçado, a gente tá fodido.

— Você não entende. Isto aqui é a minha carreira, a minha vida!

— Eu só estou dizendo — começou ele — que você tá exagerando um pouco. A gente se pegou numa festa. Acontece. Nem queira saber o que eu fiz com uma garota aleatória no banheiro do Lit Lounge.

— Você não está falando sério.

É claro que estava. A sessão de amassos entre eles tinha sido provavelmente uma das quinze das quais ele participara na noite de sexta-feira. Ele mal se lembrava — mas, para ela, tinha sido um momento sexualmente empoderador. Jenna se sentiu ridícula. E velha.

— Não consigo fazer isso — disse ela.

— Olha, a gente não esperava se ver hoje. Eu sei que é estranho pra cacete, mas e daí? — Ele deu de ombros. — Pelo menos nunca vai ser um tédio.

— Você realmente parece animado. Está adorando isso tudo, né?

— Um pouco.

— Como eu posso ter certeza que você é maduro o suficiente para manter isso em segredo?

— Eu tenho uma maturidade emocional bem atípica pra minha idade — disse ele, impassível.

Jenna apenas olhou para ele.

— Eu não sou um *zigoto*, Jenna. Me dá algum crédito.

Tentando projetar assertividade, ela ergueu o queixo e o olhou diretamente nos olhos. Que erro. Um replay sensorial imediatamente passou pela cabeça dela — Eric mordendo seu lábio, chupando seu pescoço —, e seu estômago revirou.

Ela pigarreou.

— É melhor... É melhor eu falar para a Darcy que não tem como a gente trabalhar junto.

— Beleza — disse ele. — Você vai contar pra ela por quê?

— Vou pensar em alguma coisa.

Ele ficou olhando para ela, sem disfarçar quanto se divertia ao ver como ela estava inquieta e corada enquanto tentava transmitir um senso de autoridade.

— O que foi? — perguntou Jenna.

— Foi bom mesmo, não foi?

— Meu Deus do céu.

— Eu tô brincando. Desculpa. É que você está facilitando demais pro meu lado. Olha, pelo menos dá uma chance de trabalhar comigo antes de decidir que não quer.

Jenna balançou a cabeça e moveu uns papéis pela mesa, resmungando consigo mesma.

— Eu não devia ter voltado, sabia que era um erro, nunca deveria ter vindo pra cá...

Ele se inclinou para a frente e colocou as mãos em cima dos papéis dela.

— Ei, Jenna. Tá tudo bem. Eu não vou, tipo, agarrar você no corredor. Eu nem queria estar aqui. Não sei nem te dizer o quanto me sinto mal por estar aqui. Meu curta-metragem ganhou o Prêmio de Direção Jack Nicholson na escola de cinema mais casca-grossa do país. A *Variety* disse que eu era um cara promissor no especial que fizeram com universitários. E agora o meu trabalho é vagar por Lower Manhattan com uma câmera na mão pedindo a essas Miley Cyrus falsificadas que deem entrevistas sobre seus sutiãs e coturnos neon. Eu sou um artista. Eu me sinto ofendido.

Jenna franziu a testa. Primeiro ele a fez se sentir uma idiota por ficar mexida com o pequeno encontro amoroso entre os dois, e agora ele estava difamando o lugar onde ela trabalhava, pelo qual era muito grata?

A escolha perfeita

De repente ela estava irritada com ele, de um jeito irracional. Estava furiosa por ele beijar tão bem, furiosa por ele saber disso, furiosa por seu tom presunçoso e furiosa por não haver como escapar de trabalhar com ele.

— Somos todos artistas nesta área. E a maioria das pessoas odeia o próprio trabalho. Bem-vindo à vida real.

— Bem-vindo à vida real?

— Você basicamente ganhou um emprego de presente da sua mãe!

— Com todo o respeito, senhora, você não sabe nada sobre mim nem sobre o meu relacionamento com aquela minissupervilã.

— Por favor, não me chame de senhora.

— Parecia apropriado pra sua idade.

— Como é que é?

— Você pode ser grosseira — disse ele —, mas eu tenho que ficar lambendo o seu saco?

Ninguém nunca tinha falado daquele jeito com ela no trabalho.

— Você não pode falar assim comigo! Eu sou... sua superior.

— Superior? Somos parceiros em um projeto.

Totalmente descompensada, Jenna tentou recuperar algum controle sobre a conversa. Ela jogou os ombros para trás e meteu bronca.

— Você não sabe quem eu sou?

O rosto de Eric se iluminou com a ousadia da pergunta.

— Eu deveria saber quem você é?

Então Jenna disse algo que nunca imaginou que sairia de sua boca:

— Joga o meu nome no Google.

— Ah, é? Pode deixar que eu vou fazer isso. — Ele acenou com a cabeça, como se respeitasse sua explosão repentina de arrogância. — Sabe, quando eu acordei hoje de manhã, achei que soubesse quais eram os maiores problemas na minha vida. Eu não fazia ideia de que acabaria trabalhando para uma mulher que não consegue decidir se eu tô aqui pra acabar com a carreira dela ou pra ser namorado dela.

— *Para de falar sobre isso* — disse Jenna entredentes. Ela apontou para a porta. — É melhor você ir agora.

— A gente não deveria fazer um brainstorming? Só temos três dias!

— Vamos fazer o brainstorming individualmente por enquanto.

— Fala sério, juntos nós funcionamos melhor.

— Vai!

— Beleza. — Já na porta, ele se virou e disse: — Foi mal pelo chupão. Acho que mais ninguém vai notar, né?

Então ele abriu um sorriso torto, e ela se levantou e fechou a porta.

———

As cinco horas seguintes foram um inferno. Jenna nunca havia tido um ataque de pânico, mas parecia que as paredes estavam se fechando e que sua vida tinha virado uma novela, então foram vários ataques depois que Eric deixou sua sala. Com muito medo de topar com ele, ela ficou acorrentada à mesa, digitando silenciosamente seus próximos seis posts do "Just Jenna". Jenna nunca sentiu tanta vontade de fazer xixi na vida, mas segurou até sair para almoçar, às duas e meia — momento em que atravessou depressa o corredor até os elevadores com a cabeça baixa, tomando cuidado para não cruzar os olhos com ninguém.

Resumindo, Jenna sabia que estava sendo ridícula. Mas tinha acabado de voltar à civilização e já estava no limite. Seu novo trabalho, seu apartamento, sua vida social — nada parecia estabelecido. Já era um esforço enorme se sentir ela mesma em situações normais da vida, pior ainda em uma tão absurda como aquela.

Depois de um "almoço" de quarenta e cinco minutos em que devorou um pretzel de rua e depois se escondeu na seção de história de Hollywood da Barnes & Noble na Astor Place (sempre seu porto seguro), Jenna percebeu que estava agindo feito uma louca e voltou para a *StyleZine*. Não tinha para onde correr. A realidade era que estava presa naquele escritório com Eric e, embora não fosse a situação ideal, ela era uma profissional e faria tudo dar certo. Naquela manhã, estava nervosa e combativa em razão do choque. Mas agora iria apenas incorporar a grande editora de moda que sempre fora, generosa, embora firme e decidida. Sim, poderia ser um desafio impor respeito a alguém que estava com as mãos na sua bunda apenas duas noites antes, mas ela seria capaz.

Dessa vez, quando Jenna saiu do elevador, colou um sorriso no rosto (para ninguém, já que todos os membros da equipe estavam ocupados em suas mesas)

A escolha perfeita

e caminhou com naturalidade até sua sala. Em cima da mesa, havia uma caixa branca do Cupcake Café com um laço vermelho brilhante.

Entusiasmada, ela se sentou e abriu a caixa. Era um enorme cupcake red velvet. Virou a caixa de cabeça para baixo, procurando um cartão, e não encontrou nenhum. No início ela presumiu que fosse um presente de algum assessor de imprensa da área. Desde seu primeiro dia, na segunda-feira anterior, ela vinha recebendo um fluxo constante de flores, champanhe e cartões sofisticados de "bem-vinda de volta" dos colegas.

Mas naquele momento, pensando sobre aquilo, receber um cupcake de presente de um conhecido do mundo da moda parecia estranho. Todas aquelas calorias? As pessoas da moda não comiam. Ela se perguntou de quem poderia ser.

E então a ficha caiu.

Jenna pegou o telefone do trabalho, digitou "E" e "R" e o número de Eric Combs apareceu em sua tela. Tocou duas vezes e ele atendeu.

— Eu preciso falar com você na minha sala.

— Essa frase nunca traz nada de bom.

— Agora, por favor.

Ela desligou e se sentou na cadeira da forma mais equilibrada e profissional possível. Quando Eric entrou — dessa vez segurando uma câmera portátil —, ela estava preparada.

— Tenho a impressão de que estou em apuros — disse ele da porta.

— Sente-se — pediu ela, calma e firmemente.

Ele obedeceu.

— Por que você está com uma câmera?

— Eu sempre tô com a minha câmera. Minha mão coça sem ela.

Jenna acenou com a cabeça, seu rosto a imagem do controle. Ela entregou a ele a caixa de cupcake aberta.

— Eu não posso aceitar nenhum presente seu. Não tenho certeza de quais foram as suas intenções, mas, se isso foi uma tentativa de... seguir adiante... flertar... Por favor, você precisa entender que eu não estou disponível. Estamos entendidos?

Eric assentiu, a testa franzida. Assim que ele abriu a boca para protestar, o cartão chamou sua atenção. Havia caído no chão ao lado da mesa de Jenna

— e ela obviamente não tinha visto. Dizia "Cupcake Café" em letras cursivas brilhantes do lado de fora, e do lado de dentro ele conseguia distinguir vagamente um bilhete e uma assinatura.

A prova de que não tinha sido ele.

— Fui eu que mandei — ele mentiu.

Jenna juntou as mãos, tentando manter a compostura.

— Eric, por que você está dificultando tanto? O que você estava pensando?

— Você realmente quer saber?

— Não — respondeu ela, rapidamente. — Eu só quero que você pare. Sem rebater o que eu digo, sem presentes. Seja profissional e pare com isso.

— Tá bom.

— Obrigada. — Jenna se aprumou de um jeito afetado, com as mãos cruzadas.

Eric continuou sentado na frente dela, parecendo triste e desolado.

Ela jogou as mãos para cima, irritada.

— Tudo bem! Me fala por que você fez isso.

Eric soltou o ar lentamente.

— Eu estou me sentindo assombrado por você.

— O quê?

— Você é a única coisa que passa pela minha cabeça. Naquela noite, você, o seu gosto... — Ele parou de falar, olhando profundamente em seus olhos. — Eu poderia ter beijado você, só beijado você, até hoje de manhã.

Jenna ficou boquiaberta.

— Eu sei que você é alguém e eu não sou ninguém, mas não me importo. Eu tô obcecado por você. E o jeito mais memorável que eu consegui pensar de comunicar isso foi por meio de... um cupcake vermelho gigante.

O absurdo daquela declaração acertou Jenna em cheio. Assim que recuperou o fôlego, ela disse:

— Eu não consigo nem expressar o perigo de cada uma dessas palavras. Você acabou de cruzar todos os limites do que seria uma conduta corporativa adequada. Eu não vou tolerar isso.

Eric deu de ombros.

— Você perguntou.

— Por favor, entenda o seguinte. Se você se dirigir a mim desse jeito mais uma vez, eu vou ligar para o RH.

— Não, beleza. Eu entendo — disse ele e então apontou para o chão. — Você vai pelo menos ler o cartão? Tá bem ali, ó.

Olhando para ele, ela agarrou o pequeno cartão branco. Abriu-o e leu a mensagem escrita em letra cursiva inclinada:

Querida Jenna,

Parabéns pela primeira semana de trabalho fabulosa (e, pelo que fiquei sabendo, a noite de sexta-feira foi ainda melhor). Você está de volta, baby!

Com amor, Billie

Jenna olhou para o cartão, leu mais duas vezes e depois o fechou lentamente.

— Ah — disse ela.

— Sim. Ah.

— Eu... É... Eu só achei que...

— Eu sei exatamente o que você achou. — A voz de Eric tinha irritação real, sem nenhum senso de humor. — Estava tudo muito divertido até você insultar a minha masculinidade com um cupcake.

— Mas...

— Não se iluda, Mrs. Robinson. Em primeiro lugar, eu nunca me rebaixaria a ponto de cortejar uma mulher de meia-idade com a porra de um bolinho. Em segundo lugar, se eu quisesse você, tenho certeza de que poderia te pegar sem precisar de subterfúgios. E, terceiro, a única maneira de a gente sobreviver a essa situação de merda é você se acalmar e tirar da cabeça o que aconteceu. Você não pode ficar com a cara vermelha e virar uma megera toda vez que a gente se falar. Relaxa. Por favor. Eu te imploro.

Jenna ficou imóvel, sem piscar, mortalmente humilhada.

— Foi... um mal-entendido — proferiu ela por fim. — Eu não estou mais com aquilo na cabeça.

— Áhã. Por isso você tirou essa conclusão sobre o cupcake.

— Você armou pra cima de mim com esse papo de "Eu tô obcecado por você". Você deliberadamente tentou me constranger!

— Não, você fez isso sozinha. De maneira grandiosa. Tipo, Constrangimento com letra maiúscula. Constrangimento com fogos de artifício e uma banda tocando atrás.

Jenna se levantou, a indignação correndo ferozmente em suas veias.

— Esta conversa...

— Sim, eu sei. Acabou. — Eric ficou em pé e atirou a caixa do Cupcake Café na mesa dela.

— Ótimo! E... eu não sou uma mulher de meia-idade!

— Então para de agir como se fosse — disse ele, já do lado de fora.

Ela se deixou cair na cadeira e enterrou o rosto nas mãos. Depois de alguns segundos, girou a cadeira para ficar de frente para seu adorado pôster. Se fosse Nina, o que faria a seguir? Na verdade, Jenna tinha certeza de que a melindrosa sedutora tinha autocontrole e experiência sexual suficientes para jamais se expor a uma situação como aquela.

Como eu vim parar aqui, Nina? Onde foi que eu errei?

Ela queria evaporar.

— Mais uma coisa — disse Eric, que havia aparecido em sua porta novamente.

Assustada, ela girou de volta.

— Não, este não é o emprego dos meus sonhos, mas eu sou bom e não faço nada de qualquer jeito. Eu não vou embora sem um resultado do qual me orgulhe. Se isso significa criar a sua série e filmar garotas na Bleecker Street teorizando sobre calças jeans boyfriend, eu não tenho escolha. Então vamos parar de palhaçada e começar a impressionar um ao outro.

E ele saiu mais uma vez. Eric podia não ter muito em comum com a mãe, mas definitivamente compartilhava com ela o gene da última palavra.

www.stylezine.com

Just Jenna: Segredos de estilo da nossa intrépida embaixadora do glamour!

P: Eu acho shorts jeans de cintura alta tudo. Mas o cara por quem eu tenho um crush diz que eles deixam a minha bunda grande! Enfim, eu sei que chamo atenção quando uso esses shorts. No estilo Kylie Jenner. Mas estou sendo pouco feminina? Devo mudar a maneira como me visto para agradar um homem? — @nãosoueuévocê1982

A escolha perfeita

R: Quando eu era mais nova, costumava me vestir para o meu namorado de um jeito diferente do que me vestia no trabalho. Eu arrasava com todas as minhas peças esquisitas de vanguarda na revista *Darling*, mas meu namorado gostava que eu usasse roupas justas e coladas, então, quando estávamos juntos, eu me vestia como a Chrissy Teigen indo para o MTV Movie Awards. Passei metade da vida fazendo esses ajustes no meu figurino. E a questão é a seguinte: no fim, nós terminamos. Agora ele está com uma mulher que se veste como um almofadinha, feito o James Spader em *A garota de rosa-shocking*.

Sinceramente, quem sabe dizer o que os homens querem? Ser você mesma é mais fácil que tentar adivinhar. O cara certo vai adorar o seu short, porque é você que está vestindo. A propósito, os melhores são os da American Apparel.

5

Tim Milagro-Carroll estava acostumado com as duas personas de Eric. Ou ele era o Sr. Personalidade, o centro das atenções, ou um escroto intenso e emburrado. Naquele dia, estava emburrado. Eric tinha aparecido na casa velha da família Milagro-Carroll em Murray Hill para o habitual programa de segunda à noite — gritar obscenidades direcionadas à ESPN, fumar maconha e jogar Xbox. Ele entrou usando sua própria chave, abraçou as irmãs adotivas de Tim (as gêmeas equatorianas de nove anos estavam apoiadas em um piano, tendo aulas de canto com Jessie L. Martin) e irrompeu no quarto de Tim, um cômodo nojento todo manchado de tinta spray que ficava no andar de baixo.

— E aí? — resmungou Eric antes de desabar numa cadeira dobrável dessas usadas por diretores de cinema e se fechar em um silêncio tempestuoso.

Eric conhecera Tim em seu primeiro dia de aula no quinto ano na Escola Dalton, bastião da boa educação no Upper East Side. Apenas uma semana antes, ele mal conseguia ficar acordado no colégio público onde estudava, em Bed-Stuy, no Brooklyn — uma verdadeira zona de guerra —, e de repente não só estava vivendo em uma área luxuosa de Manhattan como havia sido matriculado em uma instituição cheia de herdeiros bilionários. Tim era o único outro garoto negro na turma, e o pequeno arruaceiro não perdeu tempo para abordar Eric na cantina, com o objetivo de ensiná-lo a sair impune de qualquer situação em uma escola preparatória de gente branca e rica.

Embora Tim não pertencesse ao grupo dos verdadeiros ricaços de Nova York, seus pais, membros da realeza do teatro, tinham capital cultural. Ele era o mais velho de um clã multiétnico de crianças adotadas, cujos pais eram Carlos Milagro, o famoso diretor filipino da Broadway, e seu marido irlandês, Jay-Jay Carroll, um figurinista vencedor do Tony. A casa deles era um entra

A escolha perfeita

e sai de gente, o que os mantinha distraídos e dava carta branca a Tim para fazer estragos pela cidade. Sempre levando Eric junto.

Eles se aproximaram, incorporando os papéis que os perseguiriam para sempre — Eric era o garoto prodígio e Tim era o ferrado. Eric atravessou a adolescência com médias imbatíveis na escola, além de ter economizado grande parte do salário que recebia em um emprego de meio período em uma loja de roupas esportivas para comprar os melhores acessórios para sua Canon C300. Tim mal conseguiu chegar ao ensino médio sem ser acusado por posse de drogas e se envolver numa confusão decorrente de uma orgia com duas estrelas do Disney Channel. Tim trazia vantagens a Eric; Eric servia de álibi para Tim — e juntos eles eram mais unidos que irmãos.

Eles eram completamente opostos, mas tinham o mesmo tipo de sensibilidade, fruto das milhares de influências que uma cidade igualmente antagônica oferece. Estavam mergulhados no hip-hop, mas estudavam em uma escola preparatória; não tinham muito para fazer, mas curtiam aventuras; eram privilegiados, mas a favor da contracultura; sofisticados, mas urbanos. Jamais saíam de casa sem tênis, uma camiseta irônica e um boné, mas eram capazes de dar argumentos convincentes sobre por que Basquiat era o Junot Díaz das artes plásticas. Mais de uma vez, Eric tinha sido classificado como um "blipster" — uma mistura de "black" e "hipster", ou seja, um hipster negro —, o que o ofendia profundamente. E daí que ele gostava de Bloc Party e já tinha sido coanfitrião de uma mostra de arte de rua na galeria Mighty Tanaka? Ele era culto, assim como todo mundo que conhecia. O apelido deveria ser "preto-com-o-mínimo-de-cultura".

Enquanto Eric se sentia extremamente mal por ser um adulto morando na casa da mãe, Tim convivia muito bem com isso. Seu diploma de artes visuais da Faculdade de Design de Rhode Island não lhe havia rendido um emprego, por isso ele fazia mil coisas ao mesmo tempo — elaborava desenhos de tatuagens, gerenciava strippers e enchia a parede de seu quarto de grafites. E, como os pais de Tim eram tranquilos em relação à maconha, seu quarto era o local perfeito para relaxar. O objetivo de Eric na hora seguinte era fumar até entrar em coma.

Naquele momento, Tim estava vencendo Eric em seu videogame favorito, *The Legend of Zelda*, enquanto dava a Thuong, seu irmão de treze anos, conselhos sobre como lidar com uma modelo com quem mantinha um relacionamento via mensagens diretas no Twitter. Eric estava perdido em pensamentos, o que era algo desafiador, já que a última mixtape de Childish Gambino tocava a todo vapor e o jogo estava bombando.

— Merda — disse Thuong, olhando para o iPhone. Ele era vietnamita, mas se identificava fortemente com a cultura negra.

— O que ela disse? — perguntou Tim, sem tirar os olhos da tela. Ele era magro, media um metro e sessenta e cinco, tinha o corpo coberto de tatuagens e ostentava uma camiseta autêntica do show da dupla Eric B. & Rakim, colete jeans e um par de tênis Puma laranja retrô. Embora não tivesse saído de casa nenhuma vez naquele dia, estava pronto para isso.

— Ela me chamou de "meu gostoso".

— Essa porra tá ficando séria — disse Tim. — Pede um nude agora. Peito, bunda, qualquer parte sem roupa. Ela vai te colocar na friendzone se você não mostrar quais são as suas intenções.

Eric quebrou seu silêncio de meia hora.

— Cara, por que você é sempre tão depravado?

— Ele fala! — comemorou Thuong.

— Porque em alguma coisa eu tenho que ser consistente.

— Peraí — interrompeu o mais novo —, como você sabe que caiu na friendzone?

— Quando você cuida do cachorro dela. Instala a Apple TV pra ela. Vai encontrar com ela pra um brunch. — Tim fez uma pausa. — Na verdade não. Se for um brunch no Minetta Tavern, na MacDougal, você tá bem. Mexilhões em *bouchot* e linguiça de porco trufada? Leva a camisinha, garanhão.

Thuong parecia esgotado.

— A friendzone parece meio estressante.

— E ela pode te engolir de repente se você não mostrar logo de cara que é um gladiador do sexo. Pede o nude.

Eric olhou para ele.

— Você tá falando com uma criança, cara.

Tim deu um longo trago no vaporizador e, prendendo a respiração, declamou:

— "Aqueles que educam crianças devem ser mais respeitados que os que as produzem." — Ele soltou o ar. — Aristóteles, porra.

— Peraí, E., eu não sou criança! Eu tenho uma identidade falsa e um bigode quase fechado! — Thuong deu um soco no ombro de Eric, que o socou de volta. — Além disso, a Cherry acha que eu sou analista de novos negócios.

— Você tá ligado que isso é golpe, né? — disse Eric. — Essa mulher manifestou algum interesse em te conhecer pessoalmente?

Thuong hesitou.

— Não, ela é... modelo. Ela tem uns stalkers, por isso é cautelosa.

— Ela não é cautelosa, é golpista. A Cherry é um cara musculoso que mora em Canarsie, comendo biscoito e tocando punheta enquanto fantasia com um cara de terno que na verdade é uma criança com dificuldades na escola.

— Você só quer reclamar — disse Thuong, inseguro.

— Não, provavelmente o Eric tá certo — concordou Tim. — Mas e daí? Isso é prática. Quando você chegar no ensino médio, vai ser um pegador, como eu era.

— Não seja como o Tim era — disse Eric. — A única razão de ele nunca ter sido expulso da escola foi que eu consegui ser eleito diretor do comitê de ação disciplinar.

— E por causa disso eu arranjei tudo pra você perder a virgindade com aquela garota de programa peituda que fingiu ser minha professora de literatura. — Tim clicou freneticamente no botão "L" de seu joystick, fazendo um movimento vitorioso com a Master Sword e terminando a fase. Ele gritou e então continuou: — Eu conheci a garota numa sala de bate-papo da AOL. Esses golpes aí ainda não tinham sido inventados. Eram tempos mais simples.

Tim olhou para o celular. Ele estava esperando que Carlita, a namorada com quem ia e voltava havia três anos, levasse comida do restaurante jamaicano para eles. Ela era uma dançarina ambiciosa e rabugenta, de um bairro barra-pesada, com uma bunda enorme e um megahair preto comprido.

— Porra, cadê a Carlita?

— Lá embaixo empurrando a porta que diz "Puxe" — murmurou Eric.

Tim chutou a cadeira dele.

— Por que você tá tão sensível hoje?

— Você e a Madison voltaram e terminaram de novo? — perguntou Thuong, com uma expressão preocupada.

— Pode crer. Com certeza tem a ver com alguma treta de mulher — riu Tim. — Sentimental do caralho.

— Sim! Drake do caralho.

— Taylor Swift do caralho.

Eric fechou os olhos. *O que eu vim fazer aqui?*

— Mas sério agora. — Thuong passou o vaporizador para Eric. — Tim, você só lida com essas piranhas aí, e pode ser que eu esteja trocando mensagens com um cara gordo neste exato momento. Talvez se a gente saísse com uma dessas garotas do Eric a gente ficasse sentimental também. Tipo, bailarinas feito a Madison.

— Piranhas? — Tim ficou ofendido.

— Você sabe que gosta dessa vida de piranhagem. Aceita. É como o Eric sempre diz... — Thuong, que estava totalmente chapado, teve um branco. — O que você sempre diz mesmo, Eric?

— A verdade o libertará — disse Eric.

— Não enche o meu saco quando eu tô com fome! Em primeiro lugar, elas não são piranhas. São jovens encantadoras inclinadas à piranhagem. Em segundo lugar, eu não corro atrás delas. É que eu tenho dificuldade para me comprometer e não tô pronto pra mulheres com conteúdo. Você está expulso deste quarto — disse Tim, se levantando e dando um pequeno soco nas costelas de Thuong.

— Este quarto era meu quando você estava na faculdade — disse Thuong, que também se levantou.

Com mais de um metro e oitenta, o garoto parecia um gigante ao lado de Tim. Quando socou Tim no estômago, o mais velho desabou. Eles começaram a rolar no chão. Eric, que havia testemunhado aquela cena zilhões de vezes, ficou sentado imóvel na cadeira de diretor, seus pensamentos descartando a idiotice dos dois.

Se Madison não tivesse ficado em Los Angeles para se juntar à Companhia de Teatro Cornerstone, eles ainda estariam juntos. Ela era exatamente o tipo dele: uma mulher de beleza delicada que acreditava ser uma moça certinha, até que Eric a ajudou a perceber que era bem mais despudorada do que imaginava.

A escolha perfeita

Ele rompeu com facilidade a timidez dela (no primeiro encontro, ela começou a chorar enquanto contava a ele melodramas da adolescência, incomodando demais o garçom que os atendia). Ela reclamava muito sobre quanto Eric era inatingível. Ele raramente perdia o controle.

E, no entanto, depois de passar dois segundos ao lado de Jenna Jones, ele já havia lhe contado sobre a língua presa. Falou que ela parecia feita de fondant. Todo o seu lado pateta tinha vindo à tona. Ela era estonteante! O jeito que ela olhava para ele, com aquela volúpia crua, quase intimidante... Ela era puro desejo. Um desejo adulto, de corpo inteiro, sem o menor indício da timidez das garotas da idade dele. Nenhuma garota jamais tinha mandado que ele a beijasse. E, quando ele fez isso, a reação dela o atingiu como se ela o tivesse arremessado no chão. Ela parecia completamente líquida embaixo dele, agarrando-o como se estivesse se afogando. Como se ela tivesse esperado anos por aquele beijo. Ela bancava a sedutora, mas era tão vulnerável quanto uma virgem.

E a química entre eles foi totalmente inebriante.

Mais cedo naquele dia, na sala de Jenna, ele fingiu que estava mais bêbado na festa do que de fato estava. Fingiu que havia sido uma pegação qualquer. Não foi. Na noite de sexta, ele teria feito o que ela quisesse, qualquer coisa. Não importava quão pornográfico ou depravado fosse. Em público. E sem nem saber o nome dela.

Mas, depois de conhecer sua gêmea má, Eric foi tomado por uma enxurrada de perguntas. Por que Jenna tinha que ser uma antiga rival de sua mãe? Como assim ela tinha quase o dobro da idade dele? E por que, por que ela tinha que ser tão maluca?

Mas mulheres dramáticas e irracionais sempre haviam sido a kryptonita de Eric. Afinal ele tinha sido criado por uma.

Quando era muito pequeno, Eric venerava Darcy. Ela era como uma irmã mais velha enigmática que brotava por alguns dias com presentes inadequados para a idade dele (quem dá a uma criança um cantil de bebida de couro?), além de beijos fortemente perfumados, depois desaparecia por longos períodos. Semanas. Meses. Tinha sido difícil para Eric ansiar pelo leite materno, que deveria ser um direito seu como ser humano, mas obtê-lo apenas ao acaso. Depois que cresceu, esse vínculo se quebrou para sempre.

Aos dezesseis anos, Darcy Vale era a filha brilhante e sexualmente curiosa de um policial e sua calada esposa guianense. Os pais eram bastante conservadores, além de adventistas do Sétimo Dia fanáticos. Ela morava em uma casa geminada em Bedford-Stuyvesant, no Brooklyn, a apenas duas quadras do Gentry Houses — o conjunto habitacional onde vivia Otis Combs, de vinte e cinco anos, e sua mãe. Todo mundo conhecia Otis: ele era o bondoso baterista de olhos sonolentos que nunca conseguiu chegar lá, mas deveria (o "nunca conseguiu chegar lá" estava relacionado a um vício debilitante em uísque, não à falta de talento).

Cansada de ser virgem, Darcy conheceu o doce sedutor enquanto fumava um cigarro do lado de fora de uma bodega uma noite, depois de voltar de uma reunião na escola. Eles compartilharam uma garrafa de Jim Beam, rolaram em uma pilha de folhas douradas no Stuyvesant Park, e, quinze minutos depois, a líder do grêmio estudantil da Escola de Ensino Médio Bishop Loughlin estava grávida.

Luther Vale imediatamente execrou a filha. Humilhado pelo escândalo, vendeu a casa e se mudou com a família para Bayonne, em New Jersey. Eles nunca mais falaram com Darcy — e jamais conheceram Eric. Aos dezesseis anos, Darcy Vale era mãe solteira e estava sozinha. Perdida. Mas Darcy era habilidosa, uma força da natureza com uma vontade avassaladora: conquistar o mundo. Não ficou perdida por muito tempo. Ela amava o filho, mas precisava concluir o ensino médio, conseguir uma bolsa de estudos, arranjar empregos em revistas hipercompetitivas, ir a festas e arrancar o dinheiro do aluguel de rappers e/ou engravatados de Wall Street. Assim, Darcy deixou a criação de Eric nas mãos da mãe de Otis e tratou de saciar sua ambição fervilhante.

Eric mal se lembrava de Darcy falando sobre o pai quando era pequeno, exceto para enfiar na cabeça dele a ideia de que ele não estava autorizado a crescer e virar um perdedor feito Otis Combs.

— Seu sobrenome é Combs — disse Darcy em uma manhã gelada depois de uma rara noite em que Eric dormiu na quitinete minúscula dela e não no Gentry Houses. Apressada, ela arrastava o filho de sete anos para a escola para poder chegar à redação da *Mademoiselle* antes do restante da equipe. Ela precisava tostar perfeitamente o bagel da editora de acessórios — por quarenta e sete segundos —, organizar a gaveta de pulseiras por cor e escrever a "carta do editor" da editora-chefe, tudo antes das nove da manhã.

— Eu sei o meu sobrenome, mamãe — respondeu ele, suspirando, meio irritado, meio contente, embora com um pé atrás.

Fazia três semanas que ele não a via, mas na noite anterior ela o havia buscado no apartamento da avó carregando uma série de objetos aleatórios, entre eles pãezinhos havaianos (seus favoritos) e uma autêntica espada ninja, presente de seu novo "tio", um lutador saudita conhecido como Xeique das Lágrimas, que também era, como ele mesmo explicara a Eric, um gênio na vida real.

— Seu sobrenome é Combs — continuou Darcy —, mas você é cem por cento Vale. Está entendendo?

Ela parou no meio da calçada lotada. E se agachou para ficar cara a cara com Eric, um menino intenso demais que havia herdado do pai tobaguiano as maçãs do rosto marcadas e os exóticos olhos pretos como nanquim.

— Você não vai crescer e envergonhar a família Vale, entendeu?

Eric assentiu. *Que família Vale?*

— O Otis não é capaz de levantar a bunda do sofá da mãe dele pra arrumar um trabalho qualquer que pague quarenta dólares. Ele é um nada — sussurrou ela. — Você não é igual a ele, meu amor. Você é igual a mim. Nós somos vencedores.

— Eu amo o papai — disse Eric, confuso e horrorizado.

Mas Darcy já havia se levantado e agarrado sua mão, descendo depressa a Nostrand Avenue.

— Eu amo o papai — ele continuou entoando, mesmo sabendo que ela não podia ouvi-lo, até engasgar com as lágrimas que queimavam suas bochechas geladas.

Eric não precisava ouvir um sermão sobre os fracassos de Otis. Ele sabia que seu pai — um homem impotente em razão de seu jeito sonhador e da bebida — não era como os pais dos filmes da Pixar. Mas ele amava Otis, porque o pai estava lá. Havia lhe ensinado a preparar molho de curry caseiro e a desenhar dedos humanos perfeitos. Havia contado diversas vezes com ele a história do blues nos anos 30. Passava o fim de semana inteiro no parquinho com ele. Tinha dado aulas de breakdance para ele. Tinha mostrado a ele a importância de ser gentil com as pessoas, mesmo quando aquilo não o beneficiava nem um pouco. Ele se importava.

Mas nada disso fazia diferença, porque Otis foi baleado aleatoriamente em uma bodega na Halsey Street e morreu quando Eric tinha dez anos. Então Darcy o arrastou para morar em Manhattan. Ela ia ter que se mudar de qualquer maneira.

Como um relógio, Darcy se mudava a cada dois anos, comprometida em melhorar de vida. Primeiro foi para os quarteirões mais gentrificados do Brooklyn, depois levou Eric para o Soho, em seguida para o Meatpacking District, e então pousaram em uma cobertura em Tribeca, depois que ela se casou com o cara mais suspeito do mercado financeiro, Luca Belladonna. Eric se sentiu num mundo paralelo quando entrou pela primeira vez na Escola Dalton. Ele tinha futuro ou seria só um aluno fracassado? A primeira vez que um garoto da Dalton perguntou de onde ele era, Eric se encolheu e ergueu os pequenos punhos. Em seu bairro no Brooklyn, se alguém lhe perguntasse isso, era porque você tinha andado pelos lugares errados — e era a última coisa que você ouvia antes de ser roubado ou atacado.

Depois de algum tempo, Eric empurrou as lembranças de seus primeiros anos de vida para algum canto escuro, um armário trancado de modo que não sentisse a perda aniquiladora de Otis, e começou a se esforçar para se tornar algo novo.

Na adolescência, ele já sabia quem era. Foi representante de turma na Escola de Ensino Médio de Arte e Design. Um jovem de dezesseis anos que fazia às pressas o dever de casa, editava o clipe amador de um amigo rapper — "You Said There'd Be Sex (Tonight)" — e depois saía pela cidade com os filhos de estrelas dos tabloides e magnatas da mídia. *Ele* era filho de uma magnata da mídia. Também foi, para seu deleite, o acompanhante da filha mais bonita de Vanessa Williams no baile de boas-vindas do colégio.

Entretanto, algumas coisas nunca mudaram. Darcy ainda era a miragem errática de uma mãe, que passava o tempo todo trabalhando, viajando ou se divertindo, deixando Eric sozinho com a geladeira vazia e o cartão de crédito. Ela só prestava atenção nele quando o levava a eventos de caridade ou os dois posavam para fotos estranhas e encenadas de mãe e filho — ou para repreendê-lo por criar rachaduras em sua armadura social duramente conquistada. (*O pai daquela vagabunda de pernas tortas trabalha numa operadora de celular. Termina com ela imediatamente, o que vão pensar de mim?* e *Peraí, você está se inscrevendo em uma faculdade pública, seu ingrato de merda, depois de eu trabalhar feito uma condenada para lhe dar essa vida? Se você soubesse o que eu fiz para te colocar na Dalton, se mijaria todo.*)

Eric não tinha família. Mas tinha aquele sentimento inato (sim, inegavelmente Vale) de eu-preciso-vencer que o mantinha focado quando teria sido mais fácil seguir o caminho de todos os outros adolescentes ricos e negligenciados de Manhattan — e ter uma overdose de pó enquanto metia numa garota de programa. E, quando se sentia perdido, ele fugia para o agitado lar dos Milagro-Carroll e passava uma semana lá. O lugar perfeito para escapar da cobertura da perdição, fria, vazia, de Darcy.

Mas naquele momento ele era um homem adulto e continuava ali. Estava duro demais para sair da casa da mãe e era orgulhoso demais para permitir que Darcy comprasse um apartamento para ele. Virava todas as noites trabalhando no projeto de seu filme, a fim de atender às diretrizes necessárias para inscrevê-lo em todos os festivais de cinema do planeta. Gastava dinheiro que não tinha em taxas de inscrição surreais. Rezava para que um festival o notasse, para conseguir encontrar investidores que financiassem um longa-metragem ou um agente que arranjasse trabalho para ele na TV ou na produção de documentários, videoclipes, filmes pornô ou qualquer outra coisa. Desejava ter sido bom em outra área, como matemática, para que pudesse ser um investidor e viver uma vida desprovida de arte mas segura, com bônus de final de ano e festas decoradas com prostitutas.

E agora ele estava preso em um escritório com uma mulher que queria que ele fosse demitido por beijar bem. Obviamente ele havia piorado a situação provocando Jenna, mas não conseguira resistir. Vê-la se contorcer e corar atrás da mesa, ciente de que aquilo estava acontecendo porque ela estava pensando nele? Era sexy demais. Mas ele teria que parar, porque, se o episódio do cupcake provava alguma coisa, era que ele estava levando à loucura uma mulher que já tinha os nervos à flor da pele.

Tudo o que Eric queria fazer era ficar longe de confusão, economizar cada centavo do seu salário e sair da *StyleZine*. Ele estava desesperado para que sua vida começasse.

Jenna Jones me odeia porque me quer e isso a assusta, pensou. Ele precisava mostrar a ela que era confiável.

Eric pulou da cadeira de repente.

— Vou nessa. Tenho que ir.

Ele saiu pela porta antes que qualquer um dos dois irmãos tivesse tempo de se levantar.

Thuong olhou para Tim, que estava preso em uma chave de braço.

— É — assentiu Tim. — Com certeza tem a ver com mulher.

6

*Q*ue otária, pensou Jenna pela enésima vez naquela manhã. *Eric me fez parecer uma idiota com aquela história do cupcake porque eu fui uma otária, e daqui a uma hora vou ter que olhar para a cara dele de novo. Nem Shonda Rhimes seria capaz de me salvar dessa situação.*

Jenna ainda não tinha acordado direito. Tinha dormido um total de três horas, obcecada com sua situação na *StyleZine*. Felizmente, havia tirado a manhã de folga para participar como jurada nas análises preliminares das coleções dos formandos do Fashion Institute of Technology, evento que estava sendo realizado em um imenso loft todo branco na esquina da 25th Street com a Tenth Avenue. No local havia trinta araras com rodinhas, cada uma operada por um estudante de design de aparência exausta — e uma variedade de jurados vagando pelo espaço, examinando os projetos. Ao redor do salão as janelas iam do chão ao teto, permitindo que os raios de sol incandescentes inundassem o espaço, de modo que os pobres jovens não apenas sofriam para explicar à velha guarda do setor suas coleções proibitivamente etéreas como piscavam descontrolados por conta do sol. Estranhamente, quase todos usavam óculos de armação preta e grossa, ao estilo de Buddy Holly, e tinham cabelo lavanda.

Jenna suspirou ao se aproximar de uma arara cheia de camisolas vintage brancas e creme de seda, cetim e veludo molhado, usadas de um jeito um tanto extravagante. A estilista, uma loira rechonchuda com cabelo acobreado no estilo Rita Hayworth, mordeu o lábio inferior.

— Oi, sra. Jones — disse ela, com a voz trêmula.

— Olá! Nossa, que lindo. Adorei a maneira como você combinou os cortes enviesados dos anos 30 com as silhuetas fluidas dos anos 60.

— Obrigada — sussurrou ela. — Acho que eu gosto muito da... vulnerabilidade e da sensualidade das roupas íntimas... deixadas à mostra. Sabe, a dualidade de ser uma mulher poderosa, mas... sei lá, usar tecidos delicados e frágeis como armadura. Não acha?

Jenna sorriu. Ela enxergou seus amados alunos da Faculdade Comunitária do Norte da Virgínia naquela garota. Explodindo de ideias e se sentindo obrigada a expressá-las, mas, ao mesmo tempo, temendo que todas elas fossem um lixo. Era isto que ela tanto amava nas mentorias: ser capaz de conduzir os alunos durante o processo, ajudando-os a refinar suas criações e a confiar em seus instintos.

— Eu sugeriria que você ousasse mais. Brincasse com cortes talvez um pouco mais inesperados. Porque, assim, a gente já viu isso antes. Você foi obviamente influenciada pelas Riot Grrrls do início dos anos 90.

— Riot o quê?

Jenna olhou para ela.

— Courtney Love? Hole? Babes in Toyland? Todo o movimento kinder-whore, com os baby-dolls e os sapatos boneca?

Eu sou um dinossauro.

Ela enfiou a prancheta debaixo do braço.

— Lesley, grande parte do trabalho com moda é entender a origem das influências. Você deveria assistir aos clipes "Doll Parts" e "Violet", da Courtney Love. Além disso, procura *Boneca de carne* na Netflix. É um filme de 1956 sobre uma garota de dezenove anos que tem um marido mais velho e bizarro, que a obriga a dormir num berço e a usar umas camisolas extraordinárias de criança até que ela faça vinte anos e eles possam consumar o casamento. É completamente doentio e genial, e o figurino vai te trazer inspiração. Depois disso, repense um pouco a direção que você está tomando, tudo bem?

— Sim... Eu vou fazer isso... Com certeza. Obrigada.

A expressão de gratidão no rosto da jovem estilista fez Jenna ganhar aquela manhã.

E em seguida ela se lembrou da situação que a aguardava no escritório.

Então deu um abraço em Lesley e se dirigiu à mesa de canapés, onde ficou enrolando, beliscando *crudités* e bebericando bellinis pelos quarenta e cinco minutos seguintes.

———

Jenna estava parada na minúscula cozinha ao lado das baias, dando goles em sua segunda xícara de café puro (tinha tomado muitos bellinis). O objetivo dela era ingerir uma dose rápida de cafeína antes de retornar ao trabalho, depois de voltar do Fashion Institute of Technology. Era terça-feira. Ela e Eric deveriam mostrar uma versão preliminar do primeiro vídeo para Darcy até o final do dia seguinte, e, devido ao nível de estresse, cada ideia que lhe vinha à cabeça era inútil ou desinteressante. Ela precisava ter alguma coisa dentro dos sessenta minutos seguintes — além de se preparar psicologicamente para ver Eric de novo.

Enquanto virava a segunda xícara, Terry e a editora assistente de conteúdo, Jinx, entraram no minúsculo enclave, ambas um pouco agitadas. Terry rolava a tela do celular, enquanto Jinx, uma mulher linda e inquieta de ascendência iraniana, puxava uma arara de roupas atrás dela.

Elas ignoraram completamente a presença de Jenna.

— ... e aí eu cuidei das informações do "onde comprar" dos nossos cinco looks do dia, mas as minhas legendas são tão sem graça — disse Terry, que vestia uma calça de moletom de grife e tênis de cano alto da Supra. Todas as manhãs, Mitchell, o editor de fotografia, lhe enviava fotos de garotas com roupas legais selecionadas por ele ao redor do mundo, e ela as legendava.

— Deixa eu ver — disse Jinx, engolindo a seco um comprimido para emagrecer. Sua beleza intensa e voluptuosa lhe escapava. Ela queria ser uma garota branca comum. Ansiava por luzes loiras no cabelo, adorava café com sabores sazonais e usava perfumes de celebridades. Ela tinha a aparência de uma feiticeira misteriosa de olhos escuros, mas por dentro era Lauren Conrad.

Terry enfiou o celular na cara de Jinx.

— Olha essa foto. Ela está de batom vermelho-sangue, botas de caubói e vestido preto de gola branca. Eu chamei de "Gótica à luz do dia", mas é uma merda. A Darcy disse que as minhas legendas parecem ter sido escritas por um sonâmbulo.

— "Chique sombrio"? Não sei, não tô conseguindo me concentrar! — lamentou Jinx. — Estou em cima do prazo e esse remédio me dá uns tremores. Tenho que perder dois quilos e meio até quinta-feira pra poder usar uma cropped na Le Bain sem que as bichas me olhem de cara feia!

Jenna respirou fundo e disse.

— Oi, meninas.

— Oi, nem vimos você — respondeu Terry, apesar de a cozinha ser do tamanho de um armário.

— Oi, Jenna — disse Jinx. — Eu estava querendo te perguntar: qual é o seu Instagram? A Darcy quer que a gente siga você.

— Ela não tem Instagram — disse Terry, com as sobrancelhas levantadas.

— Sério? — Jinx franziu a testa para Jenna. — Bom, isso é... humm... Enfim, eu gosto muito da sua coluna. Tão foooooofa — disse ela, já voltando a atenção para Terry. — Me mostra de novo a garota?

— Talvez eu possa ajudar — ofereceu Jenna.

Terry e Jinx se entreolharam, e então a loira deu de ombros.

— Claro.

Jenna pegou o celular de Terry e analisou a foto por alguns segundos.

— "Vampira forasteira entra no saloon."

Terry assentiu lentamente, sorrindo.

— Essa legenda é muito boa.

— É mesmo! Como você faz isso? — perguntou Jinx.

— Não seja tão literal — disse Jenna. — Estique a descrição o máximo que puder. Mesmo que pareça ridículo. As legendas mais bobas e extravagantes são as mais memoráveis.

— Caramba — disse Terry. — Escreve todas as legendas pra mim?

O rosto de Jenna se iluminou.

— Meu Deus, acho que você pode me ajudar também — choramingou Jinx, que, até cinco minutos antes, nunca tinha trocado mais de quatro palavras com Jenna. Ela puxou um look da arara e jogou em cima dela. — O nosso primeiro "Se liga no look" do dia vai entrar em quarenta minutos, e o Mitchell vai me fotografar usando a nossa versão de um look da Kristen Stewart. Eu, com esses peitos enormes, de Kristen Stewart. Não faço a menor ideia de como posar!

— Humm — Jenna refletiu. — O "Se liga no look" é uma tela dividida, com a foto da celebridade e a do editor lado a lado. O editor sempre trabalha com aquela mesma pose, com os braços ao lado do corpo. Você deveria fazer diferente, tornar mais editorial.

A escolha perfeita

Jenna jogou o cabelo na frente do rosto e curvou os ombros, cruzando os pés na altura dos tornozelos. Apesar de estar usando um vestido de verão com saia tulipa de sua amiga Billie ("A Bela do Churrasco"), ela se transformou numa emburrada estrela de cinema de vinte e poucos anos.

— Trabalhe com a personalidade dela. Todo um clima de "sim, meus fãs me fizeram a mulher mais bem paga de Hollywood, mas eu não vou dar a eles um único sorriso".

— Mas eu não tenho nada a ver com ela. Ela é toda pequenininha. — Jinx estava cética.

— Eu sei. É só uma paródia da fantasia que gira em torno dela. Você vai estar sendo irônica. Use bastante delineador preto. Faça uma cara mais fechada, mas com uma piscadinha. Brinque com isso. Moda é fantasia... O leitor quer uma história!

— Acho que pode funcionar — disse Jinx, olhando para Jenna com um misto de vaga desconfiança e interesse crescente. — Terry, o que você acha?

Eu não acredito que ela esteja consultando uma mulher com quinze anos a menos de experiência do que eu antes de seguir a minha ótima ideia. Eu era diretora de um departamento de moda gigantesco! A minha opinião é tão irrelevante assim? Eu realmente preciso ajustar as minhas expectativas. E tomar um drinque. Eu preciso de um drinque.

— Você, posando como a Kristen Stewart? — Terry bateu palmas. — Eu não posso com esse talento todo!

Jinx deu um gritinho.

— Alguma de vocês tem delineador preto? Tem alguma cinta modeladora aí? Acho que vai ficar demais. Valeu, Jenna.

— Sempre que precisar — exclamou Jenna, envergonhada de quão orgulhosa se sentiu diante da aprovação delas.

Só então, Jenna notou Terry olhando por cima do ombro dela. A garota começou a dar pulinhos.

— Eric Combs!!

Jenna se virou. Lá estava ele, passando pela cozinha. Ele parou, seu corpo ficou tenso quase imperceptível e logo em seguida relaxou. A tranquilidade em pessoa. Ela abriu um sorriso para ele, um tanto exagerado. Tinha passado a noite inteira rezando para entrar em sua sala e descobrir que o constrangimento que sentia em razão do que havia acontecido no dia anterior era uma espécie de vírus com um tempo de vida de vinte e quatro horas. Intenso, mas de curta duração. Infelizmente, não foi o que aconteceu.

— Oiêêê — disse ela alto demais, acenando com a mão de um jeito idiota e desajeitado.

— Oi, Jenna — disse ele, com uma simpatia cuidadosa e inofensiva. — Tudo bem?

Antes que ela pudesse responder, Terry passou na frente dela e se jogou nos braços de Eric.

— Oi, amor — disse ela, com uma voz aguda. — Nem te vi no seu primeiro dia! Dá pra acreditar que a gente agora trabalha junto? Cara, que demais.

— E aí, Teezy? — Eric a abraçou de volta.

— Vocês já se conhecem? — perguntou Jenna, dando um jeito de entrar na conversa.

— Eu conheço o Eric desde que ele era mais baixo que eu. E eu sou o motivo de ele estar aqui! — Ela baixou a voz para um sussurro conspiratório. — Eu falei pra ele não entrar numa por trabalhar pra mãe dele. Pelo menos é um salário.

— A Terry namorou um amigo meu na oitava série ou algo assim — disse ele. — Com quem você tá agora?

— Tô prestes a terminar com Kevin Watson, e Jamal Crebb já está a postos.

— Jamal Crebb. Ala-pivô no time de basquete da Columbia?

Ela suspirou, colocando a mão sobre o coração.

— Meu amor.

— Vai entender — ele disse para Jenna e Jinx. — A garota adora um preto. Olha o cabelo dela, ela tem um sidecut. Esse é o código para "Eu trepo com pretos".

— Então é isso que significa? — perguntou Jinx. — Eu devia fazer alguma coisa legal no meu cabelo. O meu namorado não gosta dele mesmo.

— Mas é bem bonito — disse Eric. — Parece o da Lara Croft. Tenho minhas dúvidas em relação a um cara que não gosta de um cabelo tipo o de uma heroína dos quadrinhos.

O rosto dela se iluminou.

— Você tem toda razão.

— Para de olhar pro Eric como se ele fosse um doce de padaria — disse Terry. — Desculpa, Eric. Este lugar só tem mulher. Não estamos acostumadas com a energia de um homem hétero. Você corre o risco de ser abusado sexualmente.

— Sei lá, as mulheres que eu conheci parecem bem comportadas — disse ele, incapaz de se conter. — Não consigo imaginar ninguém aqui tentando abusar de mim.

Jenna cravou os olhos nele.

Naquele momento, Darcy passou depressa em frente à cozinha e depois voltou atrás, entrando no espaço, agora cheio. Elevando seu lado multitarefa a outra categoria, ela digitava em seu iPhone, aplicava gloss e gritava ordens em um segundo celular aninhado entre o ombro e a orelha.

Depois de fazer o quarteto esperar trinta segundos, ela jogou os dois telefones e o gloss na bolsa.

— Jenna, como foi o evento do FIT? Você nos representou lindamente?

— Acredito que sim — respondeu Jenna. — Você não imagina o nível de criatividade fluindo daqueles alunos, e foi uma ótima oportunidade para...

— Perfeito. Então, Jinx.

— S-Sim? — perguntou a morena.

— Eu almocei com a Alexandra, da Comme des Garçons, e ela me disse que você confirmou presença no lançamento das camisetas de primavera? Você não pode ir a esse evento, é muito nova nisso. Além do mais, você está proibida de participar de qualquer evento de moda até que esse seu transtorno alimentar não diagnosticado esteja sob controle. Naquele almoço da TopShop, ouvi dizer que você abriu um túnel em todas as minibaguetes da cesta de pães, deixando carcaças de crosta espalhadas por todos os lados. As garotas da *StyleZine* são sempre as mulheres mais descoladas do local. Me poupe desse clichê de garota faminta do mundo da moda.

Jinx corou e assentiu.

— Sim, pode deixar.

Fora do campo de visão de Darcy, Eric parecia estar se esforçando ao máximo para manter a boca fechada.

— E, Jenna. Suas últimas três postagens no "Just Jenna" tiveram um tráfego absurdo, o que eu gosto. O que eu não gosto é o fato de que o tráfego teria quadruplicado se você tivesse promovido os posts. Por favor, me fala que fez isso hoje.

Jenna ainda não tinha dominado a arte da promoção digital — não era um reflexo natural para ela escrever alguma coisa e depois divulgar o link para zilhões de estranhos. Tinha deixado a peteca cair e estava prestes a ser exposta na frente daquelas meninas, as mesmas que haviam acabado de concluir que talvez ela fosse mesmo uma aquisição valiosa para o escritório. E Eric, que já a achava patética.

— Oi? Jenna?

Terry e Jinx se entreolharam e depois olharam para o chão.

— Eu... Bom, eu...

Jenna se sentiu como uma assistente de nível básico, sendo confrontada pela chefe por se esquecer de lhe contar que o *London Times* havia ligado para entrevistá-la a respeito de um desfile da Isaac Mizrahi. O que ela poderia dizer?

— Eu ia...

— Ela já resolveu isso — disse Eric.

Jenna virou a cabeça na direção dele.

— Como você sabe? — perguntou Darcy.

— Você não tem acesso à nossa conta no HootSuite, tem?

— Eu nem sei o que é isso — cuspiu Darcy, impaciente.

— Deveria. Isso ajuda você a agendar conteúdo nas redes sociais e aumentar o engajamento. Eu dei uma olhada mais cedo e vi que a Jenna tem quatro tuítes na fila pra hoje à tarde e alguma coisa no Google Plus. E uma postagem no Facebook marcada pras três horas. Ou era três e meia?

— Humm, três e meia. — Jenna enxugou a palma das mãos na saia. Não fazia ideia do que ele estava falando. — No WhoSweet, né?

— HootSuite — repetiu Eric.

— Isso.

— Humm. Muito bom. — Darcy olhou para ela com um ceticismo distraído e começou a se afastar. — Jenna e Eric, estou ansiosa para o primeiro vídeo.

As duas garotas saíram correndo atrás de Darcy, e Jenna e Eric ficaram parados na cozinha. Ela respirou aliviada, caindo para trás contra a bancada. Então fez um gesto para que Eric se aproximasse.

— Não sei nem o que dizer — sussurrou ela, com grande dificuldade. — Só obrigada.

— Não precisa me agradecer — disse ele. — Você estava se afogando. Estava sendo doloroso de ver.

— Mas você podia ter deixado eu me afogar. Você sabe, depois do nosso... dia ontem. Um tanto desafiador.

— Desafiador? Essa é a palavra que nós vamos usar?

— Tudo bem, eu exagerei um pouco.

— Tipo, sim, você estava meio demais. Mas foi quase cinematográfico. Você fez valer a pena.

— Eric — começou ela de maneira imponente. — Eu queria te dizer... Eu acho que você merece... Me desculpa... pelo jeito como eu me comportei ontem.

Eric pareceu surpreso.

— Uau. Aposto que essa doeu.

— Você nem imagina.

Ele cruzou os braços.

— Tá desculpada. E me desculpa por te chamar de "mulher de meia-idade".

— E Mrs. Robinson — acrescentou ela.

— E Mrs. Robinson.

— Eu não sou uma megera. Não mesmo. Na verdade, sou uma das pessoas mais legais que você vai conhecer na vida. Ainda que isso seja a mesma coisa que dizer "eu sou linda" ou "eu sou muito engraçada". É uma daquelas coisas que você precisa esperar que alguém diga sobre você.

— Eu não acho que você seja uma megera — disse ele, se encostando na bancada ao lado de Jenna, porém a mais ou menos meio metro de distância. Havia uma cafeteira Keurig e uma cesta de saquinhos de chá Twinings entre eles. — Acho que você surtou. E eu não ajudei.

— Quem é você?

— Tá vendo? Eu sou um cara legal e você queria me denunciar no RH.

Jenna cruzou os braços.

— Isso é tão estressante. Eu não fazia ideia do que você estava falando com a Darcy. Parecia suaíli.

— Por que você está estressada?

— Tudo bem — disse ela, com um suspiro. — Eu vou dar a real.

— Nããão — disse ele, rindo. — Não, você não vai dar a real.

— Não é assim que os jovens falam hoje em dia?

— Sim, mas é "mandar a real" — disse ele. — Agora me fala o que tá rolando.

Ela fez uma pausa, analisando-o. Eric era muito seguro, parecia se sentir muito confortável com ele mesmo — não ficara nem um pouco abalado pela situação de merda deles, no estilo *Um é pouco, dois é bom e três é demais*. No dia anterior, aquilo a havia deixado irritada. Mas, naquele momento, Jenna se sentia grata. Era como se ele se recusasse a dar ao constrangimento entre eles uma chance de se estabelecer — o que era um tanto cavalheiresco da parte dele.

— Eu dei aulas na Virgínia por um tempão e acabei de voltar para Nova York. — Ela baixou a voz. — É a primeira vez que trabalho para um site e estou um pouco perdida.

— E você tem medo de pedir ajuda e acabar dando bandeira?

— Bem por aí. Tuitar? Instagramar? Eu não entendo nada disso.

— Instagramar? Olha, essa é a coisa mais fofa que eu já ouvi.

Fofa? Jenna não conseguia se lembrar da última vez que um homem a havia chamado de fofa.

— Você parecia saber do que estava falando — disse ela. — Sobre o HooTweet e tudo o mais.

— HootSuite.

— HootSuite.

— Ela só quer que você poste os links dos seus posts pra fazer as pessoas clicarem indiretamente — disse Eric.

— Suaíli de novo.

— Assim, ninguém digita mais uma URL ou o nome de um site no navegador. Você encontra sites e links em diferentes plataformas. Tipo, indiretamente.

— Entendi. — Jenna se permitiu assimilar a informação. Depois pigarreou e, hesitante, perguntou: — Você acha que… poderia me ajudar? Me passar um tutorial? Eu realmente preciso da sua expertise. Eu preciso de você.

— Como é que é?

— Eu preciso de você — disse ela entredentes.

Eric irradiava satisfação, mas não disse nada.

A escolha perfeita

— O que foi?

— Tô tentando uma coisa nova aqui, que é não dizer a primeira coisa que me vem à cabeça.

— Ah, obrigada.

— É claro que eu vou te ajudar. E o SpikeMee90 vai ser o seu primeiro seguidor oficial.

— Noventa? Esse é realmente o ano em que você nasceu?

— Sim, definitivamente o ano errado. Tudo de bom aconteceu antes do meu tempo, ou quando eu era novo demais pra entender. Filmes de gângster dos anos 30. Marlon Brando. *Banzé no Oeste*. Blaxploitation. Soundgarden. Outkast. Mas Outkast 1994, não aquela merda de "Hey Ya". — Ele deu de ombros. — Ser mais velho é... melhor. É mais rico. Mais sexy.

Ser mais velho é mais sexy.

Eric não percebeu o que estava dizendo até sair de sua boca. Ele olhou para Jenna para ver se ela havia reagido e cruzou o olhar com o dela. Jenna hesitou por mais tempo que o apropriado e então desviou o olhar. Sem perceber, ela se afastou ainda mais dele.

— Uau. Soundgarden — disse Jenna, tentando seguir com a conversa. — Quando eu era adolescente, você não podia ser preto e gostar de "coisas de branco". Admitir que eu adorava Mötley Crüe me faria imediatamente ganhar da turma o selo Oreo... preta por fora, branca por dentro.

— Você adorava Mötley Crüe? Com aquelas mãos tremendo, os penteados e tudo o mais?

— Mãos tremendo? Como você notou isso?

— Eu sou cineasta. Eu noto tudo.

— Muito bem, cineasta, se a gente não decidir o que fazer com a série, é melhor pedir demissão agora.

— Certo. Vamos nos concentrar. — Eric tirou um pacote de Skittles do bolso, colocando um punhado na boca.

— Você precisa de Skittles pra se concentrar?

— Não, eu só tenho uma fixação leve no estágio oral e sou viciado em doces. Tenho que provar o arco-íris pelo menos duas vezes por dia. — Ele ofereceu a ela o pacote.

— Não, obrigada. — Ela reconsiderou. — Aliás, sim.

Ela pegou um punhado e puxou um guardanapo. Em seguida, pescou os amarelos e os alinhou no guardanapo. Eric a observou fazer aquilo por alguns segundos, perplexo.

— Você precisa me explicar o que é isso.

— Todo mundo sabe que o de limão é o mais gostoso. É sempre assim.

— Ah, é *sempre* assim.

Jenna tirou um caderninho da bolsa e folheou suas anotações da noite anterior. Desceu pela lista de ideias semidesenvolvidas e parou na única que parecia viável.

— Em primeiro lugar, você tem alguma informação privilegiada? Quer dizer, do que a Darcy gosta? Algum estilista específico? Alguma arte específica? Modelos? O que a gente pode dar a ela que ela vai amar?

— Sangue de virgens? Como eu vou saber?

— Então não temos nada. Bom, a minha ideia é a seguinte. Você já ouviu falar da Isabelle Mirielle, certo? A linha de sapatos chiques que todas as it-girls e celebridades adoram? É o que a Jimmy Choo costumava ser. A estilista, Greta Blumen, é uma amiga minha das antigas. Ela é supermisteriosa e nunca fala com a imprensa, mas vai falar comigo. A gente vai ao estúdio dela e faz a entrevista. Vai que a gente consegue uma prévia da próxima temporada! Todo mundo vai pirar com isso!

— Humm. Tá. — Eric ofereceu mais Skittles a Jenna.

— "Tá" significa o quê?

— Eu não entendi.

— Como assim, não entendeu? — Ela enfiou os amarelos na boca. — Eu conheço a estilista de calçados mais quente do mercado. Por que as garotas não estariam interessadas em conhecer os bastidores da criação dos sapatos que elas tanto cobiçam?

— É uma matéria de revista — disse ele, simplesmente.

Eric ofereceu mais Skittles para Jenna, e dessa vez, em vez de pegar alguns, ela arrancou o pacote das mãos dele.

— Do que você está falando?

— É estático. Poderia ser lida em qualquer lugar. Não é visual. Não é clicável.

— Como?

— Ninguém vai clicar nela! Além do mais, isso é só um vídeo. A série seria sobre o quê?

— Uma série de entrevistas com os VIPs do mundo da moda.

Eric passou a mão no rosto.

— Cara, isso é muito fraco.

— É fabuloso! — Ela virou o pacote na boca, terminando com o conteúdo. — Acontece que eu tenho um pouquinho mais de experiência que você. Confie em mim.

— A sua chefe está esperando que isso viralize. Isso não vai viralizar.

Jenna, que tinha apenas uma vaga ideia do que significava "viralizar", disse:

— Vai viralizar três vezes!

— Essa mina dos sapatos pelo menos tem uma personalidade mais dinâmica?

— Eu consigo fazer qualquer um parecer deslumbrante. Há muito tempo que eu faço isso. Com todo o respeito, acho que caberia a você sentar, observar e aprender.

— Acho que respeito tá faltando um pouco.

— Como você sabe que não vai funcionar? Você fica aí sentado comendo Skittles e me dizendo como eu devo fazer o meu trabalho. Você é um garoto. Que provavelmente veio de skate pro trabalho.

— E qual é a marca e o modelo da vassoura que te trouxe até aqui?

— O quê?

— A gente pode passar o dia todo nessa. Você não vai ganhar. E não foi à toa que você acabou com o meu Skittles.

Jenna olhou para o pacote vazio.

Eles ficaram em silêncio por um momento, ambos se dando conta de que tinham feito tudo para se conter e nada havia funcionado. Jenna tinha prometido a si mesma que iria parar de ser tão defensiva, mas havia algo em Eric que alimentava isso nela. E Eric tinha tentado veementemente conter seu jeito "espertinho", mas Jenna o levava àquilo. Estava claro: eles sabiam como trazer à tona o pior um do outro.

— Olha — disse Eric —, o início dessa conversa foi tão promissor. A gente não pode repetir o que aconteceu ontem. Eu fico esgotado com esse jogo.

— Eu também.

— Você tem razão, eu sou novato. Então vamos fazer essa parada da estilista de calçados.

Ela sorriu, triunfante.

— Obrigada.

Eric inclinou a cabeça.

— Você sempre consegue o que quer?

— Mais ou menos.

Ele assentiu, pensando consigo mesmo. E então, com uma expressão calmamente segura, disse:

— Eu também.

7

O showroom da Isabelle Mirielle ficava em um prédio de oito andares na 37th Street, uma construção característica do Garment District — um edifício bastante deteriorado, com mais de um século de idade, ostentando uma loja de atacado cafona no térreo, entupida de peças de poliéster, vestidos típicos de primeira comunhão e festa de quinze anos. Do lado de fora, ninguém jamais diria que aqueles imóveis abrigavam as fábricas e os showrooms de algumas das marcas mais importantes do mundo da moda. Na verdade, a arquitetura era tão melancólica que sempre parecia que ia chover — e aquele dia estava ensolarado e passava dos vinte e cinco graus, uma bela manhã de início de setembro.

Eric estava parado em frente ao número 210 da 37th Street, com seu equipamento de gravação, aguardando Jenna e meditando acerca da imensa quantidade de indicativos de que aquela sessão seria um fracasso. Graças aos tumultuados dias anteriores, Jenna e Eric haviam demorado muito para ter uma ideia e agora estavam com pressa. Não existia nenhum plano de ação. Ele deveria ter falado direto com Greta Blumen para acertarem como seria a direção, mas Jenna era extremamente territorialista, insistindo em fazê-lo ela mesma e conseguindo contato apenas com a assistente, já que a estilista estava fora do país até aquela manhã.

Jenna havia escolhido uma pessoa misteriosa sem nenhuma pegada digital, então ele não havia conseguido descobrir nada a respeito de Greta Blumen que pudesse ajudá-lo a se preparar. Desse modo, basicamente, nem ele nem Jenna — nem a estilista de calçados fantasma — faziam ideia do que os aguardava naquela manhã.

Ele não reclamou de nada porque... bom, por que ele faria isso? Jenna era presunçosa demais, teimosa demais — persistente e equivocada demais. Era impossível dialogar com ela quando ela acreditava que já tinha a resposta. Ele deixaria que ela descobrisse tudo isso sozinha.

Terry havia lhe contado que Jenna tinha sido jurada em um programa de TV. Obviamente, ela estava acostumada com grandes produções de orçamento elevado, com assistentes e supervisores tomando as principais decisões, e, agora que estava sozinha, não fazia ideia de como funcionavam filmagens de baixo orçamento e de guerrilha. Jenna não entendia que ela não era só um grande talento: teria que ajudar a produzir o conteúdo. Não seria simplesmente dar as caras e brilhar.

Jenna era uma diva. E do pior tipo — o tipo que achava que tinha os pés no chão.

Esse era o problema dela, na verdade. Jenna era completamente sem noção. Acreditava que parecia uma mulher poderosa toda vez que fazia birra, mas no fundo parecia assustada. Naquela manhã, depois de Eric passar irritantes vinte minutos ensinando-a a mexer no Instagram, Jenna achou que pareceria ocupada e inabalável ao se recusar a dividir um táxi com ele ("Desculpa, preciso terminar este post, encontro você lá"). Mas tudo o que ela fez foi passar a mensagem de que não seria capaz de ficar sozinha com ele dentro de um táxi.

Na verdade, Eric também não se sentia confortável em ficar sozinho com ela. No dia anterior, ele havia descoberto que o estresse de lidar com o comportamento de Jenna lhe dava uma dor de cabeça terrível. Ele havia tomado dois analgésicos no caminho, por prevenção. Sim, ela conseguia ser legal quando não estava gritando com ele, mas era a esse ponto que as conversas entre os dois sempre chegavam.

Nunca na vida me arrependi de beijar uma mulher, até agora, pensou ele. *Eu não devia ter ido àquela festa do livro dos cachorros. Devia ter ido para a casa do Tim e passado quinze horas assistindo a* Key & Peele. *Minha vida seria bem mais fácil neste momento.*

Um táxi foi reduzindo a velocidade até parar na frente dele. Estreitando os olhos por causa do brilho refletido na janela traseira, ele viu Jenna do lado de dentro.

Ela abriu a porta e saiu vestindo um casaco de moletom vermelho que parecia ter encolhido, deixando uma faixa da barriga à mostra, mil colares de pérolas e calça jeans marinheiro colada, salientando a bunda. Seus cachos

A escolha perfeita

77

estavam presos de um lado. Scarpins de couro com pelos. Lábios brilhantes. Maquiagem de estrela de cinema.

Eric piscou várias vezes. E então expulsou da mente todas as ideias não profissionais.

— Oi — disse Jenna, indo até ele com um sorriso de mulher de negócios.

— Ei. Você trocou de roupa.

— É, esse é o meu look "Marinheira Socialite". Eu geralmente fico bem de vermelho na câmera.

— Foi bom você vir com uma roupa lisa. Esqueci de avisar que estampas podem atrapalhar a perspectiva.

— Eu conheço esse truque. Já estive algumas vezes na frente das câmeras.

— Sim, ouvi dizer que você era uma estrela da TV. Explica muita coisa — murmurou ele baixinho. — Então. Antes de entrar, vamos gravar a introdução. A gente só tem vinte minutos com a...

— Greta Blumen.

— Então a gente precisa correr. — Eric olhou para os dois lados da rua, com a testa franzida. — Fique bem aqui, com a Seventh Avenue atrás de você, pra gente poder pegar o trânsito no fundo.

— Aqui? — Ela recuou.

Ele olhou por cima da cabeça dela e então para o sol.

— Não, pra esquerda. A gente precisa captar essa luz.

Sem nem pensar, Eric segurou Jenna pelos ombros e gentilmente a moveu para a esquerda, então um pouco para a direita. Estava tão concentrado em preparar a tomada que não percebeu que a estava tocando, até que olhou para o rosto de Jenna e viu seus olhos arregalados. Ele baixou as mãos.

— Perfeito — disse.

Eric posicionou o tripé dez passos à frente dela e colocou a câmera em cima. Olhando através das lentes, Jenna parecia toda contraída. Seus lábios formavam uma linha estreita, e seus braços pendiam rígidos ao lado do corpo. Ele precisava que ela se soltasse.

Ele ergueu a cabeça.

— Você já teve algum bicho de estimação?

— Bicho de estimação? Eu sou alérgica a qualquer tipo de pelo de animal. Mas eu tive uma gata sem pelos.

— Qual era o nome dela?

— Colleen. Eu sempre adorei a ideia de dar nomes inadequadamente humanos a animais de estimação. Ela quase se chamou Rachel. Ou Tameika.

— Animais de estimação não eram permitidos no lar dos Vale, mas na sexta série eu adotei um terrier e deixei na casa do Tim, meu amigo. O nome dele era Rocky 4. — Ele se abaixou atrás da câmera, ajustando as lentes. — Enfim, a sua bolsa me lembra o pelo do Rocky 4.

— Você está comparando a minha bolsinha transversal com um cachorro? Isso aqui é chinchila sintética de alta qualidade!

— Bolsinha falsificada, né?

Jenna deu uma risadinha.

— É um elogio — disse Eric. — Eu amava aquele cachorro.

Ela balançou a cabeça. Afofando o cabelo e se sacudindo um pouco de um lado para o outro, observou Eric substituir uma lente, ajustar o ângulo e tentar de novo. Sua testa estava franzida de tanta concentração.

— Então, por que você gosta disso? — perguntou ela. — O que te fez querer produzir filmes?

Eric levantou a cabeça novamente.

— Sempre fez parte de mim. Acho que, quando eu era criança, a minha vida parecia... confusa. Eu adorava o fato de os filmes terem começo, meio e fim. Tudo se resolve no terceiro ato. Ou talvez não, mas pelo menos você tem uma resposta. E eu gosto de fazer o mundo parecer da maneira como eu quero. Eu me sinto Deus — disse ele. — É meio doido. Às vezes eu lembro de alguma coisa e parece supervisceral, e uns bons cinco minutos depois eu me dou conta de que não é uma memória real. É a cena de um filme.

Ela sorriu, se reconhecendo naquilo.

— Eu me identifico. Sinto a mesma coisa, mas em relação ao que os personagens estavam vestindo. Posso fazer uma pergunta? Sobre o que é o seu curta?

— Não. Por favor, nããão — disse ele, com um gemido.

— Por quê?

— Só de pensar nisso eu fico estressado. Estou tendo uma crise de pânico com essa pergunta — respondeu ele. — E você? Por que gosta de trabalhar com moda?

A escolha perfeita

— As roupas dizem tudo sobre quem uma pessoa é, antes mesmo de ela abrir a boca. Você, por exemplo. É muito claro o que você quer que o mundo pense sobre você.

— E o que seria?

— Como se você não fizesse nenhum esforço para parecer descolado, embora você obviamente faça. Descolado meio que por acaso. Um ator num dia de folga pego pelos paparazzi.

Ele olhou para si mesmo.

— Eu não faço esforço nenhum. Eu sou homem. Só visto qualquer coisa e pronto.

— Fala sério! Você estava usando um Air Yeezy branco e cinza ontem. Os tênis mais incríveis que o Kanye já criou. Com uma camiseta RZA, que eu sei que você comprou na VFiles em Lafayette. Esse lugar ainda existe?

— Sim, mas o que eu quero dizer é…

— E hoje você está vestindo a camisa xadrez que está na vitrine da H&M do Soho. Além disso, jeans desbotado da Rag & Bone e essas botas de marca… Isso é o que, Artful Dodger? Edição limitada da J. Crew? — Ela deu uma risadinha. — Botas de outono, embora esteja fazendo mais de vinte e cinco graus. É o tipo de coisa que o pessoal da moda faz. Você definitivamente se esforça.

— Como você fez isso? — Eric olhou para si mesmo. — Tô me sentindo totalmente exposto.

Jenna estreitou os olhos, analisando-o.

— Já entendi. O seu estilo é uma mistura de "rapper disco de platina na beira da quadra de basquete" e "hipster de alta costura".

Ele se afastou do tripé.

— Hipster? Eu tenho cara de quem bebe cerveja artesanal? Tô vestido feito um fazendeiro do século XIX?

— Não, está vestido feito um lenhador do século XIX.

— Dá pra ver que você memorizou o meu guarda-roupa inteiro — disse ele. — Por que está prestando tanta atenção?

— Por favor, eu faço isso com todo mundo.

— Áhá. Tá bom — disse ele com um sorriso.

Satisfeito com a configuração e confiante de que o gelo havia sido quebrado com Jenna, Eric disse:

— Vamos fazer uma tomada da sua introdução. Este é o primeiro vídeo, vai definir o tom da série inteira. Lembre às pessoas quem você é. O que esperar do projeto.

Ele entregou a ela o microfone da *StyleZine*. Ela respirou fundo e soltou o ar com força, franziu o nariz e o soltou, então sacudiu os ombros.

— Tô pronta. — Deu um grande sorriso. — Olá a todos, eu sou Jenna Jones, a nova editora-geral da *StyleZine*. Estou muito animada para apresentar a vocês o meu primeiro videoblog! Hoje estamos no showroom da Isabelle Mirielle, onde... Eric Combs acaba de tirar os olhos da câmera com evidente insatisfação.

— Quem é essa pessoa?

— Sou eu, ué! — Ela franziu o cenho.

— Você precisa ser informal. Descontraída. Os vloggers do YouTube falam de dentro do banheiro ou da cozinha de casa, como se estivessem conversando com amigos. A ideia é parecer real.

— Eu não pareço real?

— Você tá parecendo a Siri.

— Isso costumava ser tão fácil! Acho que estou realmente enferrujada.

— Tá tudo bem. Só relaxa.

Jenna recomeçou, mas se desconcertou quando uma rajada de vento bagunçou seu cabelo. Ela o ajeitou, deu uma olhada no espelhinho do pó compacto e recomeçou mais uma vez. Só que aproximou demais o microfone e borrou o brilho labial, portanto precisou pegar o espelho novamente. Naquele ponto, ela percebeu que seu blush tinha ficado fraco demais sob a luz do sol, então tirou o estojo da bolsa e aplicou mais um pouco. Na terceira tomada, gritou "Corta!" para ajustar a disposição de seus colares.

— Cara, o que você tá fazendo?

— Eu estou acostumada a ter alguém para arrumar o meu cabelo, a maquiagem e a minha roupa antes de ir pra frente da câmera! — Ela olhou no espelho mais uma vez, alisou o corretivo embaixo dos olhos e começou de novo. — Tomada quatro. Eu sou Jenna Jones e...

Eric desligou a câmera.

— Você está tirando toda a espontaneidade da coisa. Você não quer uma overdose de perfeição.

— Quero, sim.

— Não, você quer que as pessoas se identifiquem com você. Além disso, não existe arte nenhuma em trazer mulheres bonitas idealizadas no vídeo. Tem a ver com os momentos de vulnerabilidade feminina. Sabe, tipo quando tá ventando muito e o cabelo gruda no gloss. Quando a mulher ri muito alto e cobre a boca. Quando ela inconscientemente alisa a saia na altura da bunda porque acha que é muito grande ou muito pequena. Imperfeições.

— Na minha idade, imperfeições são contra a lei.

— Para de pensar demais nisso e faz o que parece mais natural. Vamos gravar a introdução de novo, e dessa vez não para. Você vai arrasar.

Foram necessárias mais três tomadas e a orientação de Eric para Jenna acertar. Finalmente ela deixou de lado a rigidez e permitiu que viesse à tona o que realmente era: autoconfiante, inteligente, mas com um toque levemente excêntrico e autodepreciativo que fazia dela a favorita dos fãs do *America's Modeling Competition*. Quando tropeçou na pronúncia de "Isabelle Mirielle", ela não parou. Em vez disso, deu uma risadinha e disse: "Não liguem para mim, eu sou nova no mercado da moda". Funcionou.

Talvez não seja uma ideia tão ruim, pensou Eric.

E, quando chegaram ao andar acima do depósito (um espaço modesto, do tamanho de um apartamento de dois quartos em um arranha-céu em Midtown), Eric se sentiu esperançoso. O showroom era lindo, uma explosão de itens boho luxuosos. Havia lenços bordados de veludo molhado, incensários primorosamente trabalhados e um tapete turco psicodélico cobrindo o chão de madeira propositalmente surrado. Uma parede de azulejos marroquinos que percorria toda a extensão da sala estava forrada de sapatos, do teto ao chão, com um painel de organza transparente flutuando na frente dela. E havia quatro moças empoleiradas em pufes acolchoados e felpudos em volta de uma mesa branca desbotada, estudando desenhos de sapatos.

— Olá, eu sou a Rosie — anunciou a assistente de Greta Blumen, caminhando até eles. Ela era atarracada, com um cabelo meio hippie alaranjado e emaranhado. Parecia forte, como se pudesse derrubar um mastodonte com as próprias mãos.

— Sim, nós nos falamos ao telefone! — disse Jenna.

— A sra. Blumen está lá nos fundos — disse ela, desviando o olhar de Jenna e focando em Eric. — E, bom, eu acho que ela está um pouco em dúvida. Vocês podem voltar em outro momento?

— O quê? — Jenna ficou atordoada. — Você não tem como falar com ela?

— Booooom... ela está saindo de uma semana bem intensa. E ela é imprevisível demais. Eu não posso me dar ao luxo de ser demitida. — Ela fez um gesto como se fosse conduzi-los até a porta.

— Mas, Rosie — Jenna argumentou, tentando não entrar em pânico —, você se comprometeu com a filmagem ontem e...

— Por que ela está em dúvida? — perguntou Eric, dirigindo-se a Rosie.

— Ela nunca aparece em frente às câmeras — disse a assistente, olhando timidamente para ele de novo. — Fica nervosa.

— É natural — disse Eric. — Ela está acostumada a ficar nos bastidores. Mas ela vai se sair bem.

— Como você pode ter tanta certeza?

— Eu sei como fazer as mulheres se soltarem — ele respondeu, sua covinha fazendo uma aparição.

Rosie olhou para ele e então revirou os olhos, corando.

— Tenho certeza que sim.

Ele sorriu.

— O que isso significa?

— Naaaaada — respondeu ela, toda atrevida.

— Eu só estou dizendo — prosseguiu Eric, fingindo inocência — que todo diretor deve saber como fazer sua protagonista se sentir confortável. Por que você está vendo coisa onde não tem, Rosie?

— Eu não estou vendo nada! — disse ela, rindo. — Meu Deus!

Jenna olhou de Eric para Rosie e de volta para ele, atordoada com o que estava testemunhando. A postura de Rosie havia passado de tensa para quase comicamente libidinosa. Ela estava encostada na parede, acariciando preguiçosamente uma mecha de cabelo.

— Tudo bem. Então, olha só. Eu não quero que você seja demitida. Mas você pode tentar trazer a Greta aqui pra falar com a gente?

— Duvido que eu consiga convencê-la a vir aqui.

A escolha perfeita

— Tem certeza? — disse Eric, baixando o tom de voz. — Você parece o tipo de garota que sabe conseguir o que quer.

— Pareço?

— Tô errado?

— Sim. Quer dizer, não. Quer dizer, sim? — Rosie balançou a cabeça, desconcertada. — Humm... Eu já volto.

A ruiva os deixou ali e atravessou correndo o salão. Jenna se virou para Eric e o encarou, incrédula.

— O que foi? — sussurrou ele.

— Que porra foi essa? — ela sussurrou de volta.

— Um de nós tinha que pensar rápido.

— Isso é pensar rápido pra você? Comer a garota com os olhos para convencê-la a ajudar?

— Eu só usei os recursos que tenho disponíveis pra salvar a nossa pele.

— Isso foi muito baixo, Eric.

— Sim, mas funcionou. Qual era o seu plano?

— E eu lá tive tempo de pensar em algum? Você já saiu engravidando a garota!

Naquele momento, Rosie voltou apressada na direção deles.

— Boa notícia. A sra. Blumen concordou em dar cinco minutos a vocês.

— Graças a Deus! — exclamou Jenna.

— Obrigado — Eric disse para Rosie.

— O prazer foi meu — ronronou ela, jogando o cabelo emaranhado para trás do ombro.

Jenna se conteve para não revirar os olhos.

— Então, pessoal — continuou a assistente —, ela está no banheiro, terminando de massagear os pontos de pulsação com óleo de mirra. Mas estejam preparados. Ela teve umas semanas difíceis.

Naquele instante eles ouviram uma voz alta e rouca, com um forte sotaque alemão, vindo de algum lugar atrás deles.

— Obrigada, Rosie, pode se retirar. Jenna! Ah, Jenna, minha querida!

Eles se viraram e lá estava Greta, tomada por uma energia inquieta e nervosa, saindo do banheiro. A mulher lembrava uma vidente — e parecia estar cheirada. Usava um vestido largo e fluido de estampa ikat, sapatos de bico redondo e salto quadrado de cetim da Capezio e um lenço dourado com paetês pendurados cobrindo as madeixas pretas selvagens. Seu estilo parecia totalmente natural, como se ela tivesse saído do útero já uma mulher adulta, usando um bracelete dourado de cobra e segurando uma bola de cristal.

Greta usava alguns acessórios que não combinavam com a roupa: um enorme colar cervical branco e um gesso cobrindo inteiramente seu braço esquerdo. E muletas.

Jenna e Eric se entreolharam.

— *Mein Liebling!* — Ela foi mancando até Jenna e a abraçou com dificuldade, o pescoço rígido, em seguida fez o mesmo com Eric. Depois, claramente sentindo dor, uniu as mãos em oração. — Estou desde ontem nervosa com a filmagem por causa dos meus ferimentos, mas a Rosie disse que a minha velha amiga e essa belezura pareciam tão tristes que seria um desastre decepcioná-los. Então vamos! Eu sou um livro aberto.

— Greta? O que aconteceu? A sua assistente não mencionou nada sobre você ter... se machucado.

— Eu estava no jardim correndo atrás da minha pavoa, Taraji P. Henson, para fazer exercícios, e tropecei na torre de pedrinhas que costumo fazer para meditar. Torci tudo e quebrei o braço. Foi uma catástrofe, *mas o que não mata fortalece.*

— Ah, Greta — disse Jenna, que havia esquecido que a estilista tinha uma tendência a salpicar sua fala com clichês absurdamente óbvios.

— O meu marido ficou irritadíssimo por eu ser tão imprudente. Ele deu um ataque porque nós não temos seguro. Humpf! Eu nem dou atenção a ele. *Pessoas feridas ferem pessoas.*

— Bom, talvez o colar e o gesso deem um tom extra à entrevista! Certo, Eric?

Ele não sabia o que dizer.

— Eric?

— Sim, claro — disse ele, voltando à vida. — Então, Greta, você está pronta? A parede de sapatos é um ótimo lugar pra gente começar.

— Lá não. Sou muito supersticiosa e acabei de fazer feng shui neste lugar pela sétima vez. A gente precisa ter cuidado para não perturbar o chi.

Eric olhou ao redor.

A escolha perfeita

— Que tal naquele canto, com o sofá dourado?

— De jeito nenhum, é onde eu me aninho para ter ideias. Não posso compartilhar isso com o mundo.

No fim das contas, Greta era contra Eric filmar qualquer coisa significativa ou "especial" no showroom. O único lugar onde ela concordou em filmar foi em frente a uma porta branca. Após organizar tudo, ele olhou pela lente e percebeu que a ambientação parecia totalmente medíocre e amadora.

Não havendo escolha, Eric orientou Jenna e Greta a começar.

— Olá de novo! Estou aqui com a renomada e misteriosa Greta Blumen, estilista de calçados da Isabelle Mirielle.

Greta se apoiou na muleta direita e acenou para a câmera, a mão engessada balançando de um lado para o outro como um limpador de para-brisa branco e volumoso.

— Greta, você pode contar pra gente o que te inspira?

— Isso é pessoal demais! Tudo o que eu posso dizer é que me sinto bem em correr riscos. *Eu danço como se ninguém estivesse olhando.*

— Bom, e qual é o seu processo? Você tem algum ritual?

— Tenho, mas são os *meus* rituais, *Liebling.* Contar para você seria como deixar alguém fazer um pedido de aniversário no meu lugar. — Ela começou a rir. — Mas, falando sério, *por que complicar se a gente pode facilitar?*

— Você pode nos contar o que a Isabelle Mirielle está preparando?

— Não posso, mas vamos ter opções para todos os gostos. Porque, como eu sempre digo, *a beleza está nos olhos de quem vê.*

— Você deve ter alguns modelos novos fabulosos para mostrar aos nossos espectadores. Só uma espiadinha?

— *Nein!* Afinal *quem espera sempre alcança.*

Jenna olhou para Eric, cuja expressão era um misto de "Qual o problema dessa aí?" e "Eu vou matar você".

— Certo… Bom, a gente precisa pelo menos falar sobre o seu famoso modelo Clara, a bota acima dos joelhos com salto agulha de quinze centímetros cheio de tachas. Por que você acha que ela causou tanto impacto?

— Bom, eu já pensei muitíssimo sobre isso, e sabe qual é a minha teoria?

Jenna pareceu esperançosa. Finalmente detalhes que dariam um pouco de conteúdo àquela entrevista que mais parecia um beco sem saída.

— Qual é a sua teoria?

— *Sexo vende.*

— Corta! — disse Eric, desligando a câmera. — Greta, você está indo muito bem. Eu só preciso dar uma palavrinha com a Jenna. Vamos nos retirar por alguns minutos. Não se preocupe.

Jenna sorriu para Greta e seguiu Eric até o corredor. No segundo em que ele fechou a porta, eles começaram a gritar aos sussurros um com o outro.

— Jenna! Que porra de caralho é esse?

— Eu sei!

— Foi por isso que eu perguntei se ela se sairia bem em frente à câmera. Ela é sua amiga! Você não sabia que ela era maluca desse jeito?

— Fazia anos que eu não via a Greta, só lembrava que ela tinha uma personalidade forte. Achei que seria épico!

— Épico? Essa doida fala em memes!

— O que é meme?

— E eu não tô acreditando que a assistente dela não mencionou que ela estava, tipo, com o corpo inteiro engessado. — Eric começou a andar de um lado para o outro. — Fala sério... Não tem como... Que erro.

— Bom... por que você não me dissuadiu?

— Você está realmente sugerindo que isso é culpa minha? Cara, não, essa ideia foi sua. Você escolheu essa vidente maluca.

— E você concordou!

— Porque discutir com você é totalmente desmoralizante, Jenna! Alguém já te disse isso? Você tá sempre numa bad!

— Eu não tô sempre numa bad. — Jenna não tinha certeza do que significava "estar numa bad", mas tinha a sensação de que ele estava certo. — O que a gente vai fazer? Não temos tempo para filmar mais nada. Como consertar isso?

— Eu vou ter que fazer o melhor possível, de algum jeito. Me matar editando isso, sei lá. Eu nunca trabalhei com um conteúdo tão merda.

— É tudo culpa minha — ela gemeu. — Estamos ferrados!

— Lembra que você disse que precisava de mim ontem? Você realmente precisa. E não só para aprender a usar o Twitter. Uma das chaves para a excelência é descobrir o que você não sabe e, em seguida, arrancar tudo das pessoas que estão ao seu redor e sabem.

— Você está me dando uma aula sobre excelência?

— Na verdade é só uma citação do meu orientador.

— Eu não sei o que estou fazendo. — A testa dela estava franzida de preocupação. — Acabei de me dar conta do tamanho do problema. E tudo depende deste emprego.

Jenna parecia assustada, totalmente indefesa, o que fez Eric se sentir culpado. Ele havia armado para ela — sabia que a ideia dela era péssima e poderia ter posto um fim naquilo, mas a deixou fracassar para provar seu ponto de vista.

— Jenna, olha só — disse ele. — Nós dois somos responsáveis por essa merda. Se depois de entregar esse vídeo a gente ainda tiver um emprego, vamos garantir que o próximo seja incrível. Mas a gente precisa trabalhar junto. Beleza?

Ela acenou com a cabeça.

— Junto. Beleza.

Com uma expressão séria, eles voltaram ao covil de Greta para dar continuidade à "entrevista", que ela encerrou cinco minutos depois, mas não antes de pressionar uma alexandrita calmante na palma da mão de Eric e informar que o chakra Sahasrara dele parecia irritado.

Em menos de meia hora, a desastrosa sessão havia chegado ao fim. Dessa vez Jenna e Eric dividiram um táxi até o centro. Os dois passaram a viagem colados na porta de seu respectivo lado, afastados um do outro e submersos em um silêncio taciturno. A única coisa que os unia era o sentimento compartilhado de que sua trajetória na *StyleZine* poderia terminar antes mesmo de começar.

8

Quarenta e cinco minutos agonizantes depois, Jenna e Eric ainda estavam no táxi. O trânsito do meio-dia na Sixth Avenue estava totalmente parado na esquina com a 29th. A temperatura havia subido para trinta e dois graus e o ar-condicionado do táxi não estava funcionando. O ar, tão fresco naquela manhã, tornara-se úmido e opressor. O táxi cheirava a kimchi e anéis de cebola.

Eles estavam muito longe do Soho para caminhar até lá (Eric carregava um equipamento volumoso). A linha F, que cortava a estação de metrô mais próxima, tinha sido redirecionada naquela manhã devido a uma infestação de percevejos. Jenna e Eric estavam presos no inferno. Estavam morrendo de fome, desanimados e entrando em parafuso.

Jenna havia enrolado as mangas da blusa até os ombros e a sacudia na altura do peito para se refrescar (tinha roubado a ideia do moletom cropped do desfile de Marc Jacobs, comprando uma versão infantil da peça numa loja barata de fast-fashion e a fazendo encolher no forno de casa). O aglomerado de pérolas pesadas parecia sufocá-la, e, ao abrir os colares, as contas baratas da lojinha de bijuteria se soltaram, quicando no chão.

A metáfora perfeita da minha vida. Está tudo prestes a desmoronar. Por quanto tempo mais vou ser capaz de fingir esse refinamento todo quando na verdade sou uma imitação? Por quanto tempo mais vou ser capaz de agir como se pudesse lidar com este trabalho, quando no fundo estou enlouquecendo?

Envergonhada por seu colar estar amontoado a seus pés, ela catou as pérolas de plástico e as jogou dentro da bolsa. Em seguida, olhou para Eric. Ele não havia percebido. Estava rolando a tela do celular. Claramente irritado, de repente largou o aparelho e, com um gemido angustiado, se alongou de leve, tentando fazer seu quase um metro e noventa caber no espaço minúsculo. Sua camisa subiu um pouco, expondo o mais breve vislumbre do abdome ridiculamente definido. A boca de Jenna ficou seca. A barriga dele era uma coisa. Poderia estrelar um anúncio de suplemento para perda de peso.

— Eu preciso de ar — murmurou ela, se abanando com uma *Marie Claire* que havia tirado da bolsa. — Não estou conseguindo respirar.

Eric nem sequer ergueu os olhos, e tudo bem, pois ela não estava se dirigindo a ele. Eles não estavam se ignorando, mas nenhum dos dois havia puxado assunto durante aquele tempo todo. De vez em quando bufavam e reclamavam baixinho.

Eric: *Porra, que calor é esse, cara? Eu vou morrer nesta merda de táxi.*
Jenna: *Meu cabelo tá encharcado de suor. Eu tô nojenta.*
Eric: *Eu quero um hambúrguer. A gente tá do lado do Shake Shack.*
Jenna: *Por que esses carros ficam buzinando? Não adianta, ninguém vai a lugar nenhum!*
Eric: *Cara, por que esse táxi cheira à cebola do Outback?*

Mas em pouco tempo eles aceitaram que estavam presos ali — juntos e indefinidamente — e desistiram de lamentar o destino. Jenna encostou a cabeça na janela aberta, fechando os olhos e tentando respirar um pouco de ar fresco. Eric, por sua vez, estava extremamente impaciente, como se houvesse uma energia reprimida. Primeiro ele ouviu música, balançando a cabeça ao som de um rap com um baixo tão latejante que Jenna escutava o som vazando de seus fones de ouvido Beats by Dre. A música acabou, então ele se concentrou em seu celular, tuitando, jogando videogame, assistindo ao WorldStarHipHop.com — muito alto. Eric aumentou o volume do aparelho. Cada clique de uma tecla, cada efeito sonoro, reverberava pela cabeça de Jenna no último decibel.

— Você se importa de baixar o volume? — disse ela por fim.

— Foi mal.

— Obrigada.

Eric foi ajustar o volume, mas, antes que pudesse fazê-lo, o inconfundível "ding" de uma nova mensagem soou. Ele verificou a notificação, se endireitou no banco e começou a enviar uma enxurrada de mensagens. Ao longo dos dois minutos seguintes, sua expressão percorreu toda uma gama de emoções (carrancudo, esperançoso, chateado, sorridente).

Se é tão importante, pensou Jenna, *por que ele não liga para a pessoa em vez de mandar mensagens?*

Nesse exato instante, o telefone tocou. Eric congelou, olhando para o celular como se jamais o tivesse visto antes. Em seguida, olhou para Jenna. O aparelho continuou tocando. E tocando.

— Você não vai atender?

— Não, tudo bem — respondeu ele, protelando. — Não é educado atender, considerando que estamos os dois presos aqui. Eu não quero te incomodar. Você parece tão tranquila. Você calma significa que eu estou feliz.

— Eric, atende o telefone!

— Tudo bem.

Ele levou o celular ao ouvido e se inclinou ainda mais perto da porta. Em voz baixa, quase um sussurro, disse:

— Oi. Não, não posso falar agora. Então... me desculpa também. Eu vou, sim. Mas agora preciso desligar. Eu... humm... — Baixou a voz ainda mais. — Também tô com saudade.

Eric desligou o telefone, colocou-o no bolso e afundou no banco. Jenna cruzou os braços e olhou para ele, um sorriso de surpresa no rosto.

— Sério?

— Eu não quero falar sobre isso. — Ele esfregou as têmporas.

— Então, quem é essa deusa entre as mulheres?

— Lá vem.

— Eric, você tem namorada?

— Ex-namorada. Ex.

— E há quanto tempo ela é sua ex? Vocês estavam juntos quando... você sabe...

— Não, eu não traio. Nunca entendi o propósito de fazer isso. Por que estar em um relacionamento, se for pra trair? — Profundamente desconfortável, ele esfregou a palma das mãos suadas na calça jeans. — Faz pouco tempo que a gente terminou.

— O que seria "pouco tempo"?

A escolha perfeita

— Jenna — disse ele. — Eu vou fechar os olhos e ter um momento de paz antes de a gente voltar e a minha mãe cagar em toda a minha existência. Beleza?

— Beleza — respondeu ela, embora estivesse explodindo de curiosidade. Quem era a garota? Como ela era? Ele a beijava do jeito...

Pode ir parando. Isso nunca aconteceu, lembra?

Ainda assim, ela precisava saber.

— Você pode pelo menos me dizer o nome dela? — Jenna deixou escapar. — O que ela faz da vida?

— Madison — disse ele, em tom sério. — Bailarina.

— Por que vocês terminaram?

— Sem querer te ofender, não é da sua conta.

— É verdade, mas o que mais a gente pode fazer? Estamos presos aqui, podemos conversar. Além disso, eu sou ótima para dar conselhos sobre relacionamentos. Embora nunca tenha conseguido resolver o meu.

Ele ergueu as sobrancelhas.

— Você tá num relacionamento?

— Não. Estou naquela fase terrível de adaptação entre relacionamentos.

— Como está sendo pra você?

— Não está. Os homens da minha idade querem mulheres da sua idade — disse ela. — Então, me conta mais sobre a Madison.

— Não.

— Por quê?

— Porque você é má comigo. E eu gostaria de manter uma distância emocional saudável de você.

— Por favor.

— Pelamordedeus — gemeu Eric, recostando-se no banco. — Alguém me tira desse táxi.

— Por que vocês terminaram?

— Tudo bem — disse ele, irritado. — Ela faz parte de uma companhia de dança em Los Angeles e está no segundo ano na UCLA, e eu estou aqui. Então acabaria sendo um relacionamento a distância esquisito.

— Peraí. Ela está no segundo ano da faculdade? Quantos anos ela tem?

— Quase dezenove.

Jenna afastou os cachos encharcados de suor grudados em sua testa e acenou com a cabeça, tentando não deixar transparecer como se sentia — o choque de perceber que Eric era jovem o suficiente para namorar uma garota de dezoito anos.

— Bom — começou ela —, às vezes a distância funciona. Vocês tentaram?

— Tipo, é complicado. A gente se conheceu quando eu estava na faculdade. Quando me formei, ela queria pedir transferência pra cá pra gente ficar junto. — Ele franziu a testa, lembrando. — Eu falei pra ela ficar na costa Oeste. Disse que ela não devia se mudar pro outro lado do país por causa de um cara. Só que aí ela ficou brava. Tipo, muito.

Jenna assentiu.

— A Madison queria que você quisesse que ela se mudasse para cá.

— Ela nunca disse isso.

— Mas é assim que ela se sente. Ela queria que você estivesse completamente apaixonado por ela, a ponto de não cogitar outra opção.

Eric acertou Jenna com um olhar, como se estivesse conversando com uma garotinha inocente.

— Completamente apaixonado? Isso é coisa de cinema.

— Você não se sente completamente apaixonado pela Madison?

— Eu sinto que gosto muito dela — disse ele, apático. — Sério, eu tô com muito calor e fraco demais pra conversar. Deixa eu guardar a minha energia pra edição.

— Você quer voltar com ela?

— Não sei. Sim?

— Que gracinha.

Eric esfregou a palma das mãos nos olhos.

— Cara, tem tanta coisa que eu preferiria estar fazendo a ter que compartilhar este exato momento com você.

— Então, o que você ama nela?

— Eu disse que gosto muito dela.

— O que você gosta muito nela?

— Ela é fofa. Legal.

— Fofa e legal? Parece que você está descrevendo um cachorrinho.

— O que você quer que eu diga? É isso que eu gosto nela.

A escolha perfeita

— Ela te alimenta?

— Tipo, se ela cozinha e tal?

— Não, se ela alimenta a sua alma. Te motiva. Te inspira.

— Uma namorada precisa fazer isso? Eu mesmo me motivo. — Eric fez uma pausa. — Olha, eu não sou um cara introspectivo nos meus relacionamentos. Pra mim é simples. É só fazer o outro feliz e pronto. Situações complicadas com mulheres complicadas? Tô bem fora.

— O que você considera complicado?

— A namorada do Tim, um amigo meu, por exemplo. Na semana passada ela perseguiu o coitado até a Mott Street com uma espada que roubou da parede de um restaurante tailandês. E ele amou. Que porra é essa? Eu gosto de garotas descontraídas que não ficam tagarelando o tempo todo. — Ele deu de ombros. — Mulheres que eu sei como fazer felizes. Garotas descomplicadas feito a Madison.

— Mas o segredo é o seguinte — disse Jenna. — A Madison é complicada. Todas nós somos. Ela provavelmente percebe que você precisa que ela seja descomplicada, então é isso que ela é.

— Você nem conhece ela.

— Acredite em mim, eu conheço. Eu era considerada uma "garota descomplicada". Fui ornamental durante vinte anos. Meu trabalho era estar bonita, sorrir e ficar de boca fechada. Essas configurações estão fadadas ao fracasso, porque nenhuma mulher é capaz de enterrar suas necessidades para sempre. E, quando ela se mostra, os homens vão embora. Mas quer saber de uma coisa? Até os homens que namoram mulheres enérgicas, tipo o seu amigo Tim, acabam dando no pé também. Porque esse tipo de relacionamento também não é real, isso é só um vício em drama e acaba rápido. Os únicos que conseguem são os que estão de igual pra igual, como os meus amigos Billie e Jay, que se revezam no poder. Às vezes ele está no controle, às vezes ela. Mas isso é raro. Talvez seja bom você investigar por que se sente mais confortável com mulheres que permitem que você seja você mesmo, em toda a sua complexidade multifacetada, enquanto o papel delas é ficar caladas.

Eric olhou para ela.

— Esse foi o julgamento mais escroto que eu já ouvi na vida. Eu sou um ótimo namorado. Os homens que entravam e saíam da minha casa quando eu era criança eram um lixo completo; eu sei como *não* ser assim. Você realmente acha que pra mim o papel da Madison era calar a boca e me deixar brilhar?

Jenna não tinha tido a intenção de ofendê-lo, estava apenas oferecendo a ele um ponto de vista. Não solicitado, sim, mas ela não tinha a intenção de passar dos limites. Tudo o que queria fazer era satisfazer sua imensa curiosidade sobre Madison e ao mesmo tempo conseguir conversar com Eric sem que houvesse algum confronto. E ela os havia levado de volta ao ponto onde sempre acabavam.

— Eu não queria te deixar com raiva.

— Do jeito que você está falando, parece que eu dispensei a Madison como se ela fosse irrelevante. Como se tudo tivesse a ver comigo. Foi o oposto disso. Eu disse pra ela ficar em Los Angeles porque era o melhor pra ela. Eu me importo com ela, estava sendo cuidadoso.

— Eu não estava te criticando, estava tentando…

— Caramba, Jenna. O que rolou com você? Você é amarga pra cacete em relação aos homens.

— Amarga?

Eric já estava de péssimo humor por conta da filmagem. Tinha ficado abalado com a ligação de Madison e estava morrendo de calor. E agora Jenna estava fazendo suposições ofensivas a respeito dele com base em nada. No entanto, a avaliação que ela fez atingiu um ponto sensível. Uma pequena parte dele valorizava o fato de Madison ser tão de boa (submissa, até), porque isso facilitava sua vida. Mas, de modo geral, Jenna o fazia soar egoísta e insensível, o que o magoava um pouco — e esse era um sentimento que ele abominava. Para Eric, ser levemente ferido abria a porta para ser muito ferido, o que ele se recusava a deixar acontecer.

Ele estava chateado com Jenna, mas ainda mais irritado consigo mesmo, por permitir que a opinião dela importasse. Então, Eric fez o que sempre fazia quando alguém conseguia perfurar seu verniz geralmente impenetrável. Atacou na jugular.

— Porra, sim, amarga — disse ele. — Você basicamente falou que todos os homens, não importa com que tipo de mulher estejam, vão encontrar um motivo pra perder o interesse. É por isso que os caras mais velhos namoram

A escolha perfeita

garotas mais novas, sabia? Elas estão abertas e ainda são otimistas. Ninguém quer ficar com uma mulher que está só esperando que você estrague tudo.

Jenna olhou furiosa para ele. Ela havia acidentalmente ofendido Eric, mas naquele momento ele a insultava deliberadamente.

— Isso foi muito cruel.

— Você me arrastou para uma conversa que eu não queria ter, apenas para sugerir que eu trato a minha namorada como se ela fosse uma boneca inflável.

— Sua namorada? Vocês estão juntos ou não?

— Não! E o que você tem a ver com isso?

— Nada — retrucou Jenna. — Olha, o que eu queria dizer na verdade é que o motivo pelo qual você gosta de mulheres "descomplicadas" — disse ela, fazendo aspas com os dedos — é bastante óbvio. Você cresceu ao lado do Beowulf. Você busca o oposto disso.

— Beowulf? — Eric ficou tão surpreso que começou a rir. Ninguém nunca havia tido coragem de dizer algo assim na cara dele. — Ah, isso é genial. Por favor, prossiga.

— A Darcy influenciou toda a sua experiência com as mulheres. Os sintomas são evidentes. É por isso que você flerta com qualquer uma. Você flertou comigo, flerta com as meninas no trabalho. Você falou para a Jinx que o cabelo dela parecia o da Lara Croft só pra ela se derreter.

— Eu disse isso pra aumentar a autoestima dela! Isso não é flerte, é cavalheirismo.

— Você flertou até pra conseguir aquela entrevista pra gente — continuou ela. — Você está constantemente em busca da atenção e da aprovação das mulheres, e obviamente isso acontece porque você não teve essas coisas em casa.

Ele olhou para ela. O sinal abriu, quinze carros buzinaram e o táxi avançou menos de dez centímetros.

— Então é esse o seu diagnóstico? — disse ele, por fim.

— Basicamente.

— Quer ouvir o meu?

— Fique à vontade.

— Essa coisa de se fazer de durona, malvada, não funciona pra você. Alguma festinha, algum livro sendo lançado hoje à noite? Você devia encontrar outro garoto de vinte e dois anos pra berrar no ouvido dele. Pra te ajudar a botar pra fora toda essa dor que você tem aí dentro.

Eric se arrependeu no segundo em que disse isso. Mas também estava irritado demais para voltar atrás.

A boca de Jenna abriu, fechou e abriu novamente.

— Eu detesto você. Imensamente.

— É mais do que mútuo, srta. Jones.

— Não dá mais pra ficar aqui dentro com você. — Jenna agarrou sua bolsa e se inclinou para a divisória do táxi, gritando: — Senhor? Pode encostar aqui? Eu vou descer...

— Não, nem pensar. Eu desço, você fica — gritou Eric, batendo na divisória. — Tem como abrir o porta-malas pra eu pegar meu equipamento?

— Não! Eu vou embora!

— Não me interessa quem vai ficar e quem vai embora — disse o motorista —, desde que vocês me paguem, ouviram?

Então houve um momento constrangedor em que os dois imploravam para que as portas fossem abertas, mas estavam trancados, e o motorista ficava apertando o botão de trancar/destrancar, e nenhum deles conseguia acertar o ritmo, então Jenna e Eric esmurraram as portas, xingando com uma fúria cega e grotesca.

A porta de Jenna abriu primeiro. Triunfante, ela pegou a carteira, sacou duas notas de vinte e jogou em cima de Eric.

O motorista olhou pelo retrovisor e riu:

— Eita, porra, tá chovendo dinheiro!

Jenna desceu em meio ao cruzamento congestionado e cacofônico. Por sorte, um segundo depois que ela bateu a porta, o tráfego começou a andar. Ela correu para a calçada e observou enquanto o táxi levava Eric em direção ao centro. Com um suspiro, enxugou o suor da testa e desceu a Sixth Avenue. Não havia acontecido nada de bom para ela, e com certeza não iria acontecer.

━━━━━

— Que merda é essa? Isso é piada? — disse Darcy, enfurecida, quatro horas depois. Ela tinha acabado de ver o vídeo de dois minutos que Eric havia editado. — Diz que é piada.

A escolha perfeita

Jenna e Eric estavam sentados na sala de sua chefe, em silêncio absoluto, sentindo-se como alunos rebeldes detidos na escola. Enquanto Darcy gritava, Eric se mexia na cadeira, parecendo exausto e de saco cheio, enquanto Jenna permanecia em alerta, tentando aceitar o merecido insulto como uma profissional.

Sua postura formal estava em desacordo com sua aparência, no entanto. A caminhada desde a 29th Street não tinha sido uma boa ideia. No momento em que chegou ao prédio da *StyleZine*, ela mancava por conta das bolhas, seu rímel estava manchado e o cabelo havia explodido, formando um halo em razão da umidade.

— Isso é um disparate, é chato e não tem nenhum sentido. Jenna, quando eu te dei carta branca para fazer o que quisesse, foi porque eu estava segura de que você, uma profissional experiente, não faria um projeto de artes visuais da sexta série. E, Eric, que edição mais desconexa é essa? Você estava chapado? E quem escolheria essa mulher bizarra para um primeiro vídeo? O sotaque dela é ininteligível, não é nem mesmo chique, como francês ou italiano. Alemão? A língua mais *deprimente* do mundo. Tipo, esse vídeo me dá vontade de me *matar*. E o tempo todo fico me perguntando por que ela não está numa UTI. De quem foi essa ideia?

Eric e Jenna não disseram nada. Ela não queria admitir seu grande erro, e ele não iria delatá-la.

— De quem foi a ideia?

— Bom, de início eu… — começou Jenna.

— Foi minha — respondeu ele ao mesmo tempo.

— Valeu a tentativa, Eric, mas não. Você não faz a menor ideia de quem é Greta Blumen — Darcy rebateu.

— Eu queria uma exclusiva para a *StyleZine* — explicou Jenna. — A Greta não fala com ninguém.

— Exatamente. *Fraulein* Blumen não fala com ninguém. Só porque ela concordou em aparecer na frente da câmera, não significava que ia falar. Ela disse que ia?

Jenna não teve coragem de dizer que nem sequer havia conversado com a mulher antes. Quando Eric a viu lutando para arrumar uma resposta, interveio rapidamente — não porque se importasse, mas porque queria que aquilo tudo acabasse para que ele pudesse ir a algum lugar e fumar a bagana escondida na carteira.

— Mãe... Peraí, como eu te chamo no trabalho?

— Jeová.

Ele deu uma risadinha.

— Anotado. Olha, nós fizemos um péssimo trabalho. Estamos cientes. Da próxima vez não vai ser assim.

Darcy olhou para o filho como se o topo da cabeça dela fosse explodir.

— Ah, é mesmo? A única razão pela qual vocês vão ter uma próxima vez é que foi preciso muito esforço e reflexão para contratá-los. Eu sei que vocês podem fazer melhor. Mas não me façam lamentar ter trazido os dois para cá. Vocês precisam mais de mim do que eu de vocês, então melhorem. Façam o trabalho. Porque, Eric, mesmo você tendo crescido dentro do meu útero revestido de platina...

Ele recuou na cadeira.

— *Revestido de platina?*

— ... eu vou chutar a sua bunda com prazer para fora deste prédio, se for preciso. E, Jenna, preciso lembrar que você foi encarregada de triplicar nossos números em oito meses?

— Não precisa.

Jenna olhava para as próprias mãos, e Eric, para fora da janela — ambos evitando olhar um para o outro. Darcy os encarou.

— O que está acontecendo entre vocês?

— Perdão? — disse Jenna, cruzando as pernas.

— Eu estou captando uma energia negativa. Eu sei tudo o que acontece em todos os meus sites, mas principalmente na minha mina de ouro. Alguém ouviu vocês dois tendo uma conversa acalorada na sala da Jenna na segunda-feira. E agora esse trabalho de merda? Vocês claramente não se sentem confortáveis trabalhando juntos. Estão aí sentados, duros e irritados, como se não conseguissem suportar um ao outro. Vocês não têm química.

Eric bufou.

— Você não faz ideia.

— Só posso falar por mim — disse Jenna, querendo bater nele com a bolsa peluda —, mas eu me sinto confortável! De verdade.

A escolha perfeita

— Para de papo-furado, Jenna. Você está trabalhando com o meu filho. Isso provavelmente está sendo uma pressão a mais. Talvez você se sinta bloqueada porque não consegue relaxar perto do filho da sua chefe.

— Eu não acho...

— E, Eric, seu rosto ficou verde quando eu te contei a minha história com a Jenna. Mas o ponto principal é: se vocês dois não conseguem cuidar desse projeto juntos, me digam agora. Assim eu posso substituir um de vocês, ou os dois.

— Não tem necessidade — replicou Eric. — A gente tá de boa.

— Totalmente — Jenna assentiu depressa.

— O meu erro foi achar que vocês seriam capazes de produzir um vídeo maravilhoso em dois dias. Essa parte é culpa minha. O nosso número de leitores estagnou completamente, eu fiquei ansiosa demais — disse Darcy. — Vamos mudar de estratégia. Vou dar uma semana e meia para vocês. Nesse meio-tempo, superem esse climão constrangedor. Criem um bom relacionamento. Melhorem essa energia.

Jenna e Eric se mexeram em seus assentos.

— Uma pergunta — anunciou ele. — É obrigatório que a gente esteja na mesma sala enquanto isso? Ou pode ser só, tipo, pelo FaceTime?

— Me poupe do sarcasmo — cuspiu Darcy. — Estou com uma enxaqueca no corpo inteiro e atrasada para a minha Lipo da Hora do Almoço.

— A hora do almoço já foi faz tempo.

— É uma marca, Eric — sibilou Jenna, de maneira cortante. O tom era: "Espero que você tenha uma morte violenta, seu babaca arrogante".

— Viu só? — Ela apontou para Jenna e depois para Eric. — O que quer que estejam fazendo agora, apenas parem. Vocês são parceiros. Se comportem como tal. Vocês receberam o convite para o aniversário da Terry na segunda à noite?

Darcy não era uma pessoa sentimental, mas era loucamente obcecada por aniversários e feriados. Em ocasiões especiais como essas, ela dava festas compulsórias para sua equipe (embora o conceito de "festa compulsória" fosse uma contradição em si. Como comemorar sob coação).

Nunca havia lhe ocorrido que a última coisa que um de seus funcionários gostaria de fazer no dia do aniversário era passar a noite na companhia da chefe. Principalmente uma chefe que havia sido apelidada por eles de "Matadora de Sonhos".

— Acho bom vocês dois estarem lá e agirem de maneira civilizada — continuou Darcy. — Literalmente, o emprego de vocês depende disso. Eu vou ter um retorno do meu investimento, seus idiotas.

— Vai sim — disse Jenna, aliviada por ter outra chance. Ela ficou surpresa por Darcy ter aceitado o fracasso tão bem. — Não se preocupe.

— Eu não estou preocupada. Nem um pouco — respondeu ela, seu tom calmamente ameaçador. — Jenna, o que aconteceu com o seu cabelo? Você está parecendo o Leão do *Mágico de Oz*. Enfim, não é problema meu. Dispensados.

9

A curadoria aqui não é tão ruim, pensou Jenna. *Esse jeans é bem fofo! O bolso de trás é um pouco baixo, o que vai esmagar ainda mais a minha bunda, que já é achatada, mas o corte é sofisticado. Bela lavagem.*

Jenna estava comprando roupas na Target pela primeira vez. A loja ficava no shopping do terminal Atlantic, no centro do Brooklyn, na esquina oposta ao Barclay Center, em um cruzamento onde era possível encontrar todos os tipos clássicos do distrito: yuppies gentrificadores comprando almofadas vibrantes para suas chaises caras; adolescentes barulhentos comendo no Pizza Hut e dando uns amassos no café; mães hipsters tatuadas em uma busca obstinada por roupa de cama orgânica para seus bebês — e Jenna, que, em seus quase vinte anos de moda, jamais havia usado nenhum produto de um lugar como a Target, fora meias e rímel da Maybelline.

Ela estava fazendo compras lá porque era tudo que seu orçamento permitia, o que seria deprimente se não estivesse começando a gostar daquilo. Na última meia hora, ela havia enchido seu carrinho com três calças jeans com uma pegada J Brand, dois vestidos que eram imitações perfeitas da Isabel Marant e um suéter volumoso inspirado na moda masculina que, se ela estreitasse os olhos, parecia ter ganhado vida a partir de um esboço de Matthew Williamson. Como assim ela não sabia que a Target era uma Nárnia do varejo?

Era sábado de manhã, e fazer compras sempre desanuviava sua mente — o que ela precisava, depois de uma péssima semana no trabalho. Em vez de seguirem a ordem direta de Darcy de passar mais tempo juntos, Jenna e Eric fizeram o oposto, evitando um ao outro completamente. Na única vez que se encontraram, perto da cozinha do escritório, deram uma meia-volta praticamente coreografada e dispararam em direções contrárias. Jenna não conseguia evitar. Ela queria que Eric não existisse.

O que era idiota. Ela precisava dele.

Agarrando uma maxissaia roxa fluorescente de uma arara giratória, Jenna refletiu. Teria que dar um jeito nisso, se desculpar. Afinal ela era a adulta. Sim, Eric dizer que ela era amarga e uma pessoa impossível de se relacionar tinha sido grosseiro, mas Jenna nunca deveria ter afirmado que ele tinha problemas com a mãe. Não havia desculpa para isso. Fazia sentido que ele não quisesse nem olhar para ela.

Jenna estava vasculhando a prateleira seguinte quando ouviu um par de vozes familiares.

— … sim, eu tô loira platinada, mas na verdade sou morena, então a minha coloração pessoal não combina com o meu cabelo. Você poderia achar que eu usaria blush rosa, mas na verdade eu preciso de um coral.

— Você acha que o meu delineado estilo Cleópatra tá ultrapassado? Eu preciso dar uma atualizada.

— Você nunca deve deixar de fazer o delineado Cleópatra. É o seu ponto forte.

— Ponto forte?

— Sua marca registrada. Tipo, se alguém fosse se vestir como você, teria que usar esse delineado. Todo mundo tem uma marca registrada. A minha é o visual piranha esportiva do techno.

Eram Terry e Jinx. Jenna as viu subindo o corredor principal em direção aos caixas, cada uma carregando cestas cheias de maquiagem.

Jenna congelou. Não, não, não. Ela não podia permitir que as duas a vissem comprando um guarda-roupa inteiro na Target. Todas as manhãs ela usava seus anos de experiência em moda e styling para fazer truques com suas roupas de modo que uma blusinha de varejo parecesse ter saído de uma butique de alta--costura. Ela precisava ser a rainha do estilo, uma das grandes! Se as meninas a vissem, todo mundo ficaria sabendo que, além de dura, ela era uma fraude.

Jenna abandonou seu carrinho e se escondeu atrás de uma pilastra. Prendendo a respiração, tentou se encolher até que elas passassem.

Continuem andando, não tem nada para ver aqui…

— Jenna?

Seus olhos se arregalaram.

— Terry!

A escolha perfeita

Ela e Jinx se entreolharam e caíram em risadinhas.

— Nunca imaginei que veria você na Target! — Jinx parecia uma garota que acabara de ouvir uma fofoca quente. — O que você tá fazendo aqui?

— Ah, eu estou... comprando utensílios de cozinha. Faz só algumas semanas que eu voltei para Nova York, ainda preciso de muita coisa para casa.

— Mas esse carrinho aqui não é seu? — perguntou Terry.

— Não! — Jenna riu. — Por que você achou que fosse meu?

— Essa bolsa peluda aqui na frente não é sua?

— Ah! Que engraçado, é sim. A minha sobrinha de quinze anos está precisando de umas roupas agora na volta às aulas, então eu estava só... — Jenna parou de falar, porque percebeu que segurava a maxissaia roxa contra o peito como se fosse uma armadura.

E naquele momento ela decidiu que estava cansada de esconder a verdade a respeito de sua vida de baixo orçamento. A fachada não estava mesmo lhe garantindo o respeito que almejava conquistar.

Jenna jogou a saia no carrinho, pegou a bolsa e disse:

— Meninas, o que acham de comer uma pizza no café? É por minha conta.

———

Dez minutos depois, as três degustavam duas pizzas brotinho de pepperoni, discutindo percepção versus realidade.

— Mas... você é toda chique — disse Jinx.

— Não mais — retrucou Jenna.

— Você trabalhava na *Darling*! — exclamou Terry. — Como assim você não usa só roupas de estilistas famosos?

Ela tomou um gole de Sprite.

— Eu tinha um guarda-roupa fabuloso. Mas... as circunstâncias mudaram e eu vendi tudo porque precisava de dinheiro para voltar pra cá. Agora sou uma "embaixadora do glamour" com dificuldades financeiras que tem a cara de pau de dar conselhos de moda para as leitoras da *StyleZine* tendo comprado um par de sapatos falsificado em um site chamado Fauxboutins.com.

Terry e Jinx olhavam para ela, descrentes. A história do Louboutin fake tinha sido demais. Elas jamais esperariam aquele nível de cafonice de nenhum de seus colegas de trabalho, muito menos dela.

— Os sapatos parecem verdadeiros? — perguntou Jinx, em voz baixa.

— Meninas — disse Jenna, seguindo em frente —, eu gostaria que esse segredinho ficasse entre nós.

— Com certeza — confirmou Terry. Ela colocou a mão, adornada com extravagantes anéis de esqueletos, caveiras e ossos cruzados, sobre a de Jenna. — Este é um círculo de confiança.

— E não se sinta mal por estar sem dinheiro! Todas nós estamos — disse Jinx, mordiscando cautelosamente uma rodela de pepperoni.

— Prontas para uma verdade bombástica? — perguntou Terry, servindo-se da pizza de Jinx. — Hoje de manhã eu me vesti no escuro. Tô sem luz, culpa da menina que mora comigo. Ela é bacana, mas é uma inútil. Enfim, ela tá envolvida num lance ilegal com um judeu ortodoxo que cuida de um lugar que faz empréstimos lá perto de casa e esqueceu de pagar a metade dela da conta. E eu não tinha como cobrir. Esse é o meu nível de dificuldade financeira.

— Eu tô tão pobre — disse Jinx — que faço paninis usando a minha chapinha.

— Tá vendo? — exclamou Terry. — Estamos todas na mesma.

Jenna sorriu, inundada pelo alívio. Não era apenas uma sensação incrível admitir a verdade, mas ela também adorava poder finalmente relaxar perto de Terry e Jinx. Foi gentil da parte delas tentar fazê-la se sentir menos patética.

— Ainda assim, vocês duas estão sempre maravilhosas. Têm estilos incríveis.

Terry deu de ombros.

— Nós escrevemos sobre estilistas de ponta, mas não precisamos das roupas deles pra ficar sensacionais.

— É fácil contornar a questão do dinheiro. — Jinx olhou para sua amiga loira, os olhos brilhando. — Você acha que a gente devia...

— Brilhante, Jinx. Sim, senhora, a gente devia sim!

Jinx começou a quicar na cadeira, a espessa cortina de cabelo preto balançando ao seu redor.

— Vamos às compras!

— Foco, bebê. Quanto tempo a gente tem antes do lance da arte?

Jinx verificou o celular.

— Umas cinco horas, mais ou menos.

— Tem clonazepam aí?

Jinx tirou um frasco de comprimidos de sua bolsa metálica e o sacudiu.

— Vambora, mulherada — disse Terry. — Jenna, pega sua bolsa. Vamos lá pagar as suas compras. Depois vamos te mostrar por onde anda a juventude estilosa e sem grana desta cidade.

Terry e Jinx então arrastaram Jenna para o que ela mais tarde chamaria de tour da Moda Falcatrua. Primeiro a levaram até uma casa na esquina da 11th Street com a University Place de propriedade de Laurette DaSilva, uma supermodelo dos anos 70 que passava seus dias entretendo ajudantes de garçom equatorianos e vagando chapada pela casa. Ela tinha fama de trocar suas peças refinadas por nada mais do que alguns comprimidos de clonazepam, que foi exatamente o que aconteceu naquela tarde. Em seguida, elas se acomodaram em um café perto do Washington Square Park chamado We Don't Sell Coffee e sacaram o iPad de Jinx, apresentando a Jenna a magia da Etsy. Lá ela encontrou um país das maravilhas cintilante de acessórios brilhantemente articulados — bolsas, brincos, colares — que não custavam quase nada. Terry a levou ao estúdio de sua amiga Clara Anne Wu, na Avenue C, que todos chamavam de Blue Jean Queen. Ela destruía peças em jeans, depois as consertava, depois as destruía novamente e criava as calças, jaquetas e camisas mais sexy que existiam. A @BJQ vendia apenas para os amigos, e, como o padrasto de Clara Anne era um dos proprietários de todos os restaurantes Uno na Ásia e na Austrália, ela praticamente doava as peças. Por fim, para complementar suas novas descobertas, elas percorreram o site da *Vogue* para encontrar os looks favoritos de Jenna dos desfiles do outono de 2012 e então foram para a Zara da Fifth Avenue buscar reproduções de qualidade. O gerente dava a Jinx e Terry descontos de quarenta por cento, contanto que elas fizessem suas vendedoras excepcionalmente descoladas aparecerem de vez em quando na seção de estilo da *StyleZine*.

Quando pararam em um restaurante grego para jantar, Jenna tinha um guarda-roupa novo e delicioso. Era mais jovem e atual, mas ainda fazia referência a suas raízes glamourosas. Ela estava com sede de moda — tudo o que queria fazer era correr para casa e brincar de se vestir. Além do mais, tinha criado um vínculo com Terry e Jinx. Havia sido um dia incrível.

— Eu amo inspirar meus seguidores a comerem de forma saudável — disse Jinx, tirando uma foto de sua salada para postar no Insta. — Humm... Jenna, você vai comer sua batata frita com queijo?

— Não, vai fundo — ofereceu ela, pedindo a conta com um gesto. — Vou dar a noite por encerrada. Estou esgotada da semana.

Jinx pegou uma batata frita, gemeu como se tivesse tido um orgasmo e despejou tudo em cima da salada.

— Falando da sua semana — começou Terry —, tá tudo bem com você e o Eric? Ontem ele te chamou de Úrsula, a Bruxa do Mar.

— Ele disse isso? — Jenna deu uma risada forçada. — Ah, esse Eric.

Jinx sorriu melancólica.

— Já repararam que as iniciais dele são E.C.? Será que o C é de "colírio"?

— Você é muito atirada, né? — disse Terry. — Além disso, todo mundo sabe que pra pegar o Eric precisa ser uma *gazela* de dezoito anos. Meu Deus, ele e a ex eram deslumbrantes juntos. Mas honestamente? Ela não era muito esperta. A única vez que ela abriu a boca foi pra falar de *Pretty Little Liars*.

— Jenna, eu aposto que quando você tinha dezoito anos já estava ligada em tudo — observou Jinx.

— Ha! Eu não tinha noção de nada. Quando eu tinha dezoito anos, na verdade tinha catorze. — Jenna virou o chá e deixou dinheiro para a conta. Desconfortável com o rumo que a conversa estava tomando, decidiu que era hora de partir. — Preciso ir, meninas. Muito obrigada pelo tour. Foi um dia mágico.

Jenna abraçou as duas com força, pegou suas sacolas e saiu, soprando beijos para elas.

Úrsula, a Bruxa do Mar? Aquele impasse precisava acabar. Ela engoliria tudo e levaria integralmente a culpa, para que eles pudessem trabalhar juntos. E isso tinha que acontecer rápido.

10

Aos dezoito anos, Jenna realmente tinha catorze. Caloura na faculdade, era muito menos madura que no primeiro ano do ensino médio. No colégio, ela sabia o que esperar. Acordava, comia bacon e ouvia sua mãe — glamourosa, descolada e permanentemente desapontada — sugerir que ela era oficialmente a decepção no círculo social formado por adolescentes negros de alta classe integrantes da seccional do norte da Virgínia do clube recreativo Jack and Jill. Em seguida, criticava a roupa de Jenna (ela frequentava uma escola rural onde todos os alunos eram brancos obcecados por mullets e tratores, e se vestia como uma Jody Watley alienígena atirada em um romance de Madeleine L'Engle). Então Jenna dirigia até o colégio, onde previsivelmente era ignorada. Depois escapava para a biblioteca, onde se perdia em um mundo de livros da era clássica de Hollywood, romances de ficção científica, anime japonês, fotografias do Renascimento do Harlem e contos de fadas dos irmãos Grimm. Sozinha.

Jenna era um peixe fora d'água e não tinha amigos, mas tudo bem. Não ter a expectativa de ser aceita era quase confortável.

Entrou em Georgetown inexperiente em todos os sentidos. Mas, na primeira semana, descobriu sua alma gêmea na companheira de quarto — a rebelde, lasciva e autoconfiante Elodie, que enfeitiçava todos ao redor graças à sua atitude "não estou nem aí", aos olhos puxados e ao corpo curvilíneo. Ela deu uma olhada em Jenna, com seus trajes e referências estranhas e sua dieta bizarra que incluía exclusivamente acompanhamentos e carboidratos, e concluiu que a garota era fantástica. Se Elodie achava que ela era legal, então talvez fosse mesmo!

Jenna foi sugada para a órbita da amiga. Enchia a cara de espumante barato às duas da manhã e adquiriu o hábito de fumar Parliament Light. Ficou de pegação com bad boys em bairros duvidosos, sem carona para casa. Tirou notas péssimas pela primeira vez na vida, quebrou o tornozelo dançando em cima de uma mesa molhada de cerveja em uma festa da faculdade e teve até um apagão, desmaiando de bêbada no meio da M Street. Seu eu de catorze anos sabia que não deveria fazer nenhuma dessas coisas, mas ela queria sentir o que todo mundo estava sentindo, não importava quão idiota, imaturo ou arriscado fosse.

De alguma forma, no meio desse primeiro ano confuso, Jenna conseguiu criar algumas roupas fortemente copiadas do *Club MTV* para o Show de Talentos de Primavera da Associação de Alunos Negros. Ela tinha a sensação de que seus shorts de lycra e suas camisas de manga bufante ganhariam e, enquanto esperava nos bastidores com seus manequins, começou a praticar o discurso de vencedora em sua cabeça. Perdida em pensamentos, mal notou o cara alto e branco parar na frente dela.

— Qual é o seu talento? — O cara usava calça jeans larguíssima, desbotada e cheia de manchas de tinta e óculos de grau com lentes escuras sobrepostas.

— Sou estilista. — Ela exibiu os manequins.

— Essas imitações baratas?

— Como é que é? Qual é o seu talento? Você sabe que isto aqui é um evento da Associação de Alunos Negros, né?

— Sou cantor de R&B — disse ele. Ele tinha olhos felinos cor de esmeralda e cabelo despenteado estilo Kurt Cobain com luzes acobreadas. Tinha cara de modelo, daqueles que deveriam estar na capa de uma revista adolescente, e não vestido como uma versão masculina da Left Eye.

— Você canta R&B?

— Sim, como um Jodeci de um homem só. Eu vivo e respiro R&B. Não importa que eu seja branco. Eu tenho flow.

Jenna cruzou os braços.

— Ãhã, David Silver. Flow.

Ele pôs a mão na orelha, no estilo Mariah Carey, e cantarolou para encontrar o tom certo. Jenna mal conseguiu conter a risada.

Então ele começou a cantar em um agudo impressionante.

— *Mmm... Ooooh yeah, oh yeah... Microphone check one two one two. Shorty tryna diss the funky fly Jew. Vanilla Xtract's the moniker. You'll fall in love, I'm*

A escolha perfeita

warning ya. I'll make you jump around like House of Pain. But first, baby girl, tell me what's your name?

Jenna começou a rir.

— Vanilla Xtract? Eu me chamo Jenna Jones. E isso foi ridículo.

Ele apertou a mão dela.

— Oi, JJ. Meu nome verdadeiro é Brian Stein. E, se eu ganhar, vou te levar no The Tombs depois do show.

— E se você não ganhar?

— Aí você me leva.

Brian venceu. O que Jenna não sabia era que ele sabia dançar, o que, para um cantor branco de R&B no início dos anos 90, era mais do que meio caminho andado. Ele saiu do show com o título não oficial de melhor dançarino da faculdade de economia/contabilidade — e a garota. Eles foram ao The Tombs, o lendário bar da Universidade de Georgetown que inspirou *O primeiro ano do resto de nossas vidas*, ficaram lá sentados, conversaram, riram e flertaram por horas. Jenna descobriu que Vanilla Xtract também era, surpreendentemente, uma das pessoas mais inteligentes que ela já tinha conhecido. O mais velho de seis irmãos brutamontes do norte da Filadélfia — um garoto judeu em um bairro dominicano que estudava em uma escola de negros —, ele era um peixe fora d'água, assim como Jenna. Mas, ao contrário dela, parecia seguro de si. Claro, tinha crescido em circunstâncias duvidosas, com uma mãe garçonete maluca, em uma casa pobre cheia de aspirantes a criminosos profissionais (a maioria com pais diferentes, nenhum dos quais estava por perto), mas desviou de cada golpe em direção à autoconfiança. Ele via o passado como combustível para o seu fogo, a razão pela qual ele lutava, aquilo que o levaria à grandeza.

Jenna, que se questionava a cada passo, ficou maravilhada.

— Eu era tão séria na escola — disse ela em meio a copos de Heineken. — Tão nerd. Mas, aqui, tenho agido como as líderes de torcida desmioladas que sempre achei umas tontas. A faculdade sobrecarrega a gente. Eu não sei como agir.

---

* "Humm... ooooh yeah, oh yeah... Testando som, um dois um dois. A baixinha tentou provocar o judeu descolado. Meu nome é Vanilla Xtract. Você vai se apaixonar, tô te avisando. Vou fazer você pular feito o House of Pain. Mas antes de mais nada, gatinha, como você se chama?" (N. da T.)

— Seja esperta e se faça de boba. Eu sou as duas coisas. Eu sei como pareci idiota, um cantor de R&B branco em um show de talentos negros. Mas eu gosto de música negra, então fui. E ganhei — disse ele. — Seja quem você quiser, só não seja meia-boca. E sempre tenha um plano. Esse é o segredo.

Jenna sorriu.

— Você é tão confiante.

— Eu tenho objetivos, sabe? De vida. Tenho certeza que você também tem. — Ele pegou dois guardanapos do bar e sacou uma caneta. — Sabe o que a gente devia fazer? Uma lista de tudo o que queremos, e aí, daqui a quinze anos, a gente se encontra pra mostrar que conseguiu tudo.

Eles escreveram seus itens e, em seguida, leram em voz alta. No guardanapo de Jenna, havia: "Quero ser uma editora de moda famosa como Grace Coddington, morar em Nova York, trabalhar na *Darling*, casar e ter uma família".

No guardanapo de Brian, ele rabiscou: "Hoje, 12 de março de 1991, eu quero ser um incorporador imobiliário mais importante que Donald Trump, ser milionário antes dos trinta, construir uma casa para a minha mãe na Park Avenue, casar, ter uma família... e você. Eu quero você".

Eles foram para o dormitório dele. E na cama, no escuro, enquanto uma tempestade de neve típica do mês de março caía do lado de fora, ele lentamente tirou a roupa dela.

— Eu nunca fiz isso — sussurrou Jenna.

— Eu já. Você está segura. Você vai sempre estar segura comigo.

Então Brian fez amor com ela de forma cuidadosa e memorável. Na manhã seguinte, ele já havia fixado residência permanente no coração dela. A partir desse momento, não havia Brian sem Jenna. Eles foram morar juntos. Organizaram seus horários de aula para que pudessem ir juntos para o campus. Eram o casal mais perfeito de Georgetown — com apenas vinte anos, ele já a chamava de "esposa poderosa". Ele foi presidente do conselho estudantil, e ela foi a primeira colunista de estilo negra do *The Hoya*, o jornal da universidade. Ela era a motivação de Brian, e ele era o líder de Jenna — a voz que dizia "vai com tudo" na mente dela, sua bússola interna quando estava perdida.

Elodie, que amava Brian como a um irmão, sempre sentiu que ele era muito mandão e controlador. E era mesmo. Mas naquela época Jenna engolia tudo; ela precisava daquilo. Foi a força de Brian que lhe deu a coragem de enfrentar

A escolha perfeita

seus pais — ambos queriam que ela estudasse medicina, como eles — e se mudar com ele e Elodie para Nova York.

A cidade em meados dos anos 90 era um frenesi. A economia estava crescendo, e duas das maiores e mais lucrativas indústrias de Manhattan eram a editorial e a imobiliária. As revistas tinham orçamentos capazes de levar os editores a Ibiza e Marrakech para ensaios absurdamente luxuosos, os investidores de risco estavam despejando bilhões em novas estruturas — e Brian e Jenna se viram na linha de frente. Eles eram inseparáveis — exceto pelos cinco meses em que fizeram uma pausa enquanto Brian supervisionava um novo projeto de incorporação imobiliária na costa Oeste (ele decidiu que eles deveriam se dar um "espaço saudável" para crescer na ausência um do outro, mas Jenna interpretou aquilo como Brian querendo distância dela, então, desastrosamente, acabou nos braços do noivo de Darcy). Em seis anos, eles tinham riscado tudo da lista, exceto a parte da família. Quem tinha tempo para pensar em casamento e bebês? Eles estavam atrasados para o jantar de aniversário da Donatella no Moomba!

Jenna estava construindo um nome no mundo da moda, e Brian estava… construindo. Aos vinte e sete anos, ele já havia conquistado a indústria por conta da construção de um enorme complexo residencial em Nyack, que logo se tornou a residência de luxo de famílias do Upper West Side desesperadas por um quintal. Aos trinta e três, ele já tinha construído dezessete edifícios desde o Harlem até o Battery Park, e foi um dos poucos incorporadores que transformaram Dumbo, a desolada seção industrial do Brooklyn à beira-mar, em um destino. Mas ele não era apenas o jovem e talentoso empresário — também tinha habilidades financeiras espantosas. Ele era um investidor astuto e audacioso, e já era multimilionário bem antes de seu aniversário de trinta anos. Foi nesse ano que ele construiu a muitíssimo fotografada casa onde viviam em West Village.

Na primeira noite que passaram lá, Brian, embriagado de amor, poder e de si mesmo, fez Jenna gozar seis vezes — uma em cada quarto. Em pouco tempo eles tinham casa em East Hampton e em Mustique. Quatro anos depois, um jatinho. Suas vidas eram complicadas, glamourosas, exigentes. Ela ia a Paris para desfiles de alta-costura, ele ia a Los Angeles para uma reunião com empreiteiros, depois se encontravam em algum lugar no meio do caminho para um jantar de caridade ou um baile à fantasia. Eram um dos casais mais convidados para os eventos de Manhattan. Um Barbie-e-Ken inter-racial. Em público, eles eram inigualáveis.

Mas "em público" passou a ser o único lugar em que eles brilhavam. Em casa, os silêncios eram longos e sonoros. Ela não sabia dizer exatamente quando isso acontecera, mas os dois deixaram de ser Brian-e-Jenna. O brilho nos olhos dele, que antes tinha a ver com ela, agora estava reservado exclusivamente ao dinheiro. A busca por enriquecer, cultivando o que já tinha e construindo propriedades maiores e mais vistosas. Ostentação. A menos que estivesse interpretando seu papel de "esposa poderosa" em uma festa black-tie, Jenna não conseguia chamar sua atenção. Nada que ela dissesse ou fizesse parecia interessá-lo — e isso tudo só ficou pior depois que a economia quebrou.

Quanto mais ansioso Brian se sentia diante da situação desoladora do mercado imobiliário, mais distante se tornava — e mais desesperada Jenna ficava. Ela falava apenas sobre coisas que sabia que ele considerava interessantes. Jenna, que não sabia exatamente como seu plano de aposentadoria funcionava, citava o *Financial Times* em uma conversa casual. Abandonou seu estilo em favor de roupas sem graça que imaginava que ele acharia sexy. Parou até de assistir a sua série favorita, *24 horas*, porque a atuação tensa de Kiefer Sutherland, puta-merda-tenho-cinco-minutos-para-salvar-o-mundo, apenas exacerbava o nível de estresse de Brian. Brian e Jenna costumavam ser as maiores paixões um do outro. A principal prioridade. De repente, ele se tornou a prioridade dos dois.

Foi nessa situação precária que, aos trinta e seis anos, Jenna acordou uma manhã e decidiu que estava pronta para o último objetivo da lista que havia feito muito tempo antes. Ela queria ser a esposa de Brian. Ela queria um filho. Não, ela ansiava por um. Como a maioria das mulheres ambiciosas de Nova York, essa ideia não havia passado pela sua cabeça, até que passou — e, quando isso aconteceu, o desejo de ter um filho foi tão forte que dizimou todos os outros pensamentos. Ao comentar sobre o assunto com Brian, ele distraidamente concordou que era a hora de eles se tornarem oficialmente os Jones-Stein. Ele a pediu em casamento em público no baile de gala do Met de 2008. André Leon Talley e Zac Posen subiram

A escolha perfeita

em suas cadeiras e, bêbados, cantaram "Finally", de CeCe Peniston. Foi mais um espetáculo que um sentimento, mas Jenna não se importou. Ela ficou extasiada.

Logo ficou claro que Brian estava profundamente desinteressado em debater uma festa de casamento. Ele nunca conseguia fechar uma data, e, um ano depois, eles não tinham plano nenhum. Em negação, Jenna mergulhou no planejamento de suas núpcias de mentirinha. Ela sabia que o estava deixando louco com os detalhes e o afastando ainda mais, mas achou que era capaz de querer aquilo pelos dois.

Sozinha, ela começou a planejar também o bebê que teriam após o casamento. Consultou-se com médicos especialistas em fertilidade para se certificar de que seus óvulos ainda eram viáveis (e eram). Reuniu uma pilha de livros sobre dietas favoráveis à fertilidade, roupas para gestantes e listas de nomes de bebês. Assinou revistas sobre maternidade, certificando-se de que elas fossem para a *Darling* em vez de serem enviadas para sua casa. Sorriu e se emocionou quando Billie teve May — por quem se apaixonou imediatamente de maneira inexprimível —, mas seu estômago estava embrulhado. Billie e Jenna tinham planejado engravidar juntas. Agora, parecia que isso jamais aconteceria com ela, em momento nenhum.

Então Brian parou de transar com ela.

Para alguém que tinha ficado à mercê da sexualidade volúvel de seu homem — sempre aquela que era seduzida, perseguida, dominada —, isso a deixou totalmente sem vida. Aquela sempre tinha sido a dinâmica entre eles. Profissionalmente, ela era uma potência, mas na cama era alegremente submissa. Entendia que seu trabalho era ser o que ele precisava que ela fosse: se ele queria ir devagar, ela o seguiria em câmera lenta; se queria ir rápido, ela acelerava também. Ele a fodia como e quando queria. O controle de Brian sobre Jenna era tão avassalador que, quando acabou, ela se sentiu perdida. Nada fazia sentido.

E então houve aquele último e terrível jantar, em uma noite sufocante de junho. Os dois estavam em casa, e Jenna, em uma tentativa desesperada de fingir que não estavam infelizes, encomendou o jantar.

— Vamos ficar aqui esse fim de semana. Está rolando um evento no Prospect Park em que eles passam um filme antigo todo sábado à noite, tipo um drive-in.

Acho que nesse vai ser *Juventude transviada*. A gente pode fazer um piquenique.
— Ela forçou um sorriso. — O programa dos meus sonhos.

— Esse é o programa dos seus sonhos? A gente já foi de camelo para um jantar à meia-noite em Brunei. Estou confuso.

Ela se lembrava daquele jantar. Foi uma noite de tirar o fôlego.

Mas Brian esqueceu que ela era alérgica a pelos de animais, qualquer um. Ela passou o jantar inteiro dando sorrisinhos amarelos para as esposas dos embaixadores, tentando fingir que suas coxas não estavam em carne viva. Nunca mencionou isso para Brian, e as fotos que apareceram na seção internacional da *Town & Country* ficaram fantásticas. Que era o que realmente importava.

— Brian, eu tô tentando. Estou usando esse vestido porque você viu num outdoor e disse que gostou. Eu não reclamo de nada, nem quando você passa três dias sem voltar para casa. Tudo que eu quero é uma noite fazendo alguma coisa simples e especial.

— Eu tô de saco cheio de ficar ouvindo o que você quer — disse Brian.

— Suponho que você esteja falando sobre o casamento — observou ela. — Você disse que queria se casar comigo. E ter uma família. Você disse isso na noite em que a gente se conheceu.

— A noite em que eu estava vestido feito os integrantes do Color Me Badd?

— Você sempre disse isso.

— Muita coisa mudou. As pessoas mudam.

— Mudam, né? — Jenna deu uma garfada no risoto e depois pousou o talher. — Eu sou de verdade pra você? Ou sou só mais uma coisa que você possui?

— Eu poderia te fazer a mesma pergunta. Quando foi que eu parei de importar pra você? Você só se preocupa com esse casamento. E com um bebê que não existe. Eu ouvi você pedir ao faz-tudo pra trocar as tintas porque a Benjamin Moore não tem uma opção atóxica para bebês. Que bebê, porra? — Ele bateu com o punho na mesa. — Honestamente, eu não sei do que você tanto reclama. Você tem uma faxineira, um chef, um motorista. O que mais você quer?

— Eu namoro você há quase metade da minha vida. Eu não quero ser só sua namorada.

Ele passou a mão pelo cabelo e soltou o ar com força.

A escolha perfeita

— Eu te amo. Mas você exige demais.

Jenna assentiu. Ela sabia como ele se sentia, só queria ouvi-lo dizer.

— As casas, o dinheiro, os carros? Eu abriria mão de tudo para você se importar comigo de novo.

Ele riu.

— Bonita frase, mas é mentira. Você nunca abriria mão de tudo isso. Nenhuma mulher abriria.

Calmamente, ela se levantou. E, com cada grama de força que conseguiu reunir, deu um murro na boca dele. Os nós dos dedos dela ficaram machucados por uma semana.

— Com quem você acha que está falando? Eu te amava quando você não conseguia juntar cinco dólares pra comer no Taco Bell. Eu te amava quando financiei a nossa vida inteira na época da faculdade, trabalhando na merda da Contempo Casuals. Eu nunca me importei com dinheiro. Você sim. Olha bem pra mim abrindo mão de tudo isso, seu arrogante de merda.

Jenna abandonou vinte anos de histórias entrelaçadas, família e amigos. Deixou para trás o dinheiro, as casas, os convites. Afastou-se da mãe dele, Anna, ao lado de quem tinha passado três dias no hospital durante uma mastectomia, e a quem amava só um pouquinho mais do que amava a própria mãe.

Ela deixou Brian porque ainda o amava e sentia que estava morrendo por causa disso, como se fosse uma doença.

11

Darcy fez sua assistente escolher o lugar mais bacana que ela conhecia para a comemoração do aniversário de Terry, que acabou sendo o Carolina, uma "drinqueria" rústica e com pinta de taverna na Avenue B. Graças à iluminação amarelada (que fazia todos parecerem supermodelos), aos convidativos enclaves esculpidos nas paredes de tijolo à vista e aos drinques mais inspirados do East Village, o Carolina era conhecido por ser um dos melhores locais para um primeiro encontro no centro da cidade.

Era uma escolha inusitada para uma festa de trabalho, mas, depois do terceiro drinque, ninguém mais sabia onde estava. O dono havia juntado quatro longas mesas para a equipe da *StyleZine*, e em quarenta e cinco minutos metade da equipe estava bêbada, enchendo a pança de batata frita com parmesão e postando tudo no Instagram.

Desde que chegara, cinco minutos antes, Jenna bebericava seu mint julep com morango — uma das especialidades do Carolina. Ela fingia ouvir Jinx lamentando o quinto rompimento com seu namorado idiota, Peneen, mas na verdade estava procurando Darcy no salão lotado. E lá estava ela, parada em frente à porta exclusiva para funcionários, batendo papo com o dono do Carolina, um homem de pele escura, bigode enrolado nas pontas e chapéu de palha. Jenna já tinha estado em festas suficientes com ela para saber que, não importava se o cara fosse gay, hétero ou comprometido, ele logo estaria recebendo um boquete de Darcy.

Jenna tinha dois objetivos naquela noite. Como Darcy havia ordenado na reunião pós-Greta Blumen, ela pretendia ser cordial com Eric, para mostrar à chefe que estava tudo bem. E, o mais importante, ela realmente queria que ficasse tudo bem entre os dois. A pressão estava aumentando sobre Jenna; ela não conseguia mais pensar nem em Eric nem na série sem entrar em pânico.

A escolha perfeita

Eric estava no bar ao lado de Terry, empoleirada em uma banqueta usando um tutu e uma faixa na cabeça com orelhas de gatinho. Os dois amigos estavam absortos em uma conversa. Jenna se perguntou sobre o que eles estavam falando. Mais ainda, se perguntou quando Terry iria cair fora, para que ela pudesse conversar com ele.

— ... e eu sei que ele tá superocupado com esse hobby de apicultura urbana — disse Jinx com a voz arrastada —, mas ele nunca se concentra em mim. Ele se distrai até durante o sexo! Fica segurando o controle remoto o tempo todo porque tem TOC e tem medo de perdê-lo na cama.

— Como ele consegue ter um bom desempenho usando só uma mão? — Jenna estava perplexa.

— Por que ele não me fala o que tá sentindo?

— Porque ele não sabe direito o que está sentindo. Os homens têm uma vida emocional muito superficial. Metade do tempo eles só estão tentando descobrir quando vão poder se masturbar de novo ou ir à lanchonete mais próxima. — Jenna tomou um gole de seu drinque. — Você dividiu suas preocupações com ele?

— Garotas rabugentas são brochantes — disse ela, triste. — Só espero que ele acorde e volte pra mim.

— Jinx! Por que esperar que ele decida o status do relacionamento de vocês? — O garçom olhou para Jenna com as sobrancelhas levantadas. Ela baixou a voz. — Você é uma mulher poderosa. A decisão é sua.

— A decisão é minha! É exatamente isso — anunciou Jinx, pegando o celular. — Tenho que tuitar isso agora mesmo.

De onde vem toda essa clareza implacável sobre relacionamentos?, pensou Jenna. *Por que eu nunca consegui aplicar isso à minha vida com Brian?*

Ela olhou para o bar novamente e viu Terry beijar Eric na bochecha e ir embora. Era a sua deixa.

— Quer alguma coisa do bar, Jinx?

— Não, eu tenho que estar lúcida pra trocar mensagens picantes com o Peneen. Ele odeia erros de digitação.

Jenna, que ficou aliviada por não haver mensagens de texto quando tinha vinte e quatro anos, virou a bebida que ainda estava no copo e se levantou. Afofou o cabelo, ajeitou seu look de garota descolada no estilo ai-essa-roupa-é-

-tão-velha (regatinha branca lisa, calça jeans rasgada, pulseira de cobra prateada e lábios vermelho-neon) e se dirigiu ao bar. Mas, pouco antes de chegar lá, Terry apareceu correndo na direção de Eric com uma garota. Uma belezinha de pele cor de mocaccino vestindo um top tomara-que-caia listrado vermelho e branco. Ela lançou um sorriso malicioso para Eric, entornando promessas de um ménage à trois regado a pó, e então apertou a mão dele.

Ah, que ótimo, pensou ela. *Ele agora precisa de ajuda para se arranjar?*

Rapidamente, ela se apropriou da única banqueta disponível no balcão, duas pessoas adiante. O bar estava tão congestionado que ele nem sequer a tinha visto.

— Eric! — gritou Terry, cujas orelhas pontudas a faziam parecer Josie e as Gatinhas. — Essa é a minha amiga da turma da SoulCycle que eu queria que você conhecesse. Jeanine, esse é o Eric. Se apaixonem. — Com isso, ela saiu dançando ao som de "Birthday Cake", da Rihanna.

Jenna se sentia uma espiã. Era tão cafona espreitar, mas ela precisava escutar aquela conversa.

— Ouvi falar bastante de você — ronronou a Tomara-Que-Caia. — Tudo verdade, pelo que eu tô vendo.

— Também ouvi bastante sobre você. E aí, o que você faz?

— Sou modelo. E atriz. E garçonete. Sou muitas coisas, gatinho.

— Dá pra ver. Quer beber alguma coisa?

— Não, tô fazendo um detox. Preciso estar em forma pro meu teste na Nickelodeon.

— Nickelodeon? Peraí, quantos anos você tem?

— Vinte, mas consigo passar por uns treze. Meu agente disse que eu tenho cara de bonequinha. Feito a Selena Gomez. Tipo, velhos nojentos querem me pegar, mas eu pareço tão pura quanto uma bolha de orvalho.

— Gota.

— Oi?

— Nada.

— Então, sim, eu consigo fazer uma adolescente. Quer ouvir as falas do meu teste? Eu interpreto a garota vaidosa da turma que tem as falas mais inteligentes. — Ela levantou a voz quinze oitavas, guinchando: — "Você é o que você come? Que engraçado, não me lembro de comer a Kate Upton hoje!"

A escolha perfeita

— Você pode dizer "comer a Kate Upton" na Nickelodeon?

— Pera, essa é a minha favorita: "Seja sempre você mesmo. A menos que você possa ser eu. Então seja sempre eu". Ah, e a outra é...

Exausto, Eric se virou em direção ao bar para pegar sua vodca com Red Bull. Foi quando notou Jenna. Ela fez um joinha para ele.

— Olha, Jenna... quer dizer, Jeanine... Desculpa, eu preciso ir ali falar com uma pessoa. Do trabalho. É, tipo, imperativo que eu pegue ela antes que ela vá embora.

— Imperativo?

— Necessário. Inegociável.

— Gostei do seu vocabulário rebuscado.

— Mas você vai ficar aqui por um tempo ainda, né?

Ela jogou o cabelo para trás e assentiu.

— Tudo bem, eu te encontro depois.

— Acho bom. Eu não te dei meu telefone. E é *imperativo* que você tenha ele — disse ela.

No segundo em que a garota saiu de vista, Eric perguntou ao cara ao lado de Jenna se eles poderiam trocar de lugar. O cara se levantou com um resmungo irritado. Em silêncio, Eric se sentou ao lado de Jenna — braços cruzados, olhos estreitados, cara de mau.

— Então... — começou ele. — Há quanto tempo você tá aí?

— Por quê?

— Estou esperando o seu comentário.

— O meu comentário? — Jenna mordeu o lábio para esconder o sorriso debochado. — Não tenho nenhum comentário. Exceto por: uau, elas são vorazes hoje em dia.

— Eu sei. Ela deveria ter um pouquinho mais de sutileza.

Jenna respirou fundo, preparando-se para o pedido de desculpas que havia ensaiado no metrô.

— Eric, eu odeio que a gente esteja nesse padrão de insultar um ao outro e depois pedir desculpa, mas sinto profundamente por tudo que falei no táxi. Eu não queria te ofender.

— Tanto faz — disse Eric, não querendo entrar numa. — Eu não tô ofendido.

— Você está ofendido. E... bom, você me magoou também. Você disse que eu precisava "botar pra fora toda a minha dor". Isso foi muito *merda.com*.

— *Merda.com?* Quem é você? — Ele fez uma pausa, só então percebendo que ela parecia diferente. Ele mirou seus lábios brilhantes e, em seguida, o sutiã rendado quase invisível sob a regata branca. Engoliu em seco e se concentrou novamente. — Me desculpa também. Isso foi uma coisa horrível de se dizer. Mas você meio que me faz ser horrível.

— Você faz isso comigo também! Olha só, acho que admitir isso é um grande avanço. Não precisamos ser melhores amigos para fazer um ótimo trabalho. *Arquivo X* era genial, e a Scully e o Mulder se odiavam na vida real. A gente simplesmente não pode se ignorar. Eu odeio a maneira como me comportei, Eric. Eu realmente quero que isso funcione.

Eric olhou para a mulher arrependida — uma mulher cuja beleza era quase exaustiva de ignorar — e viu que ela realmente estava sendo torturada por aquilo. Ele chegou a uma conclusão. Em pouco mais de uma semana, ela o levara da mais ardente luxúria à confusão, à irritação e, por fim, à raiva absoluta. Ela o havia desnorteado, mas não de propósito. Eric teve a sensação de que aquilo não tinha nada a ver com ele. Parecia que Jenna estava se debatendo. Como se a vida tivesse fodido com ela, e naquele momento ela não soubesse o que estava fazendo.

— Você quer resolver isso, né? — perguntou ele.

— Resumidamente, sim.

Eric estendeu a mão.

— Considere resolvido, então. Trégua.

Depois de um momento de surpresa e hesitação, Jenna apertou a mão dele. Ela não entendia por que de repente ele ficou numa boa com ela, mas não ia fazer nenhuma pergunta.

— Trégua — respondeu, mal acreditando.

— Mas vamos fazer disso uma regra. Daqui pra frente, não vamos deixar as coisas irem para o lado pessoal. É aí que dá merda.

Jenna assentiu.

— Nada de assuntos pessoais. Vou concordar com qualquer coisa se você parar de dizer para as pessoas que eu sou a Úrsula, a Bruxa do Mar.

Eric fez uma careta.

A escolha perfeita

— Vou cortar relações com a Terry.

— Está perdoado — disse ela, de um jeito leve. — Então, você pediu para ela te ajudar a se arranjar hoje?

— Não mesmo! Ela só tá sendo intrometida. Eu tô de boa de relacionamentos por enquanto. Muita coisa pra fazer.

— Bom pra você — respondeu ela. — Se eu tivesse que fazer tudo de novo, teria feito minhas próprias coisas quando tinha vinte anos.

— Pesado, hein? O que você estava fazendo em vez disso?

Ela fez uma pausa.

— Achei que a gente tivesse combinado de não falar de assuntos pessoais.

— Justo — concordou ele. — Ei, eu estava pra te dizer. Aquele pôster atrás da sua mesa? Muito foda.

— Como é?

— Nina Mae McKinney. Eu notei na primeira vez que entrei na sua sala — disse ele. — Logo depois que superei o choque de descobrir você lá dentro.

— Você reconheceu a Nina Mae McKinney? — Ela não conhecia ninguém que tivesse ouvido falar da esquecida estrela do cinema mudo. Ele inclusive pronunciou o nome corretamente.

— *Aleluia*. Horrível esse filme. Mas é incrível também, considerando que não havia recursos pra cineastas negros em, o que, 1927?

— Vinte e nove. — Jenna olhou para ele. — Não acredito que você conhece a Nina Mae McKinney.

— Eu não acredito que *você* conhece ela. Você é fã mesmo ou só gosta do pôster?

— Bom, é... Eu só... — ela gaguejou. Suas obsessões eram tão obscuras que ela não estava acostumada a falar a respeito. — Eu adoro a era do cinema mudo.

— Te entendo — disse ele, vigorosamente. — O início de Hollywood é fascinante pra mim porque todo mundo que você tá assistindo, tipo, já morreu. É como viajar no tempo. Você pode experimentar como era relaxar em um bar clandestino de 1920! Você assiste *Aleluia*, e nenhum daqueles atores poderia imaginar que as pessoas em 2012 estariam espiando o trabalho deles, tornando-os imortais. Já faz quase cem anos. Cara, imagina se essa galera dos anos 20 pudesse assistir a filmes do início de 1800?

Jenna assentiu. Ela estava completamente entretida com o discurso apaixonado de Eric. Era maravilhoso ouvir um homem falar sobre algo diferente da sua marca, seus investimentos, suas abotoaduras caras.

— Não vou nem falar do cinema expressionista do iniciozinho do século XX...

Jenna o interrompeu com uma risada incrédula.

— Qual é a graça?

— O universo está me pregando uma peça colossal. Eu sempre quis ter uma conversa casual sobre o cinema expressionista... mas ninguém se importa. Quais são as chances de você ser essa pessoa?

— Tá vendo? Eu entrei na sua vida por um motivo. Uma série pra internet fracassada e um papo nerd sobre cinema. — Só então algo chamou a atenção dele acima da cabeça de Jenna. Ele fez um gesto. — Olha a Jeová.

Jenna olhou para a esquerda. Darcy estava seguindo o dono do bar em direção à saída, apontando para eles e simulando aplausos. Jenna acenou, tensa.

— Missão cumprida — suspirou ela. — A Darcy viu a gente numa boa.

— Ah. A conversa acabou, então?

— Bom... tá tarde.

O drinque dela chegou. Eles beberam em silêncio.

— Não vai agora não — disse Eric.

— Eu quero ir.

— Quer mesmo?

Jenna não conseguia pensar em uma resposta adequada. Alguns segundos depois, anunciou:

— Essas bebidas são muito fortes. Pra mim já chega.

— Pra mim também — disse Eric, afastando o copo. — Eu queria falar sobre o perigo de nós dois bebermos juntos. Mas vou ser um cavalheiro.

— Eu conheço bem o seu cavalheirismo.

— Áhã. Conhece mesmo — devolveu ele, encarando-a com seus olhos intensos.

Jenna foi pega, capturada pelo olhar de Eric (aquele rosto, quando ela seria imune a ele?). Sentiu-se patética — como ele conseguia afetá-la daquele jeito com apenas um olhar? Ela não era melhor que a assistente de Greta Blumen. Ou Jinx, que ficava vermelho-framboesa se ele chegasse muito perto dela.

A escolha perfeita

Depois de um tempo, ela riu, quebrando a tensão.

— Você é mau.

— Por quê?

— Você queria me matar cinco minutos atrás, e agora essa cara, esse olhar? Você não consegue se conter! *Tsc tsc tsc* — disse ela, balançando a cabeça. — Você faz isso por esporte, né?

— Eu sei, sou péssimo — respondeu ele, com uma expressão maliciosa. — Mas sou inofensivo.

— Nós dois sabemos que você não é. Mas tudo bem. Você é jovem, solteiro e tem garotas de tomara-que-caia se atirando em cima. Manda ver. Basta usar proteção.

— Proteção. Vou lembrar disso.

Eles se entreolharam e riram.

— Então — disse Jenna. — Será que em algum momento você vai me contar sobre o que é o seu filme?

— Nada de assuntos pessoais.

— Isso é público! Todo mundo na escola de cinema viu.

— Mas por algum motivo eu fico nervoso de te contar. — Ele tomou outro gole de sua bebida. — Promete que não vai rir?

— Jamais faria isso.

— Tudo bem. O nome do filme é *Tyler na Perry Street*. É sobre um anjo negro chamado Tyler que mora no paraíso de Hollywood, e a única maneira de conseguir suas asas é libertando os filmes negros de personagens estereotipados. Então ele aparece pra trabalhar como barman em uma festa de Natal no West Village, na Perry Street, frequentada por personalidades no estilo Tyler Perry. A mulher negra de pele clara, culta e desalmada, o homem abusivo que não paga pensão, o operário temente a Deus, a mulher negra furiosa. Daí ele coloca um soro da verdade nas bebidas deles e, bom, você descobre que eles são as pessoas mais exageradamente interessantes que já existiram.

Jenna jogou a cabeça para trás, gritando de rir.

— Você falou que não ia rir!

— *Tyler na Perry Street*? Você é um gênio!

Pela primeira vez desde que se conheceram, ele pareceu acanhado.

— Obrigado. Eu realmente... Isso significa muito pra mim.

— A Darcy deve ter ficado orgulhosa.

— Ela se recusa a assistir. Acha uma idiotice confrontar o homem negro mais poderoso de Hollywood.

Havia tanta coisa que Jenna queria dizer, mas preferiu ficar calada. Que tipo de mãe era aquela?

— E seu pai, assistiu?

— Quem me dera.

— Por que não? Ele ia adorar, tenho certeza.

— Ele levou um tiro quando eu era criança.

Jenna apertou o copo contra o peito.

— Ah, não.... Eu sinto muito. Eu não devia ter te pressionado. Por favor, esquece que eu perguntei. Sem assuntos pessoais.

— Não, tudo bem. Por algum motivo me parece tranquilo contar isso pra você. — Ele ergueu o copo e girou a bebida. — Eu nunca descobri por que isso aconteceu, mas ele era da quebrada, pode ter sido qualquer coisa. Naquele dia eu estava no apartamento dele pra uma aula de tuba — disse Eric, com uma risada. — Não me pergunte como ele acabou comprando uma tuba, mas ele queria me ensinar, então eu queria aprender. Jenna, aquele homem era capaz de tocar qualquer coisa. Literalmente, ele pegava qualquer instrumento e arrebentava.

Jenna assentiu, atenta.

— Bom, aí eu fiz milk-shake de baunilha pra gente... ele que me ensinou, só sorvete de baunilha, Sprite e noz-moscada. Ele chamava de "shake caucasiano". E eu estava sentado lá, só eu e os shakes caucasianos. Esperei o dia todo. E a noite toda. Tomei o liquidificador inteiro, fiz outro, bebi, então mais um, depois vomitei por todo lado. Eu sabia que tinha alguma coisa errada. — Ele fez uma pausa. — Quando a polícia chegou, eu estava sentado no chão da cozinha cercado de vômito. Rezando. O que é hilário, porque eu nunca segui nenhuma religião. Pra quem eu estava rezando? Eu tinha dez anos, vai saber o que eu estava pensando. Quando eu vi a polícia na porta, senti o que as pessoas devem sentir antes de pular de um prédio. Tipo, essa é a última vez que eu vou sentir meus pés no chão. Qualquer coisa que vier depois disso vai estar fora de controle até eu cair e não sentir mais nada. —

A escolha perfeita

Ele refletiu e bebeu o restante de sua vodca. — Demorou, mas eu finalmente cheguei lá. Não sinto nada.

Jenna agarrou seu copo, abismada com como estava arrasada por Eric. Não apenas por ele naquele momento, mas por sua versão infantil — aquela de que ela se lembrava, pulando de um lado para o outro naquele casamento, que parecia ser o garoto mais feliz e autoconfiante do planeta, sem nenhum traço de sofrimento.

— Eu sinto muito mesmo — disse ela, pousando a mão no braço de Eric. Ele olhou para baixo e, em seguida, de volta para ela. — Nenhuma criança devia ter que passar por isso. A Darcy te ajudou? Te colocou na terapia...?

— Terapia? A gente veio do Caribe. — Ele deu um sorriso fraco. — Não, a gente se mudou pra cidade e ela reescreveu a nossa história. Me mandou esquecer meu pai, nosso bairro, tudo. Quando você é criança, você escuta a sua mãe.

Jenna ficou tão horrorizada com o tratamento que Darcy deu à dor do filho que ficou em silêncio.

— Eu acho que... só quero ter certeza de que o sobrenome dele tenha algum significado.

— Vai ter. Já tem.

— Vamos ver — disse ele, agora visivelmente desconfortável. — O que me fez te contar tudo isso? Mudei de ideia sobre a bebida. Eu preciso de outra.

— Não te julgo.

— Você cresceu com o seu pai? — perguntou ele, acenando para o barman.

— Sim. E ele era perfeito por fora. Um obstetra ph.D. Mas ele passou praticamente todas as noites da minha infância em um apartamento que dividia com a amante a uma hora de distância, em Washington. Sabe como é, usando a desculpa de trabalhar até tarde no hospital. A minha mãe e eu fingíamos não saber. Sou muito boa em fingir que não percebo as coisas.

— Você já perguntou a ele sobre isso?

— Nunca. Eu tinha tanto orgulho dele como pessoa que nunca quis estragar isso. Ele era meu paizinho. Meu herói, sabe?

— Sei muito bem.

— Obrigada por me confiar essa história. Sobre o seu pai.

— Você também — disse Eric. — Sobre o seu.

— Acabamos de quebrar a regra de "nada de assuntos pessoais". E ainda estamos aqui conversando. É um avanço, não?

— Com certeza. Essa foi a conversa mais legal e honesta que eu tive em séculos — comentou ele, quase sem acreditar.

Jenna concordou com a cabeça, mas não conseguiu dizer o que realmente pensava — que ela poderia ficar sentada ali conversando com ele por mais duas horas.

O barman deslizou dois drinques na direção deles e ambos os pegaram.

— Aos pais desaparecidos — disse Eric.

— E aos segredos — acrescentou Jenna.

— E a Nina Mae McKinney.

— E a uma ideia maravilhosa pra série, que vamos apresentar o mais rápido possível.

— Com certeza.

— E a conversar sem tentar matar um ao outro.

— E à amizade — disse Eric.

— Somos amigos mesmo? — refletiu Jenna.

— A gente acabou de se abrir completamente um para o outro. Agora não tem o que fazer.

— Verdade — concordou ela. — À amizade.

Eles beberam, deslizando para um silêncio contemplativo. Tinham ficado um pouco abalados com as confidências que haviam trocado. Era estranho para os dois realmente mostrarem suas cartas para alguém. Mas, naquela noite, ambos expuseram algumas de suas memórias mais íntimas a uma pessoa que conheciam havia uma semana. No meio de um bar no East Village, na festa de vinte e seis anos de alguém.

De repente aparece Terry, completamente obliterada. A cada quinze minutos seu look parecia evoluir para um lugar mais ridículo. Agora ela usava orelhas de gatinho, um tutu e três correntes de ouro estilo rapper do fim dos anos 80.

— O que você achou da Jeanine? Demais, né?

— Terry. Você não pode simplesmente me deixar não querer ter um relacionamento em paz?

— Ela é muito linda! Qual é o problema?

A escolha perfeita

— Tipo, tá, ela é gata, mas você já trocou ideia com ela? É um nível Sherri Shepherd de burrice.

— Jenna, o que você achou?

— Bonitinha, eu acho. Pra quem gosta de meninas atiradas — ela disse, dando de ombros de maneira displicente. — Feliz aniversário, Terry. Tô indo nessa.

— Tchau, babe! — gritou Terry, agarrando o braço de Eric para se equilibrar.

— Não quer mais uma bebida? — ele perguntou.

— Eu realmente preciso ir. Mas te vejo bem cedo para outro brainstorming. E vocês não se metam em confusão, hein?

Jenna agarrou sua bolsa e subiu a escada em espiral. Amigos. Eric e ela. Aquele foi um desdobramento que ela não esperava. Tudo o que ela queria era uma relação de trabalho funcional e não abusiva, mas agora outra coisa estava desabrochando. O que sem dúvida era uma surpresa. Das boas.

12

—Eu sei, tia Jenna, mas o que realmente acontece quando a gente morre?
— Então, o seu corpo para de funcionar e você... bom, você para de viver. É como se estivesse dormindo. Só que pra sempre.

No dia seguinte, depois do trabalho, Jenna andava de mãos dadas com a charmosa, mórbida e alegremente obcecada pela morte May, de cinco anos, pela feira livre do Grand Army Plaza, em Park Slope. Jenna passeava com May enquanto Billie e Elodie examinavam a seção de tomates. Do lado de fora do Prospect Park, as bancas de madeira rústicas com uma seleção de produtos frescos cultivados na região sempre atraíam uma multidão de moradores do Brooklyn, focados na comunidade e na alimentação consciente. Jenna, Billie, Elodie e May eram as únicas pessoas negras na vizinhança.

— Dormindo? — May, uma boneca de aparência vivaz com olhos de corça e um rabo de cavalo lateral estilo anos 80, olhou para Jenna com ceticismo. — Isso significa que os mortos podem sonhar?

— Alguns filósofos acreditam que a própria morte é um sonho. Ou que a vida é um sonho. — Jenna se conteve, percebendo que a conversa estava ficando existencial demais para uma criança de cinco anos. May era tão intensa, tão serena, que às vezes parecia uma advogada tributarista de trinta e cinco. — Não, querida, gente morta não sonha — ela emendou. — Eles só descansam em silêncio. E pra sempre.

— Então, depois que eu morrer, o que vai acontecer com os meus... pensamentos?

— Você quer dizer o seu espírito? Essa é boa, May-May. Os teólogos e os cientistas vêm tentando descobrir isso há séculos. Ninguém sabe, na verdade. Mas é muito provável que o seu belo espírito vá para o céu. — Uma vez Jenna tinha ouvido John Lennon ou algum outro alguém dizer que, se você se visse

A escolha perfeita

em uma situação complicada em uma conversa, bastava pedir a opinião da outra pessoa. — No que você acredita, querida?

— Eu não acredito em céu. Nem em Deus. Eu acredito na mãe natureza, nos oceanos, nas árvores e na lua. E também em fadas da floresta. Acho que elas moram em Cancun. Ou no Atlantis Resort, nas Bahamas.

Uau, pensou Jenna. *Jay e Billie devem estar tirando várias férias em família em resorts no Caribe.*

Nesse momento, Billie e Elodie surgiram com sacolas cheias de tomates, aspargos e espigas de milho.

— Amiga — Jenna sussurrou para Billie —, sabia que a sua filha é da Wicca?

— Essa história de mãe natureza? Uma doideira! E o lance da morte? Não sei se devo ficar perturbada ou emocionada por ela estar fazendo esse tipo de pergunta antes mesmo de saber amarrar os sapatos.

— Fique emocionada — disse Elodie. — Talvez ela se torne uma agente funerária de alto nível, tipo a Phaedra Parks.

— Mamãe, a Arabella e o Waylon da escola estão ali! Posso ir falar oi?

Billie se virou e viu os gêmeos com a mãe, Chrissie Proctor, atriz coadjuvante de uma série de investigação criminal no ar fazia dez anos. Ela acenou e Chrissie fez um gesto para que May se aproximasse. E, apesar de sua empolgação, May caminhou calmamente até os amigos, com o mais leve dos sorrisos. Não era de sua natureza transmitir alegria demais.

— Ai, que ótimo — disse Billie, falando principalmente para si mesma. — A Chrissie é insuportável. Ela é uma hippie de North Slope que não usa desodorante e finge que não larga os filhos num canto por horas com um iPad passando desenho, como todas nós. Mas o mais velho dela estuda na Poly Prep e ela faz parte do conselho administrativo. Se eu me der bem com ela, talvez a May consiga uma vaga pro ensino médio.

— Tudo o que você acabou de dizer é completamente assustador — comentou Elodie.

— Billie, eu acho que não tem nada de errado em você vender a sua alma para a Chrissie Proctor pra colocar a May numa escola particular — disse Jenna, que lançava olhares voyeurísticos para a estrela de TV. — O processo de inscrição nas escolas particulares em Nova York é pior que o das universidades. Eu fiz essa pesquisa. Tenho várias informações sobre isso, se você precisar.

Os olhos de Billie se suavizaram e ela pegou gentilmente a mão de Jenna. Frequentemente, ela ficava tão envolvida nas demandas e nos detalhes de cuidar de May que esquecia que tinha tudo o que sua amiga queria e não possuía.

Jenna sorriu para ela, apertou sua mão e a largou.

— Obrigada, amiga — disse Billie. — Talvez eu precise dar uma olhada nessas informações. Mas já chega desse papo de mãe. Enquanto a May está lá conversando com os filhos da detetive Jacinda Brown, que tal colocarmos em dia os assuntos de gente grande?

— Eu primeiro — anunciou Elodie, tomando um gole de sua limonada com chá-verde orgânico vegano. — Sinto que já transei com todas as pessoas com quem eu gostaria de transar, dos nossos vários círculos sociais misturados, então agora estou investindo em namoro virtual.

Billie riu.

— Você?

— Sim, eu. E vocês precisam ver esses otários. Tipo, em cinco minutos você já sabe por que eles têm quarenta e cinco e ainda estão solteiros. Tem o cara que stalkeia você nas redes sociais antes de te encontrar pessoalmente e aparece no bar citando seus posts do Facebook de 2009. O cara que mora em uma cobertura duplex no 70 Pine, mas quis marcar um chá na casa dele no primeiro encontro. Babaca muquirana. Você mora num apartamento de três milhões e meio de dólares e eu não mereço nem um latte no Starbucks? Ou o cara que não acredita em "papéis de gênero" e, quando você finge se oferecer pra pagar o jantar, ele fica, tipo, "Legal!", ou o discípulo do Anthony Weiner que, depois de um único encontro, manda mensagens pra você com fotos não solicitadas do pau dele.

— Nenhuma mulher na história da nudez — disse Jenna — jamais se sentiu excitada por uma foto da genitália masculina.

— Além de totalmente sem contexto! Só a foto de um pau duro e sem corpo.

— Eu não acredito que você esteja fazendo esse esforço todo para achar alguém. — Billie estava perplexa. — Lá na comunidade eles não te ensinaram que a monogamia é só uma armadilha e propaganda religiosa?

Elodie assentiu.

— Sim, mas é tipo um seguro. Fazer quarenta anos me fez sentir uma coisa. Eu posso não estar em busca de um relacionamento agora, mas morro de medo de acordar com cinquenta, perceber que estou pronta e que agora pareço a Sojourner Truth e não vou mais conseguir nenhum homem de qualidade.

— A Sojourner Truth era uma mulher linda — disse Billie. — Não envolve ela nisso.

— Acho que eu deveria considerar a possibilidade de pegar mulheres.

Billie fez uma careta.

— Não faça isso com você mesma. Nós somos babacas também.

— Tudo bem, Jenna — disse Elodie. — Sua vez.

— Eu estou só contando os dias até ficar desempregada de novo. O tal vídeo simplesmente não está rolando. Eu e o Eric filmamos três opções diferentes e, na melhor das hipóteses, elas dão pro gasto. Na pior das hipóteses, são acidentalmente cômicas.

— O que você esperava? — perguntou Elodie. — Vocês dois se tratam feito lixo. Como você espera conseguir criar alguma coisa?

— Não, a gente tá de boa agora — disse Jenna. — É como se, de repente, tivéssemos entendido como falar um com o outro. E está sendo um alívio enorme. Estar sempre no limite na presença dele era exaustivo.

— Que ótima notícia! — comemorou Billie. — Não dissemos nada, mas estávamos muito preocupadas.

— Só toma cuidado — continuou Elodie. — Colegas de trabalho podem virar amantes do trabalho. Você está vulnerável, a última coisa que precisa é tropeçar e cair no colo dele.

— Ela nunca faria isso — disse Billie. — A Jenna tem bom senso.

— Você não sente nada quando está perto dele? — perguntou Elodie.

— Nossa, não. Uma tonelada de nãos — enfatizou Jenna, com uma risada turbulenta. — Estamos muito além do platônico. Somos como Michael Strahan e Kelly Ripa. Dois colegas de trabalho amigáveis que ninguém na Terra poderia imaginar transando.

— Eca, consegui enxergar a cena — disse Elodie. — E acredito em você.

— Eu gosto das meninas do trabalho também. Socialmente, as coisas estão finalmente indo bem, mas, tirando a minha coluna, de resto eu tô um fracasso. Passo dia e noite pesquisando coisas de moda no YouTube, tentando encontrar algum lance novo, e isso nunca acontece.

— O que você precisa é de uma distração para reiniciar o seu cérebro — sugeriu Billie. — E eu sei como você pode conseguir isso. Tem um cara que eu quero te apresentar. Precisa ser logo, porque ele está indo para Praga daqui a dois dias. Ele é dono daquela loja chique de bebidas na Gates Avenue, a Bubbles and Brew, sabe qual é? Eu não conheço o cara superbem, mas ele parece incrível. Andei de olho, tentando descobrir se eu devia arranjar ele com você ou com a Elodie. Cheguei à conclusão de que ela vai comer o coitado vivo, então ele é todo seu.

Jenna revirou os olhos.

— Eu não tenho como lidar com um encontro desses agora. A expectativa, a decepção, a quantidade de chocolate que eu vou comer depois...

— De que outro jeito você conhece alguém na nossa idade? — perguntou Elodie. — Não vamos a boates. Só trabalhamos com mulheres e gays requintados. As opções que a gente tem são encontros online ou esses arranjos.

— Mas a última vez que eu passei por isso foi um desastre. Lembra dos slippers YSL?

— O seu erro foi confiar que a Elodie seria capaz de identificar um homem namorável — apontou Billie. — O único objetivo que ela tem no que se refere a relacionamentos é encontrar um marido antes de começar a parecer uma abolicionista.

— Tudo bem — disse Jenna —, o que você sabe sobre esse cara?

— Ele tem cinquenta anos. Nunca foi casado, não tem filhos, mas, toda vez que estou com a May, ele diz que sempre quis uma filha tão tranquila quanto ela. Então ele quer filhos. Ele é superculto, mas pé no chão, e tem muito cabelo.

— Aceito.

— Tem só uma coisa. Ele é um pouquinho New Brooklyn. Usa All Star e camisetas de futebol americano do Exército da Salvação, e fala sobre como os seus pés de hortelã e tomilho estão crescendo na horta comunitária. Ele faz parte do conselho do Clube de Ciclistas do Brooklyn. E mora em Williamsburg. Eu sei, para de me olhar desse jeito. Além disso, acho que o vi dando uma aula de tai chi no Fort Greene Park.

A escolha perfeita

— Cai fora, por favor — disse Elodie.

— Não, ele é fantástico! É só... Bom, ele não tem nada a ver com o Brian.

Jenna abriu a boca para dizer que não iria conhecer o cara, mas mudou de ideia.

— Quer saber de uma coisa? Vou manter a mente aberta. Não estou em posição de recusar um encontro.

— Você devia dar um dos seus famosos jantares — disse Elodie. — Só que mais íntimo. Só a gente e talvez alguns dos seus novos colegas de trabalho. E a Billie pode levar o boy da Bubbles and Brew.

— Um jantar? Será?

Jenna fez a pergunta, mas já tinha decidido. Ela costumava ser muito boa dando jantares. Era seu esporte, sua catarse, sua válvula de escape criativa. Talvez pudesse ajudar a limpar a mente, atirar-se em algo além do trabalho. Poderia ser inspirador. Ela só teria um dia para organizar tudo, mas, em seu auge, havia conseguido dar jantares brilhantes em menos tempo do que isso. Sem pensar duas vezes, ela foi com tudo.

Jenna já estava planejando mentalmente a disposição dos assentos quando perguntou a Billie:

— Você pode descobrir se ele está livre amanhã à noite?

13

Na manhã seguinte, Jenna estava em sua sala pesquisando a última postagem que havia feito (e também onde alugar bandejas de aparência sofisticada por um bom preço), quando Cam, o responsável pela correspondência, bateu na porta aberta. Ele segurava um buquê enorme de gardênias, copos-de-leite e tulipas.

— Isso é pra você — disse ele, entregando o arranjo de forma bastante brusca. Afastando-se, murmurou: — Agora vou passar o dia inteiro com cheiro de lenço umedecido.

Ela abriu o cartão.

Querida JJ,

Ainda tenho esperança de que você mude de ideia em relação ao café. Preciso falar com você. Urgente. É um assunto que só posso conversar contigo. E, para seu conhecimento, eu nunca quis que você se vestisse feito a Chrissy Teigen. Eu nem sei quem é essa pessoa. Por favor, me ligue.

Parabéns de novo,

Brian

Jenna fechou o cartão. Estava furiosa. A raiva que sentiu superou a ínfima curiosidade sobre o que quer que fosse o tal "assunto". Como ele ousava? Brian precisava estar sempre no controle de tudo — ela não estava surpresa por ele tentar se meter em sua vida, agora que ficara claro que ela estava bem sozinha. Ele devia estar enlouquecendo por saber que ela tinha voltado à cidade e, pela primeira vez desde que se conheciam, não precisava dele nem o desejava minimamente.

Eu sou a única pessoa com quem você pode conversar? Vai conversar com a Celeste Lily L'Amour Wexler, seu manipulador de merda.

Indignada, ela jogou o cartão fora. Depois, incapaz de resistir e odiando-se por isso, pegou-o de volta e leu mais uma vez. Em seguida atirou o buquê na lixeira e rasgou o cartão em pedacinhos, xingando baixinho a cada rasgo. Foi assim que Eric a encontrou quando bateu na porta ainda aberta.

— Eita. Tudo bem?

Jenna ergueu os olhos e rapidamente jogou todos os pequenos pedaços na lata de lixo. Eles tremularam como neve em cima de seu lindo buquê.

— Oi — disse ela, tensa. — Senta. Eu ia te chamar para a nossa reunião.

— Você parece um pouco... chateada. — Ele se sentou, apontando para o lixo. — Você tá bem?

— Não vale a pena falar sobre isso — concluiu ela, com um gesto de desprezo.

Jenna estava tentando parecer durona e agir como se fosse algo desimportante, mas, quando viu o rosto de Eric, que irradiava preocupação real, ela relaxou. Como seria capaz de fingir na frente dele, depois de tudo que haviam compartilhado na festa de Terry?

— Belas flores. Homem errado. Tarde demais.

— Não precisa falar mais nada.

— Obrigada. — Jenna estava aliviada.

Ela pegou um punhado de Skittles do pote em sua mesa e colocou na boca. Eric a havia feito lembrar como gostava dessas balinhas.

— Então — retomou ela, ainda mastigando, entrando no modo mulher de negócios. — Vamos falar sobre a nossa décima sétima ideia horrorosa? Eu estava pensando a respeito do que você disse sobre as entrevistas serem estáticas. Então fiz uma pesquisa... — Ela inclinou a cabeça, distraída pela manga de tatuagens descendo pelo braço esquerdo de Eric. — Enfim, eu fiz uma pesquisa...

— Você está descaradamente tentando ler o que tá escrito no meu braço?

— É... Não, eu...

Ele o ergueu para que ela pudesse ver melhor.

— Uau. "Stanley Kubrick é deus." Gostei. Diretor brilhante.

— Qual é o seu filme favorito dele?

A conversa fluiu naturalmente. As flores foram esquecidas; a série foi esquecida. Jenna e Eric sabiam que precisavam se concentrar no trabalho, mas haviam descoberto que tinham muito em comum. E era divertido demais para ser ignorado.

— *O iluminado* — disse Jenna. — Sinistro.

— Um professor meu escreveu um ensaio sobre o que torna algo sinistro versus o que torna algo assustador — disse Eric. — O cérebro é programado para entender o que é assustador, para que a gente possa se proteger. O ataque de um tigre. Um incêndio. Objetos cortantes. A gente sabe que não deve mexer com essas coisas. A ideia do que é sinistro é mais vaga. Nosso cérebro não é capaz de processar se algo sinistro é uma ameaça ou se é normal. Tipo aquele episódio de *Além da imaginação* em que a gente vê a garota assistindo à TV de costas, aí ela vira e não tem boca.

— Ou o vídeo de *O chamado* — acrescentou Jenna. — Eu tenho um exemplo verídico! Quando eu tinha vinte e cinco anos, escrevi meu primeiro artigo importante para a *Harper's Bazaar* e eles publicaram minha foto na página de colaboradores. Uma foto do Patrick Demarchelier. Épico.

Eric a observou com um meio sorriso. Ele não fazia ideia de quem era Patrick Demarchelier, mas estava completamente entretido. Jenna gesticulava à vontade quando contava uma história. Como se quisesse ser vista até lá no fundo da plateia.

— … aí, anos depois, eu recebi um e-mail de uma leitora. Ela estava de férias no Panamá e viu a foto num outdoor.

— A da *Harper's Bazaar*?

— Sim. Mas estava na propaganda de um clipe que você prendia no nariz à noite para diminuí-lo! Era uma foto de antes e depois, e eles tinham feito Photoshop no antes para o meu nariz parecer maior. Ela me mandou por e--mail. Ver o meu rosto com outro nariz? Isso sim foi sinistro.

Eric jogou a cabeça para trás e deu uma gargalhada sonora, desinibida e inadequada para o ambiente de trabalho.

— Uma gangue de bandidos panamenhos sequestrou sua foto para um anúncio de cirurgia plástica? Isso é permitido por lei?

— Nem pensar! — Jenna encolheu os ombros. — Mas eu deixei pra lá. Verdade seja dita, fiquei um pouco orgulhosa.

A escolha perfeita

— Você ainda está. Dá pra ver só pelo seu jeito de falar.

— Para de prestar atenção em mim.

— Não consigo e não vou parar. — Ele pegou uma bola de borracha em cima da mesa e começou a jogá-la de uma mão para a outra. — Ei, posso te fazer uma pergunta?

— Nada de assuntos pessoais.

— Isso não se aplica mais.

— Tem razão. Manda.

— Quando a gente estava filmando a Greta Blumen, você disse que tudo dependia deste emprego. Por quê?

Jenna tomou um longo gole de água, vasculhando seu cérebro na tentativa de descobrir um jeito de contar a história. Algo sucinto, amarrado com uma fita e um laço, fofo. Mas o que lhe veio à mente foi a verdade nua e crua.

— Eu implorei à sua mãe por este emprego. Na verdade, implorar é pouco. Eu liguei para ela da Virgínia e rastejei. Aceitei um salário inferior ao que ganhava quinze anos atrás para que ela me contratasse. Minhas palavras exatas foram: "Por favor, estou desesperada, eu aceito qualquer coisa que você me oferecer". — Jenna mordeu o lábio. — Se eu não me sair bem aqui, vou ficar humilhada. E duvido que seja contratada em qualquer outro lugar depois.

— Por quê?

— Nessa área, quem não é visto não é lembrado. E eu fiquei longe por muito tempo. Além disso, posso ter me queimado com alguns contatos importantes quando fui embora. — Ela percebeu que sua voz estava oscilando um pouco. — Esta é a minha última chance.

Jenna desviou os olhos de Eric. Ela não podia acreditar que havia expressado seus medos em voz alta, no trabalho e para ele.

— Jenna. Olha pra mim. — Ela obedeceu. — A gente vai dar um jeito nesse projeto. Você não vai ficar humilhada. Não enquanto eu estiver aqui com você. Não com você, *com você*. Enfim, você entendeu.

— Eu entendi.

— Vou voltar para a minha baia. Matar uns leões. Fazer o que for necessário. Mas fique sabendo que eu não vou desistir enquanto você não vencer.

— Por que você quer tanto me ajudar? — perguntou ela, suavemente.

— Você é minha amiga agora. Eu me importo com o que acontece com você. — Ele fez uma pausa e franziu a testa. — Você realmente implorou pra minha mãe?

— Não tive alternativa. Se não fizesse isso, eu ia simplesmente desaparecer. Eu estava numa situação terrível. Morta por dentro, com medo até da minha sombra. Houve semanas em que eu só tinha noção do tempo porque lembrava que a cada quatro dias eu precisava tomar banho.

— Tá brincando.

— Fundo do poço.

— Mas... por quê? — sussurrou ele, como se a gravidade da notícia merecesse um tom abafado.

— Tudo a que eu dediquei a minha vida, no âmbito profissional e pessoal, de repente se foi. Eu terminei um relacionamento que foi, para todos os efeitos, um divórcio. A minha carreira foi pro ralo. Então veio a depressão e o coquetel diário de calmante, ansiolítico e antidepressivo. Depois de um tempo, me acostumei a me sentir péssima. Era mais fácil que descobrir como começar de novo. — Ela fez uma pausa. — Alguns meses atrás cheguei à conclusão de que não dava mais. Eu teria feito qualquer coisa para ter a minha vida de volta. Implorar por este emprego foi só um momento de fraqueza extrema.

— Não, foi um momento de força extrema — disse ele, encarando-a com admiração. — Você se arrastou pra fora do buraco, mesmo tendo que se apoiar em Darcy Vale para conseguir fazer isso. Você é durona pra cacete, Jenna.

Ela nunca havia pensado nisso daquela maneira. Tudo o que tinha sentido nos últimos dois anos era vergonha.

— Em regra, eu me sinto mais patética que durona, mas tô chegando lá.

Ela tirou um monte de Skittles amarelos do pote e os arrumou formando uma carinha sorridente em cima da mesa. Precisava mudar a energia dentro da sala, ou teria outro colapso nervoso.

Rindo, perguntou:

— Quer saber o que é realmente patético?

— Qualquer coisa que tenha a ver com o Tyga?

— Também, mas não. Minha amiga me arrumou um encontro hoje à noite.

— Sério? — disse ele, e então riu (um pouco demais). — Nossa, vai ser épico. Queria poder assistir. — Ele fez uma pausa. — Não de um jeito bizarro.

— Não vai ser nada épico, é só um encontro arranjado. É importante administrar as expectativas.

— Não consigo imaginar você num encontro às cegas. Você é tão, tipo, naturalmente engraçada e... interessante de um jeito muito peculiar... — Ele parou. — Esse cara vai ficar sem reação. Escuta, você tem como encontrar com ele em público, tipo num bar? Eu posso ir com você pra dar uma força.

— Eu vou dar um jantar na minha casa hoje à noite, ele vai com a minha amiga Billie. Não sei nem o nome dele. — O sorriso em seu rosto se desfez e ela colocou alguns Skittles na boca, um por um. — Por que será que eu estou nervosa? Que bobagem.

— Ele é quem deveria estar nervoso. Você é esperta. Habilidosa. Você usa sutiãs de renda por baixo de regatinhas em bares descolados.

Jenna arquejou.

— Para de prestar atenção em mim! — repetiu ela, jogando um Skittle nele.

Eric se abaixou, sorrindo. E então, após esse momento confortavelmente divertido, ela teve uma ideia maluca.

— Ei. Você quer ir?

— No seu jantar? Tipo, na sua casa?

— Por que não? Vai ser pequeno, só as minhas duas melhores amigas. E o cara do encontro. A Elodie sugeriu que eu convidasse um amigo do trabalho e, bom, você é meu amigo do trabalho.

— Tô dentro — disse ele. — Eu preciso testemunhar isso.

— Talvez eu precise de alguém para me dar uma força. Não a Billie nem a Elodie, mas alguém que possa me apoiar.

— Eu sou muito bom nisso. Quatro amigas minhas ainda estão namorando caras que eu apresentei pra elas numa festa que dei na minha casa... *no último ano da escola.*

— Nossa, impressionante — comentou Jenna. — Ah, leve o seu amigo Tim! Ele parece fascinante... Dois pais que são lendas da Broadway?

— Não. O Tim não está qualificado pra participar de sociais civilizadas.

— Leve o Tim! Eu quero uma energia fresca, jovem.

— Tuuuudo bem. Mas, se a sua casa pegar fogo, eu não vou me responsabilizar.

Eric tentou disfarçar a empolgação. Ele não sabia o que lhe gerava mais expectativa: espiar o mundo pessoal de Jenna ou conhecer O Cara.

— Quero muito avançar seis horas — disse ela, colocando o último Skittle na boca. — Eu sou uma ótima anfitriã. Você vai ver!

www.stylezine.com
Just Jenna: segredos de estilo da nossa intrépida embaixadora do glamour

P: Minha melhor amiga, Megan, acabou de ser promovida a sócia no escritório de advocacia onde trabalha, então vou dar uma grande festa para ela no meu apartamento novo e incrível. Eu sei que é a Megan que está comemorando, mas meio que sinto que a noite é minha também. O que eu devo vestir? — @CriseNoLookEmToronto

R: Sempre que eu dou uma festa em casa, sinto como se fosse o meu baile de debutante. É tão emocionante, né? É a sua oportunidade de brilhar como decoradora e anfitriã! E o que você veste dá o tom. Antes de escolher uma roupa, decida que tipo de noite quer ter. Você vai dar o tipo de festa em que os convidados acabam se dando bem no banheiro? Invista num vestido tubinho sensual com recortes. Seu plano é apresentar alucinógenos depois da sobremesa? Use um conjunto extravagante estilo hippie. Está a fim de uma noite sofisticada, como se a sua casa fosse um salão parisiense da era do jazz (meu tipo de festa)? Use um vestidinho de melindrosa. Você vai criar a ambientação, então vista-se de acordo. Boa sorte e parabéns à ilustríssima doutora Megan!

Confira o site Nordstrom.com para vestidos de festa dos mais variados estilos.

14

À s sete e meia, Jenna entrou em um frenesi de expectativa. Havia anos não planejava um jantar, mas ela percebeu que não tinha perdido o jeito. Percebeu também que não tinha mais o mesmo orçamento. Então, em um período de vinte e quatro horas, cobrou vários favores e abusou do único cartão de crédito que podia.

Jenna ligou para Jilly Demarco, do Jilly's Eats, o bufê que sempre havia contratado, e planejou um belíssimo menu francês: salada de endívias, *coq au vin* e batatas gratinadas para o jantar e, para a sobremesa, *croquembouche* (ela era uma cliente tão leal que Jilly deixou que pagasse depois). Seu look era perfeito: um autêntico vestido de tango dos anos 20 que Phillip Lim havia modernizado para ela de presente em seu aniversário de trinta e três anos, com direito a luvas de cetim. Ela o tinha doado para o acervo da *Darling*, onde ficava exposto em uma caixa de vidro no saguão, mas deu um jeitinho para que o liberassem naquela noite. Depois pediu ao ex de Elodie, Guy Donazo, diretor de arte da Gray Propaganda, que fizesse um marcador de lugar personalizado para cada convidado em uma caligrafia cadenciada e ornamentada com filigranas douradas. Ligou até para o assessor de imprensa da Hermès, com quem sempre tivera um excelente relacionamento, e eles lhe emprestaram um conjunto de louças vintage da marca, extraordinariamente raro. Depois de agonizar por quarenta e cinco minutos tentando se decidir, comprou almofadas e uma poltrona caríssima de tirar o fôlego na Roche Bobois. Velas da Diptyque Baies estavam acesas e Adele cantava "Set Fire to the Rain". Até mesmo sua ajudante naquela noite, uma bela aspirante a atriz peruana chamada Lula, era impecável (Jenna estava pagando por seus serviços indicando-a a dois importantes agentes cujas casas haviam sido construídas por Brian). Lula preparava os petiscos, usando um lindo coque de bailarina e um vestido preto simples da DVF emprestado de Billie.

Jenna havia pensado em tudo. O mais importante: tinha feito Billie e Elodie jurarem não mencionar os amassos entre ela e Eric. Billie concordou, mas Elodie riu ("Esquecer? Como? A imagem está estampada no meu cérebro como um letreiro"). Então Jenna lhes enviou o contrato que havia redigido proibindo-as de falar nisso — se não assinassem, não entrariam na festa.

Jenna talvez tivesse exagerado em detalhes sofisticados pelos quais não podia pagar, mas parecia valer a pena. Orquestrar aquela noite havia sido empoderador, e era disso que ela precisava.

O jantar seria perfeito, como se tivesse saído do Pinterest. Um cenário elegante para uma noite elegante de conversa inteligente, comida requintada — e, quem sabe, o encontro com seu futuro marido.

Jenna empoleirou-se em sua nova poltrona com as mãos cruzadas, esperando os convidados. Apenas meia hora antes que a magia acontecesse.

Como prometido, Eric foi o primeiro a chegar. Parado no hall de entrada, vestindo um suéter azul-marinho e jeans escuros embolados em torno das botas caramelo — impecável sem nenhum esforço —, ele tentava controlar seu humor, que era de irritação extrema.

Já estava nervoso o suficiente por ter que levar seu amigo mais imprevisível para a casa de Jenna. Para piorar? Tim havia se encarregado de convidar Carlita, sua namorada cafona, embora Eric tivesse lhe pedido expressamente que não fizesse isso. Carlita já era inadequada em boates, de modo que ele mal podia imaginar como ela se comportaria em um contexto sofisticado — exatamente como Eric sabia que seria o jantar de Jenna. E, assim que deu uma olhada no lindo apartamento dela, ele percebeu que tinha razão.

Será que este lugar sempre foi chique assim?, ele se perguntou. *Ou apenas esta noite?*

Ele e Tim tinham crescido cercados por adereços da classe média alta, mas sua realidade como adultos era muito mais bagunçada. Tinha a ver com casas noturnas underground decadentes e pizzas de madrugada. E eles estavam certos de que Carlita nunca havia comparecido a um jantar com lugares marcados. Eric torceu para que os dois escolhessem assuntos benignos e não controversos para puxar, como o clima agradável de outono.

— Oi, Eric! Estou tão feliz que você veio — exclamou Jenna. Ela os conduziu para dentro, radiante. — Você deve ser o Tim e você a Carlita. Por favor, entrem! Carlita, sua franja é uma graça.

Carlita era uma dessas mulheres que, independentemente do humor, sempre pareciam de saco cheio. A stripper — que estava guardando dinheiro para a faculdade de odontologia — parecia pronta para ir a uma boate, usando um minúsculo tubinho verde-neon. Suas unhas imitavam folhas de jornal, e o megahair preto esvoaçante havia sido recentemente cortado com uma franja estilo Cleópatra. Ela parecia uma releitura da princesa Tiana em uma versão dançarina exótica rabugenta de South Beach.

Carlita ergueu o queixo na direção de Jenna.

— Gata, você fazia e acontecia no *Project Runway*. Você conhece o Michael Kors?

Eric reprimiu a irritação.

— Ela era jurada do *America's Modeling Competition*.

— Ahhh, como a Tyra Banks é?

— Ela é do *America's Next Top Model* — disse Jenna. — Mas eu conheço o Michael. Ele ia adorar você. Ia ficar doido pra te colocar numa calça de equitação de camurça cor de camelo.

E então Carlita fez algo incomum. Ela sorriu, ou mais ou menos isso. Tim, um elfo magricelo usando um plastrão, pegou a mão de Jenna e a beijou.

— *Enchanté.*

— *Enchanté* também!

— É um grande prazer ter sido convidado para a sua morada — declarou ele. — Alguém já te disse que você tem uma vibe Olivia Pope?

— Kerry Washington? Muito obrigada. — Ela apertou a mão dele. — Vocês querem beber alguma coisa?

— Você tem aquela bebida com folhas dentro? — Carlita parecia esperançosa.

Eric esfregou a têmpora.

— Mojito! Com licença, vou levar os pedidos de vocês para a Lula.

No segundo em que Jenna desapareceu, Eric partiu para cima de Tim.

— O que eu te falei sobre o plastrão? Tira isso.

— Carlita, eu te disse que essa merda era tosca.

— Nem vem me culpar por causa desse lenço no pescoço, cara. Você queria parecer chique.

— Eu? Você é que quase veio com aquele vestido todo bufante de domingo de Páscoa — retrucou Tim. — E eu fiquei, tipo, você tá indo pra primeira comunhão? Tá indo conhecer a Kate Middleton?

— Só tira isso — sibilou Eric.

Tim removeu o adereço do pescoço e olhou ao redor da sala.

— Eu preciso dizer, existe uma desconexão entre o gosto dessa mulher e o lugar onde ela mora. Essa vizinhança é péssima. Ela mora numa quitinete, mas tem louças da Hermès? Tipo, é confuso e excitante.

A cabeça de Eric latejava.

— Só fica quieto, Tim. Não me envergonhe hoje. Não chame ela de Olivia Pope e não use Jenna e "excitante" na mesma frase. Só... seja normal.

— Eu sou normal!

— A gente é normal, E.! Relaxa — disse Carlita.

Jenna voltou com a belíssima Lula, que distribuiu as bebidas. Em seguida, puxou Eric para o lado.

— Então, o que você acha? — perguntou ela. Jenna parecia uma debutante na manhã da festa de quinze anos. Ela agarrou a mão dele e o arrastou até a mesa. — Tá lindo, né? Olha só os saquinhos de papel pardo em cada prato... Eu pedi para o cardápio vir escrito neles, e tem um biscoito delicioso de queijo gruyère dentro! Não é maravilhoso?

— Demais. Adorei — disse Eric, olhando em volta. — Tá tudo incrível. E você está... — Ele se impediu de ir longe demais. — Linda. Ele é um cara de sorte.

— Obrigada. — Jenna alisou o vestido e, em seguida, levantou sua bebida para Eric. — Que ele não seja um ogro.

Ele bateu o copo no dela.

— E cadê ele?

— Deve chegar a qualquer minuto, na hora certa. Primeiro canapés, drinques e um pouco de conversa, depois o jantar em três etapas, então aperitivos e a sobremesa. Aí todo mundo vai embora e eu assisto *Clue* de pijama. — Ela estava com Eric, mas falava sozinha. Começou a fazer a contagem nos dedos. — Certo, a Lula já esquentou os petiscos, então eles estão fresquinhos, e aí...

A escolha perfeita

— Você é tão intensa.

— Eu estou no modo anfitriã — respondeu ela, torcendo as mãos. — Só quero que seja perfeito.

Nesse instante, o interfone tocou e ela abriu a porta para que Billie, o marido dela, Jay e Elodie pudessem subir. Prontamente, Elodie foi até Eric e lhe deu um abraço apertado.

— Destruidor de corações!

— Kimora Lee Simmons!

Ela se inclinou na direção do ouvido dele:

— Foi difícil te reconhecer sem metade do braço enfiada embaixo do vestido da Jenna.

— Ela disse que fez vocês assinarem um contrato — sussurrou Eric.

— Você acha que eu tenho medo dessa garota? Não posso agir como se aquela noite não tivesse acontecido. Estou feliz que vocês dois estejam bem agora. Toda a angústia dela por sua causa estava me deixando ansiosa, e ficar nervosa com qualquer coisa além dos meus investimentos fode com o meu equilíbrio espiritual.

— Oi, Eric, eu sou a Billie! — Ela passou por Elodie e o abraçou também. — Que bom te conhecer. Já ouvi falar muito de você. — E então Billy, que de fato honraria o contrato de Jenna, se corrigiu: — Hum... não, não ouvi não. Eu não sei nada de nada.

Jay Lane, um cara bonito e robusto de quarenta e dois anos, era um fervoroso ativista comunitário e um dos principais poetas dos Estados Unidos. Ele tinha conseguido manter um resquício saudável da aspereza herdada de seu passado na periferia. A combinação havia resultado em uma intensidade complexa que fazia as alunas da Universidade Fordham seguirem para a aula dele de Vozes da Diáspora com olhos esfumados e decotes profundos.

Ele olhou Eric de cima a baixo e os dois se cumprimentaram socando os punhos fechados.

— O futuro do cinema americano! — celebrou Jay. — Andei pesquisando sobre você. E gostei do que vi, cara. Você é jovem, mas tem *gravitas*.

— *Gravitas?* Uau. Também gostei de você, professor. — Se Eric fosse capaz de corar, aquele seria o momento.

Eric apresentou Carlita e Tim ao grupo, e todos se cumprimentaram. Então o interfone tocou novamente e todos voltaram a cabeça em direção à porta. Jenna apertou um botão e, segundos depois, O Cara apareceu.

— Oi — disseram todos em uníssono.

— Hum... oi — disse ele, um pouco desconcertado com o grupo de sete pessoas inspecionando-o como se ele estivesse numa vitrine.

— Bem-vindo! Eu sou a Jenna. — Ela apertou sua mão.

— Jimmy Crockett — ele se apresentou, erguendo levemente o chapéu. Um fedora.

Um cara atraente de pele caramelo e cabelo grisalho, ele estava usando, como Billie havia prometido, tênis All Star artisticamente arranhados, calça preta colada ao corpo e uma camiseta desbotada listrada de vermelho e azul-marinho, que ou era vintage, ou era da Urban Outfitters.

O primeiro pensamento de Jenna foi: *Ele tem cinquenta anos e se veste assim?* Então, sua mente mergulhou na espiral do "e se".

E se isso funcionar? Será que meus amigos vão gostar dele? Será que ele vai entender que, depois das dez da noite, eu tenho pouca ou nenhuma energia sexual e vou pedir arrego depois de dez minutos? Será que vamos formar um casal bonito? Em que momento as coisas de que eu gosto nele se tornarão as que eu detesto? Vou ser capaz de amá-lo o suficiente para chegar à parte em que eu me apaixono por ele de novo? SERÁ QUE ELE É O CARA?

Jenna interrompeu seu fluxo de consciência e o apresentou aos convidados. Jimmy era educado e dava um aperto de mão firme, olhando nos olhos de todos. Mas, quando chegou em Eric, parou e apontou para ele.

— O que você tem aí?

Eric percebeu que ainda estava segurando a sacola com o vinho que comprara em sua loja de bebidas preferida. Ele não fazia ideia de que safra, tipo ou marca era — simplesmente escolheu a garrafa com aparência mais bacana.

— Vinho tinto.

— Posso dar uma olhada?

Dando de ombros, Eric tirou a garrafa da sacola. Jimmy a inspecionou. Depois assentiu.

— Beringer Napa Valley. Nada mau, meu jovem. Notas de baunilha e amora. Excelente vinho de entrada. Eu prefiro algo um pouco mais refinado, mais saboroso. Você precisa experimentar o Giuseppe Mascarello Barolo 2005 que eu trouxe.

— Pode deixar — disse Eric, sem graça demais para falar qualquer outra coisa.

— Desculpe, eu tenho uma loja de bebidas premium — explicou ele, floreando tanto as palavras que soou quase como se tivesse sotaque francês —, então, onde quer que eu esteja, sempre me preocupo com a seleção de vinhos. — Jimmy riu e estendeu a mão para dar um tapinha nas costas de Eric. — Você fez um ótimo trabalho, meu jovem.

Jimmy foi até Jenna e eles iniciaram uma conversa em particular.

Eric olhou para Tim.

— Cara...

— Acho que ele estava tentando te sacanear, meu jovem — alfinetou Tim. — Quer que eu peça pra Carlita acabar com a raça dele?

— Eu tenho que ajudar a Jenna a se aproximar desse babaca pretensioso? — disse Eric, indignado. — Jimmy Crockett. Está mais para Jiminy Cricket, o grilo falante.

Tim riu, se divertindo com aquilo tudo.

— Eu preciso beber alguma coisa — anunciou Eric.

———

Os convidados estavam sentados na sala de estar e Lula circulava com uma bandeja de aspargos enrolados em prosciutto e hortelã. A festa havia se dividido em grupos menores, com todos envolvidos em conversas diferentes. Jenna e Jimmy estavam juntos próximo à poltrona nova; Billie, Jay, Tim e Eric estavam no sofá maior, e Carlita e Elodie dividiam o menor.

Eric conversava com Billie sobre a próxima eleição presidencial, enquanto mantinha um olho em Jenna e Jimmy. Ele teve que se conter para não arremessar os aspargos naquele idiota, embora devesse estar no modo casamenteiro. Porém ele tinha um trabalho a fazer. O objetivo daquela noite era ajudar Jenna a conseguir um segundo encontro. Então ele pediu licença e caminhou até a dupla.

— ... estou quase terminando de transformar o porão da Bubbles and Brew em uma galeria — dizia Jimmy. — Luxuosa e rústica, mas aconchegante.

Como uma caverna masculina em Milão. Aliás, Caverna de Milão não seria um nome ruim para o espaço.

— Excelente ideia — disse Jenna. — O Brooklyn é um celeiro de artistas talentosos em busca de exposição.

— De fato. Para a inauguração, vou exibir as pinturas arfé de um amigo. Você sabe o que é arfé, não sabe?

Jenna deu um gemido por dentro. Jimmy era um daqueles nova-iorquinos superantenados que perguntavam se você já tinha ouvido falar de algo antes de lhe contar o que era — colocando você na berlinda, fazendo você se sentir um ignorante se não soubesse do que se tratava.

— Arfé? Não, não estou familiarizada.

— São pinturas feitas com café. É uma mistura das palavras "arte" e "café". Arfé é uma *portmanteau*, que é quando duas palavras se combinam para formar uma nova. Como jazzercício.

Jenna parecia querer gargalhar e chorar ao mesmo tempo.

Eric interveio no momento perfeito.

— Ei — disse ele aos dois.

— Oi! — Jenna estava muito grata por vê-lo. — Eric, sabia que o Jimmy também tem ascendência guianense?

— Ah, é mesmo?

— Sim — respondeu Jimmy. — Você fala patoá?

— Não, mas eu entendo. Todas as avós eram guianenses onde eu morava quando criança.

— Com que frequência você visita a Guiana?

— Eu nunca fui, mas um dia vou. Ouvi dizer que é lindo.

— Nunca foi? Você não valoriza as suas raízes? Eric, você não viveu até deitar no solo de onde vem o seu povo.

— Eu não conheço ninguém na Guiana — alegou Eric, suavemente. — A minha família vem do Brooklyn, cara. Eu não vou deitar na Nostrand Avenue.

Jimmy olhou para ele com pena e tristeza.

— Entããão, Jenna — disse Eric, mudando de assunto —, eu não sei o que tem nesses canapés, mas acho que precisamos de mais. Estão deliciosos.

— De fato — concordou Jimmy. — Qual é a receita?

— Ah, não fui eu que fiz! A única vez que tentei cozinhar para uma festa, refoguei carne de porco no Pinho Sol.

Eric riu. Jimmy não.

— Peraí — interveio Eric. — Você não pode simplesmente contar a história pela metade. Explique-se!

— Eu peguei o que achava ser azeite, mas era Pinho Sol. Juro que as garrafas eram idênticas.

— Então você envenenou os seus convidados.

— *That girl is poison...* — cantou Jenna.

— É o que a música diz, Jimmy. "Nunca confie numa bunda grande e num sorriso" — recitou Eric.

— Eu só tenho metade dessa equação — admitiu Jenna —, então está todo mundo seguro.

Eric e Jenna riram um para o outro. Jimmy assistia à esquete, um tanto confuso.

— Jenna, você não vive bem se não cozinha bem.

— Mas ela canta músicas do BBD usando um vestido de lantejoulas — contrapôs Eric, prestativo. — Quem não acharia essa mulher irresistível?

— Eu sou um desastre na cozinha — confessou Jenna. — E não ajuda nada o fato de eu ter o paladar de uma criança de jardim de infância.

— Isso é o que você acha — disse Jimmy. — Certamente você só não foi exposta a diferentes culinárias.

— Não, eu já viajei o mundo, tentei de tudo. Mas sempre volto para os nuggets de frango — explicou ela, com uma risada autodepreciativa.

— Isso é inaceitável. Vou levar você ao Queens e te apresentar aos restaurantes indianos, malaios, sérvios e etíopes de lá. Você precisa de alguém como eu para te transformar numa verdadeira foodie.

Jenna sorriu hesitante. Ela sempre desejou ser mais aventureira nesse quesito, mas simplesmente não era. Não precisava de um homem para "transformá-la".

Eric fez uma careta. Aquele arranjo era tão esquisito. Se não estivesse louco para bater em Jimmy com seu fedora, ele se sentiria quase tão mal pelo cara quanto por Jenna.

— Então — disse ele, mudando de assunto novamente —, você é dono de uma loja de vinhos?

— Loja de bebidas premium.

— Sim, você tinha falado. Jenna, você já foi lá? Você adora bons drinques.

— Ela deveria ir conhecer a minha nova loja, perto do meu apartamento em Williamsburg. Na verdade, se você mora em qualquer outro lugar do distrito, não é um verdadeiro nativo do Brooklyn.

— Você sempre fala em termos absolutos — disse Eric. — Você tem uma regra pra tudo?

— Sem regras o mundo desliza em direção ao caos, meu jovem — garantiu ele, e então se virou para Jenna. — Enfim. Eu moro num arranha-céu em East River. Sento na minha varanda com uma taça de Bouzeron Aligoté e minha primeira edição de *Atravessando a balsa do Brooklyn*, do Walt Whitman, e simplesmente entro em alfa. Você precisa ler esse livro, Jenna. Você pode achar que já leu obras-primas, mas ninguém passou por uma experiência de leitura elevada até pôr as mãos nessa obra.

— Sabe, eu me lembro de uma palavra guianense — disse Eric. — *Cunumunu*. Com licença, vou pegar mais uma dose.

Em seguida, ele caiu fora.

— O que significa *cunumunu*? — Jenna perguntou a Jimmy.

Ele olhou para ela, os lábios fortemente apertados.

— Idiota — resmungou ele. — Significa idiota.

Depois que Eric reabasteceu sua bebida, foi em direção a Tim. Carlita e Elodie haviam descoberto que amavam cozinhar e continuavam sentadas no sofá menor. Jenna e Jimmy tinham se juntado a Billie e Jay, onde começaram uma conversa séria sobre riqueza e a falta dela.

— Como vou conseguir ganhar o suficiente para ter um imóvel de novo? — perguntou Jenna. — Eu não tenho nem investimentos!

— Quem tem? — disse Billie. — Nós vivemos na cidade mais cara do mundo.

— Fidelity.com, Jenna — recomendou Jay. — Investe um pouquinho todo mês. A questão imobiliária é mais difícil. Se você não comprou um imóvel anos atrás, agora meio que já era.

A escolha perfeita

— A questão imobiliária não é enfatizada na comunidade negra — disse Jimmy.

— É verdade — concordou Jay. — Os judeus ortodoxos doutrinam seus filhos sobre quão valioso é ser proprietário do espaço em que se vive. Eles são donos do Brooklyn. Billie, eu tenho pensado em fazer seminários em regiões mais pobres da cidade para falar de hipotecas, empréstimos etc. Talvez para alunos em situação precária.

— Amor, a gente pode pelo menos terminar os aperitivos? — perguntou Billie. — Jenna, o que você está olhando?

Ela se inclinou para perto de Billie e sussurrou:

— Repare no Eric e no Tim.

Eles balançavam seus celulares um para o outro, tendo o debate mais animado do mundo sobre... bem, não estava claro.

— Não, eu ganhei — disse Tim.

— Eu ganhei — retrucou Eric. — Você não pode me vencer no *Zelda*, cara. Já esqueceu que eu levei o seu Nike LeBron P.S. Elite?

— Esse tênis já era mesmo. Se liga nesse Jordan 11 Bred. — Tim apontou seus tênis extremamente bem cuidados. — Quentíssimo.

— Morno.

— Meus seguidores precisam testemunhar essa belezura — disse Tim, posicionando o celular na frente dos tênis para a foto perfeita.

— Todos os seus oitenta e nove seguidores — zoou Eric, tirando uma foto de suas botas. — Quando você conseguir setecentos e trinta e duas curtidas numa foto do seu reflexo numa poça, eu te levo em consideração.

— Tira uma selfie das suas waves e vamos ver quem ganha.

— Sua mãe biológica tem família mexicana. Suas waves foram desqualificadas.

Jenna olhou para Billie com os olhos arregalados.

— Do que eles estão falando? — sussurrou ela. — Um videogame?

— Sim, *Zelda* é um clássico — Jay explicou. — Aliás, eu mataria os dois.

— Estamos discutindo investimentos — disse Jimmy — e eles estão fotografando os sapatos.

Jay riu, ouvindo-os.

— É uma loucura, o mundo inteiro quer ser esses dois. Eu dei uma palestra recentemente na Sorbonne, e os parisienses têm uma expressão que é *très*

Brooklyn. Os tênis, as gírias, o estilo; é o que todo mundo deseja. A Madison Avenue vende diretamente para a geração hip-hop. Eles não sabem o poder que têm.

— Eu amo a energia da juventude — disse Jimmy. — É por isso que sou DJ silencioso em festas que acontecem nos armazéns em Greenpoint.

— Desculpa — interveio Billie. — DJ silencioso?

— As pessoas usam fones de ouvido especiais e o som que eu faço toca direto nos ouvidos delas. Todos dançam em silêncio absoluto.

— Por que sair, então? — perguntou Jenna. — Por que não ouvir música sozinho no quarto?

— Porque... no quarto não tem ninguém para testemunhar sua expressão pelo movimento — disse Jimmy, com certo pedantismo no tom de voz. — É fantástico.

— Bom, isso já deveria ser a recompensa em si. — Jenna tomou seu pinot em um só gole e se perguntou se algum dia faria sexo novamente.

Do outro lado da sala, Carlita e Elodie debatiam a revolução dos orgânicos.

— Eu sou muito orgânica — comentou Elodie. — Só animais criados à base de capim. Da fazenda para a mesa.

— Eu tento cozinhar de um jeito saudável, mas essa merda é muito cara. Por que eu tenho que pagar mais por alimentos que têm menos? Sem nitratos. Sem glúten. Sem gordura.

— Carlita, você é uma puta filósofa.

— Uma prima minha costumava dizer que eu sou igual ao Yoda. Tipo, eu simplesmente passo um tempão sem dizer nada e de repente saio com uma pérola. Uma vez, numa Ação de Graças, eu disse que, como as minhas veias são verdes, isso deve significar que eu tenho sangue de Tartaruga Ninja.

Elodie deu uma gargalhada.

— Eu levei a minha sobrinha para ver o filme original, faz tipo uns vinte anos. Achei o Michelangelo tão sexy.

— Ele é. Eu amo o Michelangelo. E os afro-asiáticos.

Elodie ergueu uma sobrancelha.

— Ora, ora, a senhorita é uma sedutora.

Jogando o cabelo para trás dos ombros, Carlita sussurrou no ouvido de Elodie:

A escolha perfeita

— O Tim e eu não temos um relacionamento tão sério assim, e eu sou bissexual.

— Entendi. — Ela ergueu o queixo na direção das unhas compridas de Carlita, com estampa Times New Roman. — Eu pensei que vocês que gostam de meninas usassem as unhas curtas. Por motivos óbvios.

Carlita acenou com os dedos no ar, mordeu o lábio inferior e ronronou:

— São postiças.

Elodie sorriu e então olhou ao redor para ver se alguém tinha ouvido. Foi quando viu Eric do outro lado da sala, lançando olhares assassinos para Jimmy.

— Segura aí um instantinho — disse ela a Carlita e foi até Eric.

Ela se enfiou entre ele e Tim.

— Meu Deus — disse Tim. — Se eu não fosse comprometido, ia dizer que a gente devia ir pra algum lugar e se pegar até sangrar.

— Você bate no meu umbigo, senhor.

— E isso é um problema por quê?

— Eu preciso falar com o Eric. Vá ver a sua namorada. Ela está com saudade de você.

— Meu calcanhar de Aquiles são mulheres hipersexuais mas carentes — resmungou Tim, se afastando.

Depois que ele se retirou, Elodie disse:

— Você não parece contente.

— Eu detesto aquele cara, muito. Ele é ofensivo em tantas camadas.

— Sim, eu não tenho a menor paciência para hipster velho. Se você vai se vestir como o One Direction, não dá para ter cabelo grisalho e barriga.

— Fala que eu não ouvi ele dizer que é um DJ silencioso. Quão imperdoável é isso?

— É, mas a nossa opinião não importa. Só a da Jenna.

— Mas... ele está sempre tentando convencer a Jenna de alguma coisa, ele é pretensioso. Fica o tempo todo falando merda em vez de ouvir o que ela tem a dizer. Ela não pode ficar com um cara desses. Eu só quero o melhor pra Jenna.

— Tem certeza que é só isso? — Ela baixou a voz para um sussurro ainda mais suave. — Você não percebe o jeito como olha para ela, né?

Eric se encolheu, se afastando de Elodie. Leu a expressão no rosto dela para ver se ela estava falando sério. E estava.

— Não é nada disso. A Jenna é minha amiga. Eu não gosto quando um amigo meu é desrespeitado. Só isso.

— Tudo bem, querido — respondeu ela, suspirando. — Só me faz um favor.

— Sim?

— Se é só isso mesmo, melhora essa cara.

15

Eric ainda se recuperava da épica análise equivocada de Elodie quando Lula reapareceu com uma bandeja de minúsculos bolinhos de caranguejo aninhados em cestinhas crocantes.

— São tão lindos e delicados — disse Billie. — Parecem lembrancinhas.

— Eu trouxe lembrancinhas — anunciou Tim. — Alguém quer um pouco de MD antes do jantar?

— Não — respondeu Eric, tenso. — Ninguém quer.

— Aquela droga de boate? Bom... não sei. — Jenna torceu as mãos enluvadas de cetim.

— Eu morro de vontade de experimentar — disse Elodie. — Vamos, Jenna, não precisa agir como se você não fosse a rainha do ecstasy de 1995.

— Por favor, eu tomei ecstasy uma vez na Limelight e passei cinco horas esfregando o rosto em um pedaço de isopor. Minha pele ficou abominavelmente irritada. — Jenna tocou a bochecha. — Qual é a viagem do MD?

— Deixa tudo mais divertido. Dá vontade de comer o universo — explicou Eric. — Não que eu esteja sugerindo que a gente tome.

— E, Jenna — disse Jimmy —, é onda, não viagem.

Eric sussurrou para Elodie:

— Você realmente espera que eu não arrebente a cara desse babaca?

— Shhh — disse ela, percebendo que MD poderia ser exatamente o que aquele jantar esquisito precisava. — Estou tomando uma decisão executiva. MD pra todo mundo, Tim.

Ele tirou um envelope do bolso e entregou um comprimido branco a cada um dos convidados. Eric notou a expressão aflita no rosto de Jenna, como se pensasse: *Ah, não, o que está acontecendo? Não era esse o plano, não era esse*

O PLANO, e, embora ele estivesse morrendo de vontade de tomar MD, preferiu passar.

Eric viu que Jimmy o observou quando ele recusou o comprimido. Depois, quando Tim lhe ofereceu um, ele também negou. Isso fez Eric odiá-lo ainda mais.

Meia hora depois, Jenna tentava conduzir os convidados para a mesa de jantar, mas ninguém prestava atenção. Eles falavam sem parar e riam de qualquer bobagem, logo o jantar era a última coisa que passava pela cabeça de qualquer um.

— Eu quero dançar, dançar, dançar — queixou-se Elodie. — Carlita, quer dançar comigo?

— Eu sempre quero dançar!

Elas levantaram do sofá de um salto e começaram a dançar em um ritmo acelerado ao som da música mais lenta do mundo, "Someone Like You", da Adele.

Tim entrou no clima e exclamou:

— O que a Jenna colocou pra tocar? Adele? Aquela chata? Desculpa, gente, mas a partir de agora eu sou oficialmente o DJ. — Ele percorreu o iTunes em seu celular. — Alguma coisa old school? Notorious B.I.G.? Não, o Kendrick pega mais pesado.

— Kendrick é pesado — disse Eric —, mas não mais que o B.I.G. Além disso, você não é o DJ. — Ele arrancou o celular da mão de Tim.

— Eu voto em B.I.G. — interveio Jay, que então lançou a fala de abertura favorita de Biggie Smalls: — AO VIVO DE BEDFORD-STUYVESANT, O MAIS VIVO DE TODOS...

Na hora, Carlita, Elodie, Tim e os vizinhos de cima de Jenna (paredes finas como papel) gritaram juntos a fala seguinte: "REPRESENTANDO O BROOKLYN COM FORÇA!" Então, Tim pegou o telefone de volta e colocou a faixa "Unbelievable", do lendário rapper, no volume máximo. Carlita rebolava, a bunda voluptuosa sacudindo duas vezes mais rápido que a música. Elodie dançava atrás dela e Tim na frente, fazendo um sanduíche de Carlita. Jay cantava usando uma das velas da Diptyque como microfone. Eric estava sentado no sofá, o rosto entre as mãos.

A escolha perfeita

— O que é isso? — arfou Jenna. — Meu Deus, a Elodie está batendo na bunda da Carlita! Como foi que a noite saiu dos trilhos tão rápido?

— Olha o meu marido revivendo a juventude. Ele entrou numa crise de meia-idade precoce, tudo porque encontrou quatro fios de cabelo branco. Eu acho um charme, mas ele se sente o Morgan Freeman. — Billie agarrou a mão de Jenna e a beijou. — Ah, amiga, eu tô me sentindo táááão beeeeem. Tô tão feliz. Eu amo meus amigos. Vamos brincar de maquiagem?

— Eu sempre achei o Biggie muito mainstream — comentou Jimmy, observando a pista de dança improvisada. — Curtia mais os grupos obscuros de funk-jazz dos anos 70, como a banda da Betty Wright.

— Mas é claro que você curtia — retrucou Jenna. Ela havia perdido a paciência com Jimmy Crockett. Chamou a atenção de Eric, fazendo um gesto para que ele se aproximasse.

— Assumo total responsabilidade — disse ele. — Eu sabia que o Tim ia deixar todo mundo doidão. Olha o professor! Essa parada é braba. Tô quase fazendo um filme.

— Eu preciso da sua ajuda — pediu ela, agarrando o braço dele. — Você consegue levar todo mundo para a mesa? O frango está congelando!

Jimmy assistiu a essa conversa e cobriu um olho com o chapéu, no estilo Robert Mitchum. Antes que Eric pudesse abrir a boca, ele se levantou e gritou:

— Hora do jantar!

E caminhou ao redor da sala, tentando conduzir os convidados em direção à mesa. Todos continuaram dançando, ignorando o cinquentão vestido feito o Justin Bieber.

— Ainda não! — gritou Elodie.

— Tim, coloca um trap aí que eu vou me acabar! — disse Carlita.

— Vamos todo mundo relaxar e sentar na mesa — chamou Eric, em tom autoritário. — Eu tô morrendo de fome e ouvi dizer que o jantar está delicioso, então vou culpar cada um de vocês se não puder comer. Elodie, põe o sapato. Tim! Solta os peitos da Carlita. Se recomponham.

Por fim, um a um, eles correram para a mesa, rindo e suando. Eric olhou para Jimmy com ar triunfante; Jimmy cruzou os braços curtos sobre o peito e olhou feio para Eric.

Jenna pegou uma taça, bateu nela com uma colher e colou no rosto seu sorriso de anfitriã do ano.

— Pessoal, estou feliz que vocês tenham se juntado a mim esta noite. Sentem-se, vamos comer!

Entender a disposição dos lugares foi muito difícil para os convidados de Jenna. Eles trombaram uns nos outros, rindo, e no fim caíram nas cadeiras erradas e riram mais ainda. Carlita esbarrou no conjunto de pratos à sua frente e a inestimável louça Hermès (emprestada) caiu no chão. Todos finalmente se sentaram e os convidados demoraram dez minutos para perceber a salada à sua frente. Billie e Jay tinham expressões bobas e eufóricas, as mãos envolvidas em assuntos misteriosos embaixo da mesa. Carlita arrancou as unhas postiças enquanto olhava nos olhos de Elodie. Tim dava uma palestra sobre a genialidade dos biscoitos de queijo.

E então havia Jenna, sentada entre Eric e Jimmy — os três completamente sóbrios.

— Mas estes biscoitos são muito agradáveis — elogiou Tim, entusiasmado. — Eles, tipo, satisfazem a alma. Se este biscoito fosse uma mulher, eu pintaria as unhas dos pés dele e em seguida faria a dancinha do *Magic Mike*.

— O Channing Tatum dança feito preto! — disse Carlita.

— Dança mesmo! — exclamou Billie.

— Falando em Channings que passam por pretos — começou Elodie —, Carol Channing era secretamente preta.

Tim franziu a testa.

— Quem é essa?

— Uma comediante de musicais das antigas — respondeu Jimmy.

— A ruiva magrinha? Do programa que repete na Comedy Network?

— Essa é a Carol Burnett — corrigiu Jay.

— A sra. Hannigan é preta?

— Mindy Kaling é negra — disse Carlita com autoridade.

Eric suspirou.

— Jay — começou Billie —, será que a gente liga para a babá pra saber se a May já dormiu?

A escolha perfeita

— Não, vamos aproveitar o jantar e as drogas — incentivou ele, beijando a bochecha dela.

— Eles são o casal mais fofo que eu conheço — Jenna comentou com Jimmy.

Ele tomou um gole de vinho, que vinha de sua garrafa, conforme solicitado.

— Então, qual é a sua história? Você já foi casada?

Eric fingiu estar envolvido com sua salada, mas prestava atenção em cada palavra da conversa.

— Tive um relacionamento muito longo. Fui noiva, mas nunca nos casamos. E você? Casado? Divorciado? Noivo? — Jenna deu uma risadinha. — Parece a versão de Transo-Caso-Mato para maiores de quarenta.

Eric estava totalmente desorientado. Ela tinha sido noiva? De quem? O que tinha acontecido?

— Não — disse ele. — Nunca noivei, casei ou me divorciei.

— Ah. Humm.

De repente a energia de Jimmy mudou de descontraído para nervoso. Irascível.

— O que significa "humm"?

Antes que Jenna pudesse responder, ele disparou:

— Eu sei o que significa. — Então fez uma voz chorosa e afeminada: — Nossa, você tem cinquenta anos e nunca foi casado? Nunca sequer pensou nisso? Ah, você deve ter medo de compromisso. Deve estar emocionalmente bloqueado. Deve ser péssimo em relacionamentos.

Jenna olhou para ele, chocada.

— Desculpa, mas você me perguntou se eu tinha sido casada — disse, tentando controlar o sentimento fulminante que borbulhava dentro dela. — Não era essa a conversa que estávamos tendo?

— Não, tudo bem — devolveu ele, girando com raiva o vinho na taça. — Foi o seu tom. E eu não achei que você fosse mulher de transitar num lugar tão clichê.

Foi quando Eric explodiu.

— *Ela* é clichê?

— Perdão?

— Você precisa tomar cuidado com essa boca, meu filho — disse Eric.

Jimmy o olhou de cima a baixo e bufou.

— Você passou a noite toda me atacando. Por quê? E que papo é esse de "meu filho"? Quantos anos você tem, afinal? Acho que já passou da hora de você ir dormir.

O garfo de Tim congelou a meio caminho da boca.

— O que você disse? — perguntou Eric.

— Você me ouviu — respondeu Jimmy.

— Vai se foder, American Apparel.

— Eric! — Jenna estava atônita.

Jimmy bateu a taça com força na mesa.

— American Apparel?

— Maneira essa sua jegging, mano.

— Isso é uma calça skinny, não uma jegging.

— Isso é uma jegging — reafirmou Eric. — É uma *portmanteau*, achei que você fosse gostar.

— Algum problema?

— De jeito nenhum — respondeu Jenna, em pânico. — Eric, está tudo bem. Coma a sua salada. Vamos nos acalmar!

— Não, porra. — Eric estava exaltado. — Eu não posso deixar esse cara falar com você desse jeito dentro da sua própria casa. Cara, você está tendo um acesso de raiva porque ela te fez a mesma pergunta que você fez pra ela? Se você se sente mal por causa do seu passado, não é culpa da Jenna. E é suspeito sim que você seja velho desse jeito e nunca tenha ficado noivo. Embora você tenha acabado de mostrar o porquê. Esse foi o seu teste, babaca! Eu tô muito constrangido por você, seu sommelier fracassado de Williamsburg de merda.

Tim começou a rir.

— Agora sim é uma festa!

Jimmy estava suando e respirava com dificuldade.

— Você está perdendo a linha, meu jovem.

— E você é uma enxaqueca ambulante.

— É sério esse cara? — Jimmy perguntou a Jenna.

— O Eric? É sim. E eu odeio dizer isso, mas tendo a concordar com ele. — Percebendo que tinha perdido o controle da noite, ela tentou pôr fim àquilo. — Talvez a gente deva dar a noite por encerrada...

A escolha perfeita

— Talvez eu e ele devêssemos discutir isso lá fora — disse Jimmy, se levantando.

Eric também se levantou.

— Beleza, a gente pode resolver isso na porrada se você quiser. Vamos nessa.

— Ninguém resolve nada na porrada na minha casa! — Jenna deu um pulo, agarrando o braço de Eric. — Jay, faz alguma coisa!

Jay, que tinha crescido frequentando festas às quais precisava ir armado, não se comoveu.

— Jimmy, não vem com essa, como se você fosse sair na mão com esse garoto — censurou. — Você tem três décadas a mais que ele. Vai acabar mal pra você.

— Que nada, o Eric é bom na discussão, mas não é um cara violento — disse Tim. — Ia durar quatro segundos.

— Cara, o que tem de errado com o seu rosto? — Eric se esqueceu de Jimmy enquanto olhava para o melhor amigo. — Por que as suas bochechas estão iguais às do Kanye?

Todos se viraram para olhar para ele. Seus lábios e o nariz haviam dobrado de tamanho, e as bochechas pareciam as de um esquilo armazenando bolotas de carvalho para o inverno. Os dedos estavam inchados como salsichões.

Jenna tapou a boca com a mão.

— Minha cara tá formigando pra cacete. Que merda é essa? — Ele deu um pulo da cadeira, olhando para o espelho antigo pendurado atrás da mesa.

— É a minha alergia a castanhas!

Billie começou a chorar.

— A May disse que as mangas daquele resort jamaicano tinham dado coceira na garganta dela! E se ela tiver uma alergia tipo essa? Férias tropicais estão proibidas pra sempre, Jay. A gente não pode arriscar, os hospitais estão vinte anos atrasados!

— Chega de drogas para a minha esposa. Nunca mais — decretou Jay, abraçando-a.

— Tinha castanha em alguma coisa? — Eric perguntou a Jenna.

— Havia amêndoas laminadas bem fininhas no molho da salada. Você não viu, Tim?

— Achei que fossem pedacinhos de parmesão! Eu vou morrer. Que jeito mais medíocre de morrer, meu Deus...

Jay entrou em ação.

— Vou chamar uma ambulância.

Em meio à comoção, Jimmy agarrou seu fedora e saiu furioso. Jenna mal percebeu. O que ela notou foi o desaparecimento de outros dois convidados.

— Cadê a Carlita e a Elodie? — perguntou, olhando ao redor.

Então ela disparou até seu quarto, com Eric em seu encalço. Abrindo a porta, viu Elodie e Carlita entrelaçadas no lindo edredom da Frette que havia comprado especialmente para a festa. O rosto de Carlita estava bem perto da barriga de Elodie — a centímetros de sua terra prometida.

— Elodie Franklin! Você está trepando no meio da minha festa?

Elodie deu uma risadinha:

— Vingança!

— A ideia foi dela, senhora — disse Carlita.

— Senhora? — Eric balançou a cabeça. — Não. "Senhora" implica respeito. Você está prestes a fazer sexo oral na cama da sua anfitriã. Não vem com essa de "senhora".

— Querida, seu namorado está parecendo um elefante de tão inchado — avisou Jenna. — O Jay vai levá-lo para o pronto-socorro, e você provavelmente deveria ir junto.

— Eu não tenho como levar o Tim a lugar nenhum — murmurou ela, puxando o vestido para baixo e ajeitando a calcinha.

Eric e Jenna se entreolharam e fecharam a porta.

———

Eric ficou para ajudar Jenna a limpar tudo. Ela não pediu, e ele não se ofereceu. Mas, quando Carlita e Elodie cambalearam porta afora para mais travessuras sáficas, e Billie e Jay arrastaram Tim para dentro da ambulância, Eric simplesmente não fez menção de ir embora. Em vez disso, depois que Jenna dispensou Lula mais cedo (estava constrangida demais para encará-la), ele pegou uma vassoura e começou a varrer os cacos dos falecidos pratos Hermès. Depois, ele e Jenna lavaram a louça juntos — ele lavou, ela secou.

A escolha perfeita

Assim que todos foram embora, Jenna guardou seu glamouroso traje de alta-costura no porta-vestido e, em seguida, vestiu uma blusa de pijama, um short e as pantufas felpudas cor de laranja que havia usado todos os dias na Virgínia. Seu cabelo estava preso no topo da cabeça com uma xuxinha. Sua aparência era horrível, mas ela não se importava — só queria relaxar. Naquele momento, ela e Eric estavam sentados lado a lado no sofá. Estavam na terceira taça do vinho de Eric.

— Eu dei uma festa que terminou com um convidado sendo carregado numa maca — disse Jenna, atordoada. — Usando uma máscara de oxigênio. Depois de escapar por pouco de um choque anafilático. Isso aconteceu.

— Eu tô tão arrependido — lamentou Eric. — Nunca devia ter convidado o Tim. O Tim nunca devia ter convidado a Carlita. Eu nunca devia ter partido pra cima do Jiminy Cricket.

Jenna recostou a cabeça no sofá, cobrindo os olhos com o braço.

— Essa foi a melhor parte.

— Aliás, *foda-se* o Tim. Eu posso ser violento, sim — disse Eric, tendo uma reação tardia à crítica do amigo. — Só porque eu não sou assim logo de cara, não significa que eu não seja em alguma medida.

Jenna tomou um grande gole de vinho.

— O Jimmy foi tão condescendente. Tão grosseiro.

— Por que você estava entretendo o cara, então? Você devia ter expulsado ele depois daquele papo de "arfé".

— Ele era meu convidado. Eu estava tentando ser uma boa anfitriã!

Ela ergueu os braços e derramou um pouco de vinho na coxa. O líquido escorregou por dentro de sua perna. Ela o limpou com o dedo e lambeu. Eric a observou, e foram necessários dez segundos para que retomassem a conversa.

— Eu dava festas incríveis. E era incrível no meu trabalho. — Ela suspirou. — Sinto que meus melhores dias ficaram para trás.

Eric serviu mais vinho para os dois.

— Mas por que você fica olhando para trás?

— Eu?

— O tempo todo. — Ele se virou para ela. — Posso te perguntar uma coisa? Você mora num quarto e sala num bairro da periferia, do lado de um prédio que poderia se passar pela cracolândia de *New Jack City*...

— Correto.

— Mas você contratou, tipo, uma criada...

— Ajudante!

— ... pra esta noite, contratou todos os serviços e tem esta mobília chique. Como você pagou por tudo isso?

Jenna olhou ao redor de seu apartamento, sentindo-se exposta e envergonhada. Mas ela também estava grata por Eric confrontá-la daquela maneira. Ela merecia ser repreendida. E queria lidar com isso.

— Eu fiz um crediário na Barneys e fingi que nada aconteceu — confessou ela.

— Por quê?

Ela enfiou as mãos nas mangas do pijama.

— Eu estava tentando ser uma pessoa que não sou mais.

— Mas você não tem que provar nada pra ninguém. Você é divertida, verdadeira e... legal, sabe? É só relaxar, ser você mesma. Com essas pantufas.

Jenna olhou para seus pés felpudos cor de laranja. Até aquele segundo, não lhe havia ocorrido que estava vestindo aquilo na frente de Eric. Ela estava realmente se permitindo ser vista em shorts de ginástica e blusa de pijama ao lado de um homem? Com o cabelo preso com uma xuxinha? Todos aqueles anos em que havia morado com Brian, as roupas que ela usava para ficar em casa sempre combinavam. E, se ela usasse short e top, eles eram minúsculos e bonitos. Ela se sentou sobre os pés.

— Para de se torturar por conta de quem você era — continuou Eric. — Essa aqui é Jenna Jones, Parte Dois. E as continuações são sempre melhores.

— Isso obviamente não é verdade! — exclamou Jenna.

— *Alien? Rambo? Máquina mortífera?*

— Então, se eu fosse um filme de ação dos anos 80, seria maravilhosa.

— Só estou dizendo que se foda o passado. Fica feliz com o que está acontecendo agora. E com o que vai acontecer depois.

— Você tem razão. — Ela recostou novamente a cabeça no sofá, pensativa. — Eu estava tentando fazer isso hoje. Estar aberta para conhecer alguém novo. Eu meio que sabia que o Jimmy e eu não tínhamos nada a ver, mas não queria descartar o cara. Porque nunca se sabe. As pessoas são estranhas nos primeiros encontros.

Eric parecia cético.

— Se você acha que uma pessoa é uma merda quando conhece ela, geralmente ela é uma merda mesmo.

— Mas será que eu seria capaz de saber o que é um ótimo primeiro encontro? Já faz tanto tempo que não consigo nem lembrar como é quando funciona com alguém.

— Como você quer que seja?

Ela pensou sobre aquilo e então olhou para Eric. Seus lábios estavam ligeiramente manchados por causa do vinho, seus olhos brilhando de embriaguez.

— Eu nunca falei isso em voz alta — disse Jenna. — Então, seja gentil.

— Eu quero ouvir tudo.

— Intelectualmente, eu sei o que preciso. Compatibilidade, visões de mundo semelhantes, gentileza, humor, nada de tendências sociopatas. Mas emocionalmente? — Ela gemeu e cobriu o rosto com as mãos. — Não, eu não posso fazer isso.

— Vamos lá, você consegue.

— Tudo bem, você é fã de cinema mudo. Já viu aquele filme da Greta Garbo, *A carne e o diabo*?

— Áhã. 1926. Ela interpreta uma mulher sedutora, amoral e depravada.

— Exato! — disse Jenna, radiante. Era uma sensação deliciosa conhecer alguém que tinha na cabeça as mesmas coisas que ela. — Tem um momento em *A carne e o diabo* em que a Greta Garbo e o amante secreto estão na igreja. Durante a comunhão, ele dá um gole no cálice. E, quando o cálice é passado para ela, ela para, o acaricia e depois...

— Ela gira o cálice pra poder beber no mesmo lugar em que a boca dele tocou. — O rosto de Eric se abriu em um pequeno sorriso de reconhecimento.

— É tão errado. — Jenna apertou a mão contra o coração. — Ela praticamente chupa o cálice. Na frente de todo mundo. Na igreja.

— Profano pra caralho.

— É profano, mas é puro — analisou ela. — Sagrado. É assim que eu quero que seja. Não quero esses encontros sem emoção, desajeitados. Não estou a fim de passar por isso mais vinte vezes. Não consigo me imaginar conhecendo minha alma gêmea por meio de um processo de entrevista. Eu quero saber sem palavras. Quero me apaixonar com tanta violência que corro o risco de quebrar em um milhão de pedaços. Eu quero amar tão desesperadamente que chega a ser indecente. Eu quero que seja selvagem, coisa do destino, pra sempre. Uma conexão em que não há escolha. Entende o que eu quero dizer?

Ele olhou para ela.

— Acho que sim.

— Eu sei que esse tipo de amor é uma fantasia insustentável. Mas eu mataria para ter um sentimento tão forte assim por alguém.

Ela tocou as mangas do pijama, se sentindo inibida.

— Não descanse até conseguir — disse Eric, calmamente.

— Não vou.

— Promete?

— Prometo.

Então, o ar entre eles ficou pesado. Jenna permaneceu imóvel, o coração batendo forte. Ela não sabia se era o vinho, ou ele, ou as duas coisas, mas se sentiu tonta. Não conseguia olhar para Eric. E ele não olhava para ela. Sua pele ficou quente, e, com as mãos trêmulas, ela ergueu alguns cachos soltos em seu pescoço. Então sentiu Eric ficar tenso. Foi quando ela finalmente encontrou os olhos dele. Ela o observou observá-la, hipnotizado, como se quisesse tocar sua pele bem ali atrás, senti-la, prová-la. Estava na cara dele. Ele queria saboreá-la por completo.

Jenna não conseguia desviar o olhar. Ela apertou as coxas, tentando aplacar a vontade. Não conseguia respirar, não conseguia pensar e se permitiu entrar em qualquer que fosse a energia que estivesse rolando entre eles. Mas, em segundos, seu cérebro reassumiu o controle e rejeitou aquilo tudo. Ela desviou o olhar.

Jenna se sentiu exposta. Estava chocada por ter cedido àquela tensão mesmo que por um instante. O que quer que ela tivesse acabado de sentir era perigoso, ridículo e impossível. Mas, secretamente, ela queria sentir a boca de Eric na sua novamente. Caramba, ela ansiava por isso. Aquele sentimento sempre a rondava quando estava perto dele. Mesmo quando queria matá-lo. Não conseguia tirar isso da cabeça, o jeito como ele a fazia se sentir.

E agora Eric sabia disso.

Ah, por favor. Ele sempre soube.

— Eu tenho que ir — disse ele. — Agora.

— Ah. Tem certeza?

A escolha perfeita

— Absoluta.

Ele se levantou do sofá e Jenna o seguiu até a porta.

— Humm… como você vai voltar pra casa? Posso chamar um táxi para você? O metrô é muito longe.

— Eu tô de boa. Vou andando até lá, fumando um.

— Maconha? É tão perigoso. E se a polícia te vir?

— Não se preocupa, não vai dar nada — ele a tranquilizou. — Maconha não é nada. Você sentiu o cheiro do que aqueles cinco caras estavam fumando na sua esquina?

— Bom, só toma cuidado — pediu ela, abrindo a porta.

Eles hesitaram, sem saber como deveriam se despedir, mas ambos sabiam que não deveria envolver contato físico.

— Então, te vejo amanhã? — disse Eric, com as mãos enfiadas nos bolsos.

— Sim, amanhã. Boa noite. E obrigada.

— Por quê?

— Por defender a minha honra. Por ter me ajudado com a limpeza. E por me ouvir.

Ele sorriu.

— Sempre que precisar.

Então ele se foi. E Jenna passou dez minutos encostada na porta, com as mãos na barriga.

Enquanto ela vivesse, jamais seria capaz de entender o que a compeliu a ir até a janela. Uma parte dela só precisava de ar. Outra, maior, esperava roubar um vislumbre secreto de Eric caminhando em direção ao metrô. Mas não havia possibilidade de ele ainda estar do lado de fora.

Jenna correu para a janela aberta tão rápido que bateu o dedão do pé na mesinha de centro. Com um grito, ela puxou a cortina — e não conseguiu acreditar no que viu.

Eric não tinha ido a lugar nenhum. Estava de costas para ela, encostado na árvore meio morta em frente ao prédio. Uma trilha nebulosa de fumaça ondulava acima dele.

— Eric!

Sobressaltado, ele se virou e olhou para a janela do segundo andar. Parecia ter sido flagrado. Culpado.

— Por que você ainda está aqui?

— Não sei. — Ele olhou para o final da rua, mirando em nada específico, e depois para ela. — Por que você saiu na janela?

— Não sei — Jenna respondeu.

Ele acenou com a cabeça, pensativo.

— Boa noite, Jenna — disse, indo embora de vez.

16

Na manhã seguinte ao jantar dos infernos, Jenna estava sentada à sua mesa, com os olhos apertados diante da página Fidelity.com, tentando entender a diferença entre investimentos de baixo risco e de risco moderado. Começou a digitar seus deploráveis dados financeiros no perfil de usuário, mas, a cada toque no teclado, seu cérebro gritava: *Estou-tão-ferrada-estou-tão-ferrada...* Não conseguia tirar da cabeça os detalhes da noite anterior. O problema não era a festa — ela já havia aceitado aquele desastre épico. O problema era Eric.

Jenna estava velha demais para ficar tentando se enganar e negar a realidade. Ela desejava Eric. Não, era mais que desejo. O que era muito pior.

Ela queria muito que ele tivesse ficado — e, sem que ela dissesse uma única palavra, ele simplesmente sabia. Jenna tinha jurado a si mesma que aquela era uma relação inocente, que só queria ser amiga dele. Mas, antes que pudesse entender melhor o que estava acontecendo, eles tiveram aquele momento intenso no sofá de sua casa. Ele a levou ao limite — sem jamais tocá-la. E se ele tivesse feito isso? E se tivesse ficado mais dois minutos? E se ela tivesse tomado mais uma taça de vinho? Jenna sabia a resposta.

Entre os milhões de homens em Nova York, entre todas as opções adequadas, ela estava atraída por aquele — que calhava de ser o homem errado. Jenna precisava encontrar um jeito de esconder isso. E esconder bem a ponto de acreditar em sua própria mentira.

———

Eric havia passado quinze minutos em sua baia, se preparando para agir normalmente quando encontrasse Jenna na reunião das nove e meia. Agora, enquanto caminhava até a porta dela, viu que era ela quem não estava agindo normalmente. Como de costume, estava sentada à sua mesa, olhando para a tela do computador. No entanto, usava óculos de armação em estilo gatinho, preta e pesada — o modelo preferido das tietes de música dos anos 50.

Eric bateu na porta. Jenna ergueu os olhos e tirou os óculos. Colou no rosto o sorriso maníaco que exibira quando ele entrara pela primeira vez naquela sala com Darcy.

— Oi — disse ele.

— Oi, oi! Senta. Olá!

Era evidente que ela se sentia estranha em relação à noite anterior.

Não torne tudo ainda mais estranho, pensou ele.

— Então... oi — repetiu ele, tornando tudo mais estranho.

Eric pretendia fingir que nada havia acontecido. Porque nada havia acontecido. Ele não tinha se movido um único centímetro de seu lugar na friendzone. Mas vê-la com aquele cara? Aquilo praticamente acabou com ele. Eric tinha ido até lá com o objetivo claro de ajudá-la a arranjar um namorado e acabou empatando completamente a foda. E quando estavam apenas os dois, sozinhos, havia sido atingido por um sentimento tão potente que foi derrubado.

Elodie estava certa. Ele a desejava. Muito. E não tinha se dado conta; o sentimento havia chegado de fininho. Era como se ele não tivesse nenhum controle sobre aquilo. Fazia coisas que nunca havia feito por uma garota — e sem nenhum planejamento ou intenção. Dispôs-se a brigar por ela (não era o perfil dele), lavou a louça com ela (aconchegante), debateu de maneira obsessiva um filme obscuro com ela (nirvana). E, em todos esses momentos, sentiu que estava fazendo exatamente o que devia.

Tudo o que Eric achava que sabia a respeito das mulheres, e do que ele queria ou não queria, tinha virado de cabeça para baixo.

— Surpresa, eu uso óculos! — Jenna apontou para o objeto descartado sobre a mesa. — Quando estou cansada, meus olhos ficam embaçados. Eu... Eu não dormi bem.

— Nem eu. Por que você não conseguiu dormir?

— Muita coisa na cabeça. Coisas de trabalho.

— É. Eu também. Trabalho.

— É. Enfim, é por isso que estou usando isso. É meio tosco.

— Não, parece que você saiu de um anúncio vintage da Pepsi ou algo assim.

A escolha perfeita

— Exatamente. Tosco.

— Eu adorei — disse ele, com uma quantidade constrangedora de entusiasmo.

— Obrigada. — Ela deslizou os óculos para o topo da cabeça e, em seguida, os tirou novamente. — Mas isso é só porque você gosta de coisas antigas. Como foi mesmo que você falou? "Ser mais velho é mais sexy"?

— Sim. E é verdade.

— Eu costumava concordar. Mas por sua causa passei a gostar de caras mais novos. — Jenna se conteve, começando a suar. — Quer dizer, pessoas mais jovens! O que eu estou querendo dizer é que você me ensinou novas maneiras de fazer as coisas.

— Eu entendi o que você quis dizer — disse ele, tentando manter uma cara séria. — Mas sempre vou preferir o que é mais velho.

Jenna esfregou os lábios, nervosa, e disse:

— Enfim, obrigada por elogiar os meus óculos. Eles são meio bobos, mas... sim.

Houve um silêncio hesitante. Jenna fechou e abriu as hastes dos óculos, Eric tamborilou os dedos nos braços da cadeira — e concluiu que não seria capaz de aguentar a tensão. Então fez uma piada.

— Sabe de uma coisa? Você tinha razão. Você é uma ótima anfitriã. Quer organizar a minha festa de aniversário no mês que vem?

Jenna deu um sorriso afetado para ele. Então, a pressão para fingir que por pouco não haviam se atracado na noite anterior se dissipou um pouco.

Ele sorriu.

— Muito cedo ainda?

— Eu não vou dar outra festa tão cedo. Talvez a festa de quinze anos da May. — Jenna respirou fundo e soltou o ar, como se o estivesse segurando desde a noite anterior. — Tenho boas notícias. Durante a minha crise de insônia, tenho quase certeza de que criei o conceito da nossa série.

— Também tirei uma coisa boa da minha insônia! — disse Eric. — Antes de você me contar a sua ideia, eu preciso te mostrar uma coisa.

Ele enfiou a mão no bolso. Os músculos de seu bíceps se contraíram. Ele percebeu que Jenna deu uma conferida surpreendentemente descarada. Aquele tipo de coisa sempre deixava Eric confuso, a maneira como Jenna, inconscientemente, transmitia tudo o que sentia. Ele se perguntou se ela tinha noção de quão exposta estava para ele.

— Aqui — anunciou ele, deslizando um pen drive para ela sobre a mesa. — Conecta aí. — Enquanto ela colocava o pen drive no laptop, ele disparou: — Fiquei achando que você precisava de um trailer pro primeiro vídeo. Só um é-por-isso-que-Jenna-Jones-é-tão-irada, pra te apresentar ao público. Então eu pesquisei sobre você. Analisei suas aparições na TV, as vezes que você participou como jurada nos eventos e tudo o mais que consegui encontrar na internet. E saiu isso aí.

Jenna sabia que Eric estava falando, mas mal conseguia registrar sua voz, pois as imagens que estava vendo eram tão impressionantes que ela não conseguia processar nenhuma outra informação. De todos os zilhões de comentários e caretas ridículas que ela havia feito e interações realmente sinceras que tivera na TV, as vinhetas que ele escolheu eram as que mais mostravam quem ela era. A introdução começava com ela aos vinte e dois anos, quando ainda era estagiária, no set de uma sessão de fotos de biquíni da *Bazaar* no Alasca, ao lado de uma Naomi com carinha de bebê, dizendo: "Oi, eu sou Jenna Jones e moda é a minha paixão, mas estou congelaaaaando". O clipe tinha feito parte de um vídeo de despedida quando Jenna saiu da revista (e de algum jeito foi parar no YouTube). Ele encontrou um vídeo dela passando mal de rir com Joan Rivers no *Fashion Police*, a ponto de cair da cadeira. O melhor trecho era obsceno demais para entrar no *America's Modeling Competition* — Jenna na cadeira de maquiagem conversando com a jurada convidada daquela semana, Kris Jenner, sobre a quantidade de bundas que apareciam em seu famoso reality show *Keeping Up with the Kardashians*.

— Ficou demais — disparou ela. — Você me conhece há cinco minutos! Como conseguiu me capturar com tanta clareza?

— Eu estudei você a noite toda — respondeu ele. — Tenho doutorado em Jenna Jones agora.

Ela sorriu com admiração.

— Você não precisava ter feito isso.

Precisava sim, pensou ele. *Eu tinha que fazer isso. Porque olhar pra você na tela do meu computador era o único jeito de manter minhas mãos longe de você e não enlouquecer.*

A escolha perfeita

— Deixa eu te mostrar os meus trechos favoritos — ofereceu ele, tentando manter o foco.

Eric arrastou a cadeira para mais perto dela e puxou o laptop para que ficasse entre eles. Ele se inclinou, pressionando o botão de avançar, e passou pelos destaques do clipe. De canto de olho, viu os olhos de Jenna subirem pelo seu braço, seu ombro, seu perfil — e desejou poder entrar na mente dela.

Tanto fazia. Ele sabia exatamente o que ela estava pensando.

Eric se permitiu dar uma olhadinha para ela. Estar tão perto era doloroso. O perfume dela, que cheirava a mel, baunilha e verão, dava vontade de mordê--la. E a expressão em seu rosto era enlouquecedora. Um misto de admiração — "meu herói" — e luxúria — "me fode contra essa parede".

Nenhuma mulher jamais o fizera se sentir tão fora de controle.

— Eric — disse Jenna suavemente. — Obrigada.

— Foi um prazer.

De repente, ele sentiu uma onda de timidez em relação àquele singelo projeto.

Era uma carta de amor.

— Então, srta. Congelante — Eric estalou os dedos —, está pronta para me contar sua ideia genial?

— Sim! Aliás, a partir de agora vou boicotar os sapatos da Greta Blumen. Estou usando um hoje, mas nunca mais.

— Preciso ver os sapatos pelos quais você quase arriscou o nosso emprego — disse ele, brincando. — Levanta aí.

Revirando os olhos, Jenna deu um passo para o lado, afastando-se da mesa. Inclinou um pouco a perna e colocou as mãos nos quadris. Ela estava usando sapatos de salto fino nude com uma leve estampa tom sobre tom (calçados em tons nude eram um velho truque da moda: eles faziam suas pernas parecerem intermináveis).

Eric relaxou, seus olhos viajando preguiçosamente por todo o caminho, subindo pelas pernas dela e logo após pela bainha de sua saia curta. Ele parou ali — bem ali —, olhando descaradamente, sem nenhuma vergonha, deixando--a imaginar o que se passava em sua cabeça, e então subiu o olhar pelo corpo dela, demorando-se nos seios e finalmente chegando ao rosto.

Jenna parecia zonza. Estava intoxicada pela reação dele a ela.

— Tem uma estampa no seu sapato? Ou eu tô viajando?

— É uma estampa bem leve — disse ela, esticando a perna, torturando-o um pouco mais. — Dá para ver daí?

— Na verdade não. Acho que preciso olhar de perto.

Jenna olhou em direção à porta. O andar da *StyleZine* era um imenso loft retangular, e a sala dela ficava em um dos cantos. A sala de Darcy era em frente à dela, mas a chefe passaria o dia inteiro fora em reuniões com anunciantes. Havia uma enorme sala de reuniões à direita, mas estava vazia. E bem longe, à esquerda, fora do campo de visão, havia o labirinto de baias onde o restante da equipe ficava.

Qualquer um poderia passar a qualquer momento… mas provavelmente isso não aconteceria.

Jenna deu dois passos em direção a Eric, parou na frente dele e plantou o pé no assento da cadeira, no meio de suas pernas. A perna dela estava a centímetros da boca dele. Sua saia deslizou para o alto das coxas. A mudança praticamente indetectável na respiração dele foi o único sinal de que o havia afetado de alguma forma — isso e suas mãos, que agarraram o braço da cadeira.

— Dá pra ver a estampa agora?

— Poá.

— Sim — sussurrou ela, mantendo um olho na porta. — Isso não é bom.

— É péssimo.

— Pior do que você imagina.

— Duvido muito.

— Tem uma coisa que eu não te falei.

— Melhor falar logo.

— Eu não transo há três anos.

— Você não faz *o que* há *quanto tempo*?

— Faz três anos que ninguém me toca. Até que eu conheci você. — Ela olhou para a porta novamente. — Então, ficar tão perto assim de você de novo… é… é um pouco demais.

Ele piscou, assimilando aquela informação. Então estendeu o braço e fechou a porta. Darcy disse que eles deveriam se trancar na sala dela até que a série saísse.

— Estar tão perto de mim — repetiu ele — é demais?

A escolha perfeita

Ela assentiu. Parecia uma freira safada em meio a uma confissão.

— Então por que você está aqui, tão perto?

— Não consigo evitar.

Jenna sabia que o que estava fazendo era imperdoável, zero profissional, o oposto de quem ela era. Mas o poder que sentia, de pé na frente de Eric daquele jeito, ciente de que o estava dominando. E Eric nunca quisera tanto tocar uma mulher. Por cinco segundos febris que pareceram cinco horas, ele debateu consigo mesmo. (*Fecho a porta e aí posso fazer o que estou morrendo de vontade de fazer. Finalmente posso... Não, peraí, aqui não. Eu não sou um bicho! Só vou beijá-la. Vai ser o suficiente. Eu só preciso tocá-la mais uma vez...*)

Ele se inclinou para a frente e baixou a cabeça em direção à parte interna da coxa dela, a boca dolorosamente perto de sua pele. Ouviu a respiração de Jenna acelerar e ergueu os olhos. Os de Jenna estavam fechados e suas bochechas brilhavam de volúpia... ou receio, ou triunfo. Ou alguma combinação selvagemente sexy das três coisas. Ela não tinha como saber a expressão estampada em seu rosto. Não tinha como saber, e esperava que ele se controlasse.

Ele não conseguiu. Eric lhe deu um beijo quente e úmido bem ali, mordendo-a suavemente — e então suas pernas se dobraram e ela soltou um pequeno gemido trepidante e desesperado. Quando ele ouviu aquilo, caiu em si novamente. Se não parasse agora, não pararia nunca mais.

— Sai daqui — ele pediu.

Ela não saiu.

— Sai daqui — disse ele novamente. — Essa brincadeira é perigosa, Jenna.

— Por quê?

— Porque eu tô a segundos de te comer. Sai.

Aquilo a tirou do transe e, corando, Jenna correu de volta para sua cadeira. Eric afundou na dele com um gemido torturado, esfregando as mãos no rosto. Jenna deixou cair a testa sobre a mesa, o ruído reverberando pela sala minúscula.

— Jesus, Jenna, você está tentando me matar?

— Eu realmente... Você realmente fez isso? Eu não posso ficar perto de você, Eric. Quem sou eu?

— Uma loba — brincou ele.

— Faz só um mês que eu fiz quarenta anos — exclamou ela, batendo o punho na mesa. — Sou nova demais para ser uma loba!

— Você é velha demais pra se comportar feito uma piranha no trabalho.

— Ah, como se você fosse um pobre garotinho em perigo — sussurrou ela. — Você acabou de me dar uma mordida na coxa dentro da minha sala.

— O que eu deveria fazer? Eu sou homem, Jenna. Você me dá, eu pego. — Eric a observou abanar o rosto corado, tentando se recompor. Ela estava tremendo. Ele tirou um monte de Skittles amarelos do pote e entregou a ela. — Toma aqui, você vai se sentir melhor.

Ela os pegou, agradecida, e mastigou em um silêncio angustiado, com os olhos arregalados, enquanto mexia na delicada pulseira de ouro em seu braço. Concentrou-se nisso, em um esforço para bloquear o formigamento escaldante onde a boca de Eric havia tocado. Jenna tinha pulsos estranhamente finos, por isso as pulseiras nunca serviam — e então ela topou com aquela pequenininha em um mercado de pulgas em Clinton Hill. Tinha sido a escolha perfeita.

A escolha perfeita.

De repente ela endireitou as costas, como se houvesse um fio de marionete preso da sua cabeça até o teto.

— Eric — disse, com urgência. — Minha ideia de ontem à noite acaba de ser descartada.

— Peraí, por quê?

— Eu fui contratada para levar este site a um novo nível, para trazer notoriedade de um jeito novo. Vamos fazer isso. A sua sensibilidade, os meus contatos... moda urbana... Vai ser demais! Levanta! — Ela pegou o celular e deu um pulo da cadeira. — Me encontra no elevador em quinze minutos.

Jenna pensou rápido. Ela precisaria de um lugar para produzir roupas e acessórios depressa, então foi atrás de uma amiga que representava a Threads Produções, uma fábrica de roupas acessíveis, mas de qualidade bastante razoável, na 39th Street. A ideia precisaria de financiamento, então ela marcou uma reunião com a LVMH e Darcy para o primeiro horário possível na manhã seguinte.

Em seguida, ligou para a protagonista de sua primeira pauta, Maggie M. Ex-supermodelo, atualmente era uma das estilistas mais requisitadas no mundo das celebridades (sua vida como modelo tinha durado pouco porque não

A escolha perfeita

conseguia fazer dieta). Maggie era ao mesmo tempo terrivelmente travessa e uma das mulheres mais bem-vestidas do planeta. A beldade britânica estava na cidade para o lançamento de uma coleção e devia alguns favores a Jenna. Durante os tempos de modelo de Maggie, Jenna tinha feito meia dúzia de viagens com ela ao redor do mundo e, em mais de uma ocasião, a outra tinha escapado por pouco de uma gravidez indesejada, da prisão e de um coma induzido por cocaína. Em todas as vezes, Jenna dera um jeito de tirá-la do buraco, mantendo suas estripulias em segredo.

O comportamento lunático de Maggie era ouro para os tabloides. O mais importante, porém, era que todos os envolvidos com moda e estilo viviam de olho em cada movimento dela. A loira atraente tinha um corpo real, com curvas na barriga e bunda grande, e se vestia com perfeição. Seu guarda-roupa rebelde, Cher-Encontra-Kate-Moss (adereços de cabeça com penas e botas de motociclista), era alucinadamente venerado nos blogs.

A ideia de Jenna era recrutar as mulheres mais estilosas e descoladas do mundo (de todas as formas e tamanhos) e, no vídeo de cada participante, fazê-la apresentar um item que sonhava ter, mas nunca conseguia encontrar. Tipo, um trenchcoat quente o suficiente para ser usado em temperaturas negativas. Uma calça de moletom sexy para arrasar em um coquetel. Sapatilhas tamanho 42 que não fazem os pés parecerem canoas. Ou, no caso de Maggie, um top boho esvoaçante que fizesse garotas peitudas parecerem celestiais, não grávidas.

Atuando como uma fada madrinha do estilo, Jenna entraria no quarto delas e vasculharia suas peças favoritas no armário, experimentando roupas e comentando o estilo de cada uma em um tom divertido, de fofoca, só-para-garotas — e então daria a elas cinquenta dólares para que o item de seus sonhos fosse confeccionado. Sua escolha perfeita. No site, a *StyleZine* venderia uma edição limitada de trinta exemplares de cada peça. Apenas trinta; quem chegar primeiro leva.

Jenna começou com Maggie. E Eric capturou os momentos mais íntimos e femininos entre as duas. Arrumando o batom e começando de novo. Vestindo roupas e trocando-as, jogando acessórios descartados em cima da cama. Repartindo o cabelo catorze vezes em frente ao espelho, dando pulinhos enquanto lutavam para vestir o jeans. Maggie estava ali não como um ícone de beleza, mas como uma amiga, uma mulher tão divertida e descolada que sua aparência era um bônus. O objetivo? O público precisava de um pouco de sua magia.

As leitoras lotaram o site para ser uma das poucas a conseguir sua escolha perfeita. Que seguidora não gostaria de ter uma peça única, saída diretamente da imaginação de uma mulher cujo guarda-roupa elas matariam para ter — e por menos do que gastariam em um brunch? Jenna selecionou as meninas e Eric sabia como filmá-las. Não havia dois vídeos sequer parecidos. Cada um deles era uma edição de colecionador, um excêntrico deleite visual. Eric destilou a personalidade de cada uma delas até um arquétipo (Vampira Retrô, Nerd Gostosa, Deusa do Mundo Corporativo, Esportista Sensual etc.). Ele dirigiu, editou e filmou cada garota em um estilo diferente, de acordo com uma época ou gênero que representasse sua persona. Coco Lopez, uma surfista californiana que virou blogueira de moda, foi filmada em tons brilhantes da luz do dia, banhada pelo sol e borrifada com água salgada, num estilo *Alegria de verão* tão evocativo que dava para sentir o cheiro de óleo de coco e protetor solar. Sade Ghirmay, a nobre e elegante proprietária de uma butique indiano--bahamense, foi filmada como uma cena de *As mulheres*, de 1939 — um filme em preto e branco no estilo art déco —, mostrando o momento em que ela deslizava por sua cobertura no Upper East Side e servia café da manhã para os filhos usando bobes térmicos e um robe de cetim na cor marfim.

Não importava quem fosse o assunto — a barista de família mexicana que trabalhava em um café na Prince Street, a colorista lésbica amante de gatos que cuidava do cabelo de Jenna, a jovem estrela de uma série de TV —, Eric transformava todas elas em ícones.

Quando surgiram paródias dos vídeos no YouTube, versões exageradas do estilo cinematográfico de Eric, com uma representação excessivamente alegre de Jenna em um vestido de Glinda, a Bruxa Boa, usando uma varinha mágica — e rainhas surgindo com "Escolhas Perfeitas" absurdos (coisas do tipo cílios postiços de sessenta centímetros e um tapa-sexo indolor) —, eles souberam que sua pequena série havia se tornado o ouro da cultura pop.

Como equipe de trabalho, a conexão entre Jenna e Eric era inegável, o que deixou a equipe da *StyleZine* confusa. Eles mal se conheciam; como haviam executado tão brilhantemente um projeto daquele nível? Darcy ficou particularmente surpresa. A energia deles tinha mudado da noite para o dia.

A escolha perfeita

Claro, ninguém sabia a verdade. Eric e Jenna estavam no auge da química, o que aumentava a criatividade dos dois. Havia uma alquimia secreta em ação — um diretor que filmava a apresentadora do programa enquanto se imaginava transando com ela de quinze maneiras pornográficas; e uma apresentadora que sabia disso e, portanto, irradiava um brilho depravado enquanto ria com uma dona de boutique venezuelana ao falarem sobre ear cuffs.

A escolha perfeita, a websérie que deu vida nova ao setor de e-commerce, que viria a agregar à *StyleZine* milhões em novos anúncios e geraria uma dezena de imitadores, aquela que quadruplicou os números do site, foi inteligentemente concebida e um golpe de sorte. Mas acima de qualquer outra coisa?

Funcionou como preliminares.

17

O mês seguinte passou voando. Depois de gravar o vídeo de Maggie, Jenna e Eric se tornaram inseparáveis. Eram melhores amigos, parceiros no crime de maneira dolorosamente platônica. Não se interessavam por nada que não tivesse a ver com eles dois. Mas ninguém jamais poderia dizer.

Eles passavam os dias de trabalho desenvolvendo formas sorrateiras de esbarrar acidentalmente-de-propósito um no outro. Eric sempre dava um jeito de estar na fila do Starbucks quando Jenna ia até lá para o café das duas da tarde. Nunca chegavam juntos e sempre saíam separados. Mas, dez minutos depois, voltavam ao escritório com segundos de diferença, Jenna parecendo a personagem de um musical e Eric agindo como se fosse o Jay-Z depois de esgotar os ingressos do Madison Square Garden.

Eles passavam o dia inteiro na esperança de cruzar um com o outro no corredor, na cozinha ou em qualquer lugar. Quando isso acontecia, se houvesse alguém por perto, fingiam não estar entusiasmados com o encontro. Assim que se separavam, contudo, trocavam mensagens incessantes a respeito daquele breve momento.

Eric: Você dividiu o cabelo do outro lado hoje só pra me descompensar?
Jenna: Caramba, esses bíceps na hora em que você estava carregando o equipamento de gravação pro elevador! Você tá tentando ACABAR com as chances de todos os outros homens?

Feito adolescentes, eles trocavam mensagens o dia todo e passavam a noite inteira no telefone. Jenna, uma pessoa que, um mês antes, considerava a tecnologia algo desconcertante, na pior das hipóteses, e desagradável, na melhor, não entrava no banheiro sem seu iPhone. Sempre achava uma desculpa para

A escolha perfeita

sair de sua sala, só para passar perto da baia de Eric e dar uma olhadinha nele. Ele teria um vislumbre dela também, e em seguida precisaria focar em chimpanzés e beisebol — duas coisas que detestava — até conseguir apagar da mente os pensamentos totalmente inapropriados para o ambiente de trabalho.

Eric e Jenna estavam completamente obcecados um pelo outro.

A situação os levou a isso. Se fossem dois adultos normais a fim um do outro, poderiam ter ido à Cheesecake Factory, visto um filme, transado, e estariam namorando agora. Mas aquela não era uma situação normal — havia Darcy, o lance do trabalho e o lance da idade. Eles nunca se viam fora do trabalho. Nunca ficavam parados ou sentados muito perto um do outro, e nunca se tocavam. Depois do momento explosivo na sala de Jenna, ambos compreenderam que, se se tocassem minimamente que fosse, o jogo chegaria ao fim.

Eles se escondiam à vista de todos. Todo mundo sabia que Eric e Jenna trabalhavam juntos em *A escolha perfeita*, a maior atração da *StyleZine*. Ninguém desconfiava das longas "reuniões" na sala de Jenna — esperava-se que eles tivessem um contato próximo. Se muito, as garotas no escritório poderiam presumir que Eric sentia algo por ela, mas não tinha nenhuma chance, e que uma quase celebridade muito mais velha como Jenna nunca lhe daria atenção.

As reuniões diárias da equipe editorial eram excelentes porque Jenna e Eric podiam passar vinte minutos sentados no mesmo ambiente. Trocavam mensagens de texto e olhares enquanto os demais ficavam falando sobre infecções urinárias e pílulas do dia seguinte.

Claro, havia sempre o fator de risco — Darcy. Karen O'Quinn, a editora executiva, conduzia as reuniões, mas a CEO gostava de brotar nas reuniões diárias do site. Ela fazia isso para manter a equipe alerta. Ninguém nunca sabia quando ela poderia aparecer e detoná-los com suas críticas fulminantes.

No entanto, desde *A escolha perfeita*, a personalidade de Darcy havia se transformado. Ela não microgerenciava tanto as coisas. Parecia mais jovem, mais feminina. Mais humana. Jinx disse que tinha até mesmo ouvido uma música baixinha vindo de sua sala — algo animado, como Bruno Mars. O fato era que Darcy estava nas nuvens com o sucesso estrondoso de *A escolha perfeita*, e era perceptível.

— Então, parabéns à Jenna, que arrasou com o vídeo da banqueira casca-grossa de Wall Street — cumprimentou Karen O'Quinn.

Uma ruiva de olhos redondos cor de avelã, ela usava uma camiseta branca oversized com um cinto dourado e botas de camurça marrom com franjas ("Robin Hood com Estrogênio").

— Todas as garotas do mundo corporativo vão querer aquela blusa dela com gola gravata em couro macio, elegante o suficiente para usar embaixo de um terninho, mas durona o bastante para usar com jeans — disse Karen.

Os dezesseis integrantes da equipe editorial aplaudiram. Jenna sorriu e fez uma pequena reverência na cadeira.

— Esqueci de contar para vocês — lembrou Jenna — que a própria Rachel Zoe me falou que queria aquela blusa.

— Eu não acredito que você conhece ela — disse Jinx, cujo crush em Eric havia se aprofundado e que, portanto, estava presa entre o ciúme e a adoração que sentia por Jenna.

— Eu a conheço desde que ela era Rachel Zoe Rosenzweig e trabalhava com figurino de videoclipes de segunda — contou Jenna, sentindo o celular vibrar em seu colo. Ela olhou para baixo. — Estou feliz pelo vídeo ter tido tantos acessos.

iMessages de Jenna Jones
2 de outubro de 2012, 12h15
Eric: Não esquece de dizer que você impulsionou o vídeo em todas as plataformas.

— Eu impulsionei em todas as plataformas — disse ela. Graças ao treinamento em redes sociais que Eric lhe dera, ela pensava em hashtags agora.

— Excelente — elogiou Karen. — Você foi muito longe.

— Que tal dar os parabéns ao nosso brother Eric pelo vídeo? — choramingou Jinx. — Foi ele quem incluiu brilhantemente as cenas dela atravessando a aglomeração barulhenta e agitada em Wall Street.

— Que falha a minha — disse Karen. — Ótimo trabalho, como de costume, Eric, *meu brother*.

Todo mundo riu. Eric, que sempre sentia vontade de comer doces perto do meio-dia, chupava um pirulito.

— Valeu, Karen, *minha brother*.

A escolha perfeita

iMessages de Eric Combs
2 de outubro de 2012, 12h19
Jenna: Que sorte a desse pirulito.
Eric: Para de olhar, vc tá me deixando sem graça.

— Eric, a gente tem que fazer um brainstorm — disse Karen. — Você precisa incutir um pouco da magia de *A escolha perfeita* nas entrevistas que faz com a Terry com as mulheres na rua. A coisa toda é bonitinha, mas muito fácil.

— Fácil? — repetiu ele.

Eric ficou ofendido. Bombardear garotas desconhecidas, fazê-las assinar termos de autorização e filmá-las falando monotonamente sobre seus casaquinhos da Zara... Ele não gostava de nada disso. Mas tinha trabalhado duro naqueles vídeos.

— Ela quis dizer que você com uma câmera na mão é calcinha no chão — explicou Terry.

— Não foi isso que eu quis dizer — tentou Karen, com um suspiro entediado.

— Mas é verdade — disse Terry. — Eu literalmente vi algumas pegarem o celular dele e digitarem o número delas. Negros tatuados estão em alta.

— Devíamos fazer uma série de estilo sobre *eles* — propôs Mitchell, o editor de fotos que Darcy havia rotulado de "princesinha parruda".

— Então, só pra ficar claro, essas garotas fazem isso porque querem que eu mande pra elas as cenas cortadas — disse Eric, olhando para Jenna. — Pro Insta.

— Vocês, millennials, e essa validação via redes sociais me impressionam. — Ela não estava surpresa, estava com ciúme. Que garotas eram essas? — Eu nunca fui tão ousada assim com um cara.

iMessages de Jenna Jones
2 de outubro de 2012, 12h25
Eric: Mentirosa.
Jenna: Mas eles não sabem disso.

— Mal sabem essas meninas que ele tem um supercrush — disse Terry, dando um soquinho no ombro dele. — Pergunta pra Jenna.

— Desnecessário. — Ele socou Terry de volta, de leve. — Jenna, você não acha que eu tenho um crush em você, né?

— Eu acho que você tem um crush em você mesmo — ela respondeu de um jeito doce.

— Finalmente uma descrição precisa dessa pessoa — murmurou Mitchell, que não se impressionava nem um pouco com o alvoroço ao redor de Eric.

— Gente, eu tô meio gorda nesse jeans? — Jinx queria seguir em frente. Toda aquela discussão sobre Eric gostar de Jenna estava ferindo seus sentimentos. — Eu tirei uma selfie hoje e fiquei parecendo a Hannah de *Girls*.

— Jinx, você não precisa emagrecer. O seu ex foi um babaca por te fazer achar que tinha alguma coisa errada com você. — Eric estava de saco cheio das consequências emocionais do relacionamento tóxico que ela tinha com aquele programador hétero top barbudo e rechonchudo. — Principalmente porque ele mesmo parece uma bola de pelo. Deixa ele aparecer aqui de novo.

— Obrigada, Eric — disse ela baixinho, com as bochechas coradas.

Mitchell revirou os olhos. Jenna também, por dentro.

— Você precisa de um cara novo — observou Terry. — Eu vou te apresentar o meu primo Julian. Ele se amarra no Tinder, mas adora latinas.

— Eu sou iraniana.

— É quase a mesma coisa.

— Não, você não pode namorar um cara do Tinder — disse Eric. — Eles são viciados em deslizar pra direita.

Nesse instante, Darcy entrou pela porta. Largou uma pasta e o celular em cima da mesa e se sentou ao lado de Karen.

— Eu sou a mais inteligente, mais experiente e mais genial magnata da mídia em Manhattan, e todos vocês vão se curvar aos meus pés — anunciou para a sala, com um brilho triunfante. — Querem saber por quê? Porque eu fui capaz de prever que o Eric e a nossa Rainha do Baile fariam mágica juntos. — Darcy olhou para os dois. — Acabei de almoçar com o editor-chefe da revista *New York*. A edição com os vinte e cinco destaques do mundo da moda sai no início da primavera, e eles estão finalizando a lista. Nós não só estamos entre os cinco primeiros como também somos um dos poucos a ganhar uma entrevista. Com sessão de fotos e tudo. A matéria vai se chamar "Fenômeno da moda: *StyleZine* apresenta *A escolha perfeita*".

A sala irrompeu em aplausos entusiasmados. Jenna e Eric se entreolharam, surpresos e satisfeitos, enquanto os membros da equipe os atacavam com abraços.

— A entrevista é comigo, mas eles também vão falar com a Jenna e algumas das meninas que participaram da série. Eric, vou lutar para que você também seja entrevistado, mas não tenha muita esperança. A *New York* só está interessada nos nomes de peso. — Darcy levantou, colocou as mãos nos quadris e examinou Jenna e Eric. — Eu não me canso de me impressionar com o que vocês fizeram nessa série. Vocês dois de fato encontraram um tesouro. — Ela abriu um sorriso sincero. — Meu time dos sonhos.

Eric invadiu o escritório de Jenna e se deixou cair pesadamente na cadeira diante dela.

— Eu tô vendo coisas? A minha mãe me elogiou talvez três vezes na vida. Só que ela é uma escrota ardilosa. É tipo a bruxa atraindo João e Maria pra casa dela cheia de doces, só pra engordar os dois e devorar depois. A gente não pode comer os doces, Jenna. Mas… caaara. Você viu aquilo?

— Sim! A *New York*! Dá pra acreditar? — Jenna deu pulinhos sentada na cadeira, batendo palmas. — Você fez isso, Eric!

— Não, foi você!

— Nós.

— Eu quero tanto beijar você que tá me dando dor de cabeça. — Ele balançou a cabeça, tentando processar o que havia acontecido na reunião. — Eu tinha tanta vergonha de trabalhar na *StyleZine*, com medo de que os comitês dos festivais fossem *cair na gargalhada* quando descobrissem. Mas *A escolha perfeita*? É muito íntegro. E o fato de estar sendo elogiado… Eu, tipo… não consigo nem… — Ele parou. — Tô sem palavras.

— O que também merece aplausos — brincou Jenna.

— Nem vem me zoar, Rainha do Baile.

— Eu preciso que a Darcy pare de me chamar assim.

Eric fez uma pausa.

— Você sabe do que eu preciso?

— Do quê?

— Te ver. Sozinho. Hoje à noite.

Ela se encolheu na cadeira.

— A gente não pode entrar nessa.

— Então o que a gente faz? — Ele olhou para ela, desafiador. — Continua fingindo ser melhores amigos?

— Nós somos melhores amigos.

Jenna tentava encontrar uma maneira de sair daquela conversa, embora, mais que qualquer coisa, quisesse ficar sozinha com ele também.

— Tudo bem, amiga. Você vai continuar fodendo com a minha cabeça?

— Como assim?

— Você se debruça no meu laptop e deixa a saia deslizar até o meio da bunda — disse ele. — Você bebe água dando aqueles longos goles e depois lambe a água dos lábios e finge que não sabe que eu tô vendo tudo como se fosse um pornô light dos anos 80 em câmera lenta. Você passa pela minha baia bem devagar, então eu tenho só um vislumbre de você, sinto o cheiro do seu perfume e ouço seus saltos fazendo barulho na merda do chão… me deixando maluco, quando você sabe que eu não posso fazer nada a não ser ficar lá sentado, obcecado por você.

— Eu não faço isso.

— Faz, sim — disse ele, rindo um pouco. — Esse vestido que você tá usando, com esse decote… Como chama mesmo…?

Ela olhou para o peito.

— Side boob.

— Vai me dizer que não estava pensando em mim quando vestiu isso hoje de manhã?

Era irritante a maneira como ele conseguia enxergá-la de fato.

— É só um vestido, Eric.

— Você gosta disso.

Era verdade. Ela gostava.

— O que você quer de mim? — perguntou Jenna.

— Um encontro. É tudo que eu preciso.

— Pra que, exatamente?

A expressão no rosto dele era perversa.

— Pra acabar com você para sempre.

— Garoto, a sua confiança é surpreendente.

— Devo fechar a porta e te lembrar do motivo?

A escolha perfeita

— Não! E para de sorrir. Você sabe que a gente não pode ter um encontro — sussurrou ela, embora ninguém pudesse ouvi-los. — Aonde a gente iria?

— E isso importa? Eu só preciso ficar sozinho com você fora deste prédio. A gente pode sentar no Tompkins Square Park e interagir com os ratos e os crackeiros que vivem por lá.

Jenna estremeceu.

— Eca. Que roupa eu ia usar?

— Tô brincando. Tá, foco. Não podemos ir a nenhum dos seus lugares, porque eles são...

— ... provavelmente os mesmos que os dela.

— Exatamente. — Ele rolou a tela do celular. — Humm, hoje é sexta. Já sei! Vamos no Home.

— O que é isso?

— É um bar/restaurante japonês aleatório na Ludlow. É escondido, desconhecido.

Jenna refletiu e então ergueu as mãos.

— Por que eu estou permitindo que você me conduza por um caminho de caos e destruição?

A expressão de Eric foi vitoriosa. Ele tinha conseguido.

— Você tem noção — disse Jenna — de que a gente é esperto o suficiente para saber que isso não vai dar certo, né?

— O que não vai dar certo?

Era Darcy. Ela tinha acabado de aparecer na porta.

— Oiiii — cumprimentou Jenna, muito animada. — Nada importante.

— Olá, superestrelas. — Darcy cutucou as costas da cadeira do filho com o joelho. — Claro que você está aqui, Eric. Espero que esteja agradecendo à Jenna por permitir que você monopolize o tempo dela. Com a orientação dela, a gente tem a impressão de que você sabe o que está fazendo.

Jenna franziu a testa.

— Na verdade é o contrário.

— Ah, ele sabe que eu estou brincando.

— É por isso que eu nunca como os doces — murmurou Eric.

— O Eric é o olhar criativo por trás da série inteira — disse Jenna, consciente de que o estava defendendo com veemência. — Ela não existiria sem ele.

— Só para ficar claro, essa série não existiria sem mim. Eu dei o sinal verde — apontou Darcy. — Você não está feliz por eu ter dado tanto apoio para a sua carreira de diretor, Eric? Espero que você perceba a preciosidade de mãe que você tem.

— Agradeço o apoio. Pedra preciosa.

Animada demais com o sucesso para perceber o sarcasmo, ela disse a Jenna:

— Vou levar você para almoçar. No Delicatessen. Me encontre na minha sala em quinze minutos. — Já com metade do corpo para fora da porta, Darcy gritou: — Eric, pare de perturbar a Jenna. O trabalho dela não inclui ser sua babá.

Eric e Jenna se encararam por uns bons cinco segundos, mil palavras passando silenciosamente entre eles.

Por fim, ela sussurrou:

— A gente vai mesmo fazer isso?

— Você já concordou.

Jenna suspirou, dramática.

— Tudo bem, estarei lá, embora isso contrarie os meus princípios.

O rosto de Eric se iluminou com um sorriso satisfeito.

— Então é melhor a gente fazer valer a pena.

———

Darcy e Jenna se sentaram frente a frente no Delicatessen, um restaurante sofisticado na Prince Street, na interseção perenemente descolada entre o Soho e Nolita. Conhecido pela comfort food sofisticada e por ser frequentado por subcelebridades, o local era um dos favoritos de Darcy porque ela sempre tinha a melhor mesa, no canto esquerdo.

Elas estavam escolhendo o prato durante uma conversa superficial sobre Calvin Klein ter passado da data de validade, mas no fundo Jenna estava fervilhando de ansiedade. Ela tinha a sensação de que Darcy era capaz de ler a expressão em seu rosto em alto e bom som. *Eu quero trepar com o seu filho. Eu quero trepar com o seu filho. Eu quero…*

— Então — começou Darcy, apunhalando sua salada cobb com o garfo e mudando o rumo da conversa —, você e o meu filho estão unha e carne, né?

A escolha perfeita

— Como assim? — Jenna pegou uma fatia de pão de passas da cesta e a rasgou.

— Cada vez que eu apareço, vocês dois estão aboletados na sua sala conversando feito menininhas da sétima série.

— O Eric é muito bom no que faz. Estou no ramo há tanto tempo quanto você, mas mesmo assim aprendo com ele. Você deveria estar orgulhosa.

— E estou — disse Darcy, tomando um gole de seu chardonnay. — Eu nunca tinha percebido como ele é talentoso. É impressionante saber que eu fiz o Eric desse jeito.

— Tenho certeza — acrescentou Jenna, perguntando-se aonde aquela narcisista com N maiúsculo pretendia chegar com aquela conversa, que mais parecia um campo minado.

Darcy rolou a tela do celular e parou em uma foto. Então ergueu o aparelho para que Jenna pudesse ver. Era Eric, com cerca de sete anos, vestido com um uniforme minúsculo dos Knicks e segurando uma bola de basquete que tinha o triplo do tamanho de sua cabeça. Um sorriso irresistível e banguela estava estampado em seu rosto.

Como aquele menino doce e inocente se transformaria na pessoa que vivia em suas fantasias mais luxuriosas? Sentindo-se um tanto pedófila, Jenna sorriu educadamente.

— Uma graça.

— É como se há cinco minutos ele estivesse na segunda série. Eu ainda enxergo o Eric como uma criança. — Ela olhou para Jenna. — Você também, com certeza.

Jenna assentiu rapidamente.

— Sim. Derramando vinho em cima de mim naquele casamento. É assim que eu enxergo o Eric.

— Claro — disse Darcy, seca. — Sabe, ele sempre foi popular na adolescência. Aparentemente, é divertido ter o Eric por perto. Eu entendo por que você gosta de estar com ele.

— Bom, todo mundo gosta. — Jenna estava suando.

— O pai dele também era um cara divertido. Talentoso, mas um desperdício. Tenho medo de que ele acabe como o Otis. Claro, o Eric foi bem na faculdade, mas agora ele está no mundo real. E as escolhas de vida dele são estranhas demais para mim. O filme dele? Se eu estivesse tentando entrar nesses festivais, ia descobrir quem faz parte do júri e chuparia e sentaria no pau de cada um até que estivessem duros o suficiente para que fosse impossível me dizer não. Eu teria derrubado um caminhão na concorrência. O que importa é o resultado.

— Ele é muito sério em relação à integridade artística, Darcy — disse Jenna. — Duvido que chupar e sentar no pau de alguém esteja nos planos dele.

Darcy deu uma risadinha.

— Ai, ai, Rainha do Baile. Quando você cresce sem nada, a integridade não te leva a lugar nenhum. Você sabe como a minha infância foi dark? Quando o meu pai me pegou bebendo aos catorze anos, me mandou passar o verão em um reformatório católico no meio do nada. As freiras administravam o lugar como se fosse um show de horrores pornô-lésbico-sádico — ela narrou calmamente. — Quando ele descobriu que eu estava grávida, me mandou de volta pra lá, e as freiras tentaram tirar o Eric de mim. E, quando eu consegui fugir, voltei pra casa e não encontrei ninguém. A minha família tinha ido embora sem dizer pra onde. Eu tive o Eric para irritar todo mundo. Minha vida estava uma merda, mas eu me esforcei para criar oportunidades pra mim mesma. A vida do Eric é maravilhosa, mas ele se comporta como se estivesse começando do nada. Ele cresceu com os filhos de executivos do mundo do cinema. Por que não fala com eles? A mãe dele poderia comprar alguns membros do conselho. Não tenho paciência para a integridade dele.

— Eu não fazia ideia de que a sua infância tinha sido tão dura. — Jenna lutou para encontrar uma resposta adequada. — E tenho certeza de que deve ter sido muito difícil para você criar o Eric, ter que ser mãe e pai ao mesmo tempo.

— Eu nunca pensei nisso desse jeito. — Darcy afastou o prato. — Eu era a figura paterna, que trabalhava pra cacete para poder prover. Mas eu não tinha uma esposa, então o Eric se criou sozinho.

— O que isso significa?

— Ele era tão autossuficiente. Por que gastar dinheiro com babás quando o seu filho sabe usar o cartão para pegar um táxi da escola para casa, pedir comida no Serafina's, depois fazer a lição e ir dormir? Isso ensinou o Eric a ser despachado, ensinou que ninguém salva ninguém neste mundo. Você só

A escolha perfeita

pode contar consigo mesmo. — Ela tomou outro gole de vinho e arqueou uma sobrancelha para Jenna, desafiando-a a julgá-la.

— Ah — disse Jenna, silenciosamente horrorizada.

— Você precisava ver a sua cara. — Darcy riu. — Sabe, os homens poderosos passam catorze horas por dia mentindo, trapaceando, roubando, estuprando, saqueando... fazendo o que for preciso para vencer. Você em algum momento perguntou para o Brian como ele ficou rico daquele jeito tão rápido? Aposto que ele teria uma resposta interessante para dar. Homens como ele são considerados heróis. São aplaudidos por isso. Ninguém espera que eles entrem para a Associação de Pais e Mestres, ou fiquem de acompanhantes em excursões, ou tenham sempre biscoitos prontos na mesa depois da escola. Eu construí a minha empresa do zero. Eu participo de reuniões com os vice-presidentes do Yahoo e do YouTube... eu, a mulher mais minúscula do planeta. E, como o meu pau é maior que o de todos eles, não preciso do dinheiro de ninguém. Cadê os meus aplausos? Não tem. Porque eu sou mãe, você olha para mim como se eu devesse ser queimada numa fogueira.

— Eu não acho isso.

— Claro. — Darcy sorriu. — Sabe, eu tive uma mãe que uma vez se ajoelhou no chão do quarto dela, orando a Deus, enquanto o meu pai tentava provocar um aborto em mim enfiando óleo mineral na minha goela. O Eric tem uma mãe que ralou muito para dar a ele uma vida cheia de oportunidades. Ele devia beijar os meus pés todos os dias.

— Eu tenho certeza de que ele é grato — disse Jenna, cautelosa.

— Não, ele idolatra o pai caloteiro dele, que ainda por cima está morto. Curioso, né? — Ela jogou os ombros para trás. — Eu só sou dura com o Eric porque quero que ele seja forte. Implacável. Como a gente era na idade dele.

Jenna riu de como aquilo era ridículo.

— Eu nunca fui implacável.

— Não? — Darcy deu risada. — Claro que foi. Somos mulheres negras no mundo da moda. Trabalhamos em uma indústria que nos considera invisíveis ou selvagens do gueto que não sabem a diferença entre peplum e períneo. Uma indústria em que essa galerinha nível básico de relações públicas confunde a gente com figurinistas nos bastidores. Onde a gente tem que se vestir melhor, escrever melhor e convencer os outros melhor só para ser levada a sério.

— Ainda não entendi em que momento eu me tornei implacável — disse Jenna. — Eu trabalhava muito e era ambiciosa. Mas, olhando para trás, vejo que fiquei seduzida. Muitos dos nossos colegas trabalharam duro, mas não tiveram tanta sorte. Minha carreira, minha vida pessoal. Tudo parecia... predestinado. Como se jamais pudesse desmoronar. O que eu não daria pela autoconfiança sem noção que tinha aos vinte e seis anos.

— Foi essa autoconfiança sem noção que te deu força para roubar de mim a vaga na *Bazaar*? — perguntou Darcy, em um leve tom de piada.

— Eles me contrataram depois que você foi demitida por vender para a Barneys peças emprestadas da Gucci. Todo mundo sabe disso.

— Isso é mentira. Mas não fez diferença, porque eu fui banida do mundo editorial. Tive que recomeçar a minha carreira na área de negócios, vendendo anúncios. Usar calças sociais e participar de reuniões corporativas com marcas de absorvente interno.

— Onde você fez história. A primeira editora negra da *Seventeen*, e a mais jovem também.

— Não era o que eu queria. Eu queria ser da área de criação. Como você. — Darcy tomou um gole de vinho. — Enfim, eu consegui tudo o que queria no fim das contas. Eu sempre consigo. E estou realmente satisfeita com o que você fez na *StyleZine*. Um brinde.

— Um brinde — disse Jenna, tilintando seu copo de água com a taça de chardonnay.

— Ser mãe faz meus dentes doerem — disse Darcy, do nada. — Você já pensou em ter filhos?

Jenna não sabia se era o estresse de ser confrontada sobre Eric ou a ideia de que, pela primeira vez, Darcy parecia uma pessoa de verdade. Mas, em um movimento que lamentaria para sempre, ela baixou a guarda.

— Já. — Debaixo da mesa, ela passou a mão na barriga, um movimento inconsciente que fazia com frequência. A pele era esticada: sem estrias, sem flacidez pós-gestação. Ela trocaria qualquer coisa por isso. — Tudo o que eu sempre quis foi casar com o Brian e ter filhos com ele. Eu achava que ele também, mas as coisas... mudaram.

— Brian Stein, porra — filosofou Darcy. — Eu me lembro de quando ele te pediu em casamento! Ele mudou de ideia? Tá vendo, é por isso que uma megera como eu mantém alguns capangas na folha de pagamento. Eu teria feito o cara pular de um dos arranha-céus dele.

Jenna sorriu, embora não achasse graça. Ela realmente havia acabado de expor uma das fases mais dolorosas de seu passado para Darcy Vale? Essa mulher empunhava informações privilegiadas como um facão. Certa de que aquilo voltaria contra ela, Jenna tomou um gole de água e procurou um jeito de mudar de assunto.

Quando a garçonete colocou a conta em cima da mesa, Jenna agradeceu:

— Obrigada pelo almoço, Darcy. Foi bastante esclarecedor.

— Ainda não acabamos — disse Darcy, tirando o cartão de crédito da carteira. — Eu te convidei para almoçar por dois motivos. Em primeiro lugar, para te passar os pontos que vão ser abordados na minha entrevista para a *New York*. Siga o script. Diga que, sob a minha orientação direta, nós somos as únicas responsáveis por dar nova vida à moda urbana e por revolucionar o e-commerce da área.

Sob orientação dela? Por dentro, Jenna estava furiosa. Darcy não tivera nada a ver com o sucesso deles!

— O outro motivo? — perguntou ela.

— Meu filho está a fim de você.

— Não, o Eric é profissional demais para...

— Não passe vergonha, querida. Você sabe que ele está — disse ela, com naturalidade. — Eu sou totalmente a favor de você ser mentora dele, dar conselhos. Mas esse tititi precisa parar. Ele é uma distração e eu preciso de você presente. Além disso — complementou —, você sabe como são os caras da idade dele. O menor incentivo e eles se apaixonam. Não dê esperanças a ele. Porque aí ele vai ficar de coração partido e *A escolha perfeita* vai ficar comprometido. E, se você acha que 1996 foi ruim para nós duas, 2012 vai ser muito pior se isso acontecer. Fui clara?

Darcy havia sido clara. Notou a proximidade de Jenna com o filho, não gostou — e, sem nem mesmo saber de metade da história e de quão impróprio era o relacionamento entre eles, queria que aquilo parasse.

Jenna a olhou nos olhos, pensando: *Daqui a sete horas e quarenta e um minutos, eu vou estar exatamente onde estou morrendo de vontade de estar: grudada no seu filho. Ninguém vai me impedir — muito menos você, sua desaforada. Vai se foder se acha que eu vou ficar longe dele.*

Jenna deu à chefe seu sorriso mais brilhante.

— Entendido, Darcy. Perfeitamente.

www.stylezine.com

Just Jenna: Segredos de estilo da nossa intrépida embaixadora do glamour!

P: Vou ter um primeiro encontro com um cara do OKCupid e não sei o que vestir. Faz um mês que nós trocamos mensagens picantes, então tenho quase certeza de que vou para a cama com ele. O que devo vestir para comunicar que sou totalmente a favor de transar no primeiro encontro, mas não sou piranha? — @SrtaBlaBlaBla1985

R: Em primeiro lugar, parabéns por encontrar um cara no OKCupid. (Eu dei uma olhada na conta de uma amiga uma vez e fiquei traumatizado com as fotos de "gestores de marca" sem camisa posando com bonés de times universitários na frente de carros horrorosos.) Você tem razão em não querer se vestir feito uma prostituta. Um primeiro encontro do tipo ele-me-quer-de-sobremesa tem mais a ver com os detalhes quentes que podem não ser óbvios para ele. O que está acontecendo por baixo da sua roupa. Você pode adotar um estilo mais sofisticado, com um vestido transpassado, ou um estilo mais casual, usando jeans e camiseta justinha — não importa. Porque o que ele vai lembrar é que você não estava usando sutiã. Ou que mais tarde ele descobriu que você usava uma cinta-liga. Se ele souber disso muito cedo, já era — faça o cara suar durante todo o jantar, morrendo de vontade de descascar as suas camadas.

Para lingeries atrevidas que vão deixar os homens de joelhos, visite Yandy.com!

18

Jenna entrou no Home exatamente às oito e três e percebeu que havia estado lá em duas encarnações anteriores do lugar. Nos anos 90 era uma boate gay chamada Oliver's; nos anos 2000, um lounge onde tocava hip-hop chamado Fluid; e agora era um sushi bar tão underground e descolado que só os mais descolados já tinham ouvido falar. Era incrível. Na verdade, o Home era só aparência — não havia bancos nem opções de bebidas suficientes para ser considerado um bar de verdade, e só vendia sushi no andar de baixo (onde havia apenas cinco mesas). As únicas luzes eram lâmpadas vermelhas penduradas no teto industrial, e o DJ tocava hip-hop do início dos anos 90.

Jenna cruzou o espaço — que estava cheio de jovens modernos com pinta de artista, todos trabalhados no streetwear e em um estilo mais indie — e procurou por Eric no bar. Pela primeira vez desde que havia voltado para Nova York, ela não se sentia velha demais em um ambiente. Tudo o que sentia era uma ansiedade eletrizante.

Eric estava lá em algum lugar, em algum lugar próximo. Ela já havia atravessado todos os estágios da descrença: iria até o fim com aquilo, e decidiu, pelo menos naquela noite, ignorar os sinais de alerta. Ele estava certo. O universo os havia colocado um na frente do outro por algum motivo, e eles precisavam descobrir por quê. Ela não tinha comido o pão que o diabo amassou para no fim encontrar essa pessoa com quem tinha tantas afinidades e, em seguida, virar as costas para ela.

iMessages de Jenna Jones
2 de outubro de 2012, 20h06
Eric: Cadê você?

Jenna: Tô aqui! Cadê você?
Eric: Aqui.
Jenna: Onde?
Eric: Tô te vendo. Você tá maravilhosa. Olha pra trás.

Ela se virou. Ele estava parado atrás dela, com uma expressão mais radiante que a de uma criança na manhã de Natal.

Por um segundo, Jenna se sentiu estranha. Ela havia esperado tanto por aquele momento, e agora não sabia como cumprimentá-lo. Deveria beijá-lo no rosto? Dar um aperto de mão? Ou um soquinho? Então, algo tomou conta de Jenna e ela fez exatamente o que estava *sentindo*. Mergulhou nos braços dele com tanta força que os dois cambalearam para trás, indo de encontro à parede. E ficaram lá, abraçados, como se nunca mais fossem se ver na vida. Seus corpos estavam totalmente colados, esmagando um ao outro. O rosto de Eric estava enterrado no cabelo de Jenna, e ela estava na ponta dos pés, os braços ao redor do pescoço dele tão apertado que quase o sufocaram. Foi um turbilhão de sensações.

— O seu cheiro é tão bom que chega a ser ridículo.

— Você tem, tipo, zero por cento de gordura corporal! — Ela correu as mãos para cima e para baixo em suas costas. — Você malha?

— Não. Talvez. Basquete conta? Sei lá. Você não tá usando sutiã.

— Não combinava com essa blusa.

— Como eu vou conseguir me concentrar com você sem sutiã?

— Você tem um tanquinho? Porque parece que você tem um tanquinho!

— Se você está dizendo, eu aceito.

Eric apertou Jenna com mais força, levantando-a do chão. Tinha coisa melhor que aquilo? Ela soltou um suspiro minúsculo de satisfação.

— O som mais sexy do mundo — disse ele, acariciando o pescoço dela.

— Eric — sussurrou Jenna, zonza.

— O quê?

— Acho que a gente devia se soltar.

— Não — ele murmurou.

— Sim. Isso é um pouco constrangedor.

— Tá bom.

A escolha perfeita

Eles se afastaram, mas continuaram grudados, apenas afrouxando um pouco o abraço.

— A gente não vai direto pra cama — suspirou Jenna.

— Então para de me olhar desse jeito. Ou não vamos durar nem dois minutos aqui.

— A gente passou por muita coisa para chegar aqui, então vamos ter um encontro de verdade.

— Com certeza. Jantar. Conversar. — Ele beijou o nariz dela. — E depois cama.

— Sério! Vamos fazer do jeito certo.

Ele a soltou.

— Deixa eu olhar pra você.

Como estava indo para o Lower East Side, Jenna decidiu incorporar a Madonna de meados dos anos 80 ("Procura-se Jenna Desesperadamente"): saia preta colada, um suéter preto curto com um ombro de fora e botas com tachinhas.

— Meu Deus, Jenna.

Ela sorriu para ele.

— É quase como se, agora que você tá aqui na minha frente, eu não soubesse o que fazer.

— Duvido muito — brincou ela.

Eles decidiram não tomar um drinque no bar do andar de cima e ir direto para o restaurante, que era mais silencioso. Na verdade, só queriam se sentar e ficar o mais próximos possível.

Eric pegou a mão de Jenna — foi fácil, natural, como se eles tivessem feito aquilo um milhão de vezes — e a conduziu escada abaixo. Na descida, ele abraçou duas garotas, disse "E aí?" para os namorados e os apresentou a Jenna. As meninas a reconheceram e ficaram impressionadas, ainda que tenham parecido indiferentes, bem ao estilo nova-iorquino.

O andar de baixo tinha a mesma decoração, mas era menor e mais escuro, iluminado apenas pelas mesmas lâmpadas vermelhas. Havia somente algumas mesas, todas cheias de gente — mas uma estava vazia. Eric sussurrou algo para a hostess e então acompanhou Jenna até a mesa. Eles moveram as cadeiras para ficarem a centímetros de distância um do outro e se sentaram. Atordoados com a proximidade, Jenna e Eric deram as mãos em cima da mesa, só porque finalmente podiam.

Uma garçonete de batom roxo levou dois shots até a mesa. Eles brindaram e beberam. E então Jenna acenou para ela, pedindo outra rodada.

Eric olhou para ela, admirado.

— Já?

— Eu preciso ficar altinha. Tô um pouco nervosa.

— Por quê?

— Porque estamos eu e você aqui. Num encontro. O que a gente faz agora?

— Eu entendo o que você está dizendo. É estranho pra cacete. Nada aconteceu na ordem que deveria. Tipo, a gente se conheceu, se pegou, você disse que eu era seu namorado, depois passou a me odiar, depois viramos amigos, e agora estamos no nosso primeiro encontro.

— Exatamente!

Timidamente, Jenna olhou para sua mão sob a dele. Ela não conseguia acreditar em quão apaixonada estava. Só se conheciam havia um mês, e ele era uma criança. Mas, quando estava em seus braços no andar de cima do restaurante, ela soube que ali era o seu lugar. E, naquele cantinho com ele, Jenna se sentia mais ela mesma do que havia sentido em anos. A situação deles era doideira, mas o que havia entre os dois era real.

— Posso te perguntar uma coisa?

— Qualquer coisa.

— Você estava dizendo a verdade sobre nunca ter se apaixonado?

— Isso é cilada. Nenhuma mulher quer ouvir sobre o cara com quem ela está ter sido apaixonado por outra pessoa.

— Quem disse que eu estou com você?

Eric olhou para ela por um momento e, em seguida, deslizou a mão por trás do pescoço dela. Ele se inclinou como se fosse beijá-la, mas puxou sua cabeça para trás e plantou os lábios na base do pescoço dela. Jenna se derreteu.

— Não tá, não? — sussurrou no ouvido dela.

— Vamos ver — Jenna respondeu.

Com um sorriso atrevido, ela tirou a mão dele de seu cabelo e, no caminho para baixo, deixou que roçasse em um de seus mamilos. Então pousou a mão dele na mesa.

A escolha perfeita

— Você quer me matar — disse Eric.

— Voltando à minha pergunta — continuou ela. — Você já se apaixonou alguma vez?

— Eu nunca falei isso em voz alta, mas algumas vezes achei que sim. Só que agora eu sei que não.

— Se esquivou bem.

— Não me esquivei. É verdade — argumentou ele. — Eu respondi com total sinceridade! Respeite a minha vulnerabilidade.

Ela sorriu.

— Eu respeito. Só não estou acostumada com um homem dizendo exatamente como se sente.

— Eu não sei ser de outro jeito — respondeu ele, e Jenna acreditou.

— Ei — disse ela. — Pode parecer meio estranho, mas eu trouxe uma coisa para você. É uma besteirinha, e eu sei que o seu aniversário é só daqui a um mês, mas...

— Você me trouxe um presente de primeiro encontro? Eu não sabia que a gente ia trocar presentes!

— Não, eu estava desempacotando umas caixas e encontrei uma coisa que sabia que você ia gostar. Uma coisa velha.

Ela entregou a ele uma sacola de presente, e ele olhou lá dentro.

— Jenna — sussurrou, boquiaberto.

No fundo da sacola, ele viu uma Polaroid toda quadrada, obviamente com décadas de idade.

— É uma Polaroid Impulse — disse ela. — De 1989. Eles não fazem mais o filme, mas ainda tem um pouco na câmera.

— Eu sabia que era uma Impulse! Sou nerd nesse assunto! Ei, acho que este é o melhor dia da minha vida. — Ele olhou para o teto. — Jesus, que mulher é essa?

— Ah, só uma garota que tem doutorado em você.

Ele puxou a cadeira dela para ainda mais perto e beijou seu rosto.

— Três coisas. Primeiro, ninguém nunca me deu um presente que tivesse tanto a ver comigo. Em segundo lugar, não acredito que você lembrou do meu aniversário. E terceiro? — Ele parou e riu.

— Qual é a graça?

— Você me quer demais.

— Sabe, na verdade você não é tão gatinho quanto acha que é.

— Não, sério. Você sabe que eu tenho razão, né? — Ele apontou para si mesmo, adorando tirar sarro dela. — Você não teve que fazer nenhum esforço.

— Acredite em mim, eu sei — respondeu ela, se inclinando sobre ele, sussurrando em seu ouvido. — Você deveria ver o jeito como me olha no trabalho.

— Às vezes é demais pra mim. Aquele lance com o sapato? Voltar pra minha baia foi… humilhante. Eu me senti um adolescente de pau duro na escola sendo chamado pra ir lá na frente.

Jenna riu.

— Nem sei como te agradecer pelo presente. Vou pensar em algumas formas memoráveis mais tarde.

Ela olhou para ele por entre os cílios.

— Promete?

Ele assentiu, muito sério de repente. Seu olhar era o de um predador, como se mal pudesse se conter de arrancar as roupas de Jenna e transar com ela ali mesmo até desmaiar.

— Sim, senhora.

O estômago de Jenna revirou.

— Se eu não tivesse aceitado esse emprego, teria vivido a minha vida inteira sem nunca ser olhada desse jeito.

— Se você não tivesse aceitado esse emprego, eu teria te encontrado de qualquer maneira. De alguma maneira. — Ele estendeu a mão e enroscou o dedo em um cacho: estava morrendo de vontade de tocar o cabelo dela.

As bebidas chegaram, com biscoitinhos e o cardápio. Famintos, eles devoraram os biscoitos, mas ignoraram o cardápio.

— Minha vez de fazer uma pergunta — disse Eric. — O seu noivo. O que aconteceu?

Jenna tomou um gole de sua bebida. Ela sabia que aquele momento chegaria.

— Nós começamos a namorar na faculdade. Fomos felizes por muito tempo. Ele ganhou uma quantia absurda de dinheiro, e um dia isso passou a ser tudo que importava pra ele. Eu não era mais sexy nem interessante pra ele. A única coisa que tínhamos em comum era o nosso passado.

— Ele ainda faz parte da sua vida? — perguntou Eric, em uma voz calma e controlada. — Você tem contato com ele?

— Não, essa história acabou.

Eric ficou em silêncio. A expressão dele era impassível. Então disse:

— Por mim ele podia morrer.

— Peraí, o quê?

— Como assim ele não era apaixonado por você? Jenna, por favor, não me deixa descobrir quem é esse cara. Porque eu e ele vamos ter problemas de proporções épicas.

— Eric...

— Como assim ele não te achava sexy? Não te tocava? Eu te conheço há quatro semanas e não te tocar tá acabando comigo. Nada do que você dizia interessava a ele? O ponto alto do meu dia é ouvir você desconstruir o arquétipo do anti-herói Walter White/Tony Soprano enquanto devora um croissant. Esse homem tinha tudo que eu queria, o que eu faria tudo pra ter, e não se importava. Não ter você vai ser a morte pra mim, Jenna. Esse cara? Eu nunca vou entender.

Os olhos de Jenna se arregalaram na tentativa de evitar que as lágrimas explodissem, sem sucesso.

— Ah, não — começou Eric. — Não era a minha intenção... Eu não queria...

— Cala a boca — disse ela, enroscando a perna na dele embaixo da mesa.

Jenna agarrou a frente da camisa de Eric e o puxou para mais perto. Ele deslizou a mão pela coxa dela por baixo da saia, enquanto a outra enxugava gentilmente as lágrimas de seu rosto. Ela estava tonta de paixão. Deus que a perdoasse, ela estava prestes a montar nele bem ali, em um sushi bar no Lower East Side...

— Jenna Jones! Faz semanas que eu estou tentando colocar o meu agente em contato com você! Eu sou ideal para *A escolha perfeita*!

Eles viraram a cabeça. Era Suki Delgado, a modelo dominicana nascida no Bronx. Ela havia sido capa da *Marie Claire* britânica em julho de 2012 e naquele momento era a estrela de um anúncio da Lancôme. Tinha uma atordoante pele cor de caramelo, olhos amendoados e cabelos ondulados pretíssimos que batiam na altura de seu pequeno e apaixonante queixo.

Por razões drasticamente diferentes, Eric e Jenna se separaram de uma hora para outra.

— E.? Seu safado! Levanta daí e vem me dar um abraço — exigiu ela. Claramente estava chocada. — Você também não retornou minhas ligações sobre *A escolha perfeita*! Por que não me ligou de volta? Eu sou tão águas passadas assim?

— Delgado! — disse ele, dando-lhe um abraço superficial. — Dizer que você está linda é sempre redundante.

— Diz mesmo assim — respondeu ela com um gritinho, rindo.

Ela lançou um braço gracioso ao redor dos ombros de Eric, que conseguiu removê-lo sem parecer grosseiro.

— Jenna, essa é Suki Delgado. Nós estudamos juntos na Arte e Design. Ela era uma ilustradora foda, mas agora trabalha como...

— Top model — disse Jenna, com os braços cruzados sobre o peito. Ela estava na esquina da Avenida Irritação com a Praça do Pânico. — Eu sei, porque fui eu que a descobri.

— Foi mesmo — gritou Suki, agarrando Jenna e puxando-a da cadeira para um abraço apertado. — E., amor, essa mulher me achou quando eu era estagiária no departamento de arte da *Darling*. Foi ela quem agendou o meu primeiro editorial. Eu literalmente devo a minha carreira à Jenna.

— Ah, não é verdade. Meninas como você aparecem, tipo, uma vez em nunca.

Aquilo era problemático. Todos os principais personagens da indústria da moda conheciam Suki. Eric e Jenna estavam a dois tuítes de alguém da *StyleZine* descobrir que eles haviam saído juntos. Mas Jenna estava bêbada o suficiente para afastar essa possibilidade assustadora por tempo suficiente para descobrir exatamente quão próximos Suki e Eric eram na escola.

— Então, vocês dois eram da mesma turma?

— Não, mas ele foi o meu acompanhante no baile de formatura! Ele ainda estava no décimo ano, não é engraçado? O E. sempre adorou mulheres mais velhas.

— Muito engraçado.

— Delgado, o que você tá fazendo aqui? Você é famosa demais pra essa merda. Quem tá aí com você?

A escolha perfeita

Eric não estava irritado apenas por sua antiga namorada ter aparecido, mas também lhe ocorreu que ela poderia causar problemas para eles.

— O TJ, a Jules e a Eva — disse ela, apontando para a mesa. Todos acenaram para Eric. — Eu tô saindo com o TJ. Ele não tem grana, mas tem um pau grande e o pai dele é dono daquela cobertura no Plaza e já ganhou dois Oscars, então pode ser que consiga me colocar naquele filme do Tarantino sobre escravidão, sabe? O que vocês dois estão fazendo aqui?

— Trabalhando — Jenna deixou escapar. Ela olhou para Eric, e, sem trocar nenhuma palavra, ambos decidiram que era hora de partir.

— Aqui? Numa sexta à noite? Peraí — exclamou Suki, sendo atingida pela veracidade do que estava vendo. — Meu Deus do céu. Vocês dois? Sério? A porra. Mais. Sexy. Da história.

Isso era péssimo.

— Não tem nada de sexy. É só trabalho. Precisamos ir. — Eric colocou uma nota de cinquenta dólares na mesa e agarrou a mão de Jenna.

— Era mesmo sobre a *StyleZine* — reafirmou Jenna por cima do ombro.

— Áhã — berrou Suki, enquanto eles desapareciam escada acima. — Vocês dois estão exalando tesão.

———

Do lado de fora, eles desceram uma rua lateral vazia de mãos dadas, mergulhados em pensamentos.

— Eu sei que a Delgado é uma modelo famosa agora, mas ela é tão famosa assim? — perguntou Eric por fim.

— Sim, é.

— Então o pessoal da *StyleZine* sabe quem ela é.

— As pessoas em Netuno sabem quem ela é. — Eles caminharam meio quarteirão. — Eu sei o que você está perguntando, meu bem, e, sim, a Darcy conhece a Suki. Isso pode ser um desastre.

— Merda.

— Você foi para a cama com a Suki Delgado quando estava no décimo ano?

Não havia nada que eles pudessem fazer sobre a supermodelo ter flagrado os dois, então Jenna poderia muito bem abordar o segundo aspecto mais urgente daquele encontro.

— Booom, quando você diz "foi para a cama"...

— Por que eu tô com ciúme? É tão mesquinho e estranho.

— Não, é bonitinho — disse Eric. — Só pra você saber, o sexo não foi bom.

— Fala sério. Você mal tinha entrado na puberdade e ela era uma deusa de quase três metros de altura.

— Naquela época não. — Ele fez uma pausa. — Aparelho. — Pausou novamente. — Mas ela sempre foi pirada. Ela pediu pra eu dar um tapa nela, com força.

— Ela era assim já naquela época? Eu peguei a Suki fazendo sexo violento com um dos nossos modelos numa sessão de fotos em Anguila! Tivemos que cobrir os hematomas com base.

— Sim, essa é a Delgado.

— Você deu um tapa nela?

— Com toda a força que fui capaz de reunir no meu corpo de quinze anos. — Ele riu. — Foi bem louco, mas eu curti. Adoro estar com mulheres que me surpreendem.

— Eu te surpreendo?

— A cada cinco minutos.

Jenna parou, virando-se para encarar Eric. Estava morrendo de vontade de beijá-lo, mas algo a impediu. Ela adorava as bravatas de Eric, sua petulância, mas essas também eram as coisas que ela queria enfrentar. Durante anos ela se sentira tão sem voz no sexo, a mulher indefesa esperando para ser saqueada. Jenna sabia quanto ele a queria. Ótimo. Dessa vez ela estava no comando. E iria aproveitar.

— O que você faria comigo agora se pudesse?

Sem hesitar, Eric disse:

— Faria você implorar.

— Por quê?

— Porque você merece. Você me deixa louco.

Ela inclinou a cabeça e caminhou para trás até ficar contra uma parede de tijolos cheia de lambe-lambes entre uma bodega fechada e uma lavanderia abandonada.

— Quer saber o que é loucura? Como eu estou molhada a noite toda. — Jenna deslizou a mão pela coxa, sobre o quadril, sob o cós da saia e a enfiou na calcinha.

A escolha perfeita

Eric ficou boquiaberto. Em um gesto quase cômico, ele balançou a cabeça, olhando para os dois lados para ter certeza de que não tinha ninguém vindo. Era uma rua transversal vazia e eles estavam sozinhos.

Encostando-se na parede, Jenna mergulhou a mão mais fundo na calcinha, os olhos vidrados enquanto se acariciava. Ver Eric observá-la era tão erótico — ele estava hipnotizado, enraizado no lugar.

Quando ela começou a gemer, ele saiu do transe e foi para cima dela em um flash. Ele puxou a mão dela da saia, chupando seu dedo molhado.

— Tá vendo o que você faz comigo?

— Sim, uma loucura — disse Eric.

Ele agarrou o rosto dela e lhe deu o beijo mais sexy que ela já tinha recebido. Foi de bagunçar a mente, de derreter as coxas. Tornou-se mais profundo, faminto e caótico — ele sugou a boca de Jenna, ela mordeu o lábio dele —, até que não foi mais suficiente. Ousado, Eric deslizou a mão entre eles e por dentro da calcinha dela. Ele apertou levemente e ela se sentiu mole, a cabeça caindo para trás enquanto a boca dele traçava ardentemente seu pescoço. Ela estava perdida em um êxtase público e desavergonhado na esquina da Freeman Alley com a Chrystie Street. Deixando um rastro de beijos deliciosos ao longo do pescoço dela, ele segurou seu seio e passou o polegar sobre o mamilo. E a enxurrada de sensações foi tão intensa que Jenna choramingou e sussurrou o nome dele.

Aquilo foi demais para Eric. Levemente, ele agarrou o queixo dela e segurou seu rosto, parando para saborear o fato de tê-la daquele jeito mais uma vez. Ela tremia, estava quente e molhada por causa dele. Mas, desta vez, significava algo.

Ele lhe deu outro beijo de tirar o fôlego, até ela começar a cambalear. Jenna precisava se recompor. Aquilo era bom demais para acabar desfalecendo — ela precisava se orientar.

Jenna plantou a palma das mãos no peito dele, empurrando-o para longe. Precisou reunir cada grama de força de vontade para fazer aquilo.

— Não — lançou ela, respirando com dificuldade.

— Tipo... sério?

Ela riu.

— Você só pode me beijar de novo quando eu disser que pode.

— Jenna Jones — chamou ele, com a voz rouca. — Você é bipolar?

— Talvez. Mas estou indo para casa. Vou pegar um táxi. Se você não se importa com os meus problemas de cabeça, aparece lá.

Jenna soprou um beijo e o deixou parado ali, em meio ao fogo cruzado de milhares de sentimentos conflitantes.

———

Vinte minutos depois, Jenna abriu o portão de seu prédio para que Eric subisse. Dois segundos depois, ele batia na porta dela com tanta força que parecia usar um pedaço de pau.

— JENNA, ABRE!

A porta já estava destrancada, mas ela deixou que ele descobrisse isso sozinho.

— JENNA!

Silêncio. Então a porta se abriu e Eric entrou feito um furacão no apartamento. Estava escuro como breu. Naquele momento, ele não estava apenas irritado — estava irritado e desorientado.

— Jenna! Cadê...?

Então Eric a sentiu atrás dele. Na verdade, o que sentiu primeiro foi seu cheiro — o mesmo aroma irresistível de mel, baunilha e verão que o havia feito desmanchar no escritório. E então ele sentiu a renda do sutiã dela em suas costas. (*Em que momento ela colocou um sutiã?*, perguntou-se, enlouquecido.)

Sem dizer uma única palavra, ela deslizou as mãos sob a camisa de Eric, alisando os músculos tonificados de sua barriga e seu tórax. Ele prendeu a respiração. A boca de Jenna estava na nuca dele. Então, as mãos dela mudaram de curso e mergulharam para baixo, acariciando seu pau duro por cima da calça jeans.

— Não se mexe — sussurrou ela.

Jenna surgiu na frente dele. Os olhos de Eric haviam se adaptado um pouco à escuridão e meio que viram que ela usava um sutiã de renda e uma calcinha fio dental — ambos tão delicados que pareciam que iriam se dissolver ao toque. Os cachos estavam selvagens. Ela parecia uma deusa depravada, saída de suas fantasias mais luxuriosas.

Jenna arrancou a camisa dele, desabotoou a calça jeans e se livrou de seus sapatos em uma tacada só. Então se colocou de joelhos na frente dele. Sem hesitação, caiu de boca nele, engolindo-o profundamente e com prazer. Ele soltou um "Caraaaalho" trêmulo e mergulhou as mãos no cabelo dela. Ela o lambeu e chupou sem parar, até que ele não aguentou mais. Colocou-a de pé e a atirou por cima do ombro, no estilo homem das cavernas — e, depois de alguns esbarrões confusos, encontrou o quarto dela na escuridão.

Eric a jogou na cama e a festa começou. Desabotoou seu sutiã e, em seguida, rasgou o frágil tecido da calcinha, arrancando-a de seu corpo. Era exatamente o que Jenna queria. Um desejo insano e desesperado. Ele lambeu e chupou os mamilos dela, massageando seus seios com uma mão, enquanto a outra acariciava seu clitóris firme e lentamente. Alguém havia ensinado aquilo a ele. Ela amava e odiava quem quer que fosse essa pessoa.

— Só n-não me beije ainda — gemeu ela, que ainda não estava pronta para se render. — Não até eu dizer.

— O que você está tentando fazer comigo? — rosnou ele, com a boca totalmente ocupada pelos seios dela.

— Me fala o que você quer — ofegou ela, as costas arqueadas. Ele tinha dois dedos profundamente dentro dela, e ela tentava não gozar. — Eu quero ouvir...

— Eu quero tudo — ele murmurou no ouvido dela. — Eu quero te chupar, te foder até você gritar, te possuir...

Havia chegado a hora.

Fraca em razão da luxúria exorbitante, Jenna reuniu todas as suas forças para rolar para cima de Eric. Ela sabia que o segredo era o elemento surpresa, então precisava agir rapidamente, ou ele meteria nela e tudo iria por água abaixo. Então, Jenna puxou uma echarpe que estava debaixo do travesseiro e amarrou os punhos dele na cabeceira da cama. Obviamente, como toda garota de sua geração, ela aprendera aquilo assistindo a *Instinto selvagem*.

— Isso não é sério!

Os olhos de Eric estavam arregalados de descrença. Jenna montou nele. Ele mordeu o interior da boca, mal conseguindo se conter.

— J-Jenna — disse, tentando manter a calma.

Ele tinha quase um metro e noventa. Uma mulher de cinquenta e quatro quilos tinha acabado de amarrá-lo à cama. O que estava acontecendo com ele?

— Você precisa me soltar. Isso é castigo... por favor...

— Repete.

— Qual parte?

— Por favor.

— Não.

Ela deu de ombros.

— Você queria que eu implorasse. Por que você não pode implorar?

Eric balançou a cabeça.

Ela colocou a cabeça do pau dele dentro dela e, com lentidão deliberada e sádica, se abaixou. E então subiu e desceu mais uma vez, balançando os quadris devagar e sinuosamente. Mas ela sentia o orgasmo se aproximando... então parou, saindo de cima dele. Pegou o pau dele, o bombeou e, em seguida, se esfregou para cima e para baixo ao longo de todo o seu comprimento, deixando-o completamente molhado.

Eric gemeu de prazer, de revolta. Aquilo era tortura. Ele estava completamente desamparado.

Jenna subiu rastejando sobre todo o corpo dele, plantando beijos molhados ao longo de sua barriga, peito e pescoço. Generosamente, esfregou o mamilo na boca dele. Ele o sugou, faminto, transtornado. O cheiro dela, aquele cheiro enlouquecedor, o envolveu. Cheirá-la, saboreá-la, mas não poder tocá-la, estar dentro dela... aquilo o estava levando ao limite.

Juro por Deus, se eu gozar antes mesmo de estar dentro dessa mulher, vou me matar, pensou ele. *Vou atear fogo em mim mesmo. Vou me mudar para Hoboken. Por favor, Deus, não antes de eu estar dentro dela, por favor, Deus...*

Ele não aguentava mais.

— Por favor, Jenna — disse ele. — Você venceu. Eu não me importo com nada. Eu só quero você. Por favor.

Jenna deitou em cima dele para que seus corpos estivessem alinhados. Eles estavam cara a cara. Era isso que ela queria. Nenhum orgulho, nenhum ego — apenas a pureza do desejo. Ele estava tão lindo daquele jeito, tão vulnerável, todo dela...

Eric a viu amolecer.

— Por favor, gata — sussurrou ele, sabendo que poderia beijá-la agora.

Ele pegou o lábio inferior dela com os dentes e atraiu sua boca para a dele. O beijo os desacelerou, quase os paralisando com toda sua intensidade. Foi romântico. Ele a aprisionou com aquele beijo, como se fosse ela que estivesse amarrada. E, assim, ele assumiu o controle.

— Me desamarra — ordenou Eric, sua voz soando mais instável do que ele queria.

Ela o fez, com dedos desajeitados. Entorpecida.

Antes que Jenna pudesse pensar, Eric a virou de costas, enganchou os braços atrás de seus joelhos e meteu nela, até o talo. A cabeceira da cama bateu contra a parede. Ela fechou os olhos com força e gritou de choque e prazer excruciantes. Aquilo a atingiu em ondas.

— Abre os olhos — pediu ele.

Ela o fez, e ele meteu novamente, com força. Dentro dela, ele agarrou os punhos de Jenna e os segurou acima da cabeça dela.

— Você é minha — disse ele em seu ouvido.

Não era uma pergunta — longe disso —, mas mesmo assim ela respondeu com o entusiasmo de uma líder de torcida.

— Sim — ofegou. — Eu sou sua, sua...

Com um gemido angustiado, ele saiu de dentro dela quase completamente e então meteu mais uma vez, se esfregando contra ela, enviando ondas de choque que irradiavam por seu corpo. Eric enterrou o rosto no cabelo dela, sentindo seu cheiro, comendo-a com força e firmeza — quase sem requinte, mas não totalmente (ele estava à beira de perder o controle, mas lutou contra o desejo de ir com tudo, querendo que ela sentisse cada golpe). E então Jenna gozou tão ferozmente que ficou desorientada. Em silêncio. Foi ofuscante, destruidor. Ela permaneceu imóvel, mal conseguindo respirar, apenas deixando o orgasmo se alastrar por seu corpo. Os espasmos continuaram, e, quando ela achou que não seria capaz de aguentar mais, Eric mergulhou nela pela última vez, jogando-a contra os travesseiros — e, no momento em que ele explodiu, ela gozou novamente, desta vez com um grito devastador.

Ele desabou em cima dela, com o rosto apoiado em seu ombro. Eles estavam suados, trêmulos, os corações acelerados. Não esperavam ficar tão destruídos. Sabiam que seria bom, mas não daquele jeito.

— Jenna. — A voz dele estava abafada, fraca.

— Humm?

— Você é demais. Eu não fazia ideia.

— Nem eu — disse ela, com uma risada trêmula.

— Hashtag posição fetal.

Eles ficaram um tempo abraçados, tentando se recuperar.

— Eu gosto de você — admitiu Jenna.

Ela sentiu Eric sorrir em seu pescoço.

— Ah, é?

— É. Muito, muito mesmo.

— Bom, eu te amo muito mesmo. É o único motivo pra eu ter permitido essa merda de bondage.

Eric rolou de costas e a trouxe junto. Ela se aninhou no peito dele, ele beijou o topo da cabeça dela, e os dois ficaram agarrados até de manhã. Tirando uma dezena de posições criativas, não saíram do lugar por dois dias.

Jenna achava que, se em algum momento transasse com Eric, isso acabaria com a empolgação, dissiparia a tensão. Mas aconteceu o contrário. Foi um encerramento, mas também uma porta se abrindo. E os dois entraram com tudo, o peso daquela obsessão os levando cada vez mais para o fundo.

19

Na manhã de segunda-feira, Jenna chegou ao trabalho pontualmente, cumprimentando todos que via com um alegre "Olááááá". Meteu-se em sua sala e se sentou decidida atrás da mesa. Abriu o laptop, olhou para a tela, concentrada, e começou a digitar. Se algum de seus colegas a visse, pensaria que ela estava escrevendo a coluna "Just Jenna".

Na verdade, ela olhava de maneira sonhadora para a tela em branco, digitando algo como "SKSL;ALKDJA;OEIJTOEPGIJPOGJOPINGONGNOG". Havia apenas uma coisa em sua mente e não tinha nada a ver com a *StyleZine*.

Ela havia dormido um total de seis horas desde sexta-feira, tinha hematomas por todos os lados, mas nunca se sentira tão viva. Jenna teve um vislumbre daquela mulher delirantemente feliz na tela em branco do laptop e ficou pasma. De algum jeito que não sabia explicar, havia encontrado um grande amigo, um amante e uma alma gêmea — tudo na mesma pessoa improvável. Eric a acalmava e mexia com ela. E eles passaram o fim de semana inteiro provando o que já suspeitavam — que eram feitos um para o outro.

Jenna não conseguia se lembrar da última vez que se divertira tanto, de maneira tão pura e intensa.

Tudo o que fizeram foi trepar e rir, tomar banho, se aprofundar um no outro (compartilharam segredos, fantasias, pesadelos, esperanças para o futuro), e então trepavam e riam de novo. Depois pediam comida e mal tocavam nela, porque trepar e rir era mais urgente. Como se tratava de Eric e Jenna, a maior parte disso aconteceu com filmes antigos passando na TV ao fundo.

Era como se ela tivesse deixado sua verdadeira personalidade em um táxi em algum lugar anos antes e ele a tivesse encontrado, tirado o pó e entregado em sua porta amarrada com um laço de veludo vermelho. Ela se sentia viva, compreendida — e absurdamente sexy.

Jenna não sabia que amizade e tesão podiam colidir tão violentamente. Os orgasmos! Ela tivera alguns incríveis com Brian, mas eram tímidos. Aos vinte, trinta anos, ela estava ciente demais do que estava fazendo. As posições, a coreografia do cabelo, os sons, a estética do seu corpo. Curvava a parte inferior das costas para fazer sua bunda parecer mais exuberante, ou projetava o peito para a frente. Quando deitava de lado, sempre empurrava o quadril para cima para criar a ilusão de que tinha as curvas de uma pin-up. Seu objetivo era incorporar a fantasia dele. Mas, aos quarenta, ela se entregou, sem se importar com sua aparência ou com os sons que emitia. Apenas sentiu. Com força.

Jenna tomou um gole de café e fez uma pausa, um sorriso eufórico se abrindo em seu rosto. Ela ouviu Eric do lado de fora.

— Eu sei, mas peraí... Eu preciso falar com a Jenna rapidinho sobre uma regravação. Cinco minutos.

Eles não tinham que regravar nada!

Eric invadiu a sala dela com sua câmera.

— Parece que eu não te vejo há séculos — suspirou ela.

Ele espiou o corredor. Então olhou para Jenna, colocou o indicador nos lábios e fechou a porta.

Eric deu a volta na mesa, agarrou-a pelos braços, levantou-a da cadeira e a beijou. Por dois milésimos de segundo, Jenna ficou atordoada demais para beijá-lo de volta, mas logo se derreteu em seu abraço. Jogou os braços em volta do pescoço dele e, apesar de ser nove horas e de estarem no trabalho, eles se beijaram como se fossem três da manhã no chuveiro da casa dela. Recuaram contra a mesa dela, e então, sem jamais interromper o beijo, tombaram desajeitados sobre ela, Jenna por cima de Eric. As revistas deslizaram para o chão, a foto emoldurada de Diana Vreeland saiu voando.

Eles fizeram uma pausa para respirar. Eric alisou os cachos de Jenna para trás, segurando seu rosto acima do dele.

— Bom dia de novo.

— Bom dia, *Errique*.

Nesse instante, eles ouviram uma batida forte na porta e levantaram correndo. Pulando um de cima do outro, se acomodaram em suas devidas cadeiras.

— Já estamos indo — gritou Jenna. — Humm... estamos só revisando um vídeo aqui!

— Foi mal — desculpou-se Jinx. — Eu volto mais tarde.

Atrás de sua mesa, Jenna colocou a mão sobre o coração e fechou os olhos.

— Quase que eu tenho um derrame — disse ela. Então sacou o pó compacto e se olhou no espelho, consertando o batom borrado por conta do beijo. — Eric, eu estou nervosa. Você acha que eles vão notar alguma diferença na gente? Eu pareço normal?

— Você parece bem comida.

Eric se permitiu um sorriso preguiçoso. Ele se recostou na cadeira. A verdade era que tudo nela parecia diferente. Pelo menos para ele.

— O que você está olhando? Outro chupão? Peraí, eu tenho corretivo em algum lugar.

— Não é isso, não. Jenna, eu... eu não sei fazer isso. Como eu faço para ir até lá e fingir que não te venero?

Ela sorriu.

— Você me venera?

Eric assentiu.

— Bastante.

— Sei bem como é — disse ela. — Você é a minha nova religião.

— Amém. — Ele se inclinou sobre a mesa e a beijou. — Abre a porta pra gente não parecer culpado.

Ela pulou da cadeira, escancarou a porta e olhou para o corredor. Dentro daquela sala, Jenna e Eric viviam a tensão sexual — mas, do lado de fora, tudo permanecia como antes. As garotas estavam na baia de Jinx, ouvindo-a contar em detalhes quase chorosos o encontro que tivera na sexta à noite com seu ex. Darcy descia com fúria o corredor ao telefone, em um discurso semi-inflamado, e meneou a cabeça na direção de Jenna. Jenna acenou, sentindo-se totalmente nua.

Darcy havia ordenado que Jenna não fosse tão amigável com Eric, e ela tinha acabado de passar dois dias transando com ele sem parar. Eric precisava sair da sala dela. Mas... talvez pudesse ficar mais cinco minutos. Como Darcy iria saber se eles estavam tendo uma conversa profissional ou não? *E o que ela pode fazer a respeito?*, pensou Jenna. *Me demitir? Eu aumentei muito o tráfego dela com* A escolha perfeita. *Se eu quiser ser a melhor amiga do Eric no trabalho, a Darcy pode ficar de cara feia, mas o que ela pode realmente fazer?*

Jenna estava brincando com fogo. E era tão excitante.

— Fica só mais dois segundos e depois sai como se nada tivesse acontecido — sussurrou ela, aproximando-se da mesa na ponta dos pés.

— Dois segundos — concordou Eric. — Sabe, eu tive uma epifania esse fim de semana. Bom, eu tive muitas epifanias, mas uma das principais? Tô viciado em ver você gozar.

— Você o quê? Ai, meu Deus. — Ela cobriu o rosto com as mãos.

— Não, é incrível. Sabe quando os velhinhos no Brooklyn pegam umas cadeiras de plástico e colocam na frente do prédio no fim do dia, pra assistir ao pôr do sol? Eu poderia literalmente puxar uma cadeira dessas pra te assistir tendo um orgasmo. Tipo, pegar uma pipoca, sentar e desfrutar da grandiosidade da coisa. A sua pele ganha treze tons diferentes de rosa e você treme feito, sei lá, um coelhinho. Aí você me olha como se eu fosse o Super-Homem.

Envergonhada e lisonjeada, Jenna baixou a cabeça sobre a mesa e tentou abafar o riso. Quando conseguiu, ela olhou para cima e disse:

— Eric Combs, você é maluco. E muito fofo. E eu vou ter vergonha para sempre a partir de agora. — Ela balançou a cabeça. — Eu também tive uma epifania. Sempre presumi que a dinâmica sexual de uma mulher mais velha com um homem mais novo seria um cara inexperiente tendo a mulher como professora. Tipo, "sim, mamãe".

— Meus punhos estão queimados por causa da echarpe.

— Eu sinto um pouco de vergonha disso à luz do dia.

— *Você* tá com vergonha por causa disso?

— Enfim — prosseguiu Jenna —, não é assim com a gente. Você tem só vinte e dois anos. Como é capaz de localizar o ponto G quando homens com o dobro da sua idade não conseguem?

— Humm, acho que foi uma feliz coincidência — disse ele, sem conseguir disfarçar o orgulho.

— Na sua idade eu não tinha ideia do que estava fazendo. — Ela apoiou o queixo na mão. — Quando você perdeu a virgindade?

— Essa sequência de perguntas é bem estranha. — Ele fez uma careta.

— Eu era muito novo. Foi no meu aniversário de treze anos. Mas foi tudo culpa do Tim.

A escolha perfeita

— Treze! Eu tinha dezenove! — Jenna estava chocada. — Uau, quando você tinha treze anos, eu tinha trinta e um. Mais velha que você agora.

— Quando você tinha dezenove, eu tinha um. E se, na época da faculdade, uma vidente tivesse te dito que a sua… Peraí, o que eu sou mesmo?

— Minha alma gêmea?

— E se uma vidente te dissesse que a sua alma gêmea era uma criança matriculada na Sunny Sunflowers? E que você só precisava esperar ele crescer?

— Eu teria passado algumas décadas em relacionamentos superficiais e te encontrado no segundo em que você fez dezoito anos. Vestindo um trenchcoat curtíssimo da Burberry e lingerie La Perla por baixo.

— Isso é tão você. Outra coisa, com dezoito anos eu nem tinha ouvido falar em ponto G, então você teria mesmo cumprido seu papel de loba.

— E se a gente tivesse a mesma idade? — perguntou Jenna. — E se tivéssemos estudado juntos na adolescência?

Eric suspirou.

— Eu e você no colégio? Não consigo me imaginar me sentindo assim naquela época. Isso teria me salvado de anos de derrotas. Você jamais teria conhecido *ele*. — Eric deu um meio sorriso. — Poder amar você durante os seus vinte, durante os trinta, passar por tudo isso com você? Eu fico triste por não ter tido essa chance.

— Não fique. — Jenna esfregou o pé na perna dele, embaixo da mesa. — Se a gente tivesse se conhecido quando eu era mais nova, as coisas não teriam acontecido desse jeito. Eu me escondia.

— Eu teria visto você.

— Eu não teria permitido.

— Você não teria escolha. — Os olhos de Eric brilharam. — Eu poderia ter cinquenta, você poderia ter trinta. Poderíamos os dois ter dezoito. Nossa idade não importa. Posso pensar em dez motivos pelos quais uma mulher como você deveria estar totalmente fora do meu alcance, e ainda assim…

— E, ainda assim, aqui estou eu.

— Não importa quando a gente ia se conhecer. Era inevitável.

Eles ficaram sentados na sala minúscula, o ar entre eles carregado — aquela palavra, "inevitável", pairando ali.

Foi assim que Terry os encontrou segundos depois, quando bateu na porta aberta e foi entrando na sala de Jenna.

— Ah, oi, E. Jenna, eu tô escrevendo sobre biquínis e não consigo descobrir como falar sobre fio dental sem sexualizar demais... — Ela parou de falar, olhando de Jenna para Eric. — Vocês dois estão estranhos.

Jenna se encolheu.

— Estranhos?

— A gente tá estranho? Você tá usando um suspensório fluorescente.

— Não, vocês parecem trincados ou algo assim. Como se tivessem cheirado. — Ela baixou a voz. — Tem pó aí?

— Você realmente deveria estar falando sobre cocaína considerando que a sala da Darcy é do outro lado do corredor?

Eric bufou, debochado.

— Sério? O traficante da minha mãe passou nove meses morando em um dos quartos no segundo andar da nossa casa quando eu tinha doze anos.

Jenna e Terry ofegaram.

— O traficante dela? Eu sabia que ela dava uns tecos. Ninguém é tão frenético às nove da manhã, e ela nunca come! Conta mais! Quais são os programas favoritos dela na Netflix? Ela por acaso...

— Terry — interrompeu Jenna —, deixa eu só encerrar esta reunião que já te ajudo com o texto.

— Show. — Ela saiu pela porta, mas não antes de dizer: — Vocês estão realmente esquisitos. Como se tivessem virado a noite por aí e vindo direto pro trabalho. Eu perdi alguma festinha?

— Se essa mulher algum dia me deixar ir a qualquer lugar com ela, você definitivamente vai ficar sabendo.

— Já estou indo lá, Terry. Um segundo.

A loira soprou um beijo para os dois e desapareceu. Jenna e Eric afundaram em suas cadeiras.

— Eu realmente falei aquilo sobre o traficante? Acabei de quebrar uns quinze códigos de conduta da empresa — disse ele. — É melhor eu ir agora, né?

— Provavelmente — sussurrou Jenna. — Mas, falando em códigos de conduta, vamos estabelecer algumas regras sobre como isso vai funcionar. — Ela se inclinou para a frente, juntando as mãos, tentando parecer formal. — Porque as coisas mudaram completamente, e nós não podemos nos dar ao luxo de fazer merda.

A escolha perfeita

— Certo. A maneira como nós agimos aqui é decisiva.

— Regra um. Se você não estiver com uma câmera na mão, se não for óbvio que estamos trabalhando, vamos limitar as nossas conversas a não mais de cinco minutos.

— Cinco? Sério? — ele resmungou. — Tudo bem, cinco.

— Se realmente precisarmos conversar, damos uma saidinha. Separados. Ou... Já sei! O nosso closet está ficando cheio, então o zelador me deu as chaves de um closet vazio no décimo andar. Tenho guardado umas peças lá. Talvez a gente possa se encontrar lá às vezes.

— Faz uma cópia da chave pra mim!

— De jeito nenhum.

— Fala sério. É tão transgressor. Você sabe que quer.

— Tá booom.

— Meu Deus, você é tão fácil. Eu tenho uma regra. Se todo mundo quer pensar que eu tô a fim de você, deixa. Só reforça que eu sou como um irmão mais novo pra você.

— Tá bom, maninho — disse Jenna. — Além disso, a gente não pode nunca transar no trabalho. É arriscado demais.

— Essa regra é idiota. Sexo no escritório não é uma das vantagens de ir para a cama com um colega de trabalho? Você não assiste TV?

— Não dá — respondeu Jenna. — É muito arriscado.

— Tudo bem. O que mais?

— É isso. Vamos nos tornar atores brilhantes e fingir que não somos... seja lá o que nós somos. Fechado?

Eles apertaram as mãos. Quando Eric passou da porta, Jenna o chamou e ele se virou para encará-la.

— Será que a gente está doido? Vamos realmente tentar fazer isso?

— Você conseguiria parar agora? — disse ele. — Mesmo que quisesse?

— Sem chance. E você?

— Jamais.

Era a garantia de que ela precisava. Eric havia se tornado necessário para ela. Seu cérebro pós-Brian lhe dizia para escapar da sensação de estar tão ligada a alguém, mas era tarde demais. E se esgueirar por aí, se esconder... talvez não fosse ideal, ou respeitável, ou inteligente, mas era emocionante.

E ela ficaria com ele da maneira que pudesse.

20

—E agora — gritou uma mulher com sotaque australiano no alto-falante —, a turma de quatro anos da srta. Koko em um número de jazz rap ao som de "Moves Like Jagger"!

O auditório da Academia de Música do Brooklyn explodiu em aplausos. Era uma manhã tempestuosa de domingo em dezembro, e Jenna e Billie estavam havia quarenta minutos na apresentação da escola de dança de May — um espetáculo com alunos desde a idade pré-escolar até jovens do último ano do ensino médio. Não estava nem perto de chegar a hora da turma da menina de cinco anos. Os primeiros dez minutos tinham sido adoráveis, mas, depois do desfile interminável de fantasias que de tão fluorescentes chegavam a dar enxaqueca, de crianças entrando em colapso no palco e irmãos impacientes ensaiando uma revolução nos corredores, os pais estavam prontos para aceitar que o dinheiro das mensalidades havia mesmo sido perdido e se entupir de margaritas no Café Habana, um quarteirão acima.

Até mesmo Billie lutava contra os bocejos. Para Jenna, porém, o espetáculo era o paraíso das aspirantes a mamães. Ela era o membro mais entusiasmado da plateia, gritando após cada número e brincando de bater palmas com a criança sentada ao seu lado.

Ela apareceu vestindo uma camiseta estampada com o rosto de May e suas covinhas. Acima da foto, em Helvetica rosa-choque, eram gritadas as palavras: "VAI COM TUDO, QUERIDA!" Jenna também tinha feito uma para Billie e outra para Elodie. Billie estava usando a dela, mas Elodie estava atrasada, como de costume.

— Aquela criança faz meu útero doer — disse Jenna, apontando para uma minúscula menina negra de pele clara com cachos encharcados em meio litro de glitter.

— Uma boneca — concordou Billie, os olhos fixos no celular. Ela falava com Jay, contando em tempo real como estava sendo a apresentação de May. Ele estava na Filadélfia naquele fim de semana, dando um seminário de poesia. Jenna olhou em volta.

— Mas eu sinto que todas as crianças aqui se parecem com ela. Etnicamente ambígua.

— É porque o Brooklyn é a capital mundial de casais inter-raciais. O Jay e eu somos uma das poucas famílias cem por cento negras na escola da May. Na última festa de aniversário dela havia nove crianças, e todas eram birraciais, cada uma com uma combinação diferente. Vietnamita e mexicano. Equatoriano e indiano. Negro e mongol.

— Negro e mongol?

— Te juro. Inclusive eles tiveram a coragem de chamar o filho de Gengis--Jermaine.

A apresentação de "Moves Like Jagger" finalmente chegou ao fim e a multidão aplaudiu. Jenna soltou um entusiasmado "Uhuuuu!".

— Chegou a hora de um breve intervalo — gritou a voz australiana. — Voltem logo, porque a seguir teremos os fabulosos alunos de cinco anos da srta. Lauren em uma apresentação de dança irlandesa ao som de "We Found Love"!

Nesse instante, Elodie entrou às pressas pelo lado esquerdo do auditório, vestindo um enorme casaco de pele falsa, óculos escuros e uma bolsa Celine do tamanho de Rhode Island. Sua longa e característica trança estava enrolada em um coque lateral. Ela se espremeu pela fila e se sentou ao lado de Billie.

— Desculpa o atraso — anunciou. — Não estou acreditando no frio que está fazendo lá fora. Tipo, com quem eu faço uma reclamação?

— Está tudo bem? — perguntou Jenna.

— Não. Estou de ressaca, não dormi nada e estagnei depois de duas semanas de dieta. Não tenho paciência pra nada que não seja um bagel.

Billie apontou para os trajes de Elodie.

— A gente está numa apresentação de dança infantil. Que porra de roupa é essa?

— "Diahann Carroll Celebra Casamento Gay em Aspen" — descreveu Jenna.

— Eu não volto pra casa desde o evento de caridade de sexta-feira. Fui pra cama com aquele dentista da Morehouse.

— Aquele que você disse que parecia um macaco alado? — perguntou Billie.

— Todo mundo quer encontrar o seu Jay-Z, mas ninguém está disposto a namorar caras feios. — Elodie deslizou para fora do casaco de pele. — Eu passei a noite na suíte dele na Soho House. E ele fez amor comigo, o que foi estranho. Não quero sexo suave e significativo com um desconhecido. Me joga pelo quarto. Se eu não sair com queimaduras de tapete, então não aconteceu.

— Poderia ser o título da sua autobiografia — ironizou Billie.

— Veste isso aqui. — Jenna entregou a Elodie a camiseta com o rosto de May.

— Eu adoro a May, mas, Jenna, suas raízes da Virgínia estão aflorando. — Ela deslizou os óculos de sol para o alto da cabeça. — Bom, você fez a maluca e simplesmente desapareceu nos últimos meses. Está pronta pra debater o fato de estar apaixonada pela cria do diabo?

— Quem disse que eu estou apaixonada? — Jenna mal conseguia pronunciar a frase sem sorrir. — Tudo bem, estou tão apaixonada por ele que não consigo nem pensar direito.

— Mas é evidente — respondeu Billie. — Você está com um brilho que parece vir de dentro para fora, que normalmente só é alcançado com o iluminador Touche Éclat da YSL.

— Você está me dizendo que esse garoto é o Tea Cake da sua Janie? O Taye Diggs da sua Stella? — Elodie franziu o nariz. — Fala sério.

— Você já namorou caras mais novos!

— Corrigindo: eu já transei com caras mais novos. Eu nunca disse que não gosto da demo dos dezoito aos vinte e cinco. Eles são tão empolgados e ainda beijam na boca.

— Por que os homens param de beijar? — perguntou Billie. — É como se aos trinta e dois eles simplesmente chegassem à conclusão de que é irrelevante.

— Enfim. Eu posso fazer isso porque sei trepar e cair fora. Você quer um relacionamento com alguém que está abaixo de você emocional e financeiramente? Ele vai se sentir como se fosse seu estagiário.

— Não dá para escolher por quem se apaixonar — disse Billie.

A escolha perfeita

— Tudo bem, que tal o fato de que ela trabalha com esse garoto?

Jenna suspirou.

— Eu sei que isso é um escândalo. Não consigo dormir por causa dessa história.

— Vai ser tão constrangedor se vocês forem pegos. Você é uma editora respeitada, valorizada. Acabou de reerguer a sua carreira. Não pode jogar tudo isso fora por causa desse garoto, só porque ele te fode até você perder os sentidos e parece o Michael B. Jordan. E, mesmo que ele não trabalhasse na sua equipe, ele é filho da Darcy Vale.

— A Darcy é o demônio. — Billie estava feliz por Jenna ter encontrado o amor, mas se preocupava com onde havia feito isso.

— Se ela descobrir que você está comendo o bebê dela sem nenhum pudor, Nova York já era pra você — observou Elodie.

— Quando você estava tentando conseguir o trabalho na *Harper's Bazaar* — disse Billie —, ela não pediu que alguém ligasse para a editora-chefe e dissesse que você era cleptomaníaca?

— Até hoje Glenda Bailey segura a bolsa sempre que estou por perto. — Jenna suspirou.

— De volta a seus lugares — pediu a voz australiana. — Preparem-se para a apresentação da turma da srta. Eladia, uma dança massai ao som de "Titanium".

— Me mata — resmungou Elodie, recolocando os óculos de sol. — Jenna, embora você esteja nesse lance com o Eric, o que acha de eu procurar pra você uns caras com uma idade um pouco mais apropriada na minha conta do OKCupid? Adultos com quem você possa ter um futuro?

Jenna entendia a preocupação das amigas, mas aquilo era irritante.

— Eu não estou usando o Eric para transar enquanto corro atrás de um marido! Você acha que eu arriscaria tudo por um caso? Por que é tão difícil acreditar que eu estou em um relacionamento real com alguém dezoito anos mais jovem? Os homens fazem isso o tempo todo.

— Dois pesos e duas medidas — observou Billie.

— A gente vive numa sociedade patriarcal — respondeu Elodie, dando de ombros. — Quando um cara está com uma mulher mais nova, o equilíbrio de poder funciona. Parece mais natural, porque, culturalmente, os homens devem dominar. É difícil rolar aquela dinâmica de "Que grande, papai" quando o seu namorado tem metade da sua idade.

Jenna bufou.

— Vou ser obrigada a discordar, mana.

— Billie, eu te falei que eles mal saem de casa porque ela não pode correr o risco de esbarrar com alguém que conheça a Darcy?

— É verdade — admitiu Jenna. — O meu apartamento é tipo a nossa bolha de amor.

— Eu só fico preocupada — explicou Billie. — Você merece viver um relacionamento normal, sem nenhuma bizarrice.

— Eu sei — disse Jenna. — Mas estar com ele é... como uma enxurrada de bem-estar. Eu posso tolerar cada minuto enlouquecedor da minha semana de trabalho, não conseguir um lugar no metrô, estar sem dinheiro, até mesmo a impossibilidade da nossa situação, porque sei que vou ter o Eric no fim do dia. Gente, quando ele chega, eu mal sou capaz de deixar ele sair de um cômodo sem mim. Eu me agarro nele como se fosse um sagui-pigmeu.

— Muito saudável — murmurou Elodie.

— Eu não sei como o Eric faz isso, porque é muito novo, mas o amor dele é perfeito. Como se ele tivesse nascido com o manual de instruções da Jenna. E eu... eu não me canso.

Billie tinha as mãos no coração, comovida com as palavras de Jenna.

— Então nada mais importa. Descubra como resolver esse lance da Darcy e lute por ele. Mas, amiga — disse ela, pegando a mão de Jenna —, nós estamos fugindo do assunto principal. Você está pronta para se acomodar. Você olha para essas crianças aqui como se fosse capaz de roubar uma para você. Promete que vai falar com o Eric sobre isso.

— Eu realmente não acho...

— Quem sabe, talvez ele seja maduro o suficiente para ser um marido e um pai, mesmo sendo novo! Não descarte a ideia antes de ter uma conversa franca com ele.

Jenna sabia que não devia aniquilar seu novo e excitante relacionamento com um jovem recém-formado na faculdade fazendo reflexões a respeito de seu relógio biológico. Mas o discurso de Billie havia lhe dado força. Quando Billie, Jay e May estavam juntos, pareciam saídos de um pequeno país fantástico com língua e moeda próprias. Era a coisa mais pura que Jenna já tinha visto. Se havia amor, por que ela não poderia ter isso com Eric?

— Esqueci de te contar! — exclamou Billie. — Um dos colegas do Jay em Fordham, James Diaz, está procurando alguém para dar aula de teoria da moda. Você vive falando que sente falta de ensinar. Isso tiraria você da *StyleZine*, e você e o Eric estariam livres. Bom, ele ainda teria treze anos, mas pelo menos vocês poderiam sair do armário.

— Sério? — Jenna refletiu sobre a proposta. — É muito cedo para sair agora, por causa do meu contrato... mas fiquei curiosa.

— Preparem-se para a turma de jazz da srta. Sandra, com a apresentação de uma peça lírica acrobática ao som de "Call Me Maybe"!

— Ah, essa é a turma da May! Meu bebê!

Billie começou a tirar fotos e a enviar mensagens para Jay, enquanto a filha conduzia o grupo para o palco em um collant com franjas de arco-íris.

— Vamos lá, May-May! — gritou Jenna.

— Arrasa, safada! — gritou Elodie, sob olhares horrorizados da fileira à frente delas.

E então a Supermãe, a Loba e Diahann Carroll gritaram tão alto que no dia seguinte estavam roucas.

Horas depois, por volta das três da manhã, Jenna e suas amigas já dormiam havia muito tempo — mas Eric e Tim estavam na noite. Depois de acordar às cinco da manhã para filmar uma maquiadora asiática descolada para *A escolha perfeita*, editar o dia todo e fazer networking em uma social de fim de ano da Associação dos Jovens Cineastas, Eric deveria estar exausto demais para sair. Mas não: ele estava eufórico.

Sim, ele acordou de madrugada, mas para trabalhar com sua Jenna. O que era a definição de paraíso. E, apesar de o jantar de networking ter sido um festival da nerdolândia regado a queijo com gosto de plástico e champanhe quente, ele conseguiu relaxar com outros jovens obcecados pela indústria e que falavam a sua língua. O que o fez se sentir em casa. Além disso, após o jantar, ele enviou a inscrição para o Festival de Cinema de Toronto, o último que faltava. Eric estava a toda e não queria que o dia acabasse.

Apenas os jovens mais malcomportados da cidade tinham ouvido falar do Cake, um salão decadente escondido sob uma padaria da virada do século em Bushwick, um dos locais mais furtivos da noite de Nova York. Não havia paparazzi, área VIP nem banquetes, e nem sequer era permitido tirar fotos — apenas uma triste guirlanda de Natal cheia de guimbas de cigarro, algumas cadeiras de veludo surradas, um bar, uma barra de pole dance e a fumaça opaca de maconha. O público era contraditório da maneira mais sexy possível, um refúgio do que havia de mais descolado, onde jovens estrelas, socialites chiques, rappers, traficantes e as garotas mais bonitas das quebradas facilmente se misturavam. Naquela noite, Zoë Kravitz estava discotecando, a filha menor de idade de um magnata do petróleo se balançava na barra de pole dance só de sutiã, e Eric e Tim curtiam a onda de conhaque.

Os dois se sentaram em banquetas de frente para a multidão, balançando a cabeça ao som de "Fucking Problems", de A$AP Rocky. A$AP Rocky fazia a mesma coisa em um canto cercado de groupies, enquanto um diretor filmava cenas extras para o mais recente videoclipe do rapper.

Na frente do bar, Carlita, com quem Tim agora namorava sério, dançava preguiçosamente enquanto também interrogava Eric sobre seu novo assunto favorito: Jenna.

— .... então, quando ela vai sair com a gente? E ela conhece o Karl Lagerfeld e o Alexander Wang, tipo, pessoalmente? — perguntou ela, que, naquela noite, usava batom tangerina e tinha mudado seu megahair preto para um castanho-avermelhado com luzes cor de mel.

— Para de fazer referência a estilistas que você só conhece pelas músicas do Rick Ross — disse Eric, dando dois tragos em um baseado e passando para Tim. Ele não fazia ideia de quem era o dono do beque. Alguém o havia passado do outro lado do bar.

— Você é um porre, sabia? — Ela ainda dançava e rebolou algumas vezes. — Por que ela não pode me apresentar algum desses estilistas? Eu só queria aqueles óculos escuros do Tom Ford que a Amber Rose usou no VMA!

— Você só queria a Amber Rose — brincou Eric.

— Não é verdade — mentiu Carlita. — Eu não tô mais nessa onda bissexual.

A escolha perfeita

— Para minha tristeza infinita — disse Tim. — Eric, a Jenna não consegue arrumar nada pra ela?

— Aí vocês se perguntam por que eu nunca trago a Jenna pra perto de vocês, seus pedintes! Vocês não sabem se comportar.

— Seu amigo agora acha que é grã-fino porque conquistou uma estrela da TV — ela resmungou para Tim.

— O E. sempre foi da alta. É o padrão dele.

— Continuem falando mal de mim na minha frente — resmungou Eric.

Tim espalmou a bunda grande de Carlita.

— Vai tirar uma selfie, gata. Hashtag comprometida. Eu e o Eric precisamos fazer uma reunião da diretoria.

— Tudo bem — disse ela, dando um beijo nele. — Enfiiiiiim, Eric, eu só acho bem bizarro você nunca trazer a Jenna. Tim, coloca um pouco de bom senso na cabeça desse idiota. Fui. — Carlita agarrou a mão de uma de suas amigas, que estava sendo abordada por um cara com uma pena tatuada na careca, e se dirigiu para a minúscula pista de dança.

— A Carlita tem razão — apontou Tim. — Como a Jenna pode achar que te conhece se nunca curtiu com a gente?

— Ela já curtiu com você. Você quase morreu por causa de uma salada. Acho que ela tá de boa.

— Aquilo não foi curtir. Eu estava usando um plastrão. Eu quis dizer isso aqui. Tipo, fazer o que a gente sempre faz. A minha namorada tá aqui... Cadê a sua? Por que ela não pode sair com a gente como a Carlita sai? Ou com os nossos amigos?

— Porque ela tem quarenta anos. E um plano de previdência. Ela não pode vir pra boate com a gente. Nem chegar perto do seu quarto. O que ela vai fazer? Onde ela vai sentar? Vai deitar na sua cama com a Carlita, tuitando ao vivo o episódio de *Love & Hip Hop*, enquanto a gente assiste basquete e fuma um?

— Não é assim também. — Tim refletiu por um segundo. — Na verdade, é exatamente assim. Mas o que você e a Olivia Pope fazem de tão diferente?

— Você não vai continuar chamando a Jenna de Olivia Pope.

— Responde a minha pergunta.

— A gente não faz nada. Na verdade, não podemos sair da casa dela.

— Tá vendo? Você tá me julgando, mas vocês dois estão enclausurados. Tipo *Grey Gardens*.

Eric deu uma risadinha.

— Você viu *Grey Gardens*?

— Você não viu? A direção de arte é brutal, cara.

— Enfim... sim, nós ficamos em casa, mas não envolve Xbox e essas coisas. Ela é... sofisticada. A gente fica em casa de um jeito sofisticado. Ficar em casa, só que em francês.

Tim bufou, debochado.

— Que seja.

Eric tirou um pacote de balas de cereja do bolso e o abriu, colocando duas na boca. Deu uma para Tim.

— Eu não comi o dia inteiro. Tô com tanta fome que nem tô mais com fome. Tô com tanta fome que tô cheio.

Eric apontou para A$AP Rocky, que estava encostado em uma banqueta cercado por um grupo de mulheres multiétnicas rebolativas. Seu diretor, um cara branco mais velho que parecia preferir ficar de conchinha com a esposa autora de ensaios feministas em seu loft no Upper West Side, filmava de cima de uma mesa.

— Esse diretor é um fiasco. Olha lá, aquela garota com cílios malucos tem mãos de manequim — disse Eric.

— Mãos de manequim?

— É, pô, ela tá tocando nele com mãos de Barbie. Elas não se movem, não são fluidas. Parece que tá dando uma dura nele.

James Cameron foi até cada figurante no set de Titanic *e lhes deu um nome e uma história de fundo*, pensou Eric. *É por isso.*

— Você presta atenção nas paradas mais aleatórias — observou Tim. — Ela tá de salto anabela. Eu odeio mulher de salto anabela. Coloca um salto de verdade e cresce, pô.

— Você tá falando que uma garota de sutiã prateado precisa crescer.

— Mas ela é gostosa. Tem cara de que gosta de uns tapas na cama. Você sabe que eu adoro essas garotas ligeiramente perturbadas.

A escolha perfeita

— Ligeiramente perturbadas? A sua última namorada gostava de ostentar a tornozeleira eletrônica — disse Eric, balançando a cabeça. — Nunca conheci uma pessoa tão burguesa com tanta vontade de ser da quebrada.

— Eu tô usando uma calça da Purple Label, não tenho vontade nenhuma de ser da quebrada. Só preciso que as minhas mulheres sejam. O sexo é melhor. Essas garotas chiquezinhas só ficam lá deitadas. Quanto mais da quebrada, quanto mais louca ela for, melhor. Eu quero transar com uma garota que tem um relacionamento tóxico com o papai infantil e um transtorno de personalidade não diagnosticado.

— A Carlita é a rainha disso tudo, então feliz Natal.

Tim examinou o salão.

— Olha só todas essas gringas maravilhosas na cidade pras festas de fim de ano. E eu num relacionamento. Mas tanto faz, eu tô comprometido com a Carlita. Consigo ficar longe. Acho que é porque ela é a orgulhosa dona das pernas mais flexíveis do país. Uma das vantagens de namorar uma stripper. É tipo foder um daqueles macarrões de piscina.

— Por que você ia querer foder um troço daqueles?

— A Jenna consegue colocar as pernas atrás do pescoço?

Eric mastigou uma bala.

— Sem comentários. Não.

— Não, não consegue? Ou não, você não quer falar sobre isso?

— Não, isso não tá em pauta.

— Não podemos falar das pernas da Jenna? Elas não são sagradas. — Tim estava confuso. Era daquele jeito que eles falavam sobre garotas. O que a tornava tão diferente? — Que chá de buceta foi esse, hein?

— Eu sou homem o suficiente pra dizer que tomei um chá de buceta mesmo — contrapôs Eric. — Se ela aparecesse aqui, estalasse os dedos e dissesse "Eric, tá na hora de ir", eu não faria nenhuma pergunta e cairia fora, cara. Não tenho vergonha nenhuma.

Tim lançou um olhar vazio ao amigo.

— Eu não estava pronto pra esse nível de transparência emocional.

— Você precisa de terapia.

— Cara, escuta, eu preciso dizer. Fico chocado que a sua mulher nasceu nos anos 70. Eric, a sua namorada se formou no ensino médio no início dos anos 90. O Wu-Tang Clan não é old school nesse nível.

— A Halle Berry e a J. Lo são mais velhas que ela.

— E são gostosas. A Olivia Pope também, com todo o respeito…

— *Jenna.*

Tim fez um ruído impaciente.

— Você tá agindo como se a Jenna fosse o amor da sua vida. E ainda assim você tá escondendo ela de mim. De mim. Tô magoado.

— Que motivo eu teria pra fazer isso? Para de ser tão sensível. Você tá acabando com a minha onda.

— Eu sei por quê. Você acha que, se ela te vir perto de mim, isso vai expor quão juvenil você realmente é. Você pode fingir que é muito sagaz no trabalho e tudo bem, porque ela não sabe que nós fazemos várias batalhas de rap horrorosas e brigamos sério sobre quem pegaria a Tempestade se fôssemos X-Men. Ela não sabe que nós somos capazes de passar uma tarde inteira insultando a família um do outro da maneira mais degradante do mundo. Ou que a gente só parou de fazer ciberbullying com o sr. Bing, nosso professor de biologia, no ano passado.

— Cara, se você contar pra Jenna qualquer uma dessas coisas, eu juro…

— Como você conseguiu pegar essa mulher, afinal? E como vai segurar esse relacionamento? Você sabe como são os caras mais velhos nesta cidade. Bentleys e cartões platinum. Tudo o que você tem são empréstimos estudantis e uma megacoleção de tênis. Me ajuda a entender.

— Não tem a ver com "pegar" a Jenna. A gente só… tinha que estar junto. Tipo, não tínhamos escolha. Não consigo explicar.

Tim começou a rir.

— Você acha que isso é o que, o *Diário de uma paixão*? Tanto faz, cara. Mas eu não posso assinar embaixo desse seu lance com a Jenna antes de passar pelo menos uma hora com ela no estilo Timmy.

— Você vai — disse Eric, dando duas baforadas profundas e passando o baseado para Tim. — Eu só… preciso pensar em um cenário em que pareça natural pra nós três estarmos juntos no mesmo lugar.

— A Carlita tem que ir também.

Eric revirou os olhos.

— Vocês vão terminar logo, logo mesmo.

Tim roeu a unha.

A escolha perfeita

— Eu tenho alimentado a ideia de casar com ela, pra sempre. Acho que é *ela*. Ela me convenceu a ir à igreja.

— Igreja? Sério? Você pegou fogo quando entrou?

— Eu fui no domingo passado — disse ele, ignorando o comentário de Eric. — Ela frequenta uma daquelas superigrejas. O reverendo tem um Bugatti, tipo o do seu padrasto.

Eric torceu o nariz com a menção a seu ex-padrasto, que ele odiava.

— Todos esses reverendos deviam ser relegados a uma vida de infinita falta de propósito. O cara é um líder espiritual, não o Young Jeezy.

— O que eu quero dizer é que, se a Carlita foi capaz de me apresentar ao reverendo, então você pode fazer a mesma coisa com a Olivia Pope.

Tim estava certo. Mas Eric não fazia ideia de como integrá-la em sua vida. A ideia de Jenna, com seus gestos de balé e cachos arrumados, sentada entre ele e Tim naquela boate de péssima reputação era ao mesmo tempo hilária e impossível.

Ele não conseguia imaginar Jenna no quarto de Tim. Ou tendo paciência para as festinhas que ele frequentava em Nova York. Ou convivendo com seus amigos totalmente falidos da escola de cinema, em meio a móveis deploráveis vindos diretamente do Exército da Salvação na casa de alguém, falando mal do Kickstarter e bebendo para esquecer o terror que era ter um diploma de elite e nenhuma perspectiva. Ele não conseguia enxergar Jenna em nenhum lugar de sua vida, somente com ele.

Isso não era normal, era?

De todo modo, Eric não se importava. Ele e Jenna tinham seu nirvana particular e isso era tudo de que ele precisava.

— Aquele diretor precisa da minha ajuda — disse Eric, dando um último trago e encerrando a conversa. Ele cruzou o salão para se apresentar.

21

Jenna sempre aguardava ansiosamente pelo momento em que Eric chegaria a seu apartamento. Depois de passar o dia inteiro no trabalho se contendo, fingindo, era como uma pessoa viciada em açúcar aguardando do lado de fora da confeitaria por horas, contando os minutos até que o proprietário abrisse a porta e dissesse: "Vai fundo! Se encha de donuts até morrer!"

No entanto, quando Jenna abriu a porta para Eric naquela noite de sábado no fim de fevereiro, ficou absolutamente sem fôlego. Lá estava ele, parado, com um saco de dormir marrom brilhante em um ombro e uma sacola de compras na mão.

— O que você está fazendo?

— Sabe aquele evento em que exibem uns filmes no Prospect Park? Vai passar *Butch Cassidy* à meia-noite. Hoje não está muito frio e está escuro. Ninguém vai nos ver se ficarmos bem lá atrás, certo? Comprei umas coisinhas pra fazermos um piquenique. Tudo o que você gosta, batata frita do McDonalds e vários croissants e bagels da bodega. Acompanhamentos e carboidratos, zero valor nutricional. E Skittles, claro.

Jenna caiu no choro.

— O que foi que eu fiz? — Ele largou tudo no chão, fechou a porta e a puxou em direção aos seus braços.

— Como você sabia? Uma vez eu tentei... Quer dizer, eu sempre quis fazer isso! Eu nunca te disse nada! Como você sabia?

— Eu só sabia — ele murmurou contra o cabelo dela. — Eu te conheço de cor.

Durante o filme, aninhada em um casaco acolchoado e no saco de dormir de Eric, sob o ar fresco da meia-noite, denso por conta da energia que emanava de centenas de moradores do Brooklyn em encontros românticos — e enquanto Eric elogiava intensamente o bigode de Robert Redford, como se fosse seu herói ("Esse bigode é muito foda, cara! Parece que tem vida. Como se tivesse data de aniversário e conta verificada no Twitter") —, Jenna disse por fim:

— Eu te amo.

Eric olhou para ela, sem palavras. Ele desconfiava de que ela talvez o amasse, mas estava pronto para nunca ouvi-la dizer. Bem, dizer de novo. Sóbria. Foi apenas no momento em que ela pronunciou as palavras que ele percebeu quanto precisava ouvi-las.

— Ama mesmo?

— Sim. — Ela colocou a mão no rosto dele. — Eu te amo.

— Nunca deixe de me amar. Tá? Nunca deixe de sentir isso.

E então ele atacou sua boca, pescoço e bochechas com uma chuva de beijos felizes e apaixonados.

Eric e Jenna não faziam sentido, mas faziam todo o sentido.

E, depois de meses, ninguém no trabalho havia se dado conta. Jenna e Eric seguiram à risca as regras que determinaram para o convívio no escritório e conseguiram, com sucesso, fazer o impossível: manter em segredo um relacionamento firme sob o nariz de todos.

Eles quebraram uma única regra.

O lance de não transar no trabalho não durou nem dois dias. Depois que Jenna o provocou alucinadamente durante uma reunião — mordendo o lábio inferior ao fingir concentração, roçando o pé na perna dele por baixo da mesa, mandando uma mensagem para ele em que contava uma fantasia obscena centrada nele, que a havia inspirado a se masturbar naquela manhã —, ele entrou na sala dela como um foguete, tapou sua boca com a mão, empurrou-a contra a parede e a fodeu com o dedo até um orgasmo lancinante que atravessou seu corpo inteiro.

No dia seguinte, enquanto ele esperava o elevador, ela o puxou para o banheiro unissex do corredor para uma rapidinha tão boa, tão exaustiva, que ele pensou em voltar para casa alegando que estava doente. Eles perceberam que era impossível não transar na *StyleZine* — o prazer era intenso demais. E era mais fácil do que eles pensavam. Ambos aprenderam que, mesmo com as provas bem diante de seus olhos, as pessoas estão, em última análise, envolvidas demais em sua própria vida para notar qualquer coisa que não esteja apontada diretamente para elas.

Terry era um exemplo perfeito.

— Tô preocupada contigo, Eric — ela deixou escapar um dia.

Estava sentada na lateral da mesa de Eric, rolando a tela do Buzzfeed no celular. Ele estava recostado na cadeira, o celular na mão. Jenna estava de pé do lado oposto na pequena cozinha, "pegando café" — e ele tinha inclinado a cadeira o suficiente para poder ter apenas um vislumbre dela. Os dois estavam em meio a um debate por mensagens a respeito da entrevista que Jenna daria à revista *New York* naquele dia. Em uma hora estariam filmando Cara Delevingne para *A escolha perfeita*, e uma repórter da revista passaria por lá.

— Por quê?

— Você tá, tipo, tão fechado. Na semana passada eu te apresentei a uma garota supergostosa do look do dia, e você foi tão… seco. Aquela garota do streetwear que a gente filmou ontem com a franjinha de lado estava totalmente a fim de você, mas você nem se ligou. Você sempre foi tão, tipo, simpático, charmoso…

— Eu não sou mais charmoso?

— … agora é como se você nem se importasse mais com mulheres. Como se estivesse indisponível. Mas eu sei que você não tá saindo com ninguém.

Ele deu de ombros.

— Vai ver eu só tô ficando mais maduro.

Eles ouviram uma gargalhada vinda da cozinha. Eric fez uma anotação mental para garantir que Jenna pagasse por isso mais tarde.

— Não, eu sei qual é o problema.

Terry, a personificação das últimas tendências, usando uma legging verde-esmeralda brilhante e um colete de brim com tachas, apontou para a cozinha. Jenna tomava um café com leite, aparentemente envolvida na leitura de uma revista *Elle*.

— Jenna Jones é o meu problema?

— Cara. Sim. Você tá completamente apaixonado por ela. Mas você não vai fazer nada em relação a isso e esse lance tá acabando contigo.

Eric suspirou e esfregou a têmpora.

A escolha perfeita

— Tô tão cansado de fugir.

— Desabafa, E. Conversa comigo.

— Eu penso nela dia e noite — sussurrou ele. — As outras mulheres passam batido pra mim. Tá tão na cara assim?

— Sim! Isso tá matando a Jinx. — Ela se inclinou para mais perto dele. — Ela fica prestando atenção em você olhando pra Jenna nas reuniões e depois passa uma hora enchendo a cara de salgadinhos.

Eric pareceu horrorizado.

— Tem tanta coisa bizarra nessa frase que eu nem sei como responder.

— Você precisa fazer alguma coisa. Fala pra ela o que você sente.

— Antes de mais nada, nós trabalhamos juntos. Então… não.

— Cara, é óbvio que isso ficaria em segredo.

— Mas ela tá totalmente em outra categoria, chega a ser absurdo. — Eric balançou a cabeça. — Mesmo que rolasse alguma coisa, eu acho que ela ia ficar mandando em mim. Mulheres mais velhas gostam de dominar caras mais novos. Ela ia me tratar feito um cachorrinho.

Terry deu uma risadinha.

— Vai que você gosta.

— A verdade é que ela me intimida. — O telefone de Eric vibrou. — Desculpa, eu preciso responder, é… humm… o Mitchell.

iMessage de Eric Combs
1º de março de 2013, 11h31
Jenna: Ok, você tá indo longe demais.
Eric: Eu quero você nua no closet do 10º andar daqui a dez minutos.
Jenna: Tem certeza que não tá se sentindo muito intimidado?
Eric: Vai. E não tire os sapatos vermelhos que você tá usando.

— Enfim — prosseguiu ele —, eu acho que não tenho nem colhões pra lidar com uma mulher dessas.

— Ela é mais velha, mas mesmo assim é uma mulher! Desde quando as mulheres te deixam nervoso? Tá vendo, você tá muito diferente e…

Terry parou de falar, porque, nesse instante, Jenna pôs a cabeça dentro da baia.

— Oi, pessoal — disse ela.

— Jenna! — exclamou Eric. — Você não ouviu nada do que eu falei, né?

— Cada palavra. E, apesar de eu achar você um fofo, por favor, saiba que isso jamais vai acontecer.

— Por favor, saiba que eu infelizmente sempre estive ciente disso. O que aconteceu foi coisa da Terry.

— Sério, vocês dois estão com muito tempo sobrando.

Ela se afastou lentamente, tomando um gole do café com leite. Eric estreitou os olhos em direção a Terry.

— Eu achei que estivesse sussurrando! — desculpou-se ela. — Foi maaaau.

— Tanto faz, cara, vou continuar amando ela de longe. Tô acostumado com a tortura. — Ele se levantou da cadeira. — Preciso comer alguma coisa antes da sessão.

— Beleza — disse ela, deslizando para fora da baia dele. — Mas eu acho que a senhorita Jenna se esforça demais pra convencer todo mundo do contrário. Você viu como ela saiu daqui? O jeito que ela andava exalava sexo. Só tô dizendo.

———

Minutos depois, Eric abriu a porta do depósito escuro e entrou.

Ele acendeu a luz fraca. O closet estava um caos, com prateleiras de roupas entulhadas contra as paredes, cestos com sapatos e bijuterias empilhadas, além de uma mesa cheia de bolsas da temporada seguinte.

Jenna estava de pé contra a parede usando apenas seus sapatos de salto carmesim. Suas pernas estavam afastadas e ela tinha uma das mãos no quadril.

— É uma pena que você não me convide pra sair — disse ela — e acabe com todo o seu sofrimento.

Eric suspirou.

— Eu quero tanto te convidar pra sair.

— E por que não convida?

— Sou tímido demais.

— Coitadinho.

— Vem aqui.

A escolha perfeita

Ela sorriu e caminhou lentamente na direção dele, com uma elegância felina. Então o emparedou, colocando uma mão de cada lado da porta, e encostou seu corpo nu contra toda a extensão do dele.

— Como você quer me comer? — sussurrou em seu ouvido.

— Na mesa — respondeu Eric.

Jenna caminhou até lá, atirou as sacolas no chão e subiu na mesa. Afastando os joelhos, ela arqueou as costas, totalmente exposta. Lançou a Eric um olhar perverso por cima do ombro, olhando para ele através dos cílios.

Ele veio por trás dela, agarrou seus quadris e a puxou em sua direção.

— Então, se eu te convencer a ser minha...

— Ah, meu bem, você não tem a menor chance.

Lentamente, Jenna esfregou a bunda nele.

— Por quê?

— Você não vai saber me comer direito.

Eric enroscou a mão no cabelo dela, puxando sua cabeça para trás. Ele abriu o zíper da calça e mergulhou nela — ela estava tão molhada e ele a penetrou tão fundo que ela esqueceu que estava no trabalho e gemeu.

— Repete.

— Você n-não vai saber me comer direito.

Ele meteu nela mais uma vez, ainda mais fundo. Ela mordeu a mão para não gemer.

— Você vai me ensinar, então? Se eu me sair muito, muito bem? — Ele a penetrou com força novamente ao dizer "bem".

— Só se eu puder te tratar feito um cachorrinho...

— Eu já sou um.

Eric agarrou os cotovelos dela, colocando-a de joelhos. A cabeça de Jenna caiu para trás sobre o ombro dele, e ele passou a língua ao longo de todo o pescoço dela, até o lóbulo da orelha. Enquanto ele a penetrava, ela fazia força com ele, contraindo os músculos ao redor de seu pau, massageando-o, ordenhando-o... deixando-o fraco.

— Para com isso — gemeu ele.

— Não — disse ela.

— Goza.

— Você primeiro.

— Não.

— Ahh, bebê, não tá conseguindo segurar, né? — sussurrou ela. — Só os garotinhos gozam primeiro.

Eric se cansou do joguinho. Agarrando os punhos de Jenna, plantou a palma das mãos dela sobre a mesa, então ela estava de quatro. Agarrou seu pescoço com uma mão e, com a outra, estimulou seu clitóris com o dedo do meio — e a penetrou.

Não havia esperança para Jenna depois disso. Ela gozou primeiro, mas Eric estava um milissegundo atrás dela — um orgasmo praticamente simultâneo, intenso e extremamente longo.

Quando tudo se acalmou, Jenna desabou sobre a mesa e Eric caiu de costas ao lado dela. Enquanto ela tentava recuperar o fôlego (sem fazer barulho, o que era um desafio), ele empurrava para o lado o cabelo dela, despenteado pelo sexo, e beijava seu pescoço úmido logo abaixo da orelha.

— Meu lugar favorito — murmurou ele.

— De todos?

— É gostoso demais. Sinto como se tivesse propriedades xamânicas especiais. Tipo, se eu tivesse mononucleose e enfiasse meu rosto bem aqui, ficaria instantaneamente curado.

— Se você perder um grama de esquisitice, eu termino com você.

— Digo o mesmo — respondeu ele, beijando-a profundamente. — A gente tem que ir.

— Certo. Quem vai primeiro, eu ou você?

— Eu. Já tô vestido.

Eric ficou ali deitado por mais trinta segundos, até que se sentiu recomposto e saiu pela porta.

Jenna esperou dez minutos. Em seguida se vestiu, colocou todas as sacolas de volta na mesa e desceu correndo as escadas, com as pernas moles feito gelatina. Estava tudo bem. Ela havia dominado a arte da indiferença pós-orgasmo.

Minutos depois, em sua sala, Jenna estava reaplicando o gloss e tentando remover todos os vestígios de sexo antes de correr para o quarto de hotel de Cara Delevingne. Estava prestes a ir se encontrar com Eric quando seu celular tocou.

A escolha perfeita

Jenna ficou tão surpresa com o nome piscando na tela que demorou cinco toques para atender. Era Anna. Anna Stein, a mãe de Brian. Jenna não falava com ela desde que havia ido embora para a Virgínia.

— Anna Banana?

— Boneca! Sou eu!

— Eu sei! — Ela estava muito animada. — Estou tão feliz de ouvir a sua voz. Sempre sinto vontade de te ligar, mas me parecia inapropriado...

— Você é como se fosse minha filha. Eu nunca vou te perdoar por nos deixar. Ai, ai — disse ela, chupando os dentes. — Escuta! Eu parei de tomar meus estabilizadores de humor, e isso está me tornando uma babaca teimosa.

— Por que você não está tomando seu remédio?

— Porque quem se importa se eu tenho alterações de humor? Todos os meus namorados morreram e os dois amigos de quem eu realmente gostava se mudaram para Miami. Eu não tenho uma carreira para me dedicar. Nunca tive uma, a menos que ser garçonete no Denny's conte, onde a minha maior realização foi acumular gorjetas durante o brunch de domingo por ter seios bonitos. E eu estou no meu leito de morte. Você conhece alguém que venda cogumelos, meu amor? Haxixe? Morrer seria suportável se eu pudesse ter um barato daqueles no estilo 1968.

Jenna suspirou. Desde o início da luta contra o câncer de mama, dez anos antes, Anna sempre havia sido pessimista. Várias vezes ela fora testada para SARS, HIV, herpes — até mesmo escorbuto, que ninguém havia contraído em, tipo, séculos.

— Em primeiro lugar, você pode ter trabalhado como garçonete, mas também é a artesã mais brilhante que eu já conheci. Você fez todos os enfeites das janelas da minha casa, e a Barneys queria ficar com as suas echarpes sevilhanas bordadas. Você simplesmente nunca foi atrás dessas coisas. Em segundo lugar, você não está no leito de morte, Banana.

— Dessa vez estou. Vou morrer sem nunca mais te ver.

— Por favor, nem fale uma coisa dessas.

Jenna sentiu uma tristeza inacreditável por ter se afastado da mulher que havia sido sua mãe em Nova York por tanto tempo. Sua própria mãe nunca tinha sido capaz de entender totalmente seus devaneios... mas Anna sim, porque era doida também. Ela a alimentou, a introduziu em seu clube do livro matronas-de-Park-Avenue-ex-hippies (Erica Jong, Joan Didion e literatura erótica oriental, apenas) e a presenteou com histórias de seus dias de quando era uma bela adolescente rebelde, fazendo velas no East Village em Manhattan para os revolucionários dos anos 60. Por fim, deu a Jenna um baú de madeira recheado com algumas das roupas e brinquedos infantis de Brian, na esperança de que isso trouxesse sorte para sua gravidez.

— Caramba, eu sinto tanto a sua falta — disse Jenna.

— Eu também, JJ. Quer ir almoçar?

— Eu adoraria, mas o Brian está em um novo relacionamento... Eu não acho certo.

— Lily L'Amour — disparou ela, como se se sentisse afrontada com a audácia da mulher de existir. — Ou é Celeste? Pelo menos ela é bonitinha. Eu não suportaria se o relacionamento rebote dele fosse com uma troglodita. Francamente, estou arrasada por você e o Bri terem me iludido em relação aos meus netos. Lindos Baracks e Halles com sobrenome judeu. Super-humanos!

— Banana, me perdoa, eu preciso correr para uma sessão de fotos. Mas vamos...

— Eu estou te ligando por um motivo. Dá uma olhada no site da *Forbes*. Eles fizeram uma entrevista com o Bri, e ele falou sobre as habilidades financeiras dele. Mas também mencionou você. E foi de um jeito romântico.

O estômago de Jenna embrulhou.

— Romântico?

— Quem sabe vocês voltam e me dão netinhos antes de eu morrer.

— Você não está morrendo. Eu não vou permitir.

— Só me faz um favor — disse ela, suspirando. — Se cuida. E me liga um dia desses.

Jenna sorriu.

— Pode deixar. Te amo.

— Eu amo mais.

Jenna ficou sentada à mesa, seus dedos pairando sobre o teclado. O que Brian poderia ter dito de romântico a seu respeito? E publicamente! Ele era o rei dos homens sem coração. E a namorada dele? Jenna estava morrendo de curiosidade — mas também com medo de que ler a matéria a enviasse diretamente para a toca do coelho onde estava escondida toda a bagagem emocional relacionada a Brian. E esse não era o único motivo pelo qual não conseguia entrar no site.

Tirando proveito de uma disciplina emocional que não sabia que tinha, Jenna fechou o laptop. Daria uma olhada mais tarde. Quem sabe. Afinal nada que Brian dissesse seria ainda capaz de afetá-la.

Enquanto descia o corredor, repetiu aquilo para si mesma várias vezes, como uma oração — até que viu Eric e teve certeza de que era verdade.

22

Jenna, Eric e uma pequena equipe (quanto maior *A escolha perfeita* se tornava, mais pessoas eram necessárias para trabalhar nele) foram encaminhados à luxuosa suíte da modelo britânica Cara Delevingne no The Standard Hotel. A mocinha rebelde estava em Nova York para fotografar uma campanha da Burberry. Com suas sobrancelhas grossas e escuras, uma personalidade destemida urbana/underground e suas supostas belas amantes, Cara era a rainha das supermodelos em 2012. Enquanto o restante de suas colegas tentava cultivar uma determinada aparência, ela defendia fielmente um posicionamento antiglamour e parecia mais original que todas elas. Cara era a única supermodelo nos bastidores dos desfiles de Paris usando um suéter da Hello Kitty e um Adidas encardido.

Quando Andrea Granger, repórter da revista *New York*, entrou, estava completamente esgotada por conta da matéria sobre *A escolha perfeita*. Ela e o fotógrafo de sua equipe haviam passado quarenta e cinco minutos entrevistando e fotografando Darcy Vale, que só fornecera frases desinteressantes e voltadas para os interesses da mídia. Andrea sentiu como se estivesse conversando com um assessor de imprensa — não conseguiu tirar nada dali.

Assim, ela decidiu adotar uma abordagem diferente em sua entrevista com Jenna. Antes de fazer qualquer pergunta, iria bisbilhotar as filmagens para tentar reunir pistas sobre a criação da série. Avistou Jenna do outro lado do quarto, junto da mesa do coffee break, conversando com seu parceiro, Eric Combs. Casualmente caminhou até eles e fingiu se servir de salada de frutas.

Eles estavam em meio a um diálogo frenético.

— Eu quero que dê uma sensação de fim dos anos 70, início dos 80 em Nova York — disse Eric. — CBGB, punk, hip-hop das antigas, saca?

— Basquiat, o club Danceteria... — acrescentou Jenna.

A escolha perfeita

— E aquela garota de cabelo platinado, a que tinha uma banda. Ela me lembra a Cara.

— Debbie Harry! Blondie. Você viu como ela está naquele filme do Fab 5 Freddy de 1982?

— *Wild Style*! A gente precisa filmar a Cara em algum lugar que pareça com o East Village dos anos 80, tipo Bushwick, talvez? Em algum lugar que tenha...

— Uma estética descolada, mas meio suja.

— Lo-fi. Grafite.

— O que teria tudo a ver, já que a escolha perfeita dela é um jeans slim-slouchy que fica entre uma calça boyfriend e uma skinny, um modelo que você não encontra em lugar nenhum, e ela está atacando a peça com tinta spray.

— Jeans grafitado?

— Jeans grafitado.

— A gente leu a mente dela! Somos muito bons nisso! O vídeo dela vai ser tipo a versão cinematográfica do Adidas Superstar retrô.

— É óbvio que você precisava fazer referência a um tênis. Peraí, deixa eu achar alguma coisa do Grandmaster Flash no iTunes... "White Lines", talvez? Será que devo encarnar minha Debbie Harry interior? — Jenna começou a cantar "Rapture".

— Se você cantar, eu vou ter que dançar, hein? — Ele imediatamente começou a imitar um robô, arrasando nos passos de hip-hop. — Amei isso. Quero que fique parecendo uma capa vintage da *Interview* dos anos 80, talvez até meio old school, tipo..

— Uma Polaroid?

— Exatamente. — Os olhos dele brilharam.

Então, algo estranho aconteceu. Jenna deu um gole de água no copo de plástico que segurava. Sem falar nada, Eric pegou o copo da mão dela, o girou até um ponto exato e bebeu também.

Andrea não sabia exatamente o que havia testemunhado — se aquilo significava alguma coisa ou nada —, mas, sem sombra de dúvida, tinha sido algo bastante íntimo.

Ela se deu conta de que a matéria não era sobre Darcy Vale dar vida a um gênero obsoleto. Era sobre as duas estrelas da *StyleZine* — a editora e o cineasta. Uma veterana da moda e um garoto desconhecido recém-saído da escola de cinema, tão criativamente sincronizados que terminavam as frases um do outro. Uma dupla de visionários negros fazendo um trabalho de alto nível na notoriamente monocromática indústria da moda. Um membro da geração X e um millennial que combinaram suas influências para fazer mágica — e que além disso eram extremamente fotogênicos.

E, além de tudo isso, havia também a maneira como eles se olhavam.

Andrea sussurrou algo no ouvido de seu fotógrafo. Ele assentiu.

Ela foi até eles.

— Oi, eu sou Andrea Granger, da *New York*. Desculpe interromper. A minha intenção era entrevistar a Jenna, mas eu realmente sinto que devia conversar com vocês dois. Juntos e separados.

— Comigo? — Eric olhou para Jenna. — Tem certeza?

— Ah, você precisa falar com o Eric — disparou Jenna. — Nós não estaríamos aqui se não fosse por ele. Ele é…

Andrea ergueu a mão.

— Segura esse pensamento enquanto eu ligo meu gravador. Então, de quem foi essa ideia?

— Dele.

— Dela.

— Nossa — disse Jenna, com orgulho.

Andrea sorriu.

Uma semana e meia depois, saiu a edição da revista *New York* com os vinte e cinco destaques do mundo da moda. Conforme prometido a Darcy, a *StyleZine* estava entre os cinco primeiros. Também como prometido, o site era um dos poucos listados que tinham ganhado matéria própria. A *New York* também concedeu a eles um valioso espaço de propaganda na capa.

Mas a matéria não era um perfil de Darcy. Na verdade, havia apenas uma frase dela, uma declaração descartável sobre o impacto da *StyleZine* no e-commerce. As imagens da sessão de fotos de Darcy nem sequer foram usadas.

O artigo inteiro era sobre Jenna e Eric. Suas histórias de fundo, a paixão dos dois pela série *A escolha perfeita*, a parceria descomplicada. Andrea explorou

A escolha perfeita 243

o impacto cultural de tentar ampliar a percepção da indústria da moda em relação ao que é chique traçando o perfil de mulheres profundamente envolvidas nesse mercado, de todos os tamanhos e etnias. Detalhou o sucesso de Eric na USC e reapresentou Jenna para seu público. Jenna soava exatamente como era: uma profissional experiente revigorada pela perspectiva inovadora de seu parceiro. Eric também soava exatamente como era: um cineasta novato entusiasmado com a oportunidade de exibir suas habilidades em um projeto com tanta visibilidade.

Um leitor desatento teria pensado que o festival de amor que escorria das páginas era apenas respeito recíproco e amigável. O pequeno monólogo de Jenna delirando a respeito de *Tyler na Perry Street* parecia inócuo. Assim como a resposta jocosa de Eric quando Andrea lhe perguntou como era filmar todas aquelas belíssimas mulheres: "Elas são lindas, sim. Mas é fácil esquecer, com Jenna Jones para cima e para baixo feito uma Dorothy Dandridge de calça de couro".

Um leitor casual talvez não tivesse piscado diante do trio de fotos em preto e branco que acompanhava o artigo. A primeira era de Cara Delevingne de óculos Ray-Ban masculinos, toda sexy e rabugenta, em uma postura anti-herói, com os lábios curvados e os punhos enfiados em sua jaqueta de motociclista. A segunda era de Cara em uma pose semelhante, mas com Jenna ao lado dela com o Ray-Ban. A terceira foto era de Jenna e Eric. Dessa vez era ele quem usava os óculos. Parecendo um James Dean negro, de camiseta branca e jeans escuros, ele segurava a câmera ao seu lado, enquanto o outro braço estava jogado sobre os ombros de Jenna. Ele sorria para ela, e ela ria de alguma piada interna deles.

Era apenas uma pose espontânea de duas pessoas bonitas, capturadas em um momento de parceria descontraída. Todas as três fotos eram sexy — mas, para quem conhecia Jenna e Eric mais de perto, a última era oblíqua o suficiente para inspirar um duplo sentido.

———

Brian Stein estava deitado, acordado, em sua cama no triplex que havia dividido com Jenna em Tribeca. O relógio marcava uma e vinte da manhã. Havia lido a reportagem cinco vezes e a estava lendo novamente. Ele conhecia

Jenna. Conhecia inclusive aquele tom de adoração, de excitação. A maneira como ela falava sobre aquele diretor — aquele garoto — era exatamente como costumava falar sobre ele.

Ela estava transando com aquele moleque da quinta série. Estava apaixonada por aquele moleque da quinta série.

Ele olhou para a foto e sentiu um nó no estômago. Não estava preparado para aquilo. Com o rosto impassível, ele voltou ao início do texto pela sétima vez.

Do outro lado do quarto, Celeste "Lily L'Amour" Wexler estava quase terminando de embalar uma bolsa de viagem com as poucas roupas e artigos de toalete que guardava na casa de Brian. Era impossível aguentar mais um segundo competindo com o fantasma de Jenna, um poltergeist com botas Alexander McQueen na altura das coxas. A matéria no site da *Forbes* já tinha sido ruim o suficiente, apesar de Brian jurar que tinha dado a entrevista antes de eles se conhecerem.

E tinha também a história de Anna, a mãe extremamente doente. Nos últimos dois meses, Brian havia ficado arrasado diante da recaída do câncer de mama de Anna, e nada que Lily fizesse era capaz de ajudar. Ele nem sequer se dava conta da paciência dela durante todas aquelas visitas ao hospital, quando a harpia de rosto horripilantemente esticado relembrava Jenna o tempo inteiro. Como Brian e Jenna a levaram até o altar em seu segundo casamento. Como Jenna lhe dera o lulu da pomerânia que ela amava mais que o homem com quem se casara. Como Jenna deveria estar ao seu lado. Era Jenna para lá e para cá todas as vezes, e Brian nunca fazia nenhum esforço para calar a mãe.

E agora ele havia mergulhado de cabeça na reportagem da *New York*, como se fosse uma obra-prima merecedora do Pulitzer. Por que ele estava tão fixado na ex? Ela não tinha se saído com uma de abuso doméstico reverso e socado o cara?

Aquilo era demais. Lily amava Brian, mas sabia que era hora de partir. Afinal ela era uma colunista de relacionamentos.

Ela jogou a chave no chão, agarrou a bolsa e saiu. Quinze minutos se passaram antes que Brian tomasse conhecimento de que ela havia partido.

———

A escolha perfeita

Darcy Vale estava sentada a sua mesa, a revista aberta na página com a foto de Jenna e Eric juntos. Ela tremia e tinha raiva disso. Estava suando e tinha raiva disso. Nada era pior que se sentir fora de controle. Surpresa. Traída. Ela havia transformado a *StyleZine* na marca de sucesso que era hoje. Fora ela a visionária que reunira a equipe do site, com a mistura perfeita de talento, personalidade e boa aparência para impressionar a mídia. Abraçara o nepotismo e contratara Eric. Tinha passado por cima de suas questões pessoais com Jenna e a trouxera de volta. E de que forma eles lhe agradeceram? Não agradeceram. Nenhum deles disse uma palavra a seu respeito. Eles roubaram o momento dela. Eles a fizeram parecer... irrelevante.

E a foto deles era praticamente pornográfica.

Ela encontraria uma maneira de foder a vida daquela repórter da *New York* mais tarde. A de Jenna também. Nesse ínterim, pegou o telefone.

— Eric.

— Oi.

— Vem aqui.

Cinco minutos depois — tempo demais, quanto desrespeito —, Eric apareceu na sala dela, parando na porta.

— Fecha a porta. Senta.

Ele obedeceu.

— Fala aí.

— "Fala aí"? Sério? Você não pensou em me consultar antes de dar essa entrevista? Se eu não precisasse de você para *A escolha perfeita*, te mandaria embora agora, compartilhando DNA com você ou não.

— Essa reportagem saiu no *Buzzfeed*, no site da *Vogue*, na *EW*, no *Refinery29*. Tá em todos os lugares. Todo mundo tá falando sobre a *StyleZine*. Você ficou sabendo que o Phillip Lim quer fazer uma parceria com a gente para um concurso no Facebook? A garota mais estilosa que usar as merdas dele vai participar de *A escolha perfeita*. A coisa ficou enorme! — Ele deu de ombros. — O que exatamente eu fiz de errado?

Darcy sorriu.

— Você está se sentindo ótimo, né? Ganhou atenção da mídia e está nas nuvens.

— Eu sempre me sinto nas nuvens.

— Quando você começou a transar com a Jenna Jones?

— Pronto, agora você tá me incomodando. — Ele começou a se levantar.

— Não ouse sair daí.

— Foi isso que você tirou daquela matéria? Há cinco meses você achava que eu era um cara sem rumo, sem emprego e preguiçoso. Agora eu tô trazendo dinheiro e publicidade pro seu site. Criando um conteúdo dos bons. E mesmo assim você tá irritada? — Ele cruzou os braços. — Cacete, mulher. Tentar te agradar é pior que fazer supino com a Terra.

— Você está transando com a Jenna Jones?

— Não.

Darcy olhou para ele, a cabeça inclinada para o lado.

— A Jenna tem a sua idade. É como se fosse uma tia bonita e legal. Ela é a nossa rainha do baile de formatura, como você sempre diz.

— Eu digo isso com deboche.

— Eu gosto da Jenna. Mas, mesmo que eu gostasse dela *desse* jeito, jamais seria tão pouco profissional. Estou ofendido.

— Ah! Ele está ofendido. — Ela se inclinou para a frente. — Eu coloquei tudo o que tinha na construção desta empresa. Casei com um bilionário brocha para financiar isso aqui…

— Você realmente acabou de me dizer isso? Vou ligar para o conselho tutelar.

— A Belladonna Mídia é a minha maior conquista. Tudo que você faz reflete em mim. Você não vai entrar aqui e me envergonhar. Não faça isso. Não com ela. Tire essa ideia da cabeça.

— Áhã, tá bom. Mais alguma coisa?

Darcy olhou para Eric, tão insolente e irritantemente impassível. Tão certo de seu lugar no mundo — sem jamais saber o que é se comprometer, se humilhar ou se degradar para sobreviver. Vinte e dois anos com uma matéria pomposa em uma revista de grande circulação. Ele não tinha ideia de como era sortudo.

Ela queria estrangulá-lo.

— Eu quero te mostrar uma coisa.

Ela digitou no teclado do laptop e girou a tela.

A escolha perfeita

— Tá vendo esse cara? O assunto desse perfil da *Forbes*? Esse aqui é Brian Stein, o empreendedor imobiliário arrojado e multimilionário. Além disso, ele é o amor da vida da Jenna. Mas ela largou o cara. Sabe por quê? Porque ela estava morrendo de vontade de casar e ele não. Ela estava morrendo de vontade de ter um bebê e ele não. Ela largou esse cara perfeito porque as prioridades dela são uma aliança no dedo e um filho. E você é só uma criança. — Ela se recostou na cadeira, parecendo triste por ele. — Essa sua paixão é uma furada, Eric. Ela nunca levaria você a sério.

Ele olhou para a tela por tempo suficiente para ver a foto de Brian e a frase: "A conquista de que mais me orgulho? Esta casa. Não a propriedade, mas a vida que eu construí aqui. Com a mulher que fez disso um lar. Foi ela quem decorou; há indícios dela por toda parte. Tudo que importa para mim está aqui, nos detalhes dela".

Depois de alguns segundos, Eric disse:

— Você tá puta porque a reportagem da *New York* não é sobre você. O que não é minha culpa. Você tá estranhamente envolvida na vida amorosa da Jenna. O que não é da minha conta. E agora você tá tentando me intimidar com um cara aleatório todo sentimental sobre a decoração que a ex dele fez na casa? — Ele deu uma risadinha, se levantando. — Reunião encerrada.

Darcy o observou sair, a testa franzida de tão concentrada. Então ela fechou a porta e preparou uma vodca tônica. Ainda não tinha provas de que Eric e Jenna estavam tendo um caso, mas, não importava quanto tempo levasse, ela as conseguiria. E, quando o fizesse, que Deus ajudasse aqueles dois por tentarem brincar com ela.

Eric cruzou o salão em direção à sua mesa, mas não parou. Continuou andando, foi até o elevador, desceu para o saguão e terminou do lado de fora. Começou a andar de um lado para o outro na frente do prédio, cerrando e abrindo os punhos, o rosto revolto de dor e raiva.

Transtornado.

———

Jenna estava sentada em sua sala, lendo a reportagem pela milésima vez. Sentia tantas emoções conflitantes a respeito que não conseguia escolher uma à qual se apegar. Estava tão orgulhosa de Eric. Tão orgulhosa deles. E profundamente preocupada por ter se exposto demais. E também animada por ter feito o que se propôs a fazer na *StyleZine*: criar um trabalho revolucionário e provar a todos que era a mesma Jenna Jones da *Darling*, talvez até melhor.

Mas Jenna estava presa em uma parte da entrevista e não conseguia superar.

New York: Você é nascido e criado aqui. Você almeja ser identificado como um cineasta nova-iorquino, como Lee ou Scorsese?

EC: Eu amo Nova York, mas não sei onde vou parar. É óbvio que eu quero trabalhar em Hollywood. E amo os filmes de ficção científica que saem de Londres. Estou no início da minha carreira, ainda tenho muito que experimentar. Não quero nada me segurando, nenhuma amarra. É o momento da ralação.

Nenhuma amarra.

Ela leu a resposta dele várias vezes, e a cada vez se sentia menor. Eric havia se tornado vital para a vida dela, mas ainda nem tinha vivido a dele. Às vezes, quando estavam juntos, esse pensamento penetrava em sua mente, mas ela sempre o reprimia. Estar com ele era bom demais para que ela estragasse tudo com… a realidade. Mas agora as palavras estavam impressas, e ela não podia mais ignorá-las.

23

Era o aniversário de uma semana da publicação da matéria na *New York*, e Jenna e Eric comemoraram bebendo a especialidade do pai dele, shakes caucasianos com bastante rum, e fazendo sexo preguiçoso típico dos dias chuvosos. Naquele momento eram duas da manhã e eles estavam deitados na cama com os membros entrelaçados, comendo um saco gigante de Skittles. Jenna estava nua, exceto por uma calcinha roxa cavada. Eric vestia apenas os shorts de basquete da USC que deixava na casa de Jenna. Ao fundo, a TV estava ligada no Turner Movie Classics, que exibia *Psicose*, mas eles mal prestavam atenção. Por motivos diferentes, os dois tinham passado o dia todo calados.

Eric continuava tentando pegar no sono, mas, toda vez que tentava relaxar, a frase de Brian no site da *Forbes* gritava em sua cabeça. Sempre que seus olhos fechavam, ele imaginava uma Jenna em êxtase no carrossel do Central Park com duas crianças perfeitamente vestidas. Crianças que não eram dele. Porque, como sua mãe, aquela elfa do mal, havia apontado, ele era apenas um garoto — e nunca seria capaz de dar a Jenna o que ela queria.

Uma parte dele esperava que Darcy tivesse inventado aquilo tudo. Era possível. Ela era tão rancorosa. Sua mãe era uma pessoa que havia passado a maior parte da vida obcecada com as repercussões imaginárias dos golpes na reputação que ela construíra. Planejando vingança.

E Eric não era imune ao rancor dela. Quando ele tinha onze anos e foi detido na escola por xingar um colega, Darcy fez o bandido que ela chamava de namorado passar com o carro por cima da câmera de Eric — para a frente e para trás, até virar pó —, destruindo dois anos de filmagens. Eric ficou arrasado, exatamente como ela pretendia.

Na verdade, ele torcia para que aquela fosse uma dessas ocasiões.

— Sabe o que eu queria? — Jenna perguntou, colocando três Skittles amarelos na boca.

— Não, o quê?

— Eu queria poder cortar o seu pau fora e carregar dentro da minha bolsa.

— Ah, você não precisa do resto que tá ligado a ele? — Eric chutou o pé dela. — Você me amaria menos se meu pau fosse muito pequeno?

— Provavelmente — disse ela. — Eu li uma coisa horrível na *Cosmo* britânica uma vez, sobre uma mulher cujo namorado tinha um micropênis. Era do tamanho de um cogumelo. Eles só transavam no escuro. No fim das contas, ele tinha passado sete anos usando um vibrador nela e ela não fazia ideia.

— Mas como ela não sabia?

— Existem uns consolos bem realistas.

Então eles ficaram em silêncio por um tempo, ambos perdidos no horror contemplativo a respeito do micropênis, o suspense arrepiante de *Psicose* — e em seus próprios pensamentos angustiantes.

— Eric, posso te fazer uma pergunta?

Ele apoiou a cabeça na mão, olhando para ela, e disse:

— Eu acho que vibradores não têm espaço no sexo entre duas pessoas. Eu me sentiria totalmente inadequado.

— Você já pensou sobre o nosso futuro? — Ela o encarou.

— Ah. *Essa* conversa. — Ele despejou o restante dos Skittles na boca, se preparando para onde quer que aquilo estivesse indo.

— A gente não tem como fugir dela pra sempre — disse Jenna. — Por mais empolgada que eu esteja com a matéria da *New York*, ela também me assustou. Tipo, mais duas frases declarando nosso apreço pelo talento um do outro e poderíamos muito bem ter posado nus. E por falar em foto...

— Eu sei — admitiu ele, com um gemido. — É tão óbvio. Mas só pra gente. Duvido que alguém vá se questionar em relação a isso.

— A gente devia ter tomado mais cuidado — disse Jenna. — E se a Darcy percebeu alguma coisa? Sair impune com essa mentira por seis meses nos deixou preguiçosos. E eu odeio que a gente ainda precise lidar com isso. Antes o segredo era emocionante, agora é simplesmente exaustivo.

— Concordo. Então a gente se casa e resolve isso.

— Você nem devia pensar em casamento. Este é o seu momento de ralação.

A escolha perfeita

— Você cismou com isso, hein? Sim, eu falei isso pra repórter, mas não quis dizer...

— Eu sei o que você quis dizer. E faz sentido para você.

— Você não esperaria por mim?

— Você ia querer uma noiva de quarenta e oito anos? E se a gente quisesse...

Um bebê, pensou Eric. *Fala logo. Um bebê.*

— Quisesse o quê?

— Nada — respondeu Jenna. — Eu só fico com medo às vezes. Eu te amo muito e, quando imagino nosso futuro, não vejo de que maneira nossos caminhos podem se encaixar.

— Eu também não sei como vai ser. Só sei que quero você. — Ele traçou a parte externa da orelha dela com o dedo. — Muito. O tempo todo e com muito tesão.

Ela sorriu.

— Sim, a gente tem problemas épicos pra resolver — disse ele. — Mas diz aí um casal com um relacionamento perfeito. Além dos Carter.

— Jay e Bey? Você acha?

— Eles são, tipo, o sonho!

— Eu adoro os dois. Mas eles estão no show business. São a máquina de perfeição Jay/Bey. O trabalho deles é projetar ambição, sexo, domesticidade de conto de fadas. Na vida real, nenhum casal é tão perfeito assim.

— Cacete, que blasfêmia!

Jenna sorriu, mas não com os olhos.

— Por favor, não se estresse com a gente — pediu Eric.

— Mas o que vamos fazer? — sussurrou ela.

— O que quer que a gente esteja fazendo agora, é bom o suficiente pra mim — disse ele. — É tudo pra mim.

— Pra mim também. Eu espero a semana toda pra chegar exatamente neste momento. Você, com essa barriga, fazendo trocadilhos ruins. Mas, quando eu penso na nossa situação, fico ansiosa. É bizarro ser uma mulher adulta e namorar escondido. — Ela afastou o cabelo do rosto. — E no fundo eu me preocupo de estar só protelando o inevitável. Tipo, eu preciso aproveitar cada momento porque não sei como vamos conseguir sobreviver à nossa diferença de idade.

Ela fez uma pausa, dobrando e redobrando o pacote de Skittles em um pequeno quadrado.

— Me dá isso aqui. Você tá me deixando nervoso. — Ele pegou a embalagem e jogou no lixo. — É claro que a gente vai conseguir. Eu sou seu. Pra onde você acha que eu vou?

— Eu só quero ter uma vida completa com você — disse ela, aflita.

Eric sabia o que ela estava dizendo — e o que não estava. Mas não sabia como aplacar os medos de Jenna quando ele mesmo não tinha as respostas.

— Jenna — começou ele —, a minha vida tá completamente incerta. Eu não tenho onde morar, não tenho dinheiro. Não sei o que eu vou fazer, nem quando, nem como. Mas eu sei com quem. Com absoluta certeza eu sei com quem.

Jenna se enroscou nele, apertando-o com força.

— Eu também. Nada mais faz sentido.

Eric era capaz de sentir a tensão no corpo dela, a preocupação. E estava tentando não entrar em pânico. Havia muitos elementos fora de seu controle. Se aquele engravatado não tinha sido capaz de mantê-la, o que fazia Eric pensar que ele seria? Até aquele momento na sala de Darcy, Eric estava absolutamente confiante em relação ao lugar que ocupava na vida de Jenna. Até então, ele sentia de maneira visceral que pertenciam um ao outro. Mas agora se perguntava por que Jenna estava perdendo tempo com ele. E se sentia ridículo por ser tão seguro de si.

Eric precisava dar um jeito nisso. E, como era impossível mudar sua idade, ou não ser filho de Darcy, ou estar pronto para se estabelecer — e como a ideia de Jenna sentir um grama de ansiedade por causa dele era agonizante —, ele fez o que sabia que era bom em fazer.

Eric segurou o rosto de Jenna com as duas mãos e lhe deu um beijo doce — superficial no início, até que ela começou a amolecer. Ele acariciou suas costas e seu cabelo, então a beijou mais profundamente, até a pele dela ficar quente. Desejando-o, Jenna agarrou o cós do short dele, mas ele pegou a mão dela e a segurou ao lado de seu rosto sobre o travesseiro.

— Você não tem permissão para fazer nada.

A escolha perfeita

— Por quê?

— Eu só quero que você aproveite.

— Mas...

— Shhh — sussurrou ele. — E não goze até que eu esteja dentro de você.

Ele traçou as curvas do pescoço dela com a boca e a língua, trazendo suas coxas entre as pernas dela. Languidamente, ela passou as mãos por suas costas fortes e bonitas, amando a sensação do peso dele, praticamente ronronando sob seus beijos.

Ele lambeu o dedo indicador e o polegar e, em seguida, alisou suavemente os mamilos dela, até ficarem entumecidos e sensíveis. Ela se contorceu embaixo dele, mesmo o mais leve toque a inundando em arrepios. Então, enchendo as mãos com seus seios, ele os chupou devagar, um depois o outro — como se tivesse todo o tempo do mundo, ignorando os gemidos suaves de Jenna.

Agarrando os ombros dele, Jenna arqueou as costas, forçando o seio na boca de Eric, e se esfregou contra sua perna. A respiração dela estava ofegante, suas bochechas, vermelhas e brilhantes. Ela o desejava desesperadamente, com urgência, mas Eric tinha dito que não. Desde a primeira vez que transaram, eles haviam estabelecido que quem quer que determinasse as regras primeiro seria o líder.

Beijando suavemente o pescoço dela, ele espalmou a mão e acariciou sua barriga — passando por cima da calcinha, mal permitindo que a ponta de seus dedos roçassem nela —, então alisou toda a extensão de sua coxa, em seguida subindo novamente. Ele a acariciou até que ela estremecesse em seus braços, atormentada.

— Eu não tô conseguindo segurar — disse ela, ofegante. — Por favor, eu não consigo.

Eric deslizou dois dedos dentro dela e ela arqueou as costas, gemendo. Ele a penetrou mais três vezes com os dedos e então parou, deixando-a latejando. No limite.

Depois, com lentidão deliberada, ele deixou um rastro de beijos em sua barriga, parando no cós da calcinha. Tirando-a, ele empurrou as coxas dela para trás, abrindo suas pernas amplamente — e a abocanhou, chupando profunda e deliciosamente. Jenna ofegou mais uma vez, agarrando o lençol. A sensação era tão intensa que ela instintivamente tentou se afastar.

— Caramba... Eric...

— Que foi?

— Tá muito intenso. Muito intenso...

— Ótimo — disse ele, agarrando as coxas dela com firmeza, obrigando-a a aguentar firme.

Ele enterrou a língua dentro dela, massageando seu clitóris com o polegar — e foi nesse momento que Jenna começou a desmoronar, estremecendo incontrolavelmente, gemendo o nome dele. Só então ele a cobriu com seu corpo forte, beijando-a com voracidade, e mergulhou dentro dela. Eric sabia que ela queria que ele fosse rápido, mas ele a fodeu devagar — lenta e profundamente, do jeito que a beijava —, e aquela velocidade comedida levou Jenna a um orgasmo estrondoso e quente, que parecia emanar de todos os lugares ao mesmo tempo. Naquele momento, a única sensação que ela tinha, o único pensamento em seu cérebro, a fonte de todo o prazer do mundo, era Eric.

Quando os dois voltaram a si, com Jenna deitada embaixo de Eric, tremendo, a bochecha pressionada contra a dele, ele sussurrou:

— Nada mais importa, não é?

Ainda dentro dela, ele meteu mais fundo uma última vez, até que seus corpos estivessem alinhados, como se para provar o que tinha dito. As terminações nervosas de Jenna estavam tão à flor da pele, tão sensíveis, que aquilo enviou outra onda de eletricidade lancinante. Ela gritou, cravando as unhas nas costas dele.

Por fim, ela respondeu à pergunta dele balançando a cabeça.

Não. Nada mais importa.

Quando as lágrimas vieram — inexplicáveis, frustrantes, fora de controle —, Eric as afastou com beijos e Jenna envolveu os braços e as pernas ao seu redor, ancorando seu corpo ao dele.

Como se, caso ela o soltasse, ele fosse desaparecer.

24

Quando Jenna recebeu o e-mail de Billie com o convite para a festa de seis anos de May, a primeira coisa que passou pela sua cabeça foi como gostaria que Eric pudesse ir. Afinal, se as coisas fossem diferentes, se eles fossem um casal "assumido", ele seria seu acompanhante. Jenna já sabia que eles se saíam bem tanto no trabalho quanto em seu apartamento. Agora ela estava ansiosa para que Eric participasse de sua vida real.

E secretamente não pôde deixar de se perguntar como ele reagiria a um cenário repleto de pais e filhos. Ele abraçaria aquela coisa toda de família? Isso o deixaria entediado — ou acabaria completamente com seu tesão? Ou, torcia ela, quem sabe ele adorasse! Ela não sabia.

A ideia veio durante uma reunião do editorial, enquanto Mitchell fazia um monólogo aliterante sobre uma foto que havia recebido de uma bonita britânica usando um blazer Balmain todo bordado de bolinhas.

iMessages de Jenna Jones
16 de abril de 2013, 11h49

Jenna: Não dá pra ser só você e eu o tempo todo.
Eric: Ménage?
Jenna: Nem pensar, eu sou péssima em fazer várias coisas ao mesmo
*   tempo. Não, preciso que você me acompanhe na festa de aniversário*
*   da May!*
Eric: Eu e você, em público? Como?
Jenna: Lembra da filmagem de A escolha perfeita *com a Elodie em junho?*
Eric: Uma trança postiça no estilo Fúria de titãs, *afff. Como faz pra prender*
*   aquilo? Essa série me ensinou que eu não sei nada sobre as mulheres.*

*Jenna: Com um pente minúsculo. Enfim, a Elodie vai estar lá. Então leva
a sua câmera. Pros pais e pra qualquer outra pessoa que nos vir juntos,
vai ser só...*

Eric: ... como se a gente estivesse filmando cenas extras pro vídeo dela.

Jenna: Eu sou muito esperta, não sou? Além disso, é uma festa à fantasia.

*Eric: Uma festa à fantasia em um parque em abril? Totalmente aleatório,
eu já amo essa menina. O que eu compro pra ela? Do que ela gosta?*

Jenna: Da vida após a morte.

Eric: *insira aqui um emoji sem expressão*

Jenna: Ela é tipo a Wandinha Addams com o sorriso da Billie.

A festa de May foi no sábado seguinte. Era uma tarde bonita, de céu aberto, perfeita para uma comemoração ao ar livre. O evento aconteceria onde era realizada a maioria das festas infantis durante os meses de primavera e verão no Brooklyn: o glorioso Brooklyn Bridge Park. Construído em uma área anteriormente repleta de lixo da praia de East River, o parque era um oásis urbano. Em cada píer havia uma atração diferente, para crianças e adultos: uma praia bonita e pequenina de areia imaculada (para os padrões de Nova York); uma colina com um gramado sobrenaturalmente verde, perfeita para piqueniques; quadras de vôlei de alta tecnologia; e barracas gourmet vendendo taco e sorvete. Acima de tudo aquilo estava a parte inferior da afrontosa Ponte do Brooklyn, que se estendia desde o parque até o impressionante horizonte de Lower Manhattan, brilhando do outro lado do rio.

May havia decidido fazer sua festa nos arredores da atração principal do parque — o Jane's Carousel, uma versão incrementada dos carrosséis comuns (os cavalos eram de grande porte, pintados por artistas do MoMA). O carrossel era cercado por mesas de piquenique, onde Billie e Jay dispuseram cachorros-quentes, hambúrgueres e cervejas para os pais estressados.

Era uma festa à fantasia porque as festas de aniversário de May sempre eram à fantasia. (O Halloween era seu feriado favorito.) May estava de Cisne Negro. Como os pais de seus coleguinhas eram, na maioria, artistas chiques do Brooklyn, os trajes das crianças eram levados muito a sério. Elas não tinham escolha. O pequeno Sebastian queria ser um Power Ranger? Não, ele seria o

A escolha perfeita

Empire State Building, perfeito, com sapatos em formato de táxi feitos sob medida.

Todos os adultos também usavam fantasias exageradas — incluindo Jenna, que aguardava Eric ao lado de um vendedor de cupcakes, escondida, longe das mesas de piquenique (eles haviam decidido não chegar juntos, para não parecer que eram um casal). Ela era a Alex de *Flashdance*, uma escolha que reconhecia não ser muito criativa, uma vez que seu cabelo já era idêntico ao da atriz Jennifer Beals. Ela o deixou meio molhado, para que parecesse que estava suando de tanto dançar "Maniac", e acrescentou um moletom cinza, polainas felpudas e sapatilhas de jazz. Além disso, maquiagem dos anos 80 — sombra de arco-íris brilhante e batom rosa-chiclete.

Jenna sentiu alguém tocar seu ombro. Ela se virou e viu Eric parado com a câmera em uma das mãos, um presente na outra — e sem fantasia.

— Hum... oi! — disse ela.

Ele deu um aceno amigável.

— Eu beijaria você, mas é contra as regras. — E olhou para Jenna, rindo. — Que fantasia é essa? Whitney Houston? Pra que tanto esforço?

— Olha só. — Ela apontou para a multidão. — Eu avisei que era uma festa à fantasia!

Examinando as roupas extravagantes, ele fez uma careta.

— Ah, não. Eu achei que só as crianças iam se fantasiar! Mas, tipo, eu sou o Hulk, só um pouco discreto. Eu tô com uma camiseta do Hulk, tá vendo?

— Você não é o Hulk, você é o Eric com uma camiseta engraçadinha que diz "Hulk Le Incredible". — Ela apontou para a cabeça dele. — E por que você está usando um boné do Yankees?

— Porque é maneiro?

— Eu sei como consertar isso. — Ela enfiou a mão na bolsa para pegar o kit de costura que sempre trazia consigo. — Esse jeans é importante pra você?

— Não — disse ele e, ao vê-la arrancar a tesoura do kit, mudou a resposta. — Peraí... sim! Ele é importante. Muito.

— Ah, por favor, essa calça foi brinde em um evento de moda masculina da Rick Owens. Além disso, já tá um pouco gasta. Vem aqui, Hulk!

Como Eric queria agradá-la, e também porque ela foi incrivelmente rápida, ele permitiu que Jenna fizesse cortes gigantes em seu jeans e sua camiseta, arrancasse as mangas e depois as usasse para fazer uma faixa esfarrapada que ela amarrou na testa dele, deixando o restante do tecido pendurado na altura do ombro.

Quando terminou, Jenna deu um passo para trás para avaliar seu projeto e caiu na gargalhada.

— O que você fez comigo? — perguntou Eric, arrasado.

— Você parece um membro do Full Force!

— Ah, cara, tô fora. Não posso ir adiante com isso — disse ele, virando para ir embora.

Jenna agarrou o braço dele, rindo.

— Não, eu tô brincando. Você está a cara do Hulk. E eu te amo.

Eric olhou para si mesmo, balançando a cabeça.

— E eu devo *mesmo* amar você. Vamos!

Quando Jenna e Eric — mantendo um espaço benigno entre si — se aproximaram de Billie (que estava vestida de Dionne, de *As patricinhas de Beverly Hills*, usando uma minissaia xadrez amarela, blazer combinando e uma peruca longa de tranças finíssimas), ela estava com as mães de dois colegas de turma de May. Uma estava vestida de Rosie the Riveter, ícone feminista da Segunda Guerra Mundial; e a outra, de Chiquita Banana. Pelo que dava para ver por baixo de seus trajes intrincados, eram mulheres brancas mais velhas, perto dos cinquenta anos, esbeltas, com o corpo de praticantes de ioga.

— Jenna! Oi, Eric! — Billie abraçou os dois. — Gente, vocês se lembram da minha amiga, Jenna-fer Beals. E esse é o Eric, colega de trabalho dela. Que está vestido de… Peraí, qual é a sua fantasia, Eric? Um membro do Parliament-Funkadelic?

— E aí, Billie — cumprimentou ele, com um suspiro triste. — Na verdade eu sou o Hulk.

Jenna sorriu.

— Não dá pra notar?

— Você é *tão* engraçado — respondeu Billie, dando um tapinha no braço dele.

— Que maravilha te ver de novo, Jenna. Adoro conversar com você nas festas da Billie — disse a mulher com o traje de Rosie the Riveter, que usava um macacão jeans e um coque anos 40 embrulhado em um lenço vermelho

A mãe solo de quarenta e oito anos era vice-presidente do setor de propaganda da NBC, e bastante intensa.

Ao dar dois beijinhos em Eric, Rosie comentou:

— Sabe, você não me é estranho.

— Eu sei quem você é! — disse Chiquita Banana, uma designer de móveis dinamarquesa. Seu corpo magro como um caniço exibia um vestido de flamenco listrado com as cores do arco-íris, que ela complementou com brincos de banana e uma cesta de frutas de verdade amarrada na cabeça. — *StyleZine*, não é? Você e a Jenna fazem aqueles vídeos divertidíssimos de *A escolha perfeita*. Adorei a matéria que saiu na *New York*.

— Sim, sou eu mesmo. Prazer em conhecê-la. — Ele se abaixou para cumprimentá-la também com dois beijinhos.

— Desculpa, eu sei que é um pouco invasivo, mas você é lindo demais — disse ela com uma risada, cutucando Rosie the Riveter.

O peito e os braços de Eric, expostos sob a camiseta insanamente rasgada, não passaram despercebidos. Ele se sentia mais nu do que se estivesse nu de fato. Quis se esconder atrás do carrossel.

— O que ele é, na verdade, é muito inteligente — comentou Jenna, marcando território. Ela não o havia levado lá para servir de colírio para mães cheias de tesão.

— Inteligente? — Rosie the Riveter o encarou. — Ótimo, nós adoraríamos saber a opinião de um jovem sobre o monstruoso sistema novo de avaliação das escolas públicas de Nova York. Era sobre isso que estávamos conversando.

— Mas já? O Eric acabou de chegar — censurou Billie.

— Mas isso é muito importante — respondeu Rosie, amassando as mangas jeans enroladas acima dos cotovelos. — A expectativa é de que os alunos do jardim de infância leiam como alunos da segunda série até o fim do ano, caso contrário ficarão para trás. E todos estarão sujeitos aos mesmos critérios, independentemente do estilo de aprendizagem. O único motivo pelo qual uma criança deveria permanecer no jardim de infância é a existência de questões graves de socialização, não acadêmicas. Tipo, se for um pequeno psicopata.

Todos tentaram não olhar para Chiquita Banana, cuja filha, Ansel, uma completa ameaça, havia levado um alfinete de fralda para a escola e espetado o traseiro de seus colegas de turma durante a festinha do Dia dos Namorados. Ela dizia às pessoas que era o Cupido.

— Eu tenho algumas críticas sobre esse novo método de avaliação — observou Jenna, na esperança de evitar que Eric tivesse que se posicionar a respeito de um assunto que dizia respeito a pais de crianças pequenas, menos de cinco minutos depois de chegar à festa.

— Bom, estou louca para ouvir a opinião do Eric — disse Chiquita. — Ele é *bem* mais jovem do que nós e saiu da escola há menos tempo.

— Sei lá, cara, parece loucura — começou ele. — O que aconteceu com valorizar a criatividade? Quem força as crianças a memorizar aquelas merdas… quer dizer, *dados*… pros testes de aptidão escolar tá produzindo robozinhos. Eles só têm cinco anos. Pra mim, a academia deveria ser, tipo, uma jornada. Não um destino.

Jenna e Billie arquearam as sobrancelhas.

Sob pressão, sem nenhuma informação de fato sobre o assunto — e com a roupa menos máscula do universo —, Eric conseguiu sair com uma resposta incrível. Jenna sorriu, orgulhosa.

Vinte e dois, vinte e três, não importa, pensou ela. *Meu namorado se encaixa em qualquer lugar! Ele vai ganhar um boquete no segundo em que a gente sair daqui.*

— Uma jornada, não um destino — repetiu Rosie the Riveter. — Se isso não resume tudo, não sei o que vai resumir.

— Eu disse que ele era inteligente. — Jenna deu um sorriso irônico. — Agora pergunta pra ele sobre a política externa do Obama.

— Parece até que eu tô fazendo uma entrevista pra fazer parte da equipe de debate da escola — disse Eric, e todas riram. Ele não achou tão engraçado, no entanto. Por que Jenna continuava enfatizando que ele era inteligente? — É que eu realmente gostava de ir pra escola. Tipo, eu me divertia aprendendo coisas. Não é justo que, humm… Baudelaire não possa sentir isso.

— Concordo — disse Jenna. — E espero que, quando eu tiver um filho, esse currículo insano tenha sido derrubado.

— E quando vai ser isso, boneca? — perguntou Chiquita Banana. — Por acaso você tem um homem incrível escondido aí na manga? Algum plano de procriar?

A escolha perfeita

— Por que ela precisa de um homem? — perguntou Rosie the Riveter. — Eu não precisei. Se você quiser fazer isso sozinha, existem várias maneiras. Fertilização in vitro e um doador de esperma me tornaram mãe.

Jenna soltou uma risada cintilante, na esperança de que aquilo disfarçasse seu constrangimento. Como podia ter esquecido quão centradas na maternidade — e invasivas, a ponto de serem grosseiras — aquelas pessoas eram?

— Ah, quando tiver de ser, será — respondeu ela.

— Estamos nos quarenta — lembrou Rosie the Riveter. — Muito velhas para "quando tiver de ser, será". Os médicos nunca dizem às mulheres a verdade sobre como a nossa fertilidade diminui drasticamente com a idade. Você quer um bebê? Não espere. Congele seus óvulos. Consiga um doador de esperma. Adote.

— Essas opções são caríssimas — disse Billie/Dionne, apenas querendo que ela calasse a boca. Mas era difícil parecer impositiva vestindo uma cachoeira de tranças sintéticas. — Nem todo mundo tem um salário da NBC, querida.

Rosie the Riveter enfiou a mão no bolso do macacão jeans e entregou seu cartão a Jenna.

— Escuta, me ligue quando quiser. Eu posso te indicar um especialista em fertilidade brilhante no Mount Sinai.

Jenna olhou de soslaio para Eric, que esfregava a têmpora e parecia desejar estar em qualquer lugar menos ali. Seu estômago embrulhou ao imaginar o que ele devia estar pensando.

Chiquita Banana olhou para ele.

— Suponho que você ainda não tenha filhos, certo?

— Nããão — disse ele. — Eu não. Ainda não. Um dia... eu acho.

Jenna pigarreou e mudou rapidamente de assunto, voltando-se para Chiquita Banana.

— Então, você finalmente se mudou daquele apartamento?

— Sim! Estamos em Prospect Heights agora. Você ainda está em West Village?

— Não, também estou morando no Brooklyn.

— E você, Eric? — perguntou Chiquita.

— Nesse momento eu tô morando na casa da minha mãe.

Jenna fez uma careta. Era verdade, mas aquela resposta o fez soar como um adolescente. "Estou em um momento de transição" teria sido tão preciso quanto.

— Que fofo — murmurou Chiquita Banana. — Você mora com a sua mãe!

— É temporário — disse Jenna. — Sabe, só pra juntar dinheiro.

— Eu acho que faz todo o sentido, financeiramente — acrescentou Billie.

— O meu sobrinho mora com a minha irmã — disse Rosie the Riveter. — Ele tem vinte e cinco anos. Eu entendo, a economia está péssima. Mas, no caso deles, acho que ela simplesmente não quer desapegar do filhinho dela. O quarto dele ainda parece o de um pré-adolescente. É tão infantilizante.

Filhinho? Infantilizante?, pensou Jenna. *Não quero o amor da minha vida associado a algum fracassado aleatório. Podemos voltar ao sistema de avaliação escolar?*

— Sabe, eu conheço um agente imobiliário excelente — informou Chiquita — para quando você estiver pronto. Quer o contato dele?

— Não, tá tranquilo — disse Eric, incomodado com a expressão apreensiva no rosto de Jenna. — Eu vou me mudar assim que economizar o suficiente.

— O que vai ser muito em breve — enfatizou Jenna.

Eric ergueu uma sobrancelha.

— Vai?

— Claro — disse ela, embora os dois nunca tivessem discutido a situação dele. — O Eric tem um futuro brilhante como cineasta. Tem uma página com o nome dele na Wikipédia e no IMDb! Ele definitivamente não vai ficar muito tempo na casa da mãe.

— Bom pra você! — disse Rosie. — E, se estiver querendo engordar seu currículo, nós precisamos de alguém para filmar o próximo flash mob dos pais. A gente faz todo ano, no último dia de aula, na hora do almoço. As crianças adoram.

As crianças não adoravam nada daquilo. Ficavam assustadas ao ver suas mães saindo de debaixo das mesas do refeitório e dançando com o diretor James ao som de "Livin' La Vida Loca".

— Tem interesse, Eric? — perguntou Chiquita. — Não temos como pagar, mas seria um trabalho divertido. Ótimo para o seu currículo.

A escolha perfeita

Jenna estava indignada com o modo como elas falavam com Eric, como se ele fosse um garoto fofinho com um hobby. Como se fosse uma pessoa para quem filmar um bando de mães do ensino fundamental fazendo dancinhas ridículas — de graça — fosse ótimo para o seu currículo.

Antes que ele pudesse aceitar ou recusar, Jenna anunciou:

— Meninas, me desculpem, mas o Eric é o diretor principal de todas as nossas produções na *StyleZine*. Tenho quase certeza de que vamos ter alguma filmagem no dia.

Ele estava tentando pensar em uma resposta quando seu celular vibrou com uma mensagem de Tim. Sincronia perfeita — qualquer coisa para escapar daquela conversa surrealmente incômoda.

— Com licença um segundo — disse ele, e se envolveu em uma discussão com Tim sobre a última partida de *Zelda*, enquanto as mulheres continuaram falando ao seu redor.

Depois de alguns minutos, Jenna o puxou de lado.

— Guarda o celular — sussurrou ela.

— Não posso. O Tim acha que eu devo a ele cento e cinquenta dólares da partida de ontem à noite — explicou Eric, escrevendo uma mensagem. — Por que eu faço isso comigo mesmo? Cara, eu *odeio* jogar com ele.

— Faz cinco minutos que você está no telefone. Você não conversou com ninguém.

Eric olhou para Jenna.

— Posso pelo menos terminar minha frase? Cacete.

— Isso é falta de educação! Você simplesmente começou a mexer no celular no meio da conversa.

— Todo mundo que eu conheço começa a mexer no celular no meio de uma conversa.

Porque eles são crianças, pensou Jenna. *E agora você está agindo como eles.*

— Por que você está sendo tão esquisito? — sibilou Jenna.

— Eu? — ele sussurrou de volta. — Eu mal te reconheço neste momento.

— Você chega a estar fazendo beicinho.

— Me desculpa — disse ele. — Eu acabei de passar vinte minutos sendo dissecado por mulheres de meia-idade vestidas como ícones históricos da cultura pop. Tá ficando difícil fingir que eu tô de boa nesse ambiente.

— Eu sei, a gente já vai embora. Mas, enquanto estivermos aqui, tenta se enturmar. Por mim.

— Por você? Eu tô vestido feito um go-go boy por você. Eu detonei naquele papo sobre sei lá o que nas escolas por você. A Banana acha que eu sou fofo. Se você está insatisfeita com o meu desempenho, eu vou adorar cair fora daqui. Vai rolar um jogo de basquete entre a Duke e a UNC daqui a uma hora, e tem três idiotas da minha turma da oitava série me esperando na casa do Tim com um monte de comida e bebida.

— O seu desempenho?

— Sério, de quantas maneiras você vai tentar convencer essas mulheres de que eu sou incrível? Eu me sinto feito um poodle de uma perna só em uma exposição de cachorros.

— Eu tenho orgulho do meu namorado, só isso!

— Você tá agindo — sussurrou ele — feito uma assessora de imprensa maluca.

— Ei, Eric — disse Billie, percebendo que estava quase na hora de colocar os cupcakes na mesa para cantar parabéns. — Você pode tirar uma foto nossa? Estamos muito engraçadas, isso tem que ir para o Facebook.

— Claro — respondeu ele, aliviado por encerrar a conversa com Jenna. — Com o celular de quem?

— Aqui, usa o meu — ofereceu Jenna, entregando o aparelho a ele.

Eric pegou o celular da mão dela e digitou a senha (ela nunca se preocupou em alterá-la depois que ele configurou o aparelho, lá atrás, quando ela comprou um iPhone e nem sabia o que era um aplicativo). A tela ganhou vida, exibindo uma guia do Safari. Era a última coisa que Jenna havia olhado antes de bloquear a tela.

Eric estreitou os olhos, na esperança de não estar vendo o que estava vendo. Forbes.com. Ele sabia o que era antes mesmo de abrir: "O negócio de ser Brian Stein". Sem exprimir nenhuma reação, ele clicou no ícone da câmera, levantou o celular e tirou uma foto.

Ela tinha favoritado aquela merda.

25

Brian.

Ela ainda se importava. Talvez tivesse entrado em contato com ele. Talvez sentisse falta da vida que eles tinham, de estar com alguém da mesma idade. Alguém que não morasse com a mãe, alguém com a vida estabelecida. Rico. Um babaca sofisticado que respeitava a etiqueta das mensagens de texto. Ela ainda amava Brian? Quantas vezes ela tinha lido aquela matéria? Ela vinha comparando Eric a Brian aquele tempo todo?

Agora aquela tarde fazia sentido. Eric tinha achado que Jenna queria que ele fosse à festa para libertá-los do ambiente do trabalho e do quarto. E ele pensou que seria divertido, mas estava sendo péssimo. Todo aquele papo insistente sobre as realizações dele? Ela não estava tentando mostrar àquelas tiazinhas que ele não era só um rostinho bonito jovem demais para acompanhar a conversa. Ela estava tentando se convencer. Ela queria ver se ele conseguia ser tão impressionante quanto seu ex. Mas, se fosse isso mesmo, ele sempre sairia perdendo.

Eric havia dito a Jimmy Crockett que seu encontro com Jenna tinha sido um teste, e ele havia fracassado. Aquele tinha sido o seu teste?

Sua mente estava tão turva de raiva e mágoa que ele se desconectou da festa. Ficou de fora da discussão sem sentido sobre qual apartamento era grande o suficiente para que fossem conduzidos os ensaios para o flash mob dos infernos. Só falava quando lhe faziam perguntas diretas. E estava a fim de ser desaforado — quando Chiquita perguntou o que havia de errado, ele respondeu: "Alergia a frutas".

Eric ficou fora do ar até que um pequeno Cisne Negro com covinhas correu em direção ao grupo e abraçou Billie pela cintura.

— Essa é a melhor festa de todas — disse ela, com entusiasmo comedido.

Em um momento em que a maioria das meninas teria saltitado freneticamente ou rido de alegria, o máximo que ela conseguiu foi cumprimentar a mãe com um comedido high-five.

— Meu amor! — Jenna se abaixou e esmagou May em seus braços. — Feliz aniversário! Ei, quero te apresentar o meu amigo Eric Combs.

May, cujo rosto estava perfeitamente maquiado para parecer uma bailarina malvada, de rosto branco e lábios negros, olhou para Eric com expressão séria.

— Olá, Hulk — cumprimentou, estendendo a mãozinha. Ela estava vestindo um collant preto, tutu preto, um adereço de cabeça com penas e enormes asas pretas.

— Olá, Cisne Negro — respondeu ele, apertando a mão dela.

— Então, o que você faz no trabalho com a tia Jenna? — perguntou May.

— Tá vendo a minha câmera? Parece… bom, parece ridículo quando eu digo isso em voz alta, mas, de modo geral? Eu filmo mulheres falando sobre as roupas delas.

— Eu não acho que parece *rindículo*. Roupas são legais. — Ela se virou para Billie. — Mamãe, posso falar com o Eric sobre a minha fantasia? Na frente da câmera?

— Ai, não, eu vou morrer de fofura — gemeu Jenna, que se derreteu até formar uma poça. — Eric, ela quer que você grave um vídeo dela para a *StyleZine*!

— Depois sou eu! — exclamou Chiquita Banana.

Eric adorou a ideia. A verdade? May era a criança mais fofa que ele tinha visto na vida — e ele faria qualquer coisa para escapar de sua situação atual.

— May Lane — disse ele —, acho que esse vai ser o vídeo mais maneiro que eu já gravei. Vem, vamos lá naquelas rochas. O reflexo da Ponte do Brooklyn na água é irado. Tudo bem, Billie?

— Vai fundo! — respondeu ela. — Vamos buscar vocês daqui a dez minutos para cantar parabéns.

E então um Hulk muito alto e uma cisne demoníaca baixinha seguiram em direção à praia. Mesmo sem se virar, ele sabia que Jenna os observava. Naquele momento, ele ganhava pontos na parte do teste em que comentavam "mas ele é bom com crianças?".

A escolha perfeita

Minutos depois, Eric havia posicionado a minúscula May de modo que ela estava encostada na pilha de pedras de granito, com a prainha, o East River e os arranha-céus do Battery Park brilhando atrás dela. O sol da tarde lhe dava um ar místico e sagrado (especialmente com as asas), um efeito dissonante, considerando que ela estava fantasiada de cisne psicótico.

May parecia um anjo caído. Como o anjo Gabriel em forma de menina. Eric estava apaixonado.

Ele apoiou a câmera no ombro e apontou para ela.

— Tá, agora eu vou só conversar com você um pouquinho, pra gente aquecer, tudo bem?

— Tudo bem!

Só então ele se deu conta de que não fazia ideia de como conversar com meninas daquela idade. Ele não falava com uma criança de seis anos desde que tinha seis anos. Mas concluiu que provavelmente não seria muito diferente das garotas mais velhas. Então tentou pensar nas coisas que diria a uma amiga.

— Então, tranquilo? Você tá linda.

— Como assim, "tranquilo"?

— Tranquilo, tipo, tudo bem, como estão as coisas?

— Humm, não sei se tá tranquilo. Eu tô dando uma festa de aniversário, o que eu gosto, mas ontem à noite a mamãe disse que eu não podia fazer uma tumba de massinha pra eu dormir, o que eu não gosto. Então não sei se tá tranquilo. Essa é uma pergunta muito confusa.

— Não é, não. — Ele colocou a câmera no chão e se sentou ao lado dela. — Se alguém perguntar pra você "Tranquilo?", não importa o que esteja acontecendo, você só responde "Tranquilo", "De boa". Coisa simples.

— Isso é fácil.

— Então, tranquilo?

— Tranquilo. De boa. E você, tranquilo?

— De boa. — Eric deu de ombros. — Agora, sabe o que você faria se fosse muito descolada? Você me daria um soquinho.

— Soquinho?

— Você bate no meu punho com o seu. Assim. — Ele juntou os dedos dela em uma bola e então os empurrou contra os dele. — E aí a gente faz uma pequena explosão com as mãos, tipo uma bomba. BUM!

— BUM! — gritou May. — Você é engraçado. Soquinhos são bobos. E você também.

— É o que dizem.

— Eu não sou tão boba assim, mas gosto de coisas bobas às vezes.

— Ah, é? Você gosta de filmes bobos?

— Na verdade, não. Meu filme favorito é *O príncipe do Egito*.

— O filme da Disney sobre Moisés?

— O Egito Antigo é demais. Porque os mortos sempre são múmias. Até os gatos mortos, se pertencerem a um faraó. E os homens usavam delineador. Eu gosto da história do Moisés porque mostra que não é educado escravizar pessoas ou jogar bebês de pessoas escravizadas em um rio cheio de crocodilos. É importante ter boas maneiras.

Eric tentou não demonstrar surpresa diante dos gostos sombrios de May para filmes.

— Sério, então, de todas as animações da Disney, essa é a sua favorita?

— Sim, senhor.

— Que legal. Eu gosto do Egito Antigo também. Eu só achava que garotinhas da sua idade gostavam mais dos filmes de princesas da Disney.

— Eu gosto desses também. Eu gosto da Tiana, porque ela se parece com a gente. E de *Enrolados*, por causa do cabelo dela. Eu adorava cabelo comprido quando tinha quatro anos. Era quando eu sempre queria ver o programa da Barbie na Netflix. Mas minha mãe não deixava.

— Por quê?

— A mamãe não gostava que não tivesse ninguém de pele negra e que a Barbie só falasse de meninos e roupas. Mas ela vê um programa chamado Carrie Bradshaw e não tem ninguém de pele negra... e ela só fala de meninos e roupas.

Eric olhou para ela com admiração.

— Talvez você seja a pessoa mais inteligente que eu já conheci.

— Na *verdarde*, eu sou mais inteligente do que a maioria dos alunos do jardim de infância. Mas eu não digo isso pros meus amigos, porque é falta de educação — disse ela.

— Você tem muito boas maneiras, menina. Eu preciso aprender com você.

— Os meninos não têm boas maneiras.

A escolha perfeita

— Não, geralmente não.

— Você sabe o que "casamento" significa? Alguns meninos também não sabem.

— Sei, é quando um homem e uma mulher se casam. Ou, tipo, dois homens ou duas mulheres. — Crescer com os dois pais de Tim o tornara sensível à legitimidade dos casais do mesmo sexo. Mas ele não sabia se aquela era uma resposta apropriada para a idade dela. Ele tentou novamente. — Sei lá, acho que é só quando duas pessoas...

— Viu? Os meninos não sabem o que isso significa — ponderou May. — É a única parte dos filmes de princesa que eu gosto. É o que acontece no final. Sempre tem uma música legal, e ela usa um vestido bonito e casa com um príncipe.

— Ah, sim, agora acho que eu entendi.

— É divertido ver o príncipe e a princesa tão felizes, porque nunca se sabe, eles podem morrer logo. Todo mundo morre, você sabe, né? E a gente nunca sabe quando. Por isso, temos que nos divertir todos os dias.

— Isso aí! Carpe diem.

— Você é casado? — perguntou May. — Com uma princesa, talvez?

— Não, eu não sou casado. Você é?

— Você é bobo mesmo! Eu acabei de fazer seis anos. Ainda não tá na hora. — Ela alisou o tutu. — Eu vi você e a tia Jenna chegando juntos. Você é o amor da vida dela?

Eric recuou, se perguntando se ela havia percebido aquilo sozinha. Ele não ficaria surpreso — ela parecia capaz de invocar as forças das trevas para roubar segredos de suas vítimas inocentes.

— Não, nós somos só amigos.

May pareceu não acreditar nele.

— Bom, talvez você possa casar com ela. Toda princesa tem um marido. E a tia Jenna tá sozinha. Você não fica triste por isso?

— Nem toda princesa precisa de um marido, sabia? — disse Eric, incapaz de acreditar que estava debatendo aquele assunto com uma criança. — O problema desses filmes é que eles dizem pra meninas como você que o casamento é sempre o principal objetivo. E aí elas ficam desesperadas pra encontrar alguém que queira se casar com elas porque acham que isso é o esperado, em vez de encontrar a pessoa certa. É mais inteligente esperar o seu tempo, descobrir quem você é, cometer erros e então, quando chegar a hora certa, quem sabe você encontre alguém que te faça querer um casamento igual aos da Disney.

May assentiu, mas não pareceu impressionada pelo discurso de Eric.

— Mas então — retomou ela —, você quer casar com a tia Jenna igual a uma princesa da Disney?

Eric passou a câmera de uma mão para a outra. Como tinha ido parar ali? Estava parcialmente vestido, sendo julgado por alguém que não conseguia pronunciar a palavra "verdade". Não tinha nada a perder, então foi sincero.

— Sim — admitiu ele com um suspiro. — Eu quero. Mas ainda não chegou o final do filme.

— Tudo bem.

— Isso é segredo, Cisne Negro. Não conta pra ninguém.

— Não conto.

Eric olhou para Jenna, que ajudava Billie a desempacotar os cupcakes. Ela acenou, exibindo um sorriso entusiasmado. Vê-lo com a garotinha fez seu incômodo desaparecer. Ele acenou de volta, mas não conseguiu sorrir.

Eric e May estavam terminando a filmagem, e Billie, Jay e Jenna se aproximaram para assistir. Quando ela concluiu com a frase que eles haviam ensaiado — "Eu sou May Lane, e este é o meu look pra *StyleZine*" —, os três explodiram em aplausos.

— Arrasou, May-May! — exclamou Jenna. — Será que tem o risco de *alguém* roubar o meu emprego?

— A gente estava vindo avisar que está na hora do parabéns, mas não conseguiu resistir a dar uma espiada. — Billie deu um abraço apertado na filha. — Como foi, May? Você ficou nervosa? Foi tranquilo?

Ela deu de ombros.

— De boa.

Jay, que estava vestido como Al Sharpton nos anos 80 (com direito a peruca cacheada), deu uma gargalhada.

— Boa, Eric.

— Olha só o que mais o Eric me ensinou. — May estendeu seu pequeno punho e o cumprimentou com um soquinho.

— Minha camaradinha, Cisne Negro — disse Eric.

A escolha perfeita

— Isso passou dos limites da fofura — comentou Jenna.

— Ei, Elodie — chamou Eric —, onde você estava?

Elodie estava fantasiada de Medusa, com uma peruca assustadora de cobra, o rosto pintado de verde e lentes de contato.

— Eu estava ajudando o Jay com os bilhetes dos convidados da May para o carrossel. Trabalhinho ingrato. Fumei um antes de vir, pra poder lidar com os narizes escorrendo e as birras, mas só isso já me deixou cansada. Agora eu quero tirar uma soneca revigorante debaixo daquela mesa de piquenique. De preferência com o marido da Chiquita Banana. Vocês viram o cara? Aquele que parece o Idris Elba?

— Que decepção — reclamou Billie. — Eu tenho várias amigas p-r-e-t-a-s solteiras, lindas e incríveis, e uma l-o-i-r-a dinamarquesa fica com o Idris Elba.

— Pessoal — disse Jenna —, eu passei o dia todo esperando que ficássemos sozinhos. Cheguem mais perto. — Todos se amontoaram, com May no meio. — Temos uma novidade.

Eric torceu para que ela não tivesse escolhido aquele momento — quando tudo estava dando errado — para fazer o comunicado.

— Peraí — interveio Billie. — Novidade? Vocês dois?

— Sim! — Jenna deu um gritinho. Ela estava reluzente. — E queríamos compartilhar com vocês primeiro, antes de contar pro mundo. Vocês vão adorar.

Billie soltou a mão de May, jogando os braços para o alto.

— Vocês vão se casar?

— Peraí, eu não… — começou Jay, vendo os olhares aflitos no rosto de Eric e Jenna.

— Fala sério, Jay, este é um momento muito importante. — Billie se colocou entre Jenna e Eric, passando um braço ao redor de cada um. — Jenna, você finalmente abriu seu coração como a gente conversou! Viu? Funcionou. Nós também temos novidades. Estou grávida de dois meses! Talvez a gente tenha os bebês na mesma época, dependendo de quando vocês começarem a tentar! — Ela o beijou na bochecha. — Eric, ela quer isso mais que tudo.

— E o Eric também — disse May.

— O q-quê? — A voz de Eric mal saía.

— O quê? — perguntou Jenna.

— O Eric falou que queria casar com você igual às princesas da Disney! Sabe, quando o príncipe casa com a princesa no final?

— Eric, isso saiu da sua boca? — Elodie batia palmas. — Meu Deus, eu tô quase diabética com tanta melação.

Jenna olhou para ele com uma expressão confusa, sem conseguir disfarçar a alegria e hesitantemente esperançosa.

— Você disse isso? Sobre a gente?

A ideia a deixou sem fôlego — mas então ela deu uma boa olhada em Eric. Ele parecia Peter Pan andando na prancha. Era óbvio que não tinha dito nada daquilo.

— Não... Não foi exatamente... — balbuciou ele, o coração acelerado. — Nós estávamos conversando sobre filmes de princesa e a May se deixou levar.

— Claro — disse Jenna, humilhada.

May fez uma careta.

— Ah, não, eu esqueci que era segredo. Desculpa, Eric, foi sem querer!

Percebendo que havia estragado o clima de algum jeito, o Cisne Negro escorregou entre as pernas de sua mãe e correu para se juntar aos amigos.

O corpo de Jenna estava todo contraído. Ela conseguiu encontrar forças para parecer indiferente e abrir um sorriso.

— Desculpa, gente. Não, não vamos... Eu não vou me casar. Mas, Billie, caramba, eu tô muito animada com essa gravidez!

Todos ficaram em silêncio, atolados demais naquele momento terrível para dizer qualquer coisa. Jenna e Eric estavam mergulhados em um constrangimento doloroso; nada que alguém dissesse teria sido capaz de salvá-los.

Billie os soltou do abraço.

— Com licença, vou ali me afogar no East River.

— A Billie teve um dia longo — explicou Jay, olhando para ela. — Então, qual era a novidade, Jenna?

Ela limpou a garganta, mas sua voz soou fraca.

— O Eric foi convidado pro South by Southwest. O festival de cinema.

Os parabéns foram longos e altos — quase efusivos demais.

— A banca ligou para ele ontem e informou que eles já estavam apaixonados por *Tyler na Perry Street* — disse Jenna, tentando vencer o entusiasmo refreado. — E, depois de lerem a matéria da *New York*, eles tiveram certeza de

A escolha perfeita

que precisavam agir antes que o passe dele valorizasse e Sundance o fisgasse primeiro. Eles realmente admitiram isso.

— Sim, o cara falou que eu sou um "poço de talento" — Eric revelou com um sorriso vazio. Aquela tinha sido a melhor ligação que ele recebera na vida. A ligação que ele esperava desde a terceira série. Mas, naquele momento de anticlímax, era a última coisa sobre a qual queria falar.

— Ninguém merece isso mais do que você, cara — disse Jay, apertando a mão de Eric. — Tô orgulhoso de você.

— Valeu, professor.

— Não se esqueça de nós, mortais, bonitão — pediu Elodie, beijando-o na bochecha.

Então, em uma tentativa apressada de deixar aquele momento constrangedor para trás, Billie conduziu todos eles até a mesa de piquenique para o parabéns de May. Eric e Jenna estavam em lados opostos da mesa, o espaço entre eles parecendo do tamanho de um oceano.

Depois da festa, Jenna pediu a Eric para caminhar com ela ao longo do Píer 6, que se estendia até muito além do local da festa de May. Nenhum dos dois queria conversar, mas Jenna não poderia ir para casa com as coisas daquele jeito.

Eles chegaram ao fim do píer sem pronunciar uma palavra e então se recostaram no parapeito.

— Quer começar? — perguntou Jenna.

— Sim — respondeu ele. — Por que você estava se esforçando tanto pra me vender pras suas amigas?

— Como assim?

— "Ele mora com a mãe, mas vai se mudar assim que conseguir juntar dinheiro. Eu sei que ele é só um garoto, mas tudo bem porque ele tem uma página na Wikipédia. Vocês vão gostar dele. Eu juro."

— Meu amor, você interpretou do jeito errado.

— Você tem vergonha de estar comigo?

— É sério isso? Você sabe que eu te acho demais. Eu sou praticamente uma groupie. — Ela olhou para ele. — Mas, já que estamos falando sobre economizar... você realmente está apostando dinheiro em jogos de videogame? Uma pessoa que está tentando economizar gasta em coisas tão idiotas.

— Falou a mulher que mora na quebrada e tem uma poltrona de mil e quinhentos dólares.

— Muito engraçado. — Jenna franziu a testa. — Você não parecia você mesmo essa tarde.

— Nem você. Você tentava controlar tudo o que eu dizia, de olho pra ver se eu ia cometer algum erro. Era como se eu estivesse até respirando errado.

— Você não disse quase nada e depois começou a agir feito um babaca. A parte da alergia a frutas foi bastante memorável.

Eric deu de ombros.

— Eu já estava de saco cheio.

— Não estávamos sendo nós mesmos — Jenna admitiu em voz baixa.

— Não. — Eric ficou em silêncio por um momento. — Mas você tem razão sobre eu ficar desperdiçando dinheiro com videogame. Talvez eu devesse começar a ler a *Forbes*. Sabe, pra aprender a administrar as minhas finanças como um adulto.

Jenna piscou.

— Talvez Brian Stein precise de um estagiário. Ele poderia me ensinar a investir, a agir adequadamente em relação ao uso do celular. A ser bem-sucedido ao socializar com mulheres de cinquenta anos. Ele poderia me mandar até a farmácia comprar uma mousse de cabelo pra ele. Seria demais.

— Ai, não — ela gemeu. — Meu celular. Deixa eu explicar…

— Eu sei que você fica meio confusa com tecnologia. Mas você devia apagar o seu histórico depois de pesquisar a porra do seu ex no Google. — Furioso, ele pulou do parapeito e começou a andar de um lado para o outro. — "Tudo que eu sempre amei está nos detalhes dela." É isso, Jenna? Esse palhaço passou vinte anos com você e o que ele mais sente falta é da decoração que você fez na casa?

— A Elodie tinha acabado de me mandar o link! Você esperava que eu não fosse ler? Não significa nada!

— Ela tinha *acabado* de te mandar o link? Você é muito ruim nisso. Faz um mês que essa merda saiu!

— Como você sabe?

— Não importa. — Ele continuava andando. — Aposto que é bom saber que ele ainda é obcecado por você. Quantas vezes você leu? Você ligou pra ele? Encontrou com ele?

— Não! — Tentando não parecer tão nervosa quanto estava de fato, ela disse: — Eu não tenho como controlar o que ele fala sobre mim. Fiquei sabendo que ele tinha me mencionado numa entrevista e, é claro, fiquei curiosa. Foi só isso! Eu não quero ele. Quero *você*.

— Mas por quê? Ele é o oposto de mim. Se ele é o seu tipo, eu nem sei o que tô fazendo aqui.

— Você está aqui porque eu te amo! — Ela fez uma pausa para recuperar o fôlego. — Você está aqui porque eu quero que as pessoas que eu mais amo te conheçam. Porque eu queria que a gente contasse para eles sobre a sua grande conquista. Porque eu quero você na minha vida, na minha vida real.

— Você acha que eu sou idiota, porra? Isso aqui foi um teste pro papel de seu namorado na vida real.

— Não é verdade! Por favor, não fica irritado.

— Eu não tô irritado! *Eu pareço irritado?*

— Sim! Parece que você quer bufar, soprar e fazer a minha casa voar pelos ares!

Eric olhou para o céu, tentando se acalmar.

— Eu preciso que você me diga a verdade. Você quer o que a Billie e o Jay têm. Tipo, agora.

— Claro, mas não… agora. Só, tipo, em algum momento.

— Não minimize. Você quer tanto que a Billie praticamente teve uma convulsão comemorando o nosso suposto noivado. Você murchou completamente quando as Bruxas de Eastwick começaram a falar sobre bebês.

Eric queria dizer a ela que Darcy já havia lhe contado a verdade. Ele estava obcecado com aquilo desde que acontecera. Sua própria mãe tinha mais noção do seu relacionamento do que ele.

— Você ficou girando em círculos ao redor disso outro dia, mas nunca falou nada de concreto — continuou ele. — "Como vai ser o nosso futuro, Eric? Vamos conseguir, Eric?" Era sempre hipotético. Sabe como eu me senti quando vi o jeito que você ficou entusiasmada com aquela história de casamento da Disney? Eu me senti uma decepção completa. Jenna, eu acabei de fazer vinte e três anos… Não tenho como te dar essa vida! Quando você pretendia me dizer quão desqualificado eu sou pra me relacionar com você?

— Você é perfeito pra mim — disse Jenna, baixinho.

— Faz um favor pra nós dois e diz o que você quer. Eu quero ouvir você dizer.

Ela não conseguiu. Não queria assustá-lo com seus devaneios irreais sobre o futuro deles.

Eric esperou cinco segundos, depois vinte e por fim desistiu.

— Você é uma covarde — disse ele.

— E você é jovem demais pra entender.

— Claro. Eu tenho dezessete ou dezoito anos a menos que você, moro com o anticristo e aposto dinheiro em videogame. Eu te conheci cedo demais e não sei o que a gente vai fazer em relação a isso. Mas eu te amo. Eu te amo como se fosse uma vocação. Você não sabe, porque eu não te digo, mas tem momentos em que isso mexe comigo com tanta força, Jenna. Tipo de manhã, quando você passa quinze minutos fazendo aquele alongamento melodramático e tenta se levantar, depois desaba na cama como se alguém tivesse atirado em você. Quando você pega coisas do chão com os dedos dos pés. Quando a gente tá numa reunião e você trinca a boca porque tá tentando não rir de alguma coisa que eu disse. O seu jeito de ser acaba comigo. — Seus olhos perfuraram os dela. — Mas *isso* que aconteceu aqui hoje? Tô fora. E é melhor eu ir antes que fique pior.

Ele tentou se afastar, mas Jenna agarrou sua mão.

— Eric, vamos ficar bem?

O que ele poderia dizer? Eles tinham que ficar bem. Isso não estava em questão.

Ele simplesmente não sabia como.

Ele assentiu levemente. Então Jenna soltou sua mão e o deixou ir.

www.stylezine.com

Just Jenna: Segredos de estilo da nossa intrépida embaixadora do glamour!

P: Sempre adorei casacos fofos, roupas de esqui e botas forradas de pele. Meu sonho é me vestir como a Julie Christie em *Doutor Jivago*. Mas eu moro em Taos!!! E amo a cidade. Minha família inteira está aqui, eu adoro meus alunos do jardim de infância e a topografia me emociona. Como sanar as fantasias que eu tenho com roupas? – @MelissaCuidando-DeMimLopez

A escolha perfeita

R: Querida, talvez seja a hora de se render à sua realidade. Faz, tipo, dois mil graus no Novo México — receio que adotar o look Chalé de Esqui possa lhe causar alergia de tanto calor. Além disso, não posso, em sã consciência, aconselhar você a fazer o que chamo de "forçar a estação" (vejo isso nos invernos de Nova York, quando temos um raro dia acima de quatro graus e as mulheres se jogam em vestidos decotados). A dura verdade é que as temperaturas são muito altas para o seu look dos sonhos. Claro, talvez você não use protetores de orelhas de vison falso tão cedo, mas tem o privilégio de morar em um lugar que ama profundamente. Tente adicionar elementos de roupas de inverno ao seu guarda-roupa do Novo México, como combinar um vestido de verão transparente com uma jaquetinha curta e leve (confira Nordstrom.com ou Zara para ver as minhas peças favoritas da estação!).

PS: Quanto mais velha eu fico, mais me pergunto se o segredo da verdadeira felicidade é saber quais sonhos deixar de lado.

26

Na noite seguinte, Jenna tentava disfarçar a tristeza no Tribeca Ball, o baile da Academia de Arte de Nova York, um dos eventos de caridade mais chiques da temporada de primavera. O tema da noite era "Acredite na Sorte", e quem quer que tivesse projetado o espaço havia feito uma interpretação literal. A sala inteira parecia ter recebido um beijo de língua da Sininho. O teto e as paredes estavam iluminados por um milhão de luzinhas brancas tremeluzentes. Tudo era bege, creme ou marfim e discretamente borrifado com brilho — desde as luvas do garçom às toalhas de cetim nas mesas de jantar em todo o salão. Os convidados eram um apanhado de celebridades de Nova York. Robert De Niro, Anna Wintour, Zac Posen, Puffy, SJP e Alec Baldwin se misturavam com supermodelos, editores de moda, socialites e magnatas de Wall Street.

Os ingressos custavam mais de mil dólares, mas Jenna tinha sido convidada pela assessoria de imprensa da Ralph Lauren. Elodie, por uma de suas clientes. Quando Jenna recebeu seu convite embrulhado em cetim, pensou em não ir — o que disse a sua melhor amiga na noite anterior.

— Esses bailes chiquérrimos de Nova York são pensados de modo que os civis se sintam uma merda. Aqueles que eu frequentava com o Brian eram divertidos. Mas, se você tem vaga garantida por conta de algum vínculo de trabalho, você se sente o primo pobre de alguém e passa a noite inteira tentando não manchar de vinho tinto o vestido da Marchesa que pegou emprestado enquanto passa vergonha porque a namorada do Jon Hamm pediu pro assessor dela mandar você parar de olhar para ele.

— Como é que é? — perguntou Elodie.

— Eu não tô no meu melhor momento — admitiu Jenna. — Você vai levar alguém?

A escolha perfeita

— Não, eu recentemente me consultei com uma vidente que me disse pra parar com os encontros online. Segundo ela, a minha alma gêmea está logo ali. E o mais estranho? Ela falou que ele vem de um estado ensolarado. Você acha que ela se referiu a um estado de espírito ensolarado ou literalmente a um estado onde faz muito sol?

— Você sai ganhando de qualquer jeito — ponderou Jenna. — Não tem nada de errado com um cara feliz, nem com um que tenha uma casa em Malibu. Peraí, você por acaso acredita em almas gêmeas?

— Não. Mas e daí? Eu não acredito em preenchimento e fiz botox no meu bigode chinês.

— Por quê? Você é perfeita. A última coisa que você precisa é de botox.

— E a última coisa que você precisa é ficar em casa hoje à noite — disse Elodie. — Você e o Eric só tiveram uma discussão.

— Foi mais que uma discussão.

— Jenna, vamos ao baile. Eu sei que você passou o dia inteiro em casa com aquele shortinho horroroso, se entupindo de waffer e maratonando *Girlfriends*.

— *Purple Rain*.

— Você precisa sair de casa — aconselhou Elodie. — Vai ser divertido. Muitos casais que a gente conhece vão estar lá.

Jenna tomou um gole de champanhe, se lembrando dessa conversa. Muitos casais que a gente conhece vão estar lá. De fato. O salão estava abarrotado de casais. Mulheres deslumbrantes e glamourosas de braços dados com homens estilosos e elegantes com têmporas grisalhas e casas de veraneio nos Hamptons. Casais com uma vida plena e rica — família, filhos, mensalidades universitárias e seguros de vida robustos. Se e quando os homens tinham casos, eram respeitosos. As mulheres permitiam que seus instrutores de pilates as chupassem, mas não era para isso que eles serviam? A festa podia se chamar Baile dos Casados Mais Respeitados de Manhattan, porque era exatamente isso que estava lá.

Ela ajustou a delicada guirlanda floral em seu cabelo e alisou o vestido drapeado de mangas curtas verde-escuro Rodarte ("Ninfa da Floresta Sexy Sem Esforço de Luto"). Olhou para uma belíssima e requisitada dermatologista asiática na pista de dança com seu deslumbrante marido húngaro. Jenna concluiu que ela parecia desnecessariamente presunçosa, tomou outro gole de champanhe e lançou-lhe adagas com o olhar. *O seu homem é gostoso, mas o meu é delicioso, e não estamos nem perto de fechar o negócio, porque ontem mesmo ele era o rei do baile de formatura da escola. E esse fato me faz querer arrancar essas luzes ruivas perfeitas da sua cabeça, dra. Jennie. Eu posso parecer solteira, mas não sou, sou comprometida, só que não do jeito que você é, nunca será do jeito que você é, nunca seremos pais como você e esse otário europeu, e isso acaba comigo, e eu sinto que você sabe disso, e eu odeio você, ele e a filha de vocês, que está no primeiro ano da Sacred Heart e teve uma música emo nas paradas da Billboard no mês passado. Foda-se toda a família Ko-Stanislov.*

Emburrada, Jenna terminou sua taça de champanhe. Aquele lugar parecia o inferno. Mandou uma mensagem para Eric, ligou para ele, enviou pombos--correio — nada. Não ficou exatamente surpresa. Ele estava magoado e era muito teimoso.

Além disso, ele estava certo em relação à festa de May. Sem estar consciente disso, ela queria saber se Eric estava à altura de ser seu namorado — e agiu como uma diretora de teatro, conduzindo sua personalidade. Sozinhos, em sua bolha de amor secreta, eles viviam em perfeita sintonia. Mas, junto de outras pessoas, as diferenças entre eles ganhavam outra proporção. Ela sentia como se fosse mãe dele. E ele parecia dez anos mais novo do que já era.

A razão pela qual a Madonna, a J. Lo e a Demi Moore são capazes de namorar caras décadas mais novos é o fato de que elas já tiveram filhos. Eu odeio elas também.

Já havia se passado uma hora, e ela ainda não tinha encontrado Elodie em meio às centenas de convidados, o que a levou a circular pela festa de cara amarrada, sendo capturada em conversas com antigos colegas, contatos do mundo da moda, estilistas — pessoas que não tinha visto naquele quase ano que estava de volta a Nova York. E seguiu a noite tendo versões semelhantes das mesmas conversas.

— Jenna, estamos em 2003 ou 2013? — perguntou-lhe Markie Masters cerca de cinco minutos antes. Ela era uma americana loira desajeitada, mas chique, compradora chefe da seção de moda da Nicoletta's, uma loja de departamentos de luxo em Milão. — Sua pele está simplesmente fantástica. Quais são os seus segredos de cuidados com a pele?

— Bom, eu não frequento o consultório da dra. Jennie.

A escolha perfeita

— E você veio com quem? Alguém novo? Preciso dizer que o garoto que está com você naquela matéria maravilhosa da *New York* é um pedaço de mau caminho.

— Você não sabe da missa a metade — murmurou Jenna. — Não, não estou saindo com ninguém desde que me separei do Brian.

— Sinto muito por vocês dois — disse Markie, que costumava receber o ex-casal em sua *villa* durante a Semana da Moda de Milão. — Lily L'Amour. Sério, um dia ela vai ter uma overdose de Tory Burch. Bom, espero que você se recupere logo. Você é um partidão. — De duas rodinhas adiante, Katie Couric piscou para Markie, e a loira acenou para a âncora superfamosa. — A fofoca me chama, mas aposto que até o final do ano você já vai estar noiva. *Ciao!*

Jenna riu e soprou um beijo para ela. Ãhã, *tá bom. Como se o meu pedaço de mau caminho fosse me pedir em casamento a qualquer momento antes de 2020.*

Ela pegou outra taça de champanhe de um garçom que passava e se realocou no fundo do bar, próximo à banda absurdamente excêntrica. Quem pagou por aquele bando de jecas? O cofrinho do guitarrista estava à mostra, e o smoking do tecladista era quinze vezes maior que ele. Para completar, a peruca do cantor principal estava escorregando para o lado e ele cantava uma versão de "It's Getting Hot in Here" em estilo cabaré, o que era constrangedor, considerando que o produtor superstar da canção, Pharrell Williams, estava a seis metros de distância.

De repente, Jenna percebeu um homem se aproximando dela no meio da multidão.

— Olá — cumprimentou Jenna.

— Você é Jenna Jones?

Ele estendeu a mão; ela automaticamente a apertou, mas não conseguia ouvir nada do que ele dizia com a música implacavelmente alta.

— O quê?

— Você é Jenna Jones?

— Perdão?

— JENNA JONES?

— SIM! — ela gritou. — Desculpa, acho que este não é o melhor lugar para conhecer alguém. E você é...?

— Eu sou... — Ele começou a falar em uma voz normal, e em seguida aumentou dez decibéis. — Eu sou James Diaz! O diretor do programa de teoria da moda da Universidade Fordham! Jay Lane me contou tudo sobre você!

— Ah, sim, James Diaz!

Ele assentiu. Tinha pouco mais de um metro e oitenta, um belíssimo cabelo ondulado e grisalho. A aparência era robusta e atlética, como se fosse alguém que talvez gostasse de escalar montanhas vulcânicas ou, quem sabe, pastorear imensos rebanhos de ovelhas em seu tempo livre.

— Vamos lá pra baixo para não termos que gritar! — berrou Jenna.

Os dois avançaram pela multidão até chegarem a um local relativamente tranquilo do outro lado do bar. Jenna baixou a taça de champanhe.

— É um prazer conhecê-lo. — Ela apertou sua mão.

— Eu estava para te mandar um e-mail, mas estou sobrecarregado demais com a organização de uns cursos novos. Eu sei tudo a seu respeito, tenho acompanhado a sua carreira. Devo dizer que, quando Jay me falou que você dava aulas, meu primeiro pensamento foi que precisávamos de você.

— Bom, você deve saber que eu estou na *StyleZine* agora — começou ela, tentando descobrir uma maneira de conduzir a conversa. — E eu amo, mas, caramba, sinto falta de ensinar. Adoraria saber o que você tem em mente.

— Obviamente, este baile não é o melhor lugar para isso — disse ele, sorrindo.

— Desculpe perguntar, mas você é de Montana? Wisconsin? Você meio que parece um caubói, o que traz outra questão: o que um caubói está fazendo no mundo da moda?

— Respondendo à sua primeira pergunta, Dakota do Sul. O Estado do Sol.

O Estado do Sol?

— E, respondendo à segunda, minha mãe era a costureira mais bem-sucedida da nossa cidade. — Ele deu de ombros. — Eu amava o que ela fazia. Os tecidos me intrigavam. O design, a construção. Na Parsons, descobri que era fascinado pela história social da moda. Isso me pegou.

— Sim, é difícil fugir do amor pela moda — respondeu ela, procurando por Elodie, a futura esposa de James.

A escolha perfeita

— Impossível — disse ele. — Então, sim, vamos continuar esta conversa. Você tem meus contatos, não tem?

— Tenho sim. — Jenna estendeu a mão. — Prazer em conhecê-lo, sr. Diaz.

— James. Até breve. Nos falamos!

Ele se afastou e Jenna começou a mordiscar a unha. Aquela podia ser a solução. James Diaz seria sua saída. Ela deixaria a *StyleZine* e quem sabe tudo o mais em relação a Eric entrasse nos eixos. Seu contrato de oito meses estava quase no fim, e ela havia mais do que excedido as expectativas de Darcy. Quando Billie o mencionou pela primeira vez, era cedo demais para deixar seu novo emprego com alguma elegância. Mas agora ela já havia se dedicado a ele por tempo suficiente.

Ela precisava contar para Eric. Jenna se encostou na superfície espelhada do bar e puxou o celular da bolsa.

iMessages de Jenna Jones
25 de abril de 2013, 21h30
Jenna: Me liga. Por favor. Só me liga.

Ela segurou o telefone contra o coração, torcendo para que ele ligasse. Mas, quando depois de cinco minutos ele não o fez, ela perdeu as esperanças. Então colocou o aparelho de volta na bolsa. Em uma tentativa de se livrar da náusea persistente que sentia desde que Eric havia se afastado dela naquele píer, ela vasculhou a bolsa em busca de um antiácido.

Foi quando uma mão se estendeu por trás dela e deslizou alguma coisa na bancada à sua frente. Atônita, ela largou a pastilha no chão. Jenna sabia quem estava atrás dela; reconheceria aquela mão em qualquer lugar. Foi o que ele colocou na bancada que mexeu profundamente com ela.

Hoje, 12 de março de 1991, eu quero:
Ser um incorporador imobiliário mais importante que Donald Trump
Ser milionário antes dos trinta
Construir uma casa para a minha mãe na Park Avenue
Casar, ter uma família...
E você. Eu quero você.

O guardanapo daquela noite no The Tombs estava amarelado e puído de um lado. A tinta original também havia desbotado, mas havia tinta nova sobre o papel. Os dois últimos itens estavam circulados em vermelho-vivo. Sem palavras, Jenna pegou o guardanapo e se virou. Lá estava Brian, em um belíssimo smoking, o rosto corado, mais emocionado do que ela jamais se lembrava de ter visto.

— Brian?

— Ela morreu.

— Lily?

— Não, minha mãe. Anna. Ela acabou de morrer. — Ele agarrou a mão dela. — Vem comigo.

Enquanto Brian conduzia Jenna apressadamente pela festa, uma rodinha fofoqueira brilhou de alegria com aquela demonstração pública de um grande gesto romântico — todos sempre se perguntavam o que tinha dado errado com aqueles dois, afinal. Elodie, que estava flertando com um misterioso caubói chamado James Diaz, quase mergulhou em seu martíni.

Jenna estava abalada demais com a notícia para recuar. Ou protestar. Ou ouvir o celular tocando dentro da bolsa.

Do outro lado da sala, Darcy Vale, geralmente com olhos de águia, havia perdido a cena de Brian e Jenna. Ela estava ocupada. Com uma historinha triste, revelava a Les James, o editor-chefe da *New York*, que Andrea Granger — a repórter que a havia traído e diminuído com aquela matéria sobre a *StyleZine* — estava vendendo dicas e ideias privilegiadas para a *Vanity Fair*. Claro, ela já havia convencido um redator da *VF* a corroborar a história. Na segunda-feira de manhã, Andrea seria demitida, caindo em desgraça.

Nesse instante, Suki Delgado esbarrou nela. A modelo jogou um braço sobre o ombro de Darcy.

— Lembra de mim? — sussurrou a modelo no ouvido dela.

Darcy ergueu os olhos.

— Claro, eu sei quem você é — disse ela, oferecendo a bochecha para o mulherão. — Com certeza você quer falar sobre *A escolha perfeita*. Desculpe, eu sou sua fã, mas tomamos cuidado para não gravar com muitas modelos. Tem mais a ver com pessoas reais da moda, personalidades.

A escolha perfeita   285

— Ah, eu já falei com o Eric sobre isso, e ele me dispensou. Não lembra de mim? Eu levei o seu filho à minha festa de formatura.

— O Eric foi ao baile de formatura?

— Eu fico tão triste — continuou Suki, bebum demais para perceber sinais de desconforto em sua interlocutora — por ter perdido a oportunidade de ser sua nora. Mas tranquilo. Eu respeito tanto a Jenna Jones que não me importo de ela ter ganhado.

— A Jenna? Ganhou o quê?

— O Eric! Eu esbarrei com eles há um tempão e...

O olhar aterrorizante no rosto de Darcy fez Suki calar a boca. Os dois editores que antes conversavam com ela também perceberam a tensão. De repente eles se viram diante da necessidade de socializar com outras pessoas e desapareceram em meio à multidão.

— Olha — começou Suki, recuando lentamente —, eu acho que vi o Usher ali perto da Julianne Moore, e ele tá na minha lista de desejos, entããão...

A minúscula mulher — glamourosa como sempre, em um vestido longo Elie Saab com listras pretas e brancas — agarrou o braço da supermodelo, cravando as unhas fúcsia na pele dela.

— Suki. Vem. Comigo. Agora.

27

Jenna estava sentada no banco de trás de uma limusine estacionada, ao lado de Brian, seu ex-tudo, que não via fazia anos. E agora sua amada Anna estava morta. Não parecia verdade.

No entanto, era tudo verdade, definitivamente. Porque Brian estava um caco. Bem, a versão dele de caco. Estava sentado ao lado dela, com o rosto vermelho e as mãos trêmulas. Jenna nunca o tinha visto daquele jeito. Ele sempre havia sido completamente, frustrantemente imperturbável. Mas agora estava desmoronando.

— Brian — começou ela, a voz estrangulada. — Me fala. O que aconteceu?

— O câncer. Voltou muito rápido e agressivo, e ontem ela morreu.

— Eu sinto muito. Queria ter...

— Eu sabia que ela estava mal, os médicos me disseram que havia metástase pelo corpo todo, mas eu não estava conseguindo aceitar. Então internei ela no melhor hospital possível, contratei uma nutricionista e quatro enfermeiras vinte e quatro horas por dia, uma hidroterapeuta, além de uma terapeuta mesmo, e garanti que a cabeleireira e a manicure dela fossem lá duas vezes por semana. Aquela manicure a viu mais do que eu. Eu não conseguia ir ao hospital. Não queria me lembrar dela careca, com trinta e cinco quilos e cinquenta acessos pendurados. A última vez que a vi, ela não me reconheceu. Eu nunca mais voltei.

— Não se culpe, Brian. Ninguém sabe como reagir quando alguém que a gente ama fica doente. Não existe um manual. Você fez o melhor que pôde.

— Não, eu não fiz — replicou ele, olhando para o nada, como se estivesse repassando tudo em sua cabeça. — Eu não estava lá quando ela morreu. Eu nunca estive.

A escolha perfeita

Eu também não estava lá para ela. Ela me disse que estava morrendo e eu não acreditei.

Jenna puxou Brian em direção a seus braços. Ele resistiu, o corpo rígido — ele não sabia como receber. Brian nunca precisava de ser amparado (e definitivamente não era de abraços). Mas, naquele momento, isso não importava. Ela o segurou, embalando-o como um bebê, forçando-o a aceitar seu acolhimento. Por fim ele relaxou, deslizando os braços ao redor dela.

— Vai ficar tudo bem. Vai ficar tudo bem — sussurrou ela um pouco sem sentido, do jeito que se faz com crianças pequenas. Sinceramente, estava tentando acalmar os dois. Ela se recusava a chorar; aquele era o momento dele de lamentar. — A Anna jamais ia querer que você se torturasse dessa maneira — afirmou Jenna. — Ela ia querer que você tomasse LSD em homenagem a ela, desse uma festa e convidasse todos os amores da vida dela.

— Acho que ela fez isso no último aniversário.

— Ela era tão mágica, tão anos 60 — disse Jenna. — Você sabia que ela teve um caso com o Bob Dylan?

— Como você sabe disso?

— Esse é o tipo de história que você conta para a sua filha. Eu era a filha dela na prática — declarou Jenna. — Foi na época em que ela fazia velas no Village, antes de ir com o seu pai para a Filadélfia. Ela o conheceu num show do Jimi Hendrix no The Bitter End. Parece que o Jimi e o Dylan queriam a Anna, mas o Dylan ganhou, porque escreveu uma música sobre ela, "Burning the Wick". Ele rascunhou a letra em papel de seda.

— Dylan, é? Onde ele estava quando a gente morava num barraco tão mal isolado que a minha cama ficava cheia de poças d'água quando chovia? — Ainda encasulado nos braços de Jenna, ele se deixou cair um pouco. — Eu nunca gostei de Bob Dylan.

Depois de alguns minutos sentado em silêncio, ele se afastou dela e se recostou no banco com um suspiro pesado e dolorido.

— Volta pra casa — disse ele.

— Aquela não é mais a minha casa.

— É mais sua do que minha.

— Eu não posso.

— Por favor, JJ — insistiu Brian, passando a mão pelo cabelo, completamente desgrenhado e amarrotado. Sempre tão imaculado, era como se o estresse provocado pela culpa e pela perda o estivesse fazendo desmoronar.

Jenna esfregou a têmpora, um gesto clássico de Eric em momentos de tensão. Aquele era um fenômeno que acontecia com amantes, melhores amigos e irmãos — quando as pessoas são tão próximas a ponto de absorver as características umas das outras por osmose. Ela havia absorvido Eric completamente.

— Só por uma hora — implorou Brian.

Como queria ir, Jenna disse que sim. Ela também estava destruída em razão da morte de Anna. Precisava estar perto da única pessoa que entendia como ela estava se sentindo. Mesmo que essa pessoa fosse Brian. Pelo menos naquela noite, ela era capaz de enxergar além de toda a raiva, de todas as perguntas, de todo o ressentimento.

———

O primeiro sinal de que Jenna estava prestes a ter uma noite surreal foi quando eles caminharam até a porta da linda casa na Jane Street e ela pegou na bolsa as chaves de seu apartamento.

— Desculpa — disse ela, sem jeito, quando Brian abriu a porta. — Isso é muito estranho pra mim.

Quando ela entrou, ficou paralisada. Tudo estava exatamente como havia deixado. Jenna foi tomada pelo desejo de tocar em tudo, de percorrer todos os cômodos, de cheirá-los, senti-los. Foi o que ela fez, com Brian logo atrás. Ela correu os dedos pela parede turquesa da sala de estar, pela galeria de fotografias vintage e pop art. Acariciou o armário em que ela mesma fez a decupagem, afundou no sofá laranja de estofado botonê e, em seu vestido de festa, se abaixou para acariciar os tapetes turcos brilhantes que decoravam o chão pintado de branco. Ela se sentou em seu escritório, olhando para as pilhas de livros de arte que iam do chão ao teto — e seu antigo e precioso bem: uma vitrine de sapatos vintage da era clássica de Hollywood que Brian havia adquirido para ela em um leilão da Christie's. No andar de cima, em seu antigo quarto, aconchegante e luxuoso, concebido para que cada superfície tivesse uma textura diferente e adorável, ela roçou a ponta dos dedos ao longo de tudo, das poltronas estofadas de veludo às mesas de cabeceira art déco brilhantes e espelhadas.

— Abre a gaveta — pediu Brian, apontando para a mesinha ao lado da cama.

Ela o fez e viu que seus três pares de óculos de leitura ainda estavam aninhados lá dentro.

— Por que eles ainda estão aqui? — perguntou.

Ele deu de ombros.

— É o lugar deles.

Ela recolheu a saia do vestido com uma das mãos e se sentou na cama king-size branca e macia. Grande parte de sua vida tinha acontecido naqueles cômodos. Brian tinha feito amor com ela em todos eles. O sofá da sala era onde ele esperava com um gim-tônica antes de eles saírem, enquanto ela se arrumava no segundo andar. O terraço era onde ela havia passado seu trigésimo primeiro aniversário, que coincidiu com o blecaute escaldante da costa Leste em 2003 (o quarteirão inteiro levou para lá toda a comida que havia na geladeira, e eles fizeram churrasco até o amanhecer).

O escritório era o porto seguro de Jenna, para onde ela ia no meio da noite e ficava horas obcecada se perguntando onde Brian tinha passado os últimos dois dias. E o banheiro de azulejos marroquinos, do tamanho de seu apartamento, foi onde ela se sentou com Elodie, dentro da banheira vazia, e, em meio a lágrimas e a uma garrafa de merlot, decidiu deixar Nova York.

As boas lembranças eram nebulosas, desbotadas e queridas. Mas as ruins — as que deixaram feridas que tinham acabado de cicatrizar —, essas eram mais nítidas.

Brian tirou o paletó e o pendurou nas costas de uma cadeira. Então se sentou ao lado de Jenna.

— Em que você está pensando?

— Estou chocada com quanto tudo isso é familiar. E, mesmo assim, não me sinto mais conectada a mais nada disso.

Estas coisas são minhas, mas a minha energia foi drenada delas. Posso sentir todas as outras mulheres que estiveram nestes cômodos.

— Você podia ter levado as suas coisas.

— Eu não queria nada — disse ela. — Precisava ir embora. Logo.

— Eu entendo por que você foi embora. Eu sei o que te causei. Eu tornei impossível a sua permanência. Eu não percebia naquela época, porque... bem, eu estava envolvido em algumas circunstâncias atenuantes.

— Que circunstâncias?

— Vai ser difícil para você digerir tudo isso, então eu só quero que você prometa que vai me ouvir.

— O que aconteceu?

— Eu fiz uma coisa irracional. — Ele parou e abriu os dois primeiros botões da camisa. — Acho que preciso de um charuto Montecristo pra conseguir atravessar este momento.

— Então, quem era a outra?

Jenna respirou fundo e ergueu o vestido, recostando-se na cama até repousar sobre os travesseiros. Ela cruzou as pernas, preparando-se para finalmente ouvir a verdade.

— Não tinha outra nenhuma.

— Claro que tinha. Você nunca estava em casa. Você não transava comigo, então só podia ter outra pessoa.

Brian passou a mão pelo cabelo novamente, seus olhos verde-malaquita vidrados de culpa.

— É pior do que outra pessoa.

Jenna agarrou um travesseiro e o aninhou contra o peito.

— Fala.

Ele contou a ela que, quando chegou aos trinta e poucos anos, alguma coisa aconteceu com ele. Seu código moral começou a mudar. Para ser um incorporador imobiliário com seu nível de sucesso, era necessário ser um gângster. Um jogador. E nenhum jogador de verdade conquista uma vitória e depois sai do cassino, leva a esposa para jantar e economiza seus ganhos para a aposentadoria. Não, ele precisava de mais. Ele contratou uns olheiros de caráter duvidoso que se utilizavam de... práticas intimidantes para conseguir os melhores terrenos. Ele estava ciente de que seu assistente passava metade do dia entrando em limusines com figurões de Wall Street, trocando cocaína por informações privilegiadas do mercado de ações. Numa festa de gala da amfAR, Brian certa vez ouviu um colega próximo falar sobre um empreendimento em Sacramento que ele estava fechando — e então, em menos de vinte e quatro horas, o roubou na cara dura. Era tão fácil. O dinheiro estava entrando, e o poço parecia sem fundo.

Quando vem fácil, vai fácil.

Tudo desmoronou. A economia quebrou e a maioria das propriedades de Brian foi executada. Em junho de 2007, seu patrimônio líquido havia caído de cinquenta para vinte milhões. Em dezembro de 2008, ele tinha apenas cinco milhões — a maior parte desse valor sem liquidez. Tinha apenas cinco milhões porque havia colocado todas as suas economias em um fundo de investimentos.

Com aquele erro fatal, sua luxúria de jogador o havia oficialmente deixado cego, fazendo-o ignorar seus instintos diante de situações em que "isso é bom demais para ser verdade".

Ele tinha estudado para aquilo, pelo amor de Deus, e nunca se dera o trabalho de olhar os recibos. Homens que ele respeitava, capitães da indústria, estavam investindo com Bernie Madoff — e esse era o aval de que ele precisava. Toda a galera descolada estava fazendo aquilo.

Brian revelou a Jenna que eles passaram anos vivendo com o dinheiro contado. Confessou a ela que o banco confiscou a casa que ele construíra para Anna (na época ele dissera que a mãe tinha se mudado porque queria viver em um lugar menor). Ele confessou tudo sobre empréstimos nos cartões de crédito para pagar os advogados que cuidavam das falências, sobre estar oito meses atrasado em suas hipotecas, sobre as noites que passava em hotéis, fingindo estar viajando a trabalho, humilhado demais para voltar para casa e enfrentá-la.

Ele disse a ela que se sentia como um zumbi. E como um zumbi seria capaz de amar alguém adequadamente? Ele não queria transar com Jenna, era verdade. Mas não era porque a estava traindo. Foi porque sua masculinidade havia evaporado. Ele se sentia feito um maldito eunuco.

Jenna não disse nada até ter certeza de que ele havia terminado.

— Bernie. Madoff.

— Eu já me torturei com todas as coisas que estão passando pela sua cabeça neste momento.

— A porra do Bernie Madoff era a outra?

Os ombros de Brian desabaram.

— Eu também tive um probleminha com pó. Bernie Madoff, cocaína e milhões perdidos durante a crise. Sou oficialmente um clichê de Nova York.

— Então o nosso mundo inteiro estava desmoronando, mas, em vez de dizer a verdade, você me deixou acreditar que tinha parado de se importar comigo? Que eu não era digna de amor, não era desejável? Você já se perguntou o que isso me causou? Enquanto você estava se afogando em autoaversão, parou para pensar em como eu estava me sentindo?

— Não — admitiu ele. — Eu só me importava que você estivesse sendo bem-cuidada.

— Da maneira que eu estava acostumada.

— Sim — respondeu ele. — Eu falei que era muito para digerir. Mas você merece a verdade.

— Anos depois — respondeu ela, com a boca seca.

— Me desculpa por ter arruinado você. Arruinado a gente. Isso me assombra todos os dias.

Jenna olhou para ele. A história era tão ultrajante, tão diferente do que ela esperava, que ela mal sabia como reagir. Foi como ter sido violentamente exposta na *Vanity Fair* ("Casal birracial famoso arruinado financeiramente pelo maior vilão do século! Acompanhe a saga dos Stein-Jones", página 67). Ela deveria odiá-lo. Se tivesse ouvido aquilo um ano antes, teria passado meses na cama. Mas, hoje, sentiu o oposto.

Olhando para Brian, tomado pela vergonha — e mergulhado no sentimento devastador da perda da mãe —, ela se lembrou de que ele era apenas uma pessoa. Ele cometeu erros gigantescos, sentiu todas aquelas coisas, estava arrependido e ao mesmo tempo tentando encontrar um jeito de sair daquela situação, como todo mundo. A parte trágica da história era que, se ele tivesse dado uma chance a Jenna, ela poderia tê-lo convencido de que ele era mais do que tudo que possuía; poderia ter provado a ele que ficaria, independentemente de qualquer coisa.

Jenna estava com raiva, mas de uma forma superficial que ela sabia que passaria. Acima de tudo, ficou aliviada por saber a verdade. No entanto, parte de sua calma também era saber que aqueles péssimos últimos anos de seu relacionamento jamais teriam acontecido com a pessoa que ela era agora. Ela jamais permitiria que um homem a fizesse se sentir tão invisível por tanto tempo.

A escolha perfeita

Agora, ela sabia o que era ser vista.

— Brian — disse ela, empurrando o travesseiro de lado e se sentando ao lado dele na beira da cama. — Você não me arruinou. Eu me arruinei.

— Não, a culpa é toda minha. Seu colapso nervoso, a mudança para a Virgínia. Eu roubei de você a família que nós sempre planejamos. Eu causei isso tudo.

— Sim, você foi um babaca. Foi descuidado comigo e egoísta. Mas você não me fez perder o controle. Isso fui eu. Eu te dei tanto poder que, quando o seu amor saiu de cena, eu deixei de existir. — Jenna tinha intensidade na voz. — *Eu* me coloquei nesse papel, de uma pessoa incapaz.

Jenna o encarou, seus olhos brilhando. Ela estava cansada de sentir como se ele tivesse terminado com ela. Porque não era verdade — ela tinha sido a masoquista que correspondera ao sadismo dele. De bom grado.

— Brian — continuou ela —, você desistiu dos nossos planos. Mas você não me roubou uma família. Eu devia ter sido mulher o suficiente para deixar claros os meus termos, em vez de passar anos sofrendo em silêncio.

As palavras de Eric — *Você é uma covarde* — ecoaram nos ouvidos dela.

— Se você não queria aquele futuro comigo, eu devia ter tido a coragem de ir embora e ter essa vida com outra pessoa. Você não era o único homem na face da Terra.

Brian se encolheu, pego de surpresa.

— O que aconteceu com a gente também foi minha culpa — disse Jenna. — Mas eu te perdoo pelo que você causou.

Brian parecia estar lutando para encontrar as palavras.

— Quem… Quem é você? Você está tão centrada, tão calma. É como se tivesse feito um transplante da Iyanla Vanzant em você.

— Tenta repetir essa frase três vezes e rápido.

Brian sorriu, sua expressão tingida de pesar. Por um segundo ela viu um lampejo do Brian de dezenove anos, cabelo desgrenhado, rosto de bebê, dizendo a ela que não poderia levá-la à Uno Pizzeria porque tinha acabado de gastar seu último centavo para tirar dois amigos viciados da cadeia. Ele não sabia nem como iria comprar comida no mês seguinte. Brian admitiu aquilo com tanta vergonha. Mesmo naquela época, a ideia de não ser capaz de prover o deixava infeliz.

Jenna pigarreou.

— Então, você também mudou?

— Sim. Quer que eu prove?

— Como?

— Ei, eu tenho os meus truques. Que horas são? — Ele olhou para o relógio Bulgari. Eram onze e vinte da noite. — Vamos dar uma volta.

Ela fez uma pausa. Tudo aquilo parecia muito familiar. Brian em um smoking, Jenna em um vestido de festa, relaxando no quarto depois de uma noite em um baile de gala. Mas em todas as séries de TV policiais ou criminais eles diziam que, quando você é sequestrado, nunca deve permitir que o levem para um segundo local. O segundo local é onde a maioria das vítimas é morta, ou pior.

— Acho que é melhor eu ir para casa — ponderou ela, fazendo menção de se levantar. — Se você quiser conversar sobre a Anna, por favor, me ligue.

— Jenna.

Ele nunca a chamava pelo nome, apenas de JJ. Ela se sentou novamente, suspirando.

— Tá. Mas aonde a gente vai vestido deste jeito?

— Para um lugar onde eu deveria ter te levado há muito tempo — disse ele, pegando o celular. Ele clicou em um número e encostou o aparelho no ouvido.

— Para quem você está ligando? — sussurrou Jenna.

— Para o Matthieu — respondeu ele, com uma curva maliciosa nos lábios.

Matthieu era o criado de Brian. Como Alfred estava para Batman. Ele tinha os números de celular pessoais de todos os proprietários de restaurantes e butiques importantes. Armado com as informações do cartão de crédito de Brian e a determinação obstinada de um vendedor — além de um sotaque franco-haitiano tão forte que a maioria não conseguia nem entender com que extravagância estava concordando —, Matthieu era capaz de fazer qualquer coisa acontecer, a qualquer momento do dia ou da noite.

— Me encontra lá embaixo daqui a cinco minutos — disse ele, saindo do quarto para falar com privacidade.

E o minúsculo vestígio daquilo que havia restado dentro dela, aquilo que a fazia atender Brian — ele assumindo a liderança, assumindo o controle —, fez com que ela assentisse, "tudo bem". Sem fazer perguntas, ela o encontrou no saguão minutos depois. Exatamente como ele dissera.

A escolha perfeita

Jenna sabia que deveria ir para casa. Mas, apesar de tudo, era bom estar com Brian — terapêutico, de alguma maneira. Na presença dele, ela precisava enfrentar as fraquezas de seu passado, lidar com quem costumava ser. Talvez tivesse que viver aquela noite para seguir adiante com o resto de sua vida. Talvez aquilo lhe desse clareza sobre como resolver as coisas com Eric. Talvez fosse só porque, naquele momento emocionalmente intenso — a morte de Anna, a história melodramática de Brian —, ela havia baixado a guarda, e a voz da Jenna Parte Um estava mais alta que a da Parte Dois.

Ela pediu que Deus a ajudasse: estava indo para o segundo local.

28

No banco de trás da limusine de Brian, Jenna e ele atravessavam Lower Manhattan. Aos poucos começaram a conversar, ainda que um tanto hesitantes. Não estavam totalmente confortáveis, mas ambos eram uma companhia agradável, e, dado tudo o que Brian havia acabado de confessar, isso era uma surpresa para os dois.

Ele ainda não tinha contado a Jenna para onde iam, mas nitidamente estavam indo em direção ao Brooklyn. O que era estranho, porque Brian odiava o Brooklyn. Ele achava tudo ali consciente demais (orgânico, liberal, artístico, urbano etc.). Que diabos eles estavam fazendo?

Quando o carro parou na entrada do Prospect Park, ela entendeu. Havia apenas uma coisa que eles podiam estar fazendo.

Juntos, eles caminharam por uma trilha não pavimentada, uma trilha familiar para ela, e pararam em um gramado amplo e levemente inclinado. Havia centenas de toalhas de piquenique e pessoas, todas ali para a exibição semanal de um filme clássico à meia-noite.

Era onde ela havia pedido que Brian a levasse, durante o último e catastrófico jantar deles juntos. Ela revelara que aquele era o programa dos seus sonhos, mas ele tinha zombado dela, como se aquilo estivesse muito abaixo deles. Não só o Brooklyn estava fora de questão, mas também filmes em preto e branco (e sentar no chão duro e frio para assisti-los).

Era também o lugar aonde Eric a levara espontaneamente — sem nem mesmo saber que ela morria de vontade de ir —, onde ela tinha dito que o amava pela primeira vez. E, naquele momento, lá estava Jenna, no cenário de uma de suas lembranças mais sublimes. Mas ela estava com Brian em vez de Eric. Seu passado estava colidindo com seu presente.

A escolha perfeita

— Olha ali. — Brian apontou para um imenso carvalho situado atrás do mar de espectadores.

Na frente da árvore havia um imenso cobertor branco e fofo com uma mesinha ao lado, coberta com uma variedade de coisas que ela nem sequer conseguia identificar. Parado ao lado da árvore estava Matthieu, um homem magérrimo de pele cor de caramelo em um terno feito sob medida e uma expressão de "não ligue para mim, estou aqui apenas para satisfazer todos os seus desejos". Brian havia criado sua própria área VIP no meio do parque.

Ele pegou a mão dela e a conduziu em meio aos casais de jeans e moletom, relaxando em mantas puídas — todos virando a cabeça para olhar embasbacados para o casal misterioso em dramáticos trajes black-tie. Por um momento, o filme não era importante. Apenas Jenna e Brian, cercados por pessoas sussurrando, perguntando-se quem eles eram e por que pareciam prestes a apresentar um prêmio não muito importante do Oscar.

Era tão previsível. Brian adorava deixar as pessoas de queixo caído. Ele vivia para nocautear os outros com sua elegância. Seu bom gosto. Sua mulher. Eles caminharam até o cobertor, e Jenna deu uma boa olhada na mesinha dobrável — repleta de framboesas e morangos (duas frutas que nem estavam na estação), queijos, uvas, torradas, caviar e três baldes com champanhe. Havia uma cesta de piquenique da Louis Vuitton, do tamanho de uma mala de mão, abastecida com louças de porcelana, talheres de prata, taças de cristal, uma miniprensa francesa e guardanapos de linho.

O banquete era de tirar o fôlego e a pegou desprevenida — mas não deveria. É claro que Brian não poderia assistir à exibição como todo mundo, de calça cargo, com pipoca e cerveja sobre toalhas de praia descombinadas.

Eu passei a maior parte da minha vida adulta vivendo com todo esse luxo. Por que tudo parece tão exagerado agora?

Com um entusiasmado "Há quanto tempo!", Jenna deu um abraço em Matthieu, o que não o agradou. (Ele nunca se mostrara aberto a expressões de afeto. Estava lá para prestar um serviço e esperava que todos ignorassem sua presença e seguissem com suas vidas.) Então, ela olhou para Brian com um sorriso perplexo.

— Você realmente se superou.

Jenna praticamente conseguiu ver o peito de Brian estufar.

— Você sempre disse que queria que eu te trouxesse aqui.

— Eu sei, mas era para ter uma vibe meio drive-in — disse Jenna. — Isso é megaextravagante!

— Megaextravagante? Estamos no MTV Jams?

— Eu, hum… trabalho com muita gente jovem — murmurou Jenna.

— É extravagante, JJ, mas eu te conheço. Você adora detalhes requintados.

— Nem tanto, atualmente — corrigiu ela. — É maravilhoso, mas você não precisava fazer isso por mim.

— Tudo bem, então eu precisava fazer isso por mim.

— A-ha! Eis a verdade.

— Se é para eu vir até aqui, sentar na maldita grama e assistir *Casablanca* cercado por diretores de arte, romancistas autopublicados e fotógrafas feministas, vou fazer isso enquanto como canapés. Em uma manta de alpaca à prova d'água.

Jenna olhou para ele sem expressão.

— Você pediu para o Matthieu arranjar uma manta de alpaca? Para um piquenique?

Ele sorriu.

— Vem. Sente a textura.

Brian segurou a mão de Jenna enquanto ela suspendia a barra do vestido e depois afundava no cobertor. Era luxuoso. Com muita dificuldade, ele se sentou ao lado dela, as pernas esticadas à frente.

— Você parece a criança mais elegante do mundo — disse Jenna — sendo forçada a se sentar para ouvir uma historinha.

— Mas veja só como eu mudei. Eu vim até o Brooklyn por você! Basicamente, estou *acampando* por você.

Ela riu.

— Você considera vir aqui um sacrifício? Isso é você sendo exatamente a mesma pessoa.

— Bom, eu estou assistindo a um filme de antes dos anos 80. Algo que eu nunca faria.

— Você nunca entendeu o meu lance com o cinema.

— Por que assistir a um monte de gente morta em diálogos cafonas se envolver em situações imprevisíveis e absurdas? — Ele apontou para

A escolha perfeita 299

a tela. — Humphrey Bogart deveria ser o protagonista, mas parece um açougueiro.

Jenna suspirou. Ela costumava tentar explicar a Brian seu amor pelo cinema, mas ele sempre deixava aparente seu tédio. Aquilo nunca a havia incomodado de fato — afinal ela não poderia se importar menos com os Giants ou, sei lá, tecnologias vestíveis. Até conhecer Eric, ela não tinha se dado conta de como era emocionante compartilhar uma obsessão, ter coisas em comum com o outro além do relacionamento.

Naquele momento, Matthieu surgiu das sombras, pousando uma pashmina rosa-claro nos ombros de Jenna. Ela se esquivou levemente, sobressaltada.

— O vento está gelado, madame — informou ele e desapareceu.

— Eu esqueci como ele era — sussurrou ela para Brian, e então seguiu com a conversa. — Não sei o que você tem contra o Brooklyn. Eu moro aqui agora, sabia?

— Fiquei sabendo. E eu odeio que você viva em um bairro inabitável e perigoso. Odeio ver você se diminuindo.

— Eu amo o meu apartamento. — Era verdade. Ela havia criado lembranças deliciosas lá. — É o primeiro lugar na vida que é somente meu.

— Mas você vai negar que é muito pouco para pessoas como nós? A gente tinha tudo.

— E nada — disse Jenna. Ela puxou os joelhos até o peito, envolvendo os braços ao redor deles.

— Quero mudar isso. Eu me arrependo demais. — Ele fez uma pausa. — Os últimos dois anos foram... vazios.

— Duvido que você tenha passado muitas noites sozinho.

— Eu estive com outras mulheres — admitiu ele. — Me apeguei a algumas. A maioria era só troca de interesses. Acompanhantes e interesseiras que fazem você se sentir mais solitário do que quando está sozinho.

— Não posso dizer que passei muito tempo com interesseiros, já que tenho uns quatrocentos dólares na minha conta — disse ela.

— Quatrocentos dólares? — Brian ficou escandalizado. — Por que você nunca me pediu ajuda? Você tem obras de arte, ações no seu nome. Você não vai ganhar uma medalha por ser orgulhosa demais para ficar com o que é seu.

— Não tem a ver com orgulho — disse ela. — Eu só não preciso de ajuda nenhuma. Principalmente sua. Sem querer ofender.

— Não me ofende. — Ele fez uma pausa. — Quer dizer, um pouco.

— Eu aprendi a viver muito bem com pouco dinheiro. Pago meu aluguel, pego o metrô em vez de táxi e quase nunca como fora. Com sorte, quando renegociar meu contrato, vou poder fazer alguns investimentos em fundos de baixo risco. Eu estou bem.

Brian analisou Jenna. Ela era uma mulher de quarenta anos que nunca havia verificado o saldo de sua conta-corrente nem se preocupado com o orçamento, e que tinha passado toda a sua vida adulta vivendo à custa de uma mesada polpuda. E agora discutia suas finanças com a capacidade fragmentária de alguém que passa a vida inteira juntando cupons de desconto.

Era como se ela nunca tivesse precisado dele.

— Então, voltando às outras mulheres — lançou Jenna. — O que aconteceu com Lily L'Amour?

— Ela me largou — disse Brian, simplesmente. — Sem você, e agora sem a Anna, eu me sinto sozinho no mundo. Agora que finalmente retomei as rédeas da minha vida, me pergunto para que estou ganhando todo esse dinheiro. Se algo acontecesse comigo, quem se importaria? Eu não tenho nenhum propósito.

— Acho que o nome disso é crise da meia-idade. Você não pode simplesmente comprar um jatinho novo?

— Estou falando sério. — Ele olhou para ela. — Antes, quando você queria se casar e ter filhos, eu não estava em condições de fazer isso. Agora estou.

Jenna ouviu as palavras, mas elas não faziam sentido em sua cabeça.

— Eu me casaria com você amanhã se você aceitasse. Eu quero ser pai. Eu quero o seu conto de fadas.

O conto de fadas dela. Aquele tinha sido seu sonho por tanto tempo que, mesmo que tudo tivesse mudado, ela não estava imune a ouvi-lo dizer aquelas palavras. A antiga atração não estava mais lá, mas ela teve flashes de como costumava ser, como sentir formigamento em um membro fantasma. Involuntariamente, sua mente se desviou para a caixa com as roupas de quando Brian era bebê que Anna tinha dado a ela. Ela se perguntou onde estaria.

A escolha perfeita

Jenna estava magoada. Não pela Jenna de agora, mas pela garota que havia arruinado a própria vida esperando por Brian. Tudo o que ela sempre quis foi aquele nível de compromisso vindo dele.

— Você só está se sentindo assim porque acabou de sofrer uma perda muito grande — disse Jenna. — É a tristeza falando.

— Não, não é — respondeu Brian. — Há anos eu sinto a sua falta, só não sabia o que fazer em relação a isso.

Jenna assentiu. Ela olhou para a tela, vendo uma apaixonada, conflituosa e absolutamente casada Ingrid Bergman implorar a seu amante, Humphrey Bogart, que pensasse por ambos.

E então Matthieu apareceu na frente deles, assustando Jenna pra caralho. Ela já estava no limite, mas, cada vez que ele se materializava, seus nervos se desgastavam como pontas duplas. Era como levar um choque a cada trinta segundos.

— *Fromage français* — anunciou ele, segurando uma bandeja de queijo. — A madame vai provar o boursin ou o brebicet? Eu sei que a senhora gosta de queijos macios.

— Obrigada, vou querer o boursin — respondeu Jenna, mergulhando uma faca no queijo cremoso e espalhando-o em uma torrada. Ela rezou para que Matthieu desse um tempo para que ela pudesse organizar seus pensamentos.

Eles ficaram sentados em silêncio por um tempo, dois antigos amantes no escuro, banhados pelo brilho prateado da tela. Jenna olhou para Brian — para seu perfil de aristocrata-da-Filadélfia — e finalmente se sentiu ousada o suficiente para se abrir.

— Eu sempre vou te amar, Brian. Mas não da mesma forma.

Ele franziu a testa, coçando a barba que começava a despontar no rosto.

— É aquele garoto, não é?

— Como é que é?

— Eu li a entrevista da *New York*. Você mal conseguia disfarçar.

— Ah — disse ela, ajustando sua guirlanda de flores.

— O que você tem na cabeça? Ele é filho da Darcy. Você tem noção de como isso é absurdo?

— Na verdade, não — replicou ela, secamente. — Não me ocorreu até este momento.

— Quantos anos ele tem, afinal?

— Não é da sua conta. E que diferença faz?

— Faz diferença, porque ele está no segundo ano do ensino médio. Você está trepando com esse garoto ou ajudando ele com o dever de casa sobre a história da civilização mundial?

Ela largou a torrada e fez menção de se levantar, mas Brian a agarrou pelo pulso, mantendo-a no lugar.

— Desculpa — disse ele. — Mas você precisa entender. Eu não fui arrogante o suficiente para achar que você não encontraria outra pessoa. Só presumi que ele não teria idade para estar numa boy band.

Jenna não queria falar de Eric com Brian. Parecia desrespeitoso até mesmo trazê-lo para a conversa.

— Diz que você só está recuperando a sua autoestima.

— Não — ela respondeu. — Eu estou apaixonada por ele.

— Isso — observou ele — parece uma piada de mau gosto.

— Você não pode nem imaginar o meu profundo desinteresse pela sua opinião.

— Você honestamente escolheria ele em vez de mim?

— Isso não é sequer uma escolha, Brian.

— Impossível — disse ele, com uma expressão incrédula. — Por quê?

Jenna deu de ombros e olhou para o céu sem estrelas.

— Nós somos amigos.

— Nós éramos amigos.

— Nós? — Jenna deu uma risadinha. — Nós nunca fomos amigos. Você era o patrão e eu era a sua gueixa. Uma gueixa combativa às vezes, mas nunca tive dúvidas sobre a minha posição. Meu trabalho era ser a pessoa que você queria que eu fosse.

— Eu assumo a responsabilidade. Eu sou assim. Sempre achei que você gostasse. Você certamente se beneficiou com isso.

Ela ignorou o último comentário, porque era uma coisa horrível de se dizer.

— Eu de fato gostava de você tomando a frente. Mas, Brian, eu era muito nova quando a gente se conheceu. Nunca tinha beijado ninguém. Eu não sabia nada sobre homens, relacionamentos, nem sobre mim mesma. Você me ensinou do que gostar.

Antes que Brian pudesse responder, Matthieu emergiu das sombras novamente, aparecendo na frente deles com duas garrafas de champanhe. Desta vez Jenna deu um grito.

— Champanhe, madame? Temos o Gaston Chiquet 1999 e o Dom Pérignon 1993. Néctar dos deuses, os dois!

— Matthieu, você vai me causar um infarto!

— Estamos bem por enquanto — disse Brian, dispensando-o. O criado desapareceu novamente, com um dar de ombros irritado. — Simplesmente não faz sentido — continuou, incapaz de superar o envolvimento de Jenna com Eric. — Por que ele?

— Nós somos iguais — respondeu ela. — Somos da mesma "família de almas". Já ouviu essa expressão?

Brian zombou.

— Parece nome de faroeste do Blaxploitation.

— Isso acontece quando você conhece alguém e, não importa quem seja essa pessoa, de onde ela venha ou como se pareça, você sabe que você e ela são feitos da mesma matéria.

— Então, por causa desse membro da sua família de almas, você está recusando o que passou a vida inteira querendo?

— Não. Mesmo se o Eric não existisse, eu não poderia me casar com você.

— Mas seria perfeito — disse Brian, ignorando o que ela acabara de dizer. — Tenho pensado sobre isso. Nós podemos fazer o casamento no início de maio, antes que todo mundo comece a viajar por conta do verão. Uma cerimônia íntima com os amigos mais próximos no nosso terraço. Uma recepção no MoMA. Lembra de quando a amfAR fez o baile de gala lá?

— No MoMA? Eu não gostaria que o meu casamento parecesse um baile de caridade.

Ele a ignorou.

— Você poderia largar esse emprego horroroso. Eu poderia bancar um negócio de design de interiores para você. Ou de personal styling. Qualquer coisa.

— Eu não sou fã da Darcy, mas estou tendo muito sucesso no meu emprego. Estou orgulhosa do meu trabalho lá.

— Você não está orgulhosa. Deve ser humilhante ser funcionária da Darcy — disse ele. — De todo modo, depois que tivermos o bebê, eu arranjaria uma babá e uma ama de leite para você. E uma *au pair* de fim de semana. As esposas de todos os meus sócios têm. Eu pesquisei.

— Três babás? Por que eu teria um bebê, se não for para conviver com ele?

— Bom, nós teríamos cinco ou seis eventos para ir por semana. Essa é a realidade da nossa vida juntos.

Ruborizando de frustração, Jenna tirou a pashmina e a segurou no colo.

— Brian, olha só. Você não mudou nada. Você ainda está tentando me controlar, e não pode mais fazer isso.

— Eu só estou sendo cuidadoso. Escuta...

— Não, escuta você — ela falou calmamente, mas em um tom severo. — Há algum tempo eu dei um conselho pra uma garota sobre os homens. Eu falei que ela não deveria esperar que um cara decidisse como seria o futuro dela. Que cabia a ela decidir. Na época eu não sabia, mas estava falando comigo mesma. Eu te esperei por anos. E... — Ela olhou para ele. — E agora eu não quero mais.

Ela ouviu suas palavras e se perguntou se seguiria seu próprio conselho. Iria esperar até Eric estar pronto para ser pai — quando ela estivesse perto dos cinquenta anos, cara a cara com a menopausa — para realizar seu sonho? O que Jenna precisava ele não poderia dar tão cedo. Essa era a realidade. Não haveria um acordo. Se eles ficassem juntos, um estaria forçando o outro a se comprometer com seus termos. E um deles sairia perdendo — provavelmente ela.

Jenna estava farta de colocar suas necessidades em segundo lugar, sempre abaixo das de um homem. E o que isso poderia significar para ela e Eric, a pessoa com quem ela realmente queria viver um conto de fadas, a fez gelar.

— É uma proposta adorável — disse Jenna —, mas eu não quero mais.

— Ah, JJ — disse Brian, sua voz sem energia, seu rosto franzido de decepção —, eu não estou surpreso. Você só quer o que toda mulher deseja.

— Que seria?

— O que ela não pode ter.

A escolha perfeita

Jenna não respondeu, deixando-o acreditar naquilo. A opinião de Brian não importava mais. Ela entregou a ele sua taça de champanhe e se levantou.

— Adeus, Brian — disse Jenna, sabendo que nunca mais falaria com ele.

Ela saiu no meio da noite, cintilando com uma clareza que nunca havia sentido — e, ao mesmo tempo, carregando um medo tão avassalador que temia que pudesse esmagá-la.

29

—Ela é cantora e compositora — especificou Eric —, então o vídeo podia ser uma representação visual da letra do single dela. A música está entre as dez melhores, as pessoas conhecem a letra. Ela diz alguma coisa sobre escrever haicais em um campo de margaridas, eu poderia filmar alguma coisa que tenha a ver com isso. Tem um verso em que ela fala sobre fumar em um chuveiro ao ar livre. Talvez dê pra arranjar.

— Não sei — respondeu Karen, que havia convocado de improviso uma reunião editorial na manhã de segunda-feira para resolver o que seria feito no vídeo de *A escolha perfeita* de Misty Cox.

A cantora era o maior nome que eles já tinham filmado. A editora executiva ruiva geralmente dava carta branca a Eric e Jenna em relação aos vídeos — eles estavam arrasando. Mas Misty não era apenas uma pessoa "real" do universo da moda ou uma modelo — ela era uma estrela pop com um agente, uma equipe e executivos de gravadora por trás. Então, quando Karen recebeu o telefonema dizendo que Misty estava interessada em participar, ela sabia que precisava dar uma atenção extra.

— Acho que a gente não quer mostrar ninguém fumando — observou ela. — Não é politicamente correto.

— É só um verso da música, Karen — argumentou ele. — Não é literal.

— Tá, tem algum outro verso?

— Honestamente? Esses são os dois melhores. Que fique claro que eu acho a música dela um lixo completo.

— Eu adoro ela — inteveio Jinx. — Ela é tipo uma Taylor Swift piranha.

— Nada de pessoas fumando, Eric — sentenciou Karen. — Eu garanto que a Universal jamais toparia.

— O nome dela é Misty Cox — lembrou Eric, sua voz cheia de desdém. — A gravadora apresentou ela pro mundo com um nome de estrela pornô. Duvido que encrenquem com um Marlboro Light.

— Eu vou ter que repetir? — perguntou Karen, surpresa com o comportamento dele. Eric sempre defendia aquilo em que acreditava em termos artísticos, mas nunca com tanta petulância. — Pense em outra coisa.

Ele deu de ombros, sua linguagem corporal irradiando exasperação.

— Você é quem manda.

— Por que você tá tão mal-humorado, Eric? — perguntou Jinx, em seu tom de voz choroso. Ela pousou a mão no braço dele.

— Eu não tô mal-humorado — ele mentiu.

Estava extremamente mal-humorado. Jenna estava sentada a pouco mais de um metro de distância, ele não tinha falado com ela durante todo o fim de semana e não sabia em que pé eles estavam. Essa era a pior parte. Não a briga em si na festa de May, mas não fazer ideia do que ela significava.

— Isto não sou eu mal-humorado — continuou Eric. — Isto sou eu tentando tirar um coelho da cartola. Sou eu tentando descobrir como fazer uma garota que rima "convidar" com "margarida" parecer interessante. Cara, ela bota o acento no final, tipo "margaridá". O que eu faço com isso?

— Bom, é um vídeo importante — disse Karen. — Você precisa descobrir logo.

— Quando foi que isso não aconteceu? Levando em consideração o meu histórico, acho que vocês deviam confiar em mim pra tomar as decisões certas.

— Eu concordo — opinou Jinx. — Acho que a gente devia dar espaço pra ele criar, não?

Karen olhou feio para ela.

— Jinx, ou você chama o Eric para sair, ou fica quieta. Tá ficando desconfortável de assistir. — Jinx quase engasgou de vergonha. — Jenna, o que você acha?

Assim como Eric, Jenna não estava de bom humor. Mas, em vez de se irritar, ela lidou com a estranheza entre eles ficando em silêncio. Nos dois dias anteriores, Eric e Jenna se desencontraram por completo, literal e figurativamente. Primeiro Eric ignorou suas ligações, depois ela perdeu as dele quando estava com Brian — e, ao ligar de volta, a chamada foi encaminhada direto para a caixa postal.

De todo modo, Jenna não fazia ideia do que dizer a ele. A única coisa que ela sabia que definitivamente não podia dizer era onde estivera no sábado à noite. Ele jamais entenderia e jamais superaria.

Mas o que eu acho que talvez precise dizer a ele é muito pior, ela pensou.

— Jenna? — Karen se dirigiu a ela mais uma vez.

— Desculpa. — Jenna, que não havia dedicado dois segundos sequer para pensar em *A escolha perfeita* de Misty Cox, manteve a diplomacia. — Eu gosto da ideia do Eric de dar vida a algumas letras dela. Mas você tem razão, a gente precisa encontrar os trechos certos. E nós vamos fazer isso.

— Maravilha — respondeu ela. — Eu sei que vocês dois vão pensar em alguma coisa legal. Até o fim do dia, por favor.

Uma hora depois, Jenna ainda não tinha nenhuma ideia útil. Sua mente estava enevoada demais. Ela não conseguia se concentrar na tal Misty Cox sem pensar em Eric. E não conseguia pensar em Eric sem ficar confusa, como se estivesse presa em areia movediça. Então, ela concluiu que precisava de algo que limpasse seu palato criativo: se concentrar no trabalho intenso no escritório, coisas que ela nunca tinha tempo de fazer. Acabara de receber uma grande remessa de peças de verão — biquínis, vestidos, sandálias de tiras, óculos de sol — e era hora de substituir as roupas de primavera dos closets. Embora a *StyleZine* tivesse estagiários para trabalhar no inventário, Jenna sentiu vontade de fazer aquilo sozinha. E, como o closet no andar onde trabalhava estava lotado, ela colocou as roupas em uma arara, levou-as até o elevador e, em seguida, até o closet do décimo andar.

Jenna estava atolada em uma pilha de tanquínis, separando-os por cores, quando ouviu uma batida na porta.

— Entra, está aberta — gritou.

Ela ergueu os olhos dos trajes de banho em suas mãos.

— Oi. — Era Eric. Ele trancou a porta.

— Oi. — Jenna largou as peças no chão. — Me desculpa. Por tudo.

— Não, eu que peço desculpas — disse ele. — Eu não sei o que aconteceu, quem estava errado ou por que, mas me desculpa.

— Eu. — Jenna juntou as mãos. — A culpa foi minha. E eu...

A escolha perfeita

A boca de Eric já estava colada na dela antes que ela pudesse completar o pensamento. Eles se beijaram com desespero, como duas pessoas que estão morrendo, soprando de volta as almas um do outro. Quando Eric sentiu Jenna desmoronar um pouco em seus braços, ele a pegou no colo e a colocou sobre a mesa. E então o mundo desabou.

Eles haviam feito aquilo dezenas de vezes, de uma dezena de maneiras diferentes, e os detalhes no pequeno closet — as prateleiras de roupas, os cestos cheios de acessórios — sempre haviam sido os mesmos. Mas, naquele dia, havia algo diferente. E, se eles tivessem olhado para cima, teriam notado. No teto, no canto direito, havia uma pequena câmera de segurança preta, e a luz vermelha piscando significava que ela estava gravando cada minuto.

———

Jenna sentou em cima de sua mesa, atordoada de prazer. Ainda estava sem fôlego. Seu coração ainda estava pulsando, suas pernas ainda moles. Eric sempre fazia aquilo com ela. Ele a desmontava e tudo parecia fora do lugar.

Então por que, agora que estava de volta a sua sala, ela vasculhou a carteira para encontrar o cartão de visita de Rosie the Riveter?

Os médicos nunca dizem às mulheres a verdade sobre como a nossa fertilidade diminui drasticamente com a idade, disse ela. *Você quer um bebê? Não espere. Congele seus óvulos. Consiga um doador de esperma. Adote.*

Jenna segurou o cartão em uma das mãos e o telefone na outra. Rosie the Riveter, cujo nome verdadeiro era Lisa Defozio, havia se oferecido para ajudá-la. Mas ajudá-la a fazer o quê? A engravidar com o esperma de um estranho que ela escolheria em um catálogo (ela não tinha lido em algum lugar que viciados sem-teto doavam esperma para custear o vício em drogas)? A ter um bebê fertilizado em um laboratório (parecia tão frio)? A adotar uma linda garotinha etíope que se pareceria com Zahara Jolie-Pitt (será que ela tinha uma irmã em algum lugar em Adis Abeba)? Jenna não tinha imaginado se tornar mãe de nenhuma daquelas maneiras, mas, caramba, eram opções. Elas abriam um mundo de possibilidades. Era libertador.

Cada célula de seu corpo tinha ganhado vida com a ideia de ser capaz de sair porta afora e conseguir o que queria, sem permissão de ninguém. Sem negociar com outra pessoa.

Outra pessoa.

Então, ela amassou o cartão. Não teve coragem de ligar. Porque ela não conseguia alimentar aquelas ideias sem aceitar que elas deixavam Eric de fora. Ela não podia ligar para Lisa sem estar disposta a desistir dele. E aquele pensamento era insondável.

Como seria capaz de abrir mão de Eric?

Jenna cobriu a boca com as costas da mão, sentindo-se enjoada. Então segurou a barriga, agarrou a lata de lixo debaixo de sua mesa e vomitou.

Suando e tremendo, ela se sentou e agarrou a borda da mesa para se apoiar. Havia um nó terrível em sua garganta e seu corpo inteiro tremia. Seu estômago embrulhou novamente, e ela respirou fundo algumas vezes para se acalmar.

Meu Deus, agora não. Não posso começar a vomitar de nervoso agora.

Aquilo havia acontecido ao longo de toda a sua vida. Antes da prova do vestibular. Na noite em que decidiu não fazer faculdade de medicina e se mudar para Nova York. A pior vez foi quando, aos vinte e quatro anos, ela era editora assistente e sua chefe entrou em trabalho de parto — e ela, sozinha, teve que apresentar a edição do mês em uma reunião com Oscar de la Renta e Bruce Weber.

Em pânico, ela sabia que precisava ir para casa. Era apenas uma da tarde, mas ela tinha que sair dali.

Agarrou a bolsa e saiu em disparada de sua sala, batendo a porta. Todos nas baias ergueram a cabeça, incluindo Eric. O restante da equipe voltou ao trabalho, mas, quando viu a expressão no rosto dela — pálido, abatido, com manchas rosa brilhantes nas bochechas —, ele deixou a câmera cair em cima da mesa.

— Você tá bem? — murmurou ele.

Ela não podia deixar ninguém vê-la daquele jeito, principalmente ele. Então abaixou a cabeça e desceu às pressas o corredor.

Eric ficou sentado em sua mesa, inquieto. Queria correr atrás dela, mas sabia que seria muita exposição. Tentou esperar um tempo respeitável, mas, depois de cerca de trinta segundos, pulou da cadeira, pegou o elevador e saiu. Ele não dava a mínima para o que os outros iriam pensar. Jenna estava com problemas.

———

A escolha perfeita

Em seu escritório palaciano, Darcy estava sentada atrás de sua mesa, mastigando a ponta de uma caneta. Observou Jenna sair correndo da sala, seguida descaradamente por Eric. Ela também observou que outra pessoa havia notado. Darcy não sabia o que odiava mais — o fato de eles terem tido a coragem de ir em frente com aquele caso ou o fato de não ter percebido. Porque era terrivelmente óbvio.

Ela quase sentiu vontade de rir. Aquilo seria divertido.

30

Lutando contra ondas persistentes de náusea, Jenna parou na esquina da Broadway com a Bleecker, em frente ao prédio da *StyleZine*, esperando o semáforo fechar.

Vai ficar tudo bem, é só você se acalmar, entrar no metrô e voltar para casa. Onde você pode vomitar em paz.

Contudo, assim que a luz do semáforo mudou e Jenna fez menção de atravessar a rua, viu Eric irromper do edifício. Ela não estava pronta para enfrentar o que quer que estivesse sentindo em relação aos dois; só queria ir para casa e pensar. Mas, antes que pudesse fugir, ele a viu, correu até ela e a puxou para um forte abraço. Ela se agarrou a ele, vendo estrelas.

— Meu Deus, Jenna, o que está acontecendo?

— A gente precisa conversar. Tem tanta coisa que eu preciso te dizer, mas não sei como nem o quê...

— Shhh, a gente não vai fazer isso aqui. Vem — disse ele, chamando um táxi.

Eric praticamente a arrastou para dentro do carro, e ela caiu contra o ombro dele, com os olhos fechados.

— West Broadway, 260 — ele informou ao motorista. — Esquina com a Beach Street.

— No American Thread Building? Você mora lá? — Era um edifício histórico de Manhattan, com apartamentos luxuosos.

— Sim, o meu padrasto deixou o apartamento pra ela no acordo. Acho que ela drogou ele antes.

De repente os olhos de Jenna se arregalaram e ela se endireitou no banco.

— Peraí, a gente está indo para a sua casa? A casa da Darcy? Você tá maluco?

— É mais perto. Jenna, você tá verde. A gente precisa te levar pra algum lugar, e rápido.

A escolha perfeita

— Não! E se a Darcy voltar para casa?

— É meio-dia, ela não vai estar de volta antes das oito — disse Eric. — Só relaxa. Deita aqui.

Enquanto pousava cautelosamente a cabeça no colo de Eric, tentando segurar o bagel que havia comido no café da manhã, Jenna se esforçava para processar aquela informação. Eles estavam indo para o apartamento de Darcy. O apartamento dele. Aquilo nunca havia sido uma opção, por razões óbvias. Ela sempre se perguntara como era a vida dele em casa, como era seu quarto, onde ficavam suas coisas, como ele circulava por esse ambiente.

O táxi parou em frente ao enorme edifício neorrenascentista do século XIX, e Eric atravessou as portas duplas amparando Jenna, que tinha as pernas trêmulas. Ele cumprimentou o porteiro corpulento e sussurrou no ouvido dele:

— E aí, Raul? Finge que não viu nada, hein? Vou te trazer aquele tênis que você gostou. Pro seu filho. Só usei uma vez.

Raul fez um sinal de positivo e sorriu. E então, segurando a mão de Jenna, Eric a conduziu pela imponente escadaria do saguão até os elevadores, onde subiram para o sétimo andar.

Quando entraram no apartamento, Jenna se sentiu em um hotel boutique em Milão. Era arejado e totalmente branco, complementado por elegantes pisos, portas e escadarias de mogno, lustres deslumbrantes — verdadeiras obras de arte — e móveis esculturais com detalhes dourados e estofado cor de ameixa. Não havia fotos de família nas paredes, absolutamente nada pessoal. O apartamento era impressionantemente chique — mas frio, austero e nada convidativo.

Eric conduziu Jenna por trás da bancada de mármore da cozinha, revestida de ladrilhos no estilo azulejo de metrô, até um imenso quarto tipo loft, com um banheiro ultramoderno. O quarto dele. O espaço em si era lindo. Mas, mesmo levemente entorpecida, Jenna não pôde deixar de notar — e se espantar: era o quarto de um garoto que tinha acabado de voltar da faculdade, o qual havia ficado intocado desde a época do colégio.

Eric tinha duas escrivaninhas lotadas de livros de pesquisa cinematográfica, livros didáticos da Escola de Ensino Médio de Arte e Design, anuários, cadernos cheios de anotações das aulas e todo tipo de miscelânea escolar. Havia caixas da Nike, Adidas e Puma de parede a parede. Um cabideiro repleto de bonés em um canto e pôsteres de Kobe Bryant colados na parede. Uma pilha de roupa recém-lavada embolada em uma cadeira de diretor. Uma caixa de pizza vazia.

Pela primeira vez, Jenna se deu conta de quão novo ele realmente era. O quarto era o que transmitia sua juventude — não os videogames, não o linguajar millennial, não o fato de que, quando ele se curvava para a frente, nada acontecia com sua barriga (nem mesmo uma dobra na pele). Aquele quarto parecia o covil de um virgem — um adolescente recém-formado na escolinha de basquete e em Power Rangers. Não o quarto do companheiro de uma mulher de meia-idade.

Eric preparou um banho quente para Jenna. Enquanto ela submergia na banheira, ele se sentou no vaso sanitário ao lado, com os pés apoiados na pia. Ela estava muito indisposta para falar, então ele simplesmente lhe fez companhia enquanto ela ficava de molho. Fechando os olhos, Jenna afundou o máximo que pôde sem se afogar — e permaneceu lá até a água ficar morna. Ela pediu ao universo que lhe trouxesse uma saída fácil para os dois. Algo que fizesse sentido, algo com que ela pudesse viver. Nada aconteceu.

Depois de quase uma hora, Jenna saiu da banheira e Eric lhe emprestou uma regata e uma cueca samba-canção. Em vão, ele tentou descobrir como fazê-la se sentir melhor. Abraçou-a, acariciou seus cabelos, lhe deu chá — mas ela apenas ficou lá, sentada em cima da escrivaninha dele, encostada na parede, letárgica, sem dizer quase nada. Ele se sentiu terrivelmente incapaz.

Experimentava também uma sensação crescente de apreensão.

— Você quer um remédio? Talvez esteja gripada.

— Não, eu tô bem. O banho ajudou.

— Você não está bem. O que eu posso fazer pra te ajudar?

— Acho que não tem nada que você possa fazer — disse ela. — Por muito tempo. Tempo demais.

— O que isso quer dizer?

— O que eu quero com você... você não pode me dar agora. — Jenna viu o corpo de Eric se contrair, como se estivesse se preparando para ser golpeado. — Você me pediu para admitir isso lá no píer. E eu não consegui. Porque o que eu quero não é realista — admitiu ela. — Eu não queria sobrecarregar você com as minhas fantasias idiotas. Mas a verdade é que eu adoraria me casar

A escolha perfeita

com você. Eu quero um mini-eu-e-você. Um bebê com a sua altura e... e o meu gosto por acessórios. Eu sei que é inviável, mas penso nisso todos os dias.

— Por que você não me contou? — perguntou Eric. — Nada que você dissesse seria um fardo pra mim. É uma merda quando a gente percebe que a mulher que a gente achava que estava fazendo feliz tá escondendo algo muito sério. Eu me senti ridículo naquela festa.

— Me desculpa por isso — sussurrou ela.

— Você... A gente devia... Talvez a gente pudesse, tipo, ter um bebê. — Eric mal conseguia formar a frase.

— Você pirou?

— Por que não? — perguntou ele, tentando encontrar uma solução. — As pessoas procriam em circunstâncias estranhas o tempo todo. Olha pra minha mãe, que merda. E eu me tornei uma pessoa incrível.

— Não tem como você ser pai nessa fase da sua vida.

— Claro que tem! Eu gosto de crianças. E se a gente tivesse uma feito a May, imagina?

— Amor, isso é sério. Você não seria capaz de lidar com isso.

Por mais que desejasse que não fosse verdade, Eric precisava concordar com Jenna. Ele fumava maconha o tempo todo, comia pizza em todas as refeições, assistia a filmes pornô demais e saía todas as noites em que não estava na casa dela. Essas não eram qualidades paternais. Seus dois principais focos eram sua carreira e Jenna — o resto de sua vida era um grande ponto de interrogação. Ele queria ter um filho quando sua vida já estivesse estabelecida.

Queria abordar a paternidade com consideração e dedicação. Queria ser um pai típico das séries leves de TV. E, mesmo sentindo que seria um ótimo pai um dia, sabia que não era aquele o momento.

— Não, eu não seria capaz de lidar com isso — admitiu ele, baixinho. — Eu não poderia ter um filho agora de jeito nenhum. Eu não consigo nem guardar a minha própria roupa.

Eles caíram em um silêncio denso. Eric podia sentir que Jenna estava se afastando e não conseguia suportar — então tentou distraí-los do peso da conversa.

— Eu não tô acreditando que você está no meu quarto. É muito surreal. O tipo de situação em que parece que algo não se encaixa direito. Como se o Joe Biden aparecesse em uma das nossas reuniões do editorial.

— Falando na *StyleZine* — começou Jenna —, nós não vamos ficar lá pra sempre. Digamos que o South by Southwest traga alguma oportunidade grande para você. Digamos que eu consiga o emprego em Fordham. Se a Darcy não fosse mais um problema, o que aconteceria com a gente?

— Não ia precisar ser um segredo. — Ele deu de ombros. — Nós só ficaríamos juntos. Iríamos só... curtir.

— Curtir? — Jenna sentiu que estava à beira de uma gargalhada alucinada. — Eric, quando está comigo, você reflete sobre a gente? Ou isso tudo é só uma aventura divertida?

— É claro que eu penso na gente.

— Então, onde você vê a gente daqui a um ano?

Ele fez uma pausa.

— Humm... posso te responder mais tarde?

— Tá vendo? — disse Jenna. — É fácil culpar a Darcy, como se não pudéssemos estar cem por cento juntos por causa dela. Nós agimos como se a Darcy fosse a vilã, mas...

— Ela é a vilã.

— Ela é *uma* vilã, mas não é *a* vilã. O timing ruim é que é.

Eric bufou.

— O timing ruim nunca mostrou os peitos pro pai do Dave Getty no bar mitzvah dele.

— Tudo é piada pra você? — De repente Jenna ficou profundamente irritada.

— Não, isso aconteceu mesmo!

— Não dá pra fazer piada com tudo na vida, Eric! Em algum momento você vai ter que crescer. — Ela desceu da escrivaninha e começou a andar de um lado para o outro. — Não dá pra mim.

Eric foi atrás dela.

— O que não dá?

— Eu não tenho como só "curtir" com o amor da minha vida. Jamais seria o suficiente.

— O suficiente pra quê? — A voz de Eric estava agitada.

— Daqui a pouco eu faço quarenta e um anos. E depois quarenta e dois, quarenta e três, e você ainda vai ter vinte e poucos. Quem sabe quando você

A escolha perfeita

vai estar pronto para se estabelecer? Você não faz ideia de como tem sido. Estar tão apaixonada por você a ponto de estar disposta a abrir mão de algo tão vital pra mim.

— Eu não sabia que estar comigo era um sacrifício tão grande.

— Não é isso que eu estou dizendo!

— *Jenna, o que você está dizendo?*

— Eu acho que a gente precisa terminar.

Ele olhou para ela sem acreditar.

— Você não pode estar falando sério.

— Eu estou — disse ela, segurando o estômago.

Jenna estava ficando tonta de olhar para ele. Seu coração, seu lado emocional e irracional, estava desesperado para ficar — para se trancar em um quarto com ele para sempre —, mas seu cérebro sabia que não podia fazer isso.

— Você quer mesmo terminar comigo?

— Nada é pior do que a ideia de não ter você — afirmou ela, com a voz embargada. — Eu não sei nem como vou sobreviver. Você é tudo pra mim.

— Então… por que… o que…

— Eric — sussurrou ela, de coração partido.

— Como eu vou chegar ao fim do dia? Pelo que eu vou esperar? Que objetivo eu vou ter? Tipo… quem mais me conhece? — A expressão dele desmoronou.

— Não faça isso — pediu ela, soluçando, indo na direção dele.

Ele deu um passo para trás, chorando e furioso com isso. Envergonhado, enxugava as lágrimas antes que elas tivessem a chance de cair.

— Qual foi o sentido de me apaixonar por você se eu não posso te ter?

— Você acha que eu não sinto a mesma coisa? Mas, Eric, a minha vida inteira eu quis ter um bebê.

— Que se foda o bebê. Eu só quero você.

— Eu também quero você, mas amor nem sempre é suficiente.

— O que é, então?

— A vida! Deixa eu te perguntar uma coisa. A gente está se escondendo da Darcy, e mesmo assim eu tentei te inserir no meu mundo. Você conhece os meus melhores amigos. Conhece até a May. Mas eu nunca participei da sua vida além de mim. Só vi o Tim uma vez, porque te obriguei a levá-lo na minha casa. Todas as boates que você frequenta, as festas, os shows. A Darcy nunca estaria em nenhum desses lugares, mas você nunca me convidou para ir. Você claramente também não me vê encaixada no seu mundo.

Ele ergueu as mãos.

— Você tá terminando comigo porque queria ir a um show do Lil Wayne?

— Eric!

— Não, você não percebe como isso é idiota? O que importa é o amor. Você e eu.

— Esse é um jeito muito jovem de pensar.

— Agora eu sou imaturo.

— Você é inexperiente.

— Valeu, voz da experiência. Por que você não me explica o que é preciso pra manter um relacionamento adulto? Já que seus instintos de gente grande funcionaram tão bem pra você antes.

— Como é que é?

— É o Brian, é? Esse é o seu jeito de se livrar de mim e voltar pra ele?

— Você sabe que não tem nada entre a gente!

— Ãhã, sei — lançou ele, sem acreditar totalmente nela. Ele balançou a cabeça, tentando entender o que estava acontecendo. — Esse sempre foi o seu plano? A minha função era te comer até você recuperar a sua autoestima? Até você se sentir gostosa o suficiente pra ir atrás do cara com quem você vai ficar pra sempre?

— Não faça isso.

— Não, fala. Quem você quer exatamente? Conta pra mim o seu plano pós-Eric. É, tipo, um cara de Wall Street? Noiva em quatro meses, grávida seis meses depois disso? Um casamento no *New York Times*, uma cobertura no Upper West Side, reunião de pais na escola? É isso que vai te fazer feliz? Não, você vai se sentir entediada e reprimida e presa ao lado de um engravatado de merda com quem você não pode conversar, que nunca vai te ver, que nem sabe como fazer você gozar até chorar. Eu sou o seu ar, Jenna. Eu. Eu conheço você.

Ele enfiou o dedo indicador no peito dela, com força, bem acima do coração. Ela cambaleou para trás.

— Já terminou? — perguntou ela.

— Já, foda-se.

A escolha perfeita

— Olha pra mim, pô, e para de tentar me magoar.

Eric olhou para ela e depois se concentrou em algum ponto qualquer do chão.

— Você me conhece, então sabe que não é nada disso. Todas essas coisas... a casa, a reunião de pais na escola... eu gostaria de poder ter todas elas com você — disse Jenna. — Um plano pós-Eric? Eu não estou te deixando para ir atrás de outra pessoa.

Eric parecia genuinamente confuso.

— De onde você vai tirar um bebê, então? Da farmácia?

Jenna sentiu como se tivesse despencado. Ela não conseguia explicar seu plano, porque não fazia ideia de como seria.

— Eu te amo tanto, Eric. Mas você não está pronto para me dar o que eu preciso.

Ele suspirou, derrotado. Jenna o observou enquanto ele assimilava tudo aquilo.

— E se eu implorar pra você ficar?

— Eu ficaria — respondeu Jenna. — Mas iria sempre sentir que está faltando alguma coisa.

— Isso acabaria comigo — disse ele, sua voz quase inaudível. — Eu queria poder ser tudo o que você quer.

— Você é. Vinte anos antes do previsto.

Recuando, Eric se sentou na cama e colocou o rosto entre as mãos.

— Nada disso parece real. — E passou minutos em absoluto silêncio.

— Fala alguma coisa — ela implorou.

Ele olhou para cima.

— As pessoas passam a vida inteira procurando, em vão, o que a gente tem. Eu não sei porra nenhuma sobre nada, Jenna, e posso ser inexperiente, mas sei que você nunca vai amar ninguém como você me ama.

— Não vou mesmo — sussurrou ela.

— E mesmo assim você é capaz de me largar facilmente por um bebê que você não tem e um marido que você nem conhece. Eu tô aqui, eu sou real e acabei de perder pra uma porra de fantasia. Eu nunca devia ter ficado com você.

Eric tinha uma expressão vazia, mas ao mesmo tempo concentrada, como se já estivesse tentando apagar Jenna da memória. Ele não queria sentir aquela dor. Não queria enfrentar aquilo.

— É melhor você ir embora — disse ele.

Jenna assentiu, os olhos nublados de lágrimas. Ela não podia esperar que ele entendesse. Começou a vagar pelo quarto procurando suas roupas. Depois de cerca de dez segundos, Eric finalmente se deu conta do que estava acontecendo — e correu para ela, apertando-a contra seu peito. Ela o abraçou, chorando.

— Você é tudo pra mim — murmurou ela. — Você precisa saber disso.

— Não vá ainda — pediu ele, a voz angustiada, sufocada. — Fica comigo. Só um pouco. Eu ainda não consigo deixar você ir.

Eles subiram na cama de Eric, a mesma em que ele dormia desde criança — e se enrolaram um no outro, se encolhendo em posição fetal. Durante as duas horas seguintes, ficaram ali perdidos em um desespero uno, mas silencioso. À medida que o término se tornava concreto — o fato de que não iriam mais ter um ao outro —, a dor se tornava mais lancinante. No dia seguinte, Jenna teria hematomas leves nos braços por causa da força com que Eric a segurava.

Já as cicatrizes de Eric não eram do tipo que alguém poderia ver.

31

Na manhã seguinte, Darcy enviou um e-mail para a equipe ordenando que todos estivessem na porta de sua sala ao meio-dia. Ela não deu nenhum detalhe, disse apenas que era uma minirreunião de emergência antes da reunião editorial de costume, às duas da tarde. Então, ao meio-dia, toda a equipe estava amontoada no corredor esperando por ela. A chefe nunca havia feito aquilo; eles não tinham ideia do que ela queria.

Havia cinco pessoas entre Jenna e Eric. Ninguém seria capaz de dizer que os dois estavam absolutamente arrasados. O corretivo cobria os vasinhos vermelhos das bochechas de Jenna, estourados devido às horas de choro. Eric usava um boné com a palavra "Brooklyn" bordada, puxado para baixo a fim de esconder os olhos inchados e vermelhos.

Todos ao redor deles estavam agitados. Será que tinha a ver com uma nova contratação? Ou com uma demissão? Mas Jenna e Eric estavam tão afundados em angústia que mal reparavam no entorno.

Quando Darcy apareceu na porta do escritório, praticamente vibrava de entusiasmo.

— Então, pessoal, há um ladrão entre nós. Alguém vem roubando coisas do closet do décimo andar. Coloquei lá joias avaliadas em milhares de dólares, que peguei emprestadas para o baile, e elas desapareceram. E faltam umas coisas menores também. Uma bolsa, um par de brincos. Pode ter sido algum dos funcionários do edifício, tipo uma faxineira ou um segurança. Mas também pode ter sido um de vocês. Já vi editores juniores roubarem peças que haviam sido emprestadas para sessões de fotos, para vender depois. — Ela jogou os ombros para trás e ajeitou o blazer peplum rosa-claro. — Se alguém sabe de alguma coisa, peço que fale agora.

Todos se entreolharam e balançaram a cabeça em negação, exceto Jenna e Eric, que mal estavam escutando.

— Jenna, você vai sempre a esse closet. Tem certeza de que não viu ninguém por lá?

— No décimo andar? — perguntou Jenna, confusa, como se tivesse tomado um remédio para dormir e alguém estivesse tentando acordá-la cedo demais. — Não, não vi.

— Bom, na semana passada eu instalei uma câmera de segurança no closet para pegar o ladrão. Espero que haja alguma coisa nas imagens.

Jenna saiu do torpor, cada molécula de seu corpo voltando imediatamente à vida.

Uma câmera? No closet do décimo andar?

Com o coração disparado, ela olhou para Eric de olhos arregalados e cheios de terror. Ele estava paralisado, seu rosto a imagem do choque, como se tivesse acabado de levar um golpe surpresa — o que não deixava de ser verdade.

Eles tinham acabado de transar lá. Na véspera.

— Jinx, tenho uma missão para você — disse Darcy. — As imagens são transferidas para um site protegido. Vou te dar a minha senha e preciso que você faça a varredura da semana passada. Veja se consegue descobrir que atividade sórdida está acontecendo por lá.

— Ah, que divertido! — Jinx esfregou as mãos e deu pulinhos.

Jenna pôs as mãos no pescoço. Darcy sabia. Tinha descoberto sobre eles. Aquilo era uma armadilha, uma vingança. E agora ela estava mandando Jinx assistir Jenna fodendo com o filho dela.

— Jinx, você conta para a gente o que descobrir na reunião do editorial, às duas. Estão todos dispensados.

Darcy voltou rapidamente para sua sala. Enquanto os editores de fotografia, redatores, estagiários e a equipe de vendas voltavam para suas baias, todo mundo ficou se perguntando se o ladrão estaria entre eles.

Jenna e Eric continuaram no corredor, olhando um para o outro. Eles seriam expostos, e da forma mais sinistra, explícita e humilhante. O momento que eles mais temiam estava diante deles, e seria pior do que tinham imaginado. Jenna sentia pânico absoluto, como um animal preso em uma armadilha. Ela não conseguia mexer os pés. Por fim, Eric fez um gesto com a cabeça em direção à sala dela, e lentamente, com o corpo rígido, ela foi até lá.

A escolha perfeita

Antes de ir para a própria mesa, Eric parou na porta da sala da mãe. Darcy levantou a cabeça e olhou para ele com um ar de triunfo inconfundível.

— Quer me contar alguma coisa? — perguntou ela, dando um gole em seu latte batizado com rum.

Ele a encarou com uma expressão perplexa e confusa, como quem procura algum sinal de humanidade em uma luminária. Por fim, deu uma risada amarga, baixou ainda mais a aba do boné e saiu.

———

Jenna se apoiou na porta fechada de seu escritório, dura como um cadáver. Repassou cada segundo da última transa com Eric no closet, obrigando-se a ver exatamente o que Jinx veria, quando seu celular apitou.

iMessages de Jenna Jones
27 de abril de 2013, 12h11
Eric: Ela não é a vilã, né?
Jenna: COMO ELA DESCOBRIU? Onde a gente vacilou?
Eric: Não importa. Comece a guardar as suas coisas. É o nosso último dia aqui.

Jenna ficou olhando para o celular até a vista desfocar. Foi deslizando lentamente pela porta até chegar ao chão. Faltavam ainda duas horas para a reunião. Não havia nada a fazer naquele momento exceto esperar.

———

Às duas, a equipe da *StyleZine* entrou na sala de reuniões. Jenna e Eric se sentaram um ao lado do outro, algo que nunca faziam, mas havia agora uma necessidade implícita de estarem unidos. Darcy se sentou à cabeceira.

Jinx foi a última a chegar, vermelha como um pimentão. Com os olhos sempre voltados para baixo, ela se sentou na ponta esquerda, a três cadeiras de distância da pessoa mais próxima.

Darcy disse a Karen que ela comandaria a reunião. A CEO então começou a abordar cada aspecto do site, nos mínimos detalhes. As reuniões editoriais nunca duravam mais que vinte minutos, eram apenas uma rápida análise do conteúdo que cada um havia planejado para o site naquele dia. Aquela, no entanto, já durava cinquenta minutos, e Darcy não dava sinais de que estivesse chegando ao fim.

Darcy estava com uma empolgação atípica, demonstrando raro interesse no que cada um tinha a dizer. Gastou todo o tempo do mundo fazendo perguntas desnecessárias de acompanhamento, microgerenciando cada uma das tarefas.

Até atendeu uma ligação quando a reunião já havia completado meia hora. Ela estava torturando Jenna e Eric.

E os dois engoliam, porque não tinham escolha. Eric estava tão afundado na cadeira que metade de seu corpo estava debaixo da mesa. Sua linguagem corporal era de insolência. Ao lado dele, Jenna estava dura como uma tábua, as mãos cruzadas feito uma aluna de catequese. Para compensar a ansiedade, ela dava uma resposta brilhantemente elaborada para cada um dos longos interrogatórios de Darcy.

E a pobre Jinx estava em desespero. Ela vivia tendo alguma crise pessoal gravíssima, mas naquele momento parecia estar nos estágios iniciais de um ataque de pânico. Escondida atrás da espessa cabeleira preta ondulada, todas as suas respostas saíam como um murmúrio, e seu rosto estava em chamas. Não tirava os olhos das próprias mãos, e passou o tempo todo cutucando o esmalte amarelo com glitter.

Os demais colegas estavam incomodados com a visível tensão. Por que quatro das pessoas presentes estavam agindo como se tivessem transtornos de personalidade?

Finalmente, depois de uma hora, Darcy cruzou os braços sobre o peito e anunciou:

— Chegou a hora de nós desvendarmos a questão do roubo.

Jenna deu um pequeno suspiro. Lá vamos nós.

— Jinx, você examinou as imagens?

Todos viraram a cabeça de Darcy para Jinx. Ela fez que sim, apertando os lábios.

— E aí, o que encontrou?

Ela abriu e fechou a boca duas vezes. Suas bochechas e seu peito ficaram ainda mais vermelhos.

— Estou te fazendo uma pergunta.

Jinx balançou a cabeça em negativa.

A escolha perfeita

— Não vi nada — respondeu ela.

— É óbvio que você viu alguma coisa. Você está completamente abalada. — Darcy estendeu o braço, apontando para todos os presentes. — Foi alguém daqui?

Silêncio.

— Você está suando — disse Terry.

— Quem entrou no closet? — A voz de Darcy era ríspida, severa. — É melhor me dizer já.

Jinx olhou para o outro lado da mesa, na direção de Jenna e Eric.

De repente, todos os olhares estavam sobre eles, olhares de choque e incredulidade. O rosto de Jenna estava tão vermelho quanto o de Jinx. Eric virou o boné para trás e cruzou os braços.

— A Jenna e o Eric são os ladrões? Você viu os dois roubando?

— Não!

— Ué. — Darcy pareceu confusa. — Então o que eles estavam fazendo que te deixou tão transtornada?

Jinx emitiu um leve ruído de desespero. Naquele momento até sua testa estava corada.

— O que eles estavam fazendo? Resolvendo a crise econômica? Jogando *Candy Crush*? O quê?

— Deixa ela em paz — pediu Eric baixinho.

— Eu... Eu não posso falar — balbuciou Jinx, com a voz trêmula.

A primeira pessoa na sala a entender tudo, Terry cobriu a boca com a mão.

— AI, MEU DEUS! Eles estavam... Você viu eles...

— Jinx, é melhor você falar — ameaçou Darcy.

— Deixa ela em paz — repetiu Eric, dessa vez em voz alta. — Jinx, não precisa responder.

— Você é o chefe dela? — Sua mãe cuspiu cada palavra. — Jinx? Responde. Agora.

— Darcy, já chega — exclamou Jenna, olhando para Eric em seguida. Ele apertou a mão dela por baixo da mesa.

O lábio inferior de Jinx tremia.

— Eles... Eles estavam...

— Tendo um ataque epilético? Fazendo chá? Fazendo o quê, porra?

— A gente estava transando — disse Eric. — Eu estava transando com ela. Ela estava transando comigo. Transando.

Jenna fechou os olhos.

Todos os presentes explodiram em uma sinfonia de suspiros e gritinhos. Queixos caíram, celulares escorregaram das mãos.

Darcy incorporou com tanta força o papel de CEO e mãe traída por seus próprios funcionários que não convenceu ninguém.

— Você está me dizendo que a minha editora celebridade e o meu único filho estavam tendo relações sexuais em um depósito? Jenna, é verdade?

— Sim. — Calmamente, Jenna cruzou as mãos diante de si. Agora que tinha vindo à tona, ela se sentia humilhada, sim, mas também surpreendentemente serena. A mentira, o segredo… Para o bem ou para o mal, aquilo tinha acabado de vez. — É verdade, sim.

— Eu não acredito — disparou Darcy.

— Você quer que a gente faça uma reconstituição? — perguntou Jenna.

Eric bufou com deboche.

A sala fervilhava depois de a fofoca mais quente de todos os tempos ter sido descoberta. Jenna Jones e Eric? Tendo um caso bem debaixo do nariz de todos eles? A equipe ficou tão tomada pela novidade que se esqueceu de que estava na presença de Darcy e explodiu em conversinhas paralelas. Terry estava vibrando de euforia com tudo aquilo.

— Eu sabia que ela gostava dele também — ela gritou. — Eric, seu mentiroso do caralho! Seus depravados!

— Arrasou! — sibilou Mitchell, o editor de fotografia, para Jenna, antes de fazer o sinal de positivo com o polegar para Eric. Seu respeito por ele tinha sido renovado.

— Jenna, estou chocada — sussurrou uma estagiária obcecada pelo mundo da moda que idolatrava Jenna, já que ela vinha dos bons tempos das revistas de papel. — Suas roupas estão sempre tão impecáveis, como elas não amassam? Sabe, depois de…?

Darcy deu um soco na mesa.

— Chega! Olha, eu estou enojada. Não há condições de prosseguir com esta reunião. Eric, eu não te criei para isso. Jenna, eu não consigo nem imaginar

A escolha perfeita

que criação você recebeu. Jinx, você está demitida. Quando a sua superior manda você falar, você fala.

Jinx se debulhou em um choro sem som, tremendo, e em uma fração de segundo a sala caiu em um silêncio sepulcral. Darcy tinha entrado no modo imprevisível — se ela tinha sido capaz de demitir Jinx, qualquer um poderia ser o próximo. De súbito, todos tentaram ficar invisíveis.

— Darcy, você não pode demitir a Jinx! — exclamou Jenna. — Isso não tem nada a ver com ela! Isso é...

E então houve uma explosão na parede atrás de Darcy. A CEO deu um pulo na cadeira. Eric tinha pegado a garrafa de Evian de Jenna, que estava pela metade, e a atirado do outro lado da sala. A água escorria pela parede, formando uma poça no chão.

— O assunto está encerrado? — Eric se levantou, derrubando sua cadeira no chão. — Sim? Não? Alguma pergunta? Eu respondo todas com prazer. Querem saber quantas vezes aconteceu? Incontáveis vezes, durante meses, e das formas mais depravadas e sujas que vocês podem imaginar. O nosso caso se resume a ficar fodendo no escritório? De maneira nenhuma. A Jenna é tudo pra mim. Vocês querem ver a gente transando? Eu também quero, vamos projetar as imagens! Ou melhor, vamos vazar pra imprensa, talvez a gente transforme isso num reality show! Chupa minha sex tape, vadia!

A assistente de fotografia caiu na gargalhada, e Karen chutou a cadeira dela.

— Eric, se controla. Se você quer dar um ataque, vai fazer isso em outro lugar.

— Tem razão, tô indo nessa. — A caminho da porta, ele parou ao lado da cadeira da mãe e se abaixou até seu rosto ficar na altura do dela. — Espero que você tenha gostado disso, sua perturbada de merda.

Terry pôs a mão sobre a boca. Mitchell engasgou. Metade da sala enviava mensagens de texto por baixo da mesa para todos os conhecidos.

— Ignorem o Eric. Eu devia ter sido mais incisiva na hora de colocar esse garoto de castigo quando criança. — Darcy pigarreou. — A reunião está encerrada. Jenna, quero vocês dois na minha sala em cinco minutos. Vá atrás dele. E tente manter as roupas no lugar enquanto isso.

Jenna se levantou.

— Darcy, você é uma pessoa mesquinha, triste e descompensada. Sugiro muita terapia e um exorcismo. Jinx, eu sinto muito. Se precisar de uma referência, ou de qualquer coisa, você tem meu telefone. — Ela engoliu em seco. — Peço desculpas a todos. Meu comportamento foi irresponsável, inconsequente e prejudicial ao profissionalismo de vocês. Não sei bem o que deu em mim... mas, enfim, todo mundo comete erros.

Ela foi até a porta e fez uma pausa, virando-se para olhar para todos.

— Na verdade eu não sinto muito, não. E não foi um erro. O Eric foi a melhor coisa que já me aconteceu. Foi... — O rosto dela se abriu em um sorriso melancólico. — Foi fantástico pra caralho.

Jenna endireitou os ombros e saiu, invocando a última gota de dignidade que ainda lhe restava.

———

Darcy estava à sua mesa, olhando de cara feia para Jenna e Eric, sentados diante dela. Eles permaneciam em silêncio, esperando pela punição, mas cada um de um jeito. Jenna só queria deixar Darcy botar a raiva para fora, para depois todos seguirem adiante com a vida. Mas Eric estava com sede de briga. Ela nunca o tinha visto tão irritado. Só faltava sair fumaça das orelhas, como num desenho animado.

— Vou começar dizendo que vocês dois estão demitidos.

— Evidentemente — disse Jenna.

— Felizmente — disse Eric.

— Eu hesitei um segundo antes de tomar essa decisão, porque *A escolha perfeita* é muito importante para nós. Mas, Eric, você não é o único jovem diretor talentoso que existe por aí. E, Jenna, sem dúvida existem outras como você. Se eu descobrir como fazer o valor das roupas e do carro caberem no orçamento, a Nina Garcia é minha. — Darcy fez um gesto na direção de Jenna. — Então. Vamos começar por você, Loba?

— Manda — lançou Jenna.

— Eu nunca soube dizer o que era, mas agora entendo perfeitamente o que me irrita em você. Você, com a sua personalidade melosa, fazendo todo mundo acreditar que é tão imaculada, tão sofisticada, tão superior à vagabunda cafona que existe em cada uma de nós, meras mortais. Enquanto

A escolha perfeita

isso, você trepou com o meu namorado e trepou com o meu filho. Meu único filho.

— Para de fingir que isso faz alguma diferença pra você — disse Eric. — É a mesma coisa que dizer que ela trepou com o seu único bonsai.

Darcy o ignorou.

— E você fez isso depois de eu te dar uma segunda chance. Você por acaso tem uma necessidade obsessiva de transar com qualquer homem que seja próximo de mim? Quer pegar meu ex-marido emprestado esta noite? Meu quiroprata? Me surpreende a capacidade que você teve de bancar a boa moça por todos estes anos, quando no fundo é uma puta.

Jenna estava horrorizada. Estava mesmo sendo chamada de puta, apesar de tudo o que sabia sobre Darcy? Mas ficou calada.

Eric esfregou as mãos no rosto.

— Escuta só, Smurfette do Capeta. Eu sei que isso faz parte, que você precisa que a gente sente aqui como se você fosse o Poderoso Chefão e ature a sua surra verbal cheia de ameaças de filme B, que eu tô aguentando só porque não quero que a Jenna passe por isso sozinha, mas você não vai chamar ela de puta.

— É tão fofo como você protege a Jenna. Gostei do que você falou... como foi mesmo, que ela era "tudo pra você?" Que romântico. Em qual parte desse tudo você estava metendo naquele closet entupido de roupas que custam uma fortuna?

— Se nós estamos demitidos, não podemos simplesmente acabar com isso e ir embora? — Ele olhou para Jenna. — É um tribunal? Será que eu ligo pra Gloria Allred? Isso que a gente está fazendo agora é o quê?

— É a sua entrevista de demissão — disse Darcy —, e eu tenho o direito de fazer isso.

— Eric, tudo bem. — Jenna olhou para sua ex-chefe. — Darcy, eu entendo que você está chateada. Mas eu não queria me apaixonar pelo Eric. Aconteceu, só isso.

— Se apaixonar pelo Eric... — Darcy gaguejou por alguns segundos, sem saber como responder. Naquele momento, ela baixou completamente a guarda de megera sem coração. Era incapaz de esconder a perplexidade diante da ideia de eles formarem um casal. — Jenna, isso vai além de ser uma papa-anjo. Ele era... Ele é o meu bebê. Você tem idade para ser mãe dele...

— Ela estalou os dedos na direção do filho. — E você! Você é uma criança. Como conseguiu isso?

Ele olhou para ela sem expressão nenhuma.

— Eu tenho uma maturidade emocional impressionante.

— Tem mesmo — confirmou Jenna.

— Ah, eu concordo. "Chupa minha sex tape, vadia" é o auge da maturidade. — Ela revirou os olhos. — Parece que vocês dois tomaram alucinógenos.

— Eu não dou a mínima pro que você ou qualquer um acha do nosso jeito — rebateu Eric.

— Isso é óbvio. Se desse, ia se sentir humilhado. Andando de um lado para o outro aqui como um adolescente apaixonado cheio de tesão pela professora ninfomaníaca. Jenna, você nunca achou que fosse uma boa ideia lutar contra esse suposto amor que sente pelo meu filho?

— Não, ela não achou — respondeu Eric.

— No começo eu achei! Mas depois... não, não deu.

— Bom — disse Darcy —, as rainhas do baile são sempre as mais safadas.

— Posso te fazer uma pergunta? — Jenna não resistiu. — Como você descobriu sobre a gente? Como você teve a ideia de instalar uma câmera no décimo andar?

— Porque vocês são burros. — Ela jamais revelaria a conexão com Suki Delgado. — E foi fácil pegar vocês. Não é a primeira vez que eu vejo isso. Quando dois colegas de trabalho estão tendo um caso, é óbvio que trepam no escritório. E onde vocês fariam isso? Na sala da Jenna, no banheiro ou em um dos dois closets. Eu instalei câmeras de segurança em todos esses lugares, e levou três segundos para vocês, incautos, se incriminarem.

— Eu tenho uma pergunta — interveio Eric. — Quem faz esse esforço todo pra flagrar o filho transando? Isso é bem doentio, até mesmo pra você.

— Eu não permito que você dê palpite sobre as minhas atitudes enquanto mãe. Você sabe como eu estou constrangida? Meu filho envolvido em um escândalo sexual debaixo do meu nariz.

— É uma espécie de maldição da família Vale, né? Acho que estamos todos condenados a foder de forma inadequada e humilhar os nossos pais.

Jenna virou a cabeça para olhar para ele.

— Do que você está falando? — perguntou Darcy.

— Você teve o seu próprio escândalo sexual, ainda no colégio. Daí eu nasci. E a sua família te rejeitou. Eu vou ser rejeitado agora? Que bom que eu não dependo de você pra merda nenhuma.

— Como você ficou sabendo disso?

— Você queria que eu acreditasse que simplesmente não tem pai nem mãe? Eu sei que eles existem, eles moram em New Jersey. Você não tentou nem mesmo voltar a falar com eles por mim. — Ele balançou a cabeça. — Você é a única família que eu tenho. Percebe como isso é doentio?

Jenna sentiu que precisava intervir, antes que aquela guerra ficasse ainda mais sangrenta.

— Escuta, o Eric e eu vamos embora. Não tem razão para deixar essa situação mais infernal do que já está. Porque, Darcy, você já foi longe demais. Montar uma armadilha, humilhar a gente na frente da equipe toda? Não basta?

— Ah, não, não basta. Que atitude corajosa a sua, Jenna, colocar o seu retorno a perder ao se envolver em mais um escândalo. Ninguém vai se lembrar das suas conquistas profissionais. Você vai ser sempre a idiota que jogou fora uma carreira perfeita por causa de dramas pessoais. A garota cujo noivo se tornou personagem de história romântica para uma blogueira de relacionamentos. A loba desesperada que trepou com o filho de Darcy Vale na *StyleZine*. Você acha que tem sete vidas? Acha que isso não vai chegar aos blogs de fofocas? Seus ex-colegas de trabalho estão mandando mensagens para a imprensa inteira neste minuto. — Darcy deu risada. — Eu apostei muito em você, Jenna. Você nunca deveria ter me sacaneado. Então, sim, vai ser um prazer acabar com você.

— Você não vai deixar isso chegar aos blogs — sentenciou Eric.

— Por que eu não deixaria?

— Se você tentar acabar com a Jenna, eu vou acabar com você.

— Ninguém vai acabar com ninguém — disse Jenna. — Nós somos pessoas de verdade, isso aqui não é *House of Cards*!

— Como você vai acabar comigo, Eric?

— Eu sou o único que pode fazer isso. Eu sei quem você é de verdade.

Eric andou até a porta, abriu-a e se apoiou no batente.

— Não me obrigue a te constranger na frente da cidade inteira — ameaçou ele, falando alto o suficiente para que todo o escritório pudesse escutar.

Sentada na cadeira, Jenna se virou e viu que uma dúzia de cabeças levantaram ao mesmo tempo de suas baias.

Darcy ofegou.

— O que você está fazendo?

—- A Jenna tem exatamente a mesma lista de contatos que você, o que significa que eu estou a um e-mail de dizer para a imprensa inteira como foi que você conseguiu dinheiro pra fundar a Belladonna Mídia. Não bastou seduzir um bilionário casado. Não. Quando ele foi acusado de lavagem de dinheiro e fraude bancária, o que deixaria o cara sem dinheiro e acabaria com a sua verba, você conseguiu fazer o seu advogado incriminar a ex-sócia dele. Que era sócia só no papel. A esposa dele. Você mandou a mãe dos filhos dele para uma prisão na Itália.

Jenna se encolheu.

— Meu Deus, Darcy, você fez isso?

— Não! Bom, era uma prisão especial, parecia mais um resort, e ela merecia. Eric Vale Combs, se afasta da porta agora.

— Ou que tal quando você pediu a um segurança do Aeroporto LaGuardia pra tomar conta de mim por cinco minutos enquanto você ia pegar um café rapidinho? Mas você só apareceu de volta pra me buscar na manhã seguinte. Porque estava fazendo um ménage com o DMX e a Foxy Brown. Eu passei a noite em uma delegacia.

Jenna engasgou.

— Você e a Foxy Brown?

— Eric, cala a boca! Você está inventando essas coisas porque está fora de si, todo mundo está vendo.

— É verdade. Mas a minha história preferida é o funeral do meu pai.

Darcy se levantou da cadeira.

— Fecha essa porta.

— Você me fez ir embora mais cedo para eu estar em casa pra receber o seu designer de interiores. Eu tinha dez anos, peguei três metrôs sozinho pra chegar até um cemitério sei lá onde no Queens, meu pai tinha acabado de levar um tiro, e eu só pude ficar quinze minutos. Porque você finalmente ia poder bancar um apartamento em Manhattan, e suas malditas cortinas eram mais importantes. Eu era o único filho dele e não pude ver meu pai ser enterrado.

A escolha perfeita

Jenna engoliu em seco; o nó em sua garganta era enorme.

— Eu vou expor todas as suas merdas, mãe. Se essa história aparecer em algum lugar, se a Jenna for prejudicada de alguma forma, acabou pra você.

Ele bateu a porta com tanta força que o batente estremeceu, depois voltou a se sentar calmamente. O escritório inteiro tinha ouvido cada palavra. Em choque, Darcy escorregou devagar de volta em sua cadeira.

— Você trairia a sua própria mãe?

— Você acabou de armar pra cima de mim. Com prazer. Sim, eu faria isso. E quando é que você foi uma mãe de verdade?

— Como ousa me julgar? Depois da vida que eu te dei? Você nunca me agradeceu! Você fez tudo contra a minha vontade com essa coisa da Jenna. Eu nunca fui importante pra você. Nunca sou. Por exemplo, o seu primeiro filme é dedicado ao Otis, o merda do seu pai. É o maior foda-se que eu ouvi em todos os tempos.

Eis, pensou Jenna, *a questão*.

— Eu sacrifiquei tudo para ser sua mãe. Eu perdi a minha família para ser sua mãe.

— Um, você nunca fez uma escolha altruísta quando se tratava de mim. E, dois, nenhuma mãe em sã consciência daria esse tipo de golpe no próprio filho — disse Eric. — Por que você me odeia, afinal? Só porque eu existo?

— Você é meu filho. Eu não te odeio.

— Sabe de uma coisa? Eu meio que acredito em você. Ódio de verdade exige comprometimento.

— Isso é tudo culpa sua — disse Darcy, espumando de raiva, para Jenna. — Você envenenou meu filho contra mim.

— Você acha que isso é culpa minha? — Pela primeira vez Jenna sentiu pena de Darcy. — Não, sinto lhe informar. É uma pena que você tenha perdido a oportunidade de conhecer melhor o seu filho, e é uma pena que ele tenha crescido sem mãe. Você é uma pessoa miserável, Darcy, é um milagre que vocês dois tenham conquistado tanta coisa apesar disso. Eu não virei o Eric contra você. Tudo o que eu fiz foi amá-lo. Você pode acabar comigo no *Page Six*, espalhar boatos, não importa. Vou ficar constrangida por algum tempo, mas, no fim das contas, não tenho nada do que me envergonhar. Eu me apaixonei e perdi a cabeça. Talvez eu não devesse ter me envolvido com o

Eric, mas, além de fazer meu trabalho de maneira brilhante... eu não devo nada a você, Darcy. Se eu tivesse que fazer tudo de novo? — Ela olhou para Eric, cuja expressão fez seu coração se partir. — Eu faria tudo de novo. Igualzinho.

Eric olhou bem nos olhos dela.

— Sem hesitar.

— E igualzinho, sem hesitar, vocês dois seriam demitidos de novo — disparou Darcy. — No meio dessa crise. Valeu a pena?

Jenna fez que sim com a cabeça.

— Valeu.

— Você é uma idiota que adora se autossabotar, Jenna Jones, mas pelo menos defende as suas escolhas. Eu respeito isso — disse Darcy. — Espero que não saia tirando a calcinha por aí caso algum dia arrume outro emprego.

Darcy e Jenna apertaram as mãos. Ela estendeu a mão na direção do filho e ele a encarou com repulsa.

— Ah, o nosso relacionamento acaba aqui. Nunca mais me dirija a palavra. Amanhã mesmo eu tô saindo de casa.

Darcy pareceu ter ficado sem ar.

— Pra onde você vai?

— Pra qualquer lugar, menos aquela casa.

— Bom, como quiser, Eric. Você é adulto agora, eu... eu não posso te impedir.

Eric pegou a mão de Jenna. Eles se levantaram e deixaram a sala de Darcy. Passaram na sala de Jenna para ela pegar a bolsa e o pôster de *Aleluia* na parede. Eric foi até sua baia pegar a câmera, deixando para trás todas as outras tralhas que havia acumulado. E então a equipe, perplexa e agitada demais para fazer qualquer coisa que não dar um tchauzinho melancólico, assistiu com fascinação voyeur enquanto os dois cruzavam o corredor em direção ao elevador — de mãos dadas, inseparáveis de novo, mesmo que apenas por aquele instante.

———

Jenna e Eric pararam na calçada em frente ao prédio. As últimas dezoito horas haviam deixado os dois esgotados. E, agora que tudo tinha acabado, eles não sabiam bem o que fazer ou dizer.

— Acho que é isso — começou Jenna. — O fim de uma era. Você não vai mesmo sair de casa, vai?

A escolha perfeita

— Vou, não dá mais pra morar debaixo do mesmo teto que ela — disse Eric. — Depois de hoje? Foi o show de horrores mais disfuncional e vil que eu já vi fora da ficção. Coitada da Jinx.

— Você consegue imaginar o que deve estar passando pela cabeça de todo mundo? Devíamos fundar um grupo de apoio para os funcionários da *StyleZine* sobreviventes do escândalo "Erica".

— "Erica" somos eu e você? Tipo Brangelina? — perguntou ele.

— Hoje foi um pandemônio, mas a gente pode muito bem tirar um apelido divertido de casal celebridade dessa história.

Ele deu uma risadinha.

— Que fofo.

Houve uma longa pausa. Eles não eram mais um casal; aquilo era uma coisa estranha de se dizer.

— Onde você vai morar?

— Não faço ideia.

— Você tem dinheiro para isso? Se...

— Não, tá de boa.

— Mas para onde você vai? Eu posso ajudar...

— Eu não preciso de ajuda. — O tom dele dizia que aquele não era mais o papel dela. Jenna assentiu e recuou.

Em seguida, eles ficaram em silêncio, as pessoas passando por eles na calçada.

— Sabe, você não precisava ir tão longe para me defender — disse Jenna. — Expor a Darcy para a empresa inteira.

— Precisava, sim. Não vou deixar ninguém te machucar. É contra a minha religião.

— Mesmo depois de tudo?

— Sempre. — Ele olhou na direção da Broadway, às costas dela.

Ninguém nunca mais vai me amar desse jeito, pensou ela.

— Então, acho que eu vou esperar um táxi aqui mesmo. Você vai pegar o metrô pra casa? — Eric perguntou.

Jenna fez que sim com a cabeça.

— Mas... como você vai levar o pôster?

Os dois olharam para o pôster vintage de *Aleluia* que os tinha feito se aproximarem, séculos antes.

— Meu coração vai se partir toda vez que eu olhar para ele agora — refletiu Jenna.

Eles se entreolharam e desviaram o olhar.

— Promete que me liga quando descobrir onde vai ficar?

— Prometo — disse ele, mesmo sabendo que não ligaria. — Você vai ficar bem?

— Já comecei do zero uma vez. Posso fazer isso de novo.

Houve outro silêncio constrangedor. Jenna sabia que era hora de eles se despedirem, mas a ideia de nunca mais ver Eric era insuportável.

— Bom — começou ela —, é melhor eu ir pegar o metrô. — E ficou parada no mesmo lugar.

— Não complica mais as coisas, Jenna. Vai.

— Eu sei que tenho que ir, mas não consigo.

— Vai. Ou então eu vou te agarrar e te levar comigo.

Em um rompante, ela atirou os braços ao redor do pescoço de Eric, puxando-o em sua direção, tentando memorizar o cheiro dele, a sensação do corpo dele contra o seu. Ela precisava estar perto dele daquele jeito uma última vez. Mas ele não a tocou.

— Vai, Jenna.

Ela balançou a cabeça.

— Ainda não.

— Não é o que você queria?

Eric ficou ali, imóvel, tentando resistir a ela. Por fim, com um gemido de frustração, puxou o rosto de Jenna e lhe deu um beijo apaixonado. Ele a beijou como se quisesse gravar aquela lembrança em seu cérebro. Como se quisesse que ela soubesse que seria sempre dele, independentemente de quem viesse depois. Como se quisesse deixar uma cicatriz nela para o resto da vida.

Ele se afastou antes que fosse tarde demais. Alguns segundos a mais e os dois sabiam que ela não teria ido embora. Ela passaria a noite com ele, depois mais um dia, uma semana, mas isso só serviria para adiar o inevitável.

— Tchau, Jenna. — Ele tocou a testa dela com a sua.

— Tchau, Eric — sussurrou ela.

E então ele desapareceu na multidão.

32

Era um dia fresco de verão, quase quatro anos depois. Os pássaros cantavam, as violetas estavam em flor, e Jenna e Billie tomavam latte em um banco no Hall Playground. O colorido parque de alta tecnologia ficava perto do campus da Universidade Pratt e a poucos quarteirões do agora chamado Complexo Lane-Franklin-Jones. Jenna havia se mudado para um apartamento no segundo andar do prédio de Elodie, e Billie morava a um quarteirão de distância. Eles eram como uma grande família ligeiramente disfuncional, dividindo os cuidados com as crianças e jantando juntos nas noites de domingo (James Diaz, o novíssimo noivo de Elodie, geralmente fazia fajitas ultra-autênticas, com molho à parte para Jenna).

— Ele é uma criança tão levada — disse Jenna para Billie com orgulho mal disfarçado. Ela ajustou seu blazer cropped de lamê dourado, que não era nada prático para o parquinho, mas ficava muito divertido ("Cher do Mundo Corporativo"). — Aposto que ele vai começar a berrar a música tema de *Thomas e seus amigos* ou algo parecido quando estiver entrando na igreja.

— Sem dúvida ele vai aprontar — confirmou Billie. — Mas vai ser o pajem mais lindo! E as duas irmãs mais velhas postiças vão estar lá com ele, de daminhas.

No complexo, May, Gracie — a filha mais nova de Billie — e o filho encapetado de Jenna, que todo mundo chamava de "o Bebê", já que ele era o caçula, estavam praticamente sendo criados como irmãos. Eles tinham passado metade da vida um na casa do outro.

— O vestido de tafetá preto da May acabou de ficar pronto. A Gracie vai usar uma fantasia da Elsa — disse Billie. — É 2017, não é possível que *Frozen* ainda esteja na moda.

Jenna não conseguia acreditar que Elodie iria se casar. Mas a amiga estava perdidamente apaixonada, daquele jeito chocantemente funcional e permanente, e ia fazer tudo de acordo com as próprias regras. Nada de lembrancinhas padronizadas. Nada de alianças, vestido bufante ou arremesso de buquê. Apenas uma cerimônia bacana no terraço, com os convidados vestindo o que quisessem, e uma festa bastante adulta regada a absinto em um cabaré chamado Moist.

— O Bebê vai ficar tão lindo de smoking de moletom e calça cáqui! — Jenna passou o celular para Billie. — Olha, eu tirei uma foto dele com a roupa. Não é de morrer?

— Ahhh! — gemeu Billie, ampliando a foto. — Eu nunca vou me acostumar a ver como ele se parece pouco com você.

— DNA é uma loucura — comentou Jenna. — Qualquer mulher poderia ser a mãe dele. Oprah, Ariana Grande. Gwyneth. Viola Davis. Qualquer uma.

Jenna ficou vendo o Bebê correr atrás de Gracie — que usava enormes asas de lantejoulas — ao redor do parquinho, segurando uma bola de basquete do tamanho de uma criança, tentando convencê-la a brincar. Ela tinha nascido com uma varinha de condão nas mãos; não tinha o menor interesse em participar das brincadeiras dos meninos.

Numa fração de segundo, a bola de basquete voou e acertou Jenna bem no meio da testa.

— Oooopa! Tô fora de controle, mamãe! — Ele correu até ela e depois esfregou sua testa com a palma da mão gorducha.

— Cuidado, monstrinho! — brincou ela, puxando-o para o colo e fazendo cócegas até ele gritar de tanto rir.

Ela beijou sua bochecha e ele pulou para o chão, arrancando o iPad de Jenna da bolsa e botando *Lego* para passar. Em seguida, ele pôs o fone de ouvido tamanho infantil e saiu correndo para assistir ao filme sentado no balanço.

— Meu pequeno milagre — disse Jenna com uma risada. — Às vezes eu não consigo acreditar que ele é de verdade. É como se eu estivesse olhando para um holograma.

— Eu não falo isso tanto quanto deveria — começou Billie —, mas te admiro demais. Tomar a decisão de criar um filho sozinha? Enquanto dá aulas na universidade? Acho que você é a mulher mais corajosa que eu conheço.

— Sério? Isso me deixa tão emocionada — respondeu Jenna, e ela estava mesmo. Os quatro anos anteriores tinham sido um turbilhão; ela mal tinha tido tempo de parar, respirar fundo e refletir.

A escolha perfeita

No dia em que Darcy a demitiu, ela não perdeu um único segundo se torturando. Mandou um e-mail da rua mesmo para James Diaz, sugerindo um café para falarem sobre as aulas de teoria da moda no departamento dele. Eles passaram horas no Starbucks debatendo as ideias dela, seu estilo de ensinar e seu amor por adolescentes. Sem tocar em seu chai latte, ela descreveu por que dar aulas em meio período na faculdade comunitária na Virgínia tinha sido uma das experiências profissionais mais gratificantes de sua vida. Ajudar a moldar a próxima geração de editores, estilistas, compradores e designers? Ela tinha a sensação de que eram eles que estavam fazendo um favor a ela, ressuscitando sua criatividade, fazendo-a se lembrar dos motivos pelos quais amava tanto a moda. Jenna mal tinha dado uma mordida em seu croissant quando James lhe ofereceu a vaga.

Ela se sentia uma mulher de sorte. Era mãe do menino mais engraçado e doce de todo o Brooklyn. Tinha o emprego dos sonhos. Tinha a impressão de que estava no lugar certo, na hora certa.

Claro, as coisas não eram perfeitas. O trabalho era extenuante, e, embora Elodie e Billie ajudassem, na maior parte do tempo ela não sabia dizer como dava conta. Entre levar e buscar o Bebê na creche, tentando dedicar cada segundo a ele quando não estava dando aula, e trabalhar um volume absurdo de horas, Jenna vivia em um estado perpétuo de exaustão. Mas era uma exaustão satisfatória. Como a gente se sente depois de uma transa incrível ou de um exercício maravilhoso. Uma exaustão que valia a pena.

Jenna deu um bocejo, se espreguiçou e sua atenção se desviou de Gracie e do Bebê. Ela ficou observando os alunos da Pratt, de bermudas jeans e camisetas justinhas, andando em pequenos grupos no parque, simplesmente conversando, rindo e vivendo seus vinte anos. Então apertou os olhos. Um dos estudantes parecia familiar. Ele estava parado perto do parquinho colorido, digitando alguma coisa no celular, carregando uma mochila enorme cheia de equipamentos cinematográficos — uma mochila que ela seria capaz de reconhecer em qualquer lugar.

— Ai, meu Deus, Jenna — sussurrou Billie, baixando lentamente seu café. — Aquele... é... o...

Jenna se levantou tão rápido que sua bolsa caiu no chão. Fraldas, brinquedos e copinhos saíram voando.

— ERIC! — ela gritou, e todo mundo no parquinho olhou em sua direção. Ele não a ouviu, claro, já que havia uma calçada e meio parque de distância entre eles, e ele estava usando fone de ouvido.

Ela ignorou a bolsa no chão e saiu correndo na direção dele. No meio do caminho, tropeçou em um carrinho de bebê duplo, teve que abrir espaço ao lado de dois adolescentes de cabelo arco-íris que estavam se beijando e dar um salto sobre um sem-teto estiloso que aparava a franja debaixo de uma árvore.

Ofegante, parou bem atrás dele, o coração disparado. Ele estava mesmo bem na frente dela? Os dois não se falavam desde o último dia na *StyleZine*.

Jenna pensava muito em Eric, sentia saudades absurdas dele e sempre saía de casa se perguntando se aquele seria o dia em que o veria de novo. Tinha ensaiado milhares de coisas diferentes para dizer a ele quando esse dia chegasse, e agora havia se esquecido de todas elas.

Ela ajeitou o cabelo, beliscou as bochechas para deixá-las coradas e depois pigarreou. Ele não se mexeu. Ela deu um tapinha no ombro dele. Só então ele se virou. E arrancou o fone de ouvido.

— Caralho!

Jenna deu risada.

— Oi!

Um sorriso enorme se abriu no rosto de Eric, o mesmo de quando ela o viu pela primeira vez. O mesmo que, trinta segundos depois de ter sido apresentado a ela, virou sua vida de cabeça para baixo.

— Jenna! Você por aqui! O que você tá fazendo aqui? Você está tão... Eu não... não sei nem o que fazer!

— Nem eu!

— Posso te dar um abraço? Eu preciso te dar um abraço.

— É melhor dar mesmo!

Então ele deu, e foi um abraço engessado, polido, o cumprimento de duas pessoas que não estavam acostumadas a se tocar e não sabiam direito até onde podiam ir, mas depois eles relaxaram para algo mais familiar. Eric levantou Jenna do chão em um abraço apertado e, pela força do hábito, ela encheu a bochecha dele de beijos. Depois de dez segundos de tirar o fôlego, ele a pôs de volta no chão. Eles se afastaram alguns passos, um pouco constrangidos diante do prazer que haviam sentido com aquele gesto.

A escolha perfeita

— O que você está fazendo aqui? — perguntou Jenna.

— Estou explorando parquinhos pro meu novo filme — disse ele.

— Filme? Um longa?

— Sim, graças a investidores malucos e ao Kickstarter! É baseado no último dia de vida do meu pai. Óbvio que eu não sei o que aconteceu, mas é o meu jeito de encaixar as peças. — Eric falava muito depressa. Era como se viesse guardando anos de informações para contar a Jenna e não conseguisse transmiti-las rápido o suficiente. — É como uma homenagem ao Brooklyn do passado, muita cor, personalidades da rua. Basicamente traçando os passos dele pela região por vinte e quatro horas. Bem tipo *Faça a coisa certa*.

— Você vem escrevendo essa história na sua cabeça a vida toda.

— Você me conhece bem. — Ele abriu um sorriso. — Tá um pouco difícil de me concentrar, porque eu tô sempre viajando. Acabei de voltar de San Francisco, fui gravar um comercial da Travelocity.

Jenna deu um empurrão de comemoração nele.

— Que incrível! Você deve ter arrumado um agente no South by Southwest. Na verdade, eu sei que você arrumou. É essa a hora em que eu finjo que não fiquei pesquisando o seu nome no Google incessantemente durante o festival?

— Sua stalker. — Eric parecia emocionado. — Sim, eu consegui um agente. Comecei como assistente de um diretor que conheci por acaso numa boate com o Tim uns anos atrás. Acho que conquistei alguma reputação, porque agora tenho o meu próprio assistente de direção. Passei a maior parte do ano passado em Barcelona, filmando anúncios internacionais. Reebok, Cottonelle. Tem sido uma loucura, Jenna. Os orçamentos são insanos.

Jenna balançou a cabeça, maravilhada.

— Estou tão orgulhosa. Você está se saindo muito bem.

— Espera — disse ele. — Eu tenho até a minha própria casa.

— Não!

— Por dois anos, o Tim e eu moramos no conjugado mais asqueroso de Midwood. A chave nunca funcionava e só tínhamos água fervendo, o que parece melhor que só ter água fria, mas não era. O Tim chegou à conclusão de que o endereço era ruim pra imagem dele.

— Pra imagem dele!

— Né? Eu fiquei, tipo, que imagem, cara? Você tem uma conta mais ou menos no Snapchat e frequenta clubes de striptease. Que história é essa de imagem?

Jenna deu uma risadinha.

— Mas agora eu tenho um canto em Crown Heights. Sou muito maduro. Tenho obras de arte de verdade e seguro de vida. E só fumo maconha de vez em quando. — Ele fez uma pausa. — Na verdade eu ainda fumo maconha o tempo todo.

— Ainda bem. Estava começando a achar que você não era mais você. — Jenna deu um sorriso. — Uau. Ser mandado embora da *StyleZine* foi a melhor coisa que te aconteceu.

— Pra você também. É essa a hora em que eu finjo que não decorei a sua página no site da Fordham, não li todas as suas ementas e não achei um vídeo de uma das suas aulas no YouTube?

— E a stalker sou eu?

— Metade das mil e duzentas visualizações é minha. É tão bom confessar isso.

Jenna riu, e Eric sorriu. E então eles ficaram ali, se olhando, como irmãos gêmeos separados há muitos anos e reunidos novamente em um programa de TV matinal. Os alunos tagarelavam ao redor. O parquinho era uma confusão de crianças barulhentas. O quarteirão fervilhava, mas eles estavam ali, imóveis.

— Estou tão feliz de te ver — disse Jenna.

— Eu também. Preciso te abraçar de novo.

Ela se aninhou nos braços dele. E dessa vez ficou ali por mais tempo.

— Meu Deus, seu abraço ainda é tão gostoso. — Ela se afastou com dificuldade. Enfiou as mãos nos bolsos do short e fez a pergunta que estava sempre em sua cabeça. — Eu preciso perguntar. Você está saindo com alguém?

— Bom... sim, mais ou menos. Você sabe. Uma coisa aqui e outra ali.

Jenna sentiu um frio na barriga. Aquilo não deveria tê-la deixado surpresa, mas ela não conseguia imaginá-lo com mais ninguém.

— Ah, Eric — disse ela, em tom jocoso. — Você é um ímã.

— Não sou, não. Só não gosto de ficar sozinho.

— Por quê?

Ele olhou para a grama, elaborando cuidadosamente a resposta, depois encontrou os olhos dela.

— Porque senão eu sinto muito a sua falta. Começo a querer estar onde não posso estar, e odeio esse sentimento.

Jenna assentiu. Ela conhecia esse lado dele. Eric não conseguia lidar por muito tempo com algo que o estivesse incomodando.

— Eu tenho uns encontros às vezes também — disse ela. — Não com muita frequência nem com muito sucesso. Nunca parece... certo.

Eles ficaram ali por alguns instantes. Uma rajada de vento seco os atingiu com força, e Jenna sentiu um calafrio.

— Você acha que a gente vai superar isso? — perguntou Eric.

— Eu sei que nunca vou superar você. Mas talvez esteja tudo bem. Talvez eu encontre alguém que eu consiga amar de um jeito diferente e ser feliz.

— Você acredita nisso?

— É o que eu digo a mim mesma quando sinto tanto a sua falta que chega a doer.

Eric estendeu a mão e tocou um de seus cachos. Então deixou a mão cair.

— Bom, eu preciso... — começou Jenna.

— Eu também.

Nenhum dos dois se mexeu.

— Eu fico esperando pelo dia em que não vai mais doer tanto — disse Eric, por fim. — Sempre que eu conheço uma mulher, quero que ela seja você. E essas garotas delicadas, bonitas e engraçadinhas fracassam miseravelmente. Não tem nada de errado com elas, elas só não são você. Sabe aquela "outra metade" que as pessoas passam a vida procurando? Eu já encontrei. Ela está em algum lugar assistindo *Inside the Actor's Studio* e comendo Skittles amarelos sem mim. Eu sei quem ela é. Mas não posso estar com ela. — Ele fez uma pausa. — É como estar morrendo de alguma doença misteriosa e saber que existe uma cura, mas ela está fora de alcance.

— Não faz isso comigo — pediu Jenna, com a voz trêmula.

— Desculpa. — Ele agarrou a mão dela. — É a verdade.

— Eu sinto a mesma coisa — ela disse. E então o beijou na bochecha. — Obrigada, Eric.

— O que eu fiz?

— Você me recolocou no lugar quando eu estava em pedaços. Você me deu confiança e me lembrou de que eu era digna de ser amada. Você me salvou.

— Ninguém salva ninguém, Jenna. Foi você quem fez tudo isso. Eu só ajudei. Te lembrei das partes que você esqueceu que estavam aí dentro.

Em seguida, eles simplesmente ficaram ali, os dedos entrelaçados, se alimentando da energia que sempre geravam quando estavam juntos. Por mais que o momento fosse repleto de tristeza, era muito bom sentir aquilo novamente.

Por fim, Eric puxou Jenna para mais perto:

— Ei.

— Hum? — Jenna prendeu a respiração. Estar tão perto dele ainda a deixava sem ar.

— Você… acha que nós poderíamos ser amigos? — perguntou ele, timidamente. — Admito que não sei ficar perto de você e fingir que você não é minha. Mas não posso te deixar ir embora, não pela segunda vez.

Jenna sorriu.

— Acho que sim. Podemos pelo menos tentar!

— A gente consegue, Jenna. E se eu acidentalmente tentar te possuir, sua tarefa é me lembrar de que os seus orifícios não fazem parte do trato.

— Eu me recuso a aceitar essa responsabilidade. Quando você me olha de um jeito diferente, minha calcinha já sai voando.

— Por isso que eu te dei essa tarefa — disse ele, seus olhos dançando. — Próxima regra: não quero saber sobre nenhum outro cara.

— E eu não quero saber sobre nenhuma dessas atiradinhas com quem você sai.

— Para de falar feito a Terry.

— As gírias daquela garota se instalaram no meu cérebro — disse ela, com uma risadinha. Então largou a mão dele e olhou para o parquinho. Billie, a eterna romântica, os observava com a mão no coração.

— O que você está olhando? Ah, merda, é a Billie! Por que ela está chorando? — Ele acenou para ela. Ela acenou de volta com empolgação.

— Eric — começou Jenna, com receio —, tem algo que eu preciso te contar. Muita coisa mudou na minha vida. Antes de decidir ser meu amigo, você precisa saber de uma coisa.

— O quê?

Jenna mordeu o lábio. Ela esperou um pouco, então olhou para Billie e fez um gesto apontando para o filho. Billie chamou o Bebê e o mandou ir até Jenna, com o iPad na mão.

A escolha perfeita

Eric viu aquele garotinho correndo na direção deles e, no momento em que estava juntando as palavras para perguntar a Jenna quem ele era, ficou mudo. O garoto agarrou a mão de Jenna e olhou para ele com uma carinha curiosa e intensa — e Eric ficou sem ar.

Aquela carinha curiosa e intensa.

— Este é o meu filho. — A voz de Jenna mostrava um misto de hesitação e orgulho.

— Ah. — Eric assentiu em câmera lenta. Como se estivesse flutuando no éter, em gravidade zero. Porque aquele garoto não era só filho dela. Jamais haveria dúvida sobre quem era o pai. Ele era a cara de Eric. Estava até vestido como Eric, com uma bermuda cargo camuflada e uma camiseta escrito "Maneiro no Brooklyn".

— Vai. — Jenna deu uma cutucadinha no Bebê. — Se apresenta.

Ele fez que não.

— Eu não falo com estranhos!

— Ele não é um estranho. Está tudo bem, eu prometo.

— Eu sou o Otis — disse o Bebê.

Eric piscou algumas vezes.

— Você é quem?

— O Otis.

Eric ficou ali, olhando para o menino, com a sensação de que o mundo estava girando fora de órbita.

— Eu tinha um amigo chamado Otis. — Ele deu uma risadinha curta e fraca. — Q-Quantos anos você tem?

Otis mostrou três dedos.

— Três? — Eric fez as contas e então olhou para Jenna, sua expressão incrédula. Ela fez um movimento afirmativo de cabeça. Ele sentiu as pernas bambearem na mesma hora e deixou a mochila escorregar até o chão.

— Jesus.

— Eu já sou um menino grande — anunciou Otis para Eric. — Vou ao banheiro sozinho... bom, às vezes... e tenho uma namorada chamada Coco.

— A Coco não é sua namorada. Ela é sua amiga do ônibus da escola.

— Dá no mesmo.

Eric explodiu numa gargalhada alucinada.

— *Cara, o que que tá acontecendo?*

— Quer jogar basquete comigo? — Ele estava dando pulinhos, animado por ter encontrado um parceiro. — Meu nome é Otis mas devia ser LeBron, porque eu sou bom que nem ele. Eu sou irado. Quer jogar?

— Áhá — disse Eric, em uma voz distante. — Eu quero jogar.

— Monstrinho, corre lá até a tia Billie pra pegar sua bola.

— Tá bom. Já volto, mano. — E então ele estendeu seu pequeno punho na direção de Eric.

Eric ficou paralisado de choque e, em seguida, engolindo em seco, deu um soquinho no punho de Otis e os dois imitaram uma explosão com as mãos, com um sonoro "BUM!".

Otis saiu correndo na direção de Billie. E então Eric se virou para Jenna. Abalado demais para tratar da questão que importava de verdade, ele resolveu falar do cumprimento, balbuciando em uma voz delirante:

— Você ensinou isso pra ele? Ensinou? Ou é hereditário? Eu tô confuso!

Jenna agarrou seu braço.

— Calma. Respira. Eu ensinei a ele. Respira, meu bem.

Eric respirou fundo algumas vezes e, em seguida, atordoado, declarou:

— Jenna, sou eu. Ele sou eu. Ele tem até a língua presa, igual a mim.

— Ele é mais você do que você. Todo cheio de si. Praticamente saiu da minha barriga gritando: "Eu sou incrível!"

— Ele sou eu — repetiu Eric, atordoado. — E você.

— Nós.

— Como?

— Lembra daquela sinusite terrível que eu peguei? Acontece que eu, com óvulos de quarenta e um anos, fazia parte do pequeno percentual de mulheres cujos antibióticos reduzem pela metade a eficácia dos anticoncepcionais — disse Jenna. — Eu estava grávida naquele último dia de trabalho. Achei que estivesse passando mal por causa do estresse, mas era o Otis. Descobri um tempo depois, mas àquela altura a gente já tinha terminado.

Jenna parou, inundada por lembranças de sua gravidez, sozinha, sem Eric. Tinha sido desesperador. Ela havia sido tomada de uma alegria, uma exultação, mas ficado doente da alma também.

— Foi a decisão mais difícil da minha vida ter o Otis sem você. Mas eu não podia limitar a sua vida. Eu já tinha tido a minha oportunidade de ser

A escolha perfeita

ambiciosa e correr atrás dos meus sonhos aos vinte anos, e você merecia isso também. Eu te amava demais para te tirar isso. Eu te conheço. Você teria largado tudo por nós.

Eric assentiu. Ele teria. Ele tinha passado os últimos quatro anos trabalhando sem parar, sem dormir, fazendo contatos, construindo uma reputação, correndo atrás dos melhores trabalhos (e conseguindo), juntando dinheiro para o seu filme, viajando para onde quer que o trabalho o levasse. Sem nenhum vínculo.

Mas, por Otis e Jenna, aos vinte e três anos ele teria arrumado um emprego corporativo em qualquer área. Jamais teria ido morar na Espanha. Não teria conquistado nada. Teria deixado de lado seu talento, seu aprendizado, seus objetivos de vida. Teria encerrado a carreira antes mesmo de começar.

— Eu não tinha como abrir mão do Otis — continuou Jenna. — Você sabe que eu precisava desse bebê, desse pedaço de você, de nós, mais do que preciso de oxigênio. Eu...

— Eu entendo — disse ele, tão baixinho que ela mal conseguiu ouvir.

— Entende? — Toda vez que ela imaginava como seria revelar aquilo para Eric, e ela ia revelar, só não sabia quando, sempre acabava com ele sentindo ódio dela.

— Eu odeio ter perdido um único segundo. Mas entendo por que você fez isso. Você não precisa explicar nada.

Havia mais coisas que ele queria dizer, perguntar, mas não encontrou as palavras. Depois de um bom tempo olhando para o filho no parquinho, ali, apenas existindo, Eric recuperou a voz.

— Ele é perfeito. E você deu a ele o nome do meu pai.

— Sim — respondeu Jenna. — Eu quis homenagear o homem responsável pelos dois grandes amores da minha vida.

Eric olhou para ela como se a estivesse vendo pela primeira vez.

— Eu... Eu nunca achei que... — Sua voz vacilou. Ele fez uma pausa e recomeçou. — Eu nunca achei que seria capaz de te amar mais do que já amava.

Lágrimas brotaram dos olhos de Jenna.

Nessa hora, Otis foi correndo até eles com a bola.

— Voltei!

Eric se agachou para ficar cara a cara com o menino.

— Ei, tá pronto? Eu preciso conferir essas suas habilidades de LeBron.

— TÔ! — respondeu Otis, saltitando. Então ele colocou a mão no ombro de Eric. — Eu vou ganhar de você, mas não esquece... é só um jogo.

— Gostei da atitude, O. — Ele se levantou e olhou para a imitação dos tênis Jordan que Otis estava calçando. — Sabe, se a gente vai jogar, você vai precisar de um tênis melhor. Sua mãe é especialista em moda, mas acho que ela não entende muito de tênis.

— Eu sei! Os sapatos da mamãe parecem um arranha-céu.

— Ela usa salto alto até pra fazer compras, né?

— Como você sabe? Você tem superpoderes?

— Não — disse Eric, rindo. — Não, eu só sei tudo sobre a sua mãe.

— Sabe? Por quê?

Eric olhou para Jenna, e eles trocaram um sorriso de cumplicidade.

— Logo você vai saber.

Então Eric colocou a mochila no ombro, pegou a mão do filho e eles foram juntos até o parquinho.

Jenna ficou onde estava, observando os dois. Quando chegaram à pequena quadra, Eric se agachou até a altura de Otis e girou a bola no dedo. O menino gritou, batendo palmas. Então Eric o ensinou a quicar, antes de levantá-lo em direção ao aro, girando-o em uma cambalhota no meio do caminho e finalizando com Otis fazendo uma cesta de costas. Foi a enterrada mais espetacular de todos os tempos. Jenna riu e comemorou por Otis — por Eric e Otis —, e enxugou as lágrimas de felicidade do rosto.

O amor da sua vida e o filho deles.

Aquele instante, os três juntos, era sua fantasia de sempre — nunca saía do fundo de sua mente. Mas ela se proibia de pensar que fosse possível. Afinal dava mesmo para ter tudo? Finais felizes existiam na vida real?

Talvez sim. Talvez aquele fosse o final feliz dela.

Jenna foi até o parquinho como que flutuando na direção de seu sonho- -realidade. Agora, tudo o que restava era vivê-lo.

E foi o que ela fez.

AGRADECIMENTOS

Eu não teria sido capaz de escrever uma única palavra sem o amor e o apoio dos Williams, dos Gantt e dos Shareef. Agradeço infinitamente a Tricia, Renae, Abby e Lori por se recusarem a me deixar desistir quando o caminho pareceu difícil, e a Charlotte pelo brainstorm sobre a websérie. Agradeço à minha agente, Brettne Bloom; sua dedicação e seus excepcionais instintos literários me deixam de joelhos. Você me ajudou a dar uma vida imensa e palpável à história da Jenna! E à minha editora/vizinha Cherise Fisher — não haveria livro se não fosse por sua paixão, sua paciência e suas sessões de terapia (#polivalente). Estou aqui por sua causa. Ponto. ReShonda, Victoria e a equipe Brown Girls, obrigada por fazerem do meu sonho realidade. Dawn, você é uma deusa das relações públicas. E Lina Lina Bobina, minha querida menininha, você é a minha maior inspiração. Mas está proibida de ler este livro antes dos vinte e cinco anos.

S., obrigada por emprestar seu nome do meio a um personagem tão importante. E por tudo, na verdade. Você está presente em cada linha.

Impresso no Brasil pelo Sistema Cameron da Divisão Gráfica da
DISTRIBUIDORA RECORD DE SERVIÇOS DE IMPRENSA S.A.